Peter Hohmann

Die schwarze Klaue

PETER HOHMANN

Die Eherne Garde

Die schwarze Klaue

ATLANTIS

Eine Veröffentlichung des
Atlantis-Verlages, Stolberg
September 2016

Druck: Schaltungsdienst Lange, Berlin

Titelbild: Mark Freier
Umschlaggestaltung: Timo Kümmel
Lektorat und Satz: André Piotrowski

ISBN der Paperback-Ausgabe: 978-3-86402-392-7
ISBN der eBook-Ausgabe (ePub): 978-3-86402-409-2

Dieses Paperback/eBook ist auch als Hardcover-Ausgabe
direkt beim Verlag erhältlich.

Besuchen Sie uns im Internet:
www.atlantis-verlag.de

Dieses Buch ist André Skora gewidmet, weil er sich das redlich verdient hat. Seit ich in seiner Antholgie *Fieberglasträume* eine Story beisteuern durfte, unterstützt André mich auf der Suche nach Verlagen für meine Romanmanuskripte. So war er maßgeblich beteiligt an den beiden Bänden von *Magier des Dunklen Pfades*, an *Operation Thule* sowie an *Feywind*.

Vielen Dank dafür, André! Aber wir sind ja noch lange nicht fertig!

Kapitel 1

Avi schloss die Augen, strich ein paar Haarsträhnen aus ihrem Gesicht, die aus dem ledernen Band um ihre Stirn gerutscht waren, und lauschte dem Säuseln des Herbstwindes. Dieser sang von Vernichtung und Tod, Trauer und Verzweiflung. Seit Jahren hörte sie diese immerselbe Strophe, wenn er von Norden heranwehte, aus Landaskan, der Ödnis des Schreckens, die einstmals rein und erhaben gestrahlt hatte wie lauteres Gold.

Zumindest erzählten dies jene, die dort gelebt hatten, bevor die Dämonen kamen.

Sie öffnete die Lider und ihr Blick tastete über die Ebene, auf der Farn und Steppengras rauschten, als wiegten sie ihre dürren Körper zum Klagelied der Bö. Mit einem Seufzen verlagerte sie ihr Gewicht, streckte die untergeschlagenen Beine aus und ließ sie von dem moosbewachsenen Stein baumeln, auf dem sie saß.

Nichts regte sich.

Keine Menschen.

Keine Dämonen.

Das würde sich ändern. Bald schon. Sie spürte es, wenn die dunkle Brut sich näherte. Es war eine Gabe, die sie nicht verstand.

Oder ein Fluch?

Sie unterdrückte die innere Stimme und griff nach dem Kompositbogen aus Horn und Eibenholz. Liebevoll strichen ihre Finger über die Waffe. Im Lauf der Jahre war der Bogen eins mit ihr geworden, er gehorchte ihrem Willen, ein treuer Freund, der dasselbe Ziel verfolgte wie sie: so viele Dämonen zu töten wie nur möglich.

Dass sie ehemals Menschen gewesen waren wie sie, hatte sie anfangs zaudern lassen – und in große Gefahr gebracht. Sobald die Seele eines Dämons von jemandem Besitz ergriffen hatte, gab es keine Rettung mehr. Man musste töten; sonst wurde man getötet.

Am Horizont, dunkel und abstoßend, hing eine zu vielen Fasern zerschlierte Gewitterwolke, ähnlich zerlaufener Tinte, und gewährte der untergehenden Sonne lediglich ein spärliches, blutrotes Leuchten.

Dort, jenseits der Erhebungen und Wälder, lag Landaskan. Dort irgendwo lag der Grund, warum nahezu jede zweite Frau ein Kind gebar, das sich früher oder später in einen Dämon verwandelte. War es ein Fluch der Götter? Magie? Eine unglückliche Fügung? Niemand wusste das. Nur eines stand in Stein gemeißelt: So durfte es nicht weitergehen.

Groteskerweise bestand Avis Hoffnung darin, dass die Brut sich weiter ausbreitete, denn irgendwann mussten die anderen Regenten reagieren, wollten sie nicht untergehen. Unter einem Banner müssten die Rassen sich vereinen: eine Allianz gegen die Dunkelheit, geführt von Menschen, Elfen, Zwergen, Goblins, Orks und Ogern ...

Ein Gedanke, der genauso schön wie absurd war. Das würde niemals geschehen.

Würden sich wenigstens die Menschen verbünden, wäre das ein Anfang; aber selbst das geschah nicht. Landaskan gab es nicht mehr, Vandur war so gut wie gefallen. Musste auch noch Lantra untergehen, ehe man etwas unternahm?

Warum kämpfte sie überhaupt? Welchen Unterschied machte es? Wieso verschwand sie nicht einfach in den Süden, lebte dort in heuchlerischer Glückseligkeit, bis das Unvermeidliche seinen Lauf nahm?

Avi krampfte die Finger um den Bogen und stellte sich auf den Stein.

»Ich werde den Schwur nicht brechen!« Ihre Augen verengten sich, da sie kleine Punkte sah, die aus einem Waldstück am anderen Ende der Ebene auftauchten. »Niemals!«

Flüchtlinge. Etwas mehr als ein halbes Dutzend auf drei alten Bauernkarren mit eingeschirrten Pferden.

Dies war Avis Aufgabe: jenen helfen, um die sich niemand scherte. Die wenigen Streifscharen, die es in Vandur noch gab, waren damit beschäftigt, den Vormarsch der Dämonen aufzuhalten. Um flüchtende Familien kümmerten sie sich nicht. Und genau diese waren das bevorzugte Ziel der dämonischen Späher, um ein Schlachtfest anzurichten.

Sie sprang herunter, steckte den Bogen in das lederne Futteral am Sattel und schwang sich auf ihren falbenfarbenen Hengst Festos, der das Grasrupfen einstellte und sie nach hinten schielend empört anguckte.

»Genug gefressen.« Avi gab ihm die Sporen.

Mit einem Wiehern stieg er auf die Hinterbeine, ehe er ausgriff und den flachen Abhang hinabpreschte. Wind zauste Avis Haar, ihr grüner Umhang blähte sich, der Boden unter ihr rauschte in einem braungelben Wischen vorbei. Festos mochte seine Marotten haben, doch er war schnell wie ein Pfeil – wenn er denn wollte.

Sie lenkte ihn nach links in eine Senke, dann eine leichte Anhöhe hinauf, dass die Grassoden nur so unter den Hufen in die Höhe flogen und die Farne gegen Avis Stiefel schnalzten.

Ein Schrei.

»Schneller, du lahmer Bock!«, schrie sie, sich verfluchend, dass sie zu lange in Gedanken geschwelgt war.

Festos schnaubte, als hätte er sie verstanden, und machte einen Satz. Auf der Kuppe zog sie an den Zügeln, stellte sich in den Sattel. In zweihundert Meter Entfernung rumpelten die Karren in wilder Fahrt. Aus dem Wald, den sie verlassen hatten, setzten ihnen ein halbes Dutzend Gestalten nach. Von hier wirkten sie wie normale Menschen.

Avi spürte, dass sie keine waren.

»Heja!« Sie klatschte Festos auf die Flanke. Den Kopf nach vorne gebeugt, sprengte er voran. Sie ließ die Zügel los, dirigierte ihn mit den Knien und griff nach ihrem Bogen. Aus dem Köcher fischte sie einen Pfeil und legte ihn in einer fließenden Bewegung auf. Kaum war die Kerbe auf die Sehne gerutscht, brachte sie ihn auf Zug. Der Bogen knarzte. Sie federte das Hüpfen im Sattel ab, hielt ihre Atmung ruhig, obwohl das Kampffieber in heißen Wellen durch ihre Adern brandete.

Sie visierte den Ersten an.

Der Pfeil schnellte von der Sehne, beschrieb einen flachen Bogen. Der Gegner überkugelte sich und blieb liegen.

Schon befand sich der nächste gefiederte Todesbote in der Luft.

Kopfschuss.

Aus vollem Lauf schlug der Getroffene hin.

Für Ärger blieb keine Zeit.

Sie hatte auf den Oberkörper gezielt.

Vier übrig.

Ein Krachen ertönte. Die Vorderseite eines Wagens bohrte sich in den Boden, als die Achse barst. Die beiden Leute auf dem Kutschbock wurden zu Boden geschleudert und blieben benommen liegen. Das Pferd schrie schmerzerfüllt auf, als die noch intakte Deichsel es niederzwang.

Avi war auf fünfzig Meter heran.

Zwei der Dämonen liefen auf das Fuhrwerk zu, zwei auf sie.

»Kommt nur!«, knurrte sie und feuerte.

Der Pfeil grub sich in das Bein eines Angreifers. Ein paar Meter vor dem Wagen fiel er hin. Den nächsten Pfeil schoss sie quasi aus der Hüfte. Das Glück war ihr hold: Er erwischte den zweiten seitlich im Brustkorb. Nach ein paar torkelnden Schritten sank er in sich zusammen.

Ohne zu zögern, warf sie den Bogen fort, beugte den Körper und zog ihr Schwert aus der Scheide am Sattel.

Keinen Moment zu früh.

Ein Dämon streckte seine klauenartigen Hände nach ihr aus, um sie herunterzuzerren. Dann erlosch das Glühen in seinen Augen, da Avi ihr Schwert in einem Unterbogen schwang und die geweihte Klinge ihm das Gesicht vom Kinn aufwärts bis zur Stirn spaltete. Es gab ein schauerliches Knacken, dann einen dumpfen Schlag, als Festos' Brustkorb den Dämon traf und niederschleuderte. Mit schlenkernden Armen kullerte dieser durch das hüfthohe Gras.

Sie presste mit den Knien und Festos beschrieb daraufhin eine enge Rechtskurve.

Die Klauen des verbliebenen Dämons fuhren ins Leere. Avi drehte sich und stieß das Schwert nach unten. Die Spitze verschwand in dem spitzzahnigen Maul. Ein Ruck ging durch den Körper und Blut, ein modriges, widerliches Schwarzbraun, sprudelte zwischen den Lippen hervor. Ein Zischen und Brodeln, in Windeseile blätterte die Haut vom Hals, entblößte die Wirbelsäule. Avi zog den geweihten Stahl heraus und ritt zum Fuhrwerk.

Ein kleiner Junge lag auf dem Rücken, blinzelte und wimmerte leise. Er lebte noch. Gut.

Sie hüpfte aus dem Sattel und eilte zu dem Kutscher, der mit fahrigen Schlägen den Dämon abzuwehren versuchte. Der Dämon hockte ungeachtet des Pfeils im Bein auf dem Kutscher und näherte seine Reißzähne dessen Hals.

»Hier bin ich, du feige Ausgeburt!«, brüllte Avi, um die Aufmerksamkeit auf sich zu lenken.

Ohne Erfolg.

Das Maul schnappte zu. Ein schrilles Kreischen ertönte, das jäh zu einem Röcheln erstarb, da der Dämon seinem Opfer die Kehle herausriss und den Fetzen Fleisch hinunterschlang.

Den lederumwickelten Griff ihrer Waffe mit beiden Händen umfasst, enthauptete Avi das Scheusal. Der Kopf purzelte zur Seite und kam so zu liegen, dass das blutbesprenkelte Dämonengesicht sie anstarrte. Bis auf die schwarzen Augen, dem fahlen Gesicht, über das sich rankenartige Male zogen wie Tätowierungen, und dem großen Gebiss mit den Reißzähnen besaß es noch die Züge eines Menschen. Dies war keine Vorhut gewesen, sondern lediglich eine nach Blut und Tod gierende Meute, die sich auf das Erstbeste gestürzt hatte, was ihnen vor die Klauen kam. Es gab auch menschliche Hüllen, die ein höherer Dämon bewohnte. Die waren um einiges zäher und gefährlicher, mit gänzlich schwarzer Haut und raubtierartigem Kopf. Manche führten sogar Waffen.

Avi schloss dem getöteten Mann die vor Entsetzen geweiteten Augen, steckte ihr Schwert in den Boden und kniete sie sich zu dem Jungen. Blondes Haar, das ihm verschwitzt an den Schläfen klebte, Augen, in denen dunkle Schatten schwebten. Den heutigen Tag würde er niemals vergessen.

»Es ist vorüber«, flüsterte sie, strich ihm über die Stirn. Er drehte den Kopf weg. Trotzdem untersuchte sie ihn oberflächlich. Gebrochen schien nichts.

Avi ging zu dem Pferd. Es lag auf der Seite, der linke Vorderlauf hing in einem grotesken Winkel nach unten. Das Fell war schweißbedeckt, glitschig.

Sie schluckte und ein sanftes Seufzen entwich ihren Lippen, als sie dem Tier über die Backe streichelte. Es hob den Kopf, blickte sie aus einem großen Auge an. Sie kraulte es weiter, während ihre rechte Hand zum Gürtel wanderte, den Dolch umfasste.

Sie mochte sich täuschen, aber ihr war, als würde das Tier verstehen: Es legte den Kopf nieder und ein langsamer Wimpernschlag schien zu signalisieren, dass es bereit war. Avi biss sich auf die Unterlippe, dann, schnell und kraftvoll, schnitt der scharfe Stahl durch den Hals. Ein Zittern durchlief den Leib.

Stille.

So war es immer nach einem Kampf: erst Schreie, Grunzen, Knurren, das Sirren von Pfeilen und die schlitzenden Geräusche todbringender Hiebe, danach Stille. Nur der Wind legte eine säuselnde Note von Wehmut über das Geschehene. Er hatte neuen Stoff für sein Klagelied.

Avi nahm ihr Schwert und machte sich daran, die anderen Dämonen zu köpfen, ungeachtet der geweihten Pfeilspitzen, die in ihren Körpern steckten: Sicher war sicher.

Anschließend wischte sie die Klinge am löchrigen Oberhemd eines Dämons sauber, schnitt ihre noch brauchbaren Pfeile aus totem Fleisch, reinigte sie, las den Bogen auf und wartete darauf, dass die in Panik Geflohenen zurückkehrten.

Jutesäcke und Kisten waren vom Wagen gestürzt, lagen aufgebrochen auf der Erde: Proviant, Kleidung, ein paar private Habseligkeiten. Avi hob eine zerschlissene Puppe auf und wandte sich dem Jungen zu, der nun mit aufgerichtetem Oberkörper dasaß. Er stierte auf den toten Mann. War es sein Vater?

Avi schluckte. War sie genauso versteinert dagesessen, nachdem die Dämonen ihre Eltern zerfleischt hatten? Verschwommen erinnerte sie sich an Bilder, klar und ungetrübt an die unsägliche Angst. Ihre Hand ließ die Puppe fallen und umschloss den Anhänger, der an einer Kette um ihren Hals hing. Es war ein dunkelblauer Stein, eingefasst in einen Ring aus mattiertem Silber, der das Horn eines Einhorns symbolisierte, dessen Körper ganz klein am unteren Rand abgebildet war. War es der Anhänger ihrer Mutter? Ihres Vaters? Oder hatte der Traum, der sie manchmal ereilte, mehr Bedeutung, als sie ihm zumaß? War er mehr als ein Gespinst wirrer Fantasien? Sie ließ den Anhänger los. Jetzt war nicht die Zeit für Erinnerungsseligkeit.

»Kjala!«

Eine Frau lief auf den Jungen zu. Sie trug ein hemdsärmeliges Kleid am mageren Körper und die Erschöpfung einer entbehrungsreichen Reise im Gesicht. Sie warf sich neben ihm auf die Erde und drückte ihn ans Herz.

»Kjala, den Göttern sei Dank, du lebst!« Sie weinte und küsste ihn auf die Stirn. Dann blickte sie zu Avi. In diesem Moment kam ein hagerer Mann mit hohlen Wangen aus dem Gebüsch, einen Knüppel in der Hand. Auch er stürzte zu dem Kind und umarmte es. Ihm folgten zwei Wagen, der eine gelenkt von einem jungen Mädchen, der andere von einem Burschen, den Avi auf fünfzehn oder sechzehn schätzte. Auf der Ladefläche saßen ein ältlicher Mann und eine Frau mit grauem Haar.

Kjalas Mutter näherte sich Avi. Dann jedoch erblickte sie die Leiche, hob eine Hand vor den Mund und starrte auf den enthaupteten Dämon. Mit verweinten Augen wandte sie sich wieder an Avi.

»Ihr habt meinen Sohn gerettet. Ich danke Euch!«

Avi nickte. »Ich bin froh, dass er lebt. Für ihn«, Avi neigte den Kopf zu dem Toten, »konnte ich leider nichts tun.«

»Jakos«, schluchzte die Frau, »mein Bruder.«

»Es ging schnell, er musste nicht leiden.«

Die Frau nahm einen bebenden Atemzug. »Seid Ihr die Hüterin?«

»Manche nennen mich so«, antwortete Avi. »Ich war lediglich zur richtigen Zeit am richtigen Ort.«

»Ich bin Kyria«, sagte die Frau.

»Avi.«

Kyria sah auf die zerbrochenen Kisten und Säcke. »Wir haben nicht viel, aber nehmt Euch bitte, was Ihr braucht.«

»Ich bin keine Söldnerin. Meine Hilfe gebe ich jedem, der sie benötigt.«

Kyria legte den Kopf leicht zur Seite und betrachtete Avi nachdenklich. »Das ist selten in Zeiten wie diesen. Ihr habt eine Art ... Aura. Entschuldigt, anders kann ich es nicht ausdrücken.« Sie fuhr sich mit dem dreckigen Ärmel ihres Kleides über das Gesicht und atmete tief durch. »Seid Ihr hungrig? Wir haben zu essen. Begleitet uns.«

»Ich nehme das Angebot an. Die Nacht verbringe ich in eurem Lager, danach reise ich weiter.«

Kyria nickte und stellte ihr die anderen vor. Ihr Mann, der hagere Kerl mit dem Knüppel, hieß Rowen. Die beiden Jugendlichen waren Kjalas Geschwister, die Alten Rowens Eltern.

»Geschafft«, brummte Rowen, nachdem alle angepackt hatten, um die heruntergefallene Ladung auf die anderen Karren zu verteilen. »Habt Dank. Ich werde Jakos begraben, dann ziehen wir weiter.«

Avi sah zurück. Blitze zuckten aus der Gewitterwolke, gleißende Verästelungen, die einen Nachhall auf der Netzhaut verursachten. Donner antwortete dem weißen Leuchten. Der Wind hob an. Sie spürte keine dämonische Präsenz. Das jedoch konnte sich rasch ändern.

»Dafür ist keine Zeit. Wir sollten weiterziehen.«

Ungläubig sah Rowen sie an. »Du willst ihn hier liegen lassen, für die Schakale und Geier?«

»Jakos würde es verstehen. Jede Verzögerung bringt deine Kinder in Gefahr.«

»Ich werde mir von einer Frau nicht sagen lassen, was ...«

Avi kehrte ihm den Rücken und setzte einen Fuß in den Steigbügel.

»Rowen!«, rief Kyria. »Sie hat recht!«

»Schweig still, Weib! Es ist dein Bruder!«

Ungerührt sah Avi zurück. Der Mann war ein Narr. Von seinem Schlag kannte sie viele. Sein Gebaren erzürnte sie nicht. Sie hatte dafür gesorgt, dass ein junges Kind am Leben war. Egal ob sein Vater ein kluger Kopf war oder ein Idiot, es brauchte seine Eltern. Avi fällte eine Entscheidung: Sie würde dafür sorgen, die Familie in Sicherheit zu bringen, bevor sie weiterzog. Ritt sie jetzt davon, wäre es gut möglich, dass sich bald andere Dämonen an ihrem Fleisch labten.

Somit ging sie zu Rowen und trat ihm ins Gemächt.

Japsend sank er in den Staub.

Sie packte ihn an den Haaren, zerrte ihn hinter sich her und beförderte ihn schließlich auf die Ladefläche, wo er mit angezogenen Beinen, die Hände auf sein Genital gepresst, liegen blieb und heisere Flüche gegen sie ausstieß.

Kyria glotzte sie an. »Werde ich mir für die Zukunft merken ...«

Avi lachte und wuchtete sich in den Sattel. Festos tänzelte aufgeregt, da er wohl den Blutgeruch des toten Pferdes in den Nüstern hatte.

Sie patschte ihm auf den Hals. »Ich werde nicht zulassen, dass dir so etwas passiert.«

Er schnaubte, warf den Kopf in den Nacken und stakste los. Quietschend folgten die Wagen.

Sie bedauerte den Tod Jakos' und sprach ein stummes Gebet an Arsamon, den Gott des Todes, der die Seelen der Verstorbenen in sein Reich aufnahm. Anfangs hatte es sie schockiert, wenn jemand starb, den sie unter anderen Gegebenheiten vielleicht hätte retten können. Inzwischen fand sie sich damit ab. Froh, immerhin den Jungen beschützt zu haben, sehnte sie sich dem Nachtlager entgegen, einer guten Mahlzeit sowie einem hoffentlich traumlosen Schlaf.

Erschöpfung hin oder her, sie war am Leben und gesund und daher in der Lage, ihre Aufgabe fortzuführen. Andächtig holte sie das Amulett hervor und küsste den blauen Stein.

Ein Blitz zuckte vom Himmel und tauchte die Szenerie in gespenstisches Licht.

Zeitgleich begann es zu regnen, zuerst vereinzelte, dicke Tropfen, die auf die Erde patschten. Bald jedoch trieben Regenwände wie Rauchfahnen über sie hinweg. Wasser lief in Avis Kragen, egal wie eng sie den Umhang um ihre Schultern raffte.

Egal.

Der Junge lebte.

Nur das zählte.

* * *

Schreie und reißende Geräusche von Fleisch, das jemand von Knochen fetzte und schmatzend zerkaute. Geruch von Blut, metallisch, das linde Patschen, wenn Spritzer davon Boden und Wände trafen und ein Mosaik der Gewalt schufen.

Sie rannte ins Freie, schreiend, Angst und Entsetzen pulsten durch ihren Körper.

Gras unter ihren Füßen.

Plötzlich stürzte sie.

Schatten näherten sich, der Gestank von Fäulnis und frischem Blut umgab sie wie eine Wolke der Verderbnis.

Sie würden sie holen, jetzt, und sie verstümmeln und auffressen. So, wie sie es mit ihren Eltern getan hatten.

Nichts würde sie aufhalten.

Ein Blitz aus Licht.

Die Schatten vergingen darin.

Das Schlagen von Hufen.

Die Gestalt einer Frau, das Gesicht leuchtend und warm, so hell, als würde eine Aureole aus Licht es umgeben.

Lächelnd beugte sie sich zu ihr hinab und …

Avi schrak hoch und ihr Herz schlug hart wider ihren Brustkorb. Der Mund war trocken. Sie streifte die Decke ab und richtete sich auf. Die Kühle der Nacht umgab sie, Nebel dunstete zwischen Sträuchern und Bäumen.

Sie strengte die Augen in der Dunkelheit an. Nichts Auffälliges. Keine Regung. Fahles Mondlicht, von den Ästen des Waldes in schmale Streifen geschnitten, erhellte den nach Feuchtigkeit riechenden Boden.

Was hatte sie aus dem Schlaf gerissen?

Fröstelnd erhob sie sich, als die Nacht ihr die Wärme des Schlafes stahl. Auf steifen Beinen ging sie zu Festos und trank vom Wasserschlauch am Sattel. Festos schnaubte, wandte den Kopf und stupste sie mit der Nase an. Seine Flanken zitterten.

»Ruhig, mein Bester«, wisperte sie. Auch er spürte es. Etwas stimmte nicht. Lautlos zog sie ihr Schwert. Mondlicht rann über den Stahl.

Sie huschte zurück ins Lager. Wo zum Teufel war Rowen? Er war zur Wache eingeteilt!

Die Schlafstätten ...

Drei waren leer. Ihre, Rowens ... und?

Unschlüssig fuhr ihr Blick in die Nebelschwaden.

Ein Schrei ertönte.

Avis Herz setzte einen Schlag aus.

Sie umklammerte den Griff ihres Schwertes. Woher war der Schrei gekommen?

Jemand drehte sich in seiner Decke, murmelte etwas.

Avi schluckte den Druck in ihrer Kehle weg, steckte das Schwert vor sich in die Erde, holte den Bogen, bog das obere Stück einwärts und hakte die Sehne ein. Wachsam wartete sie.

Eine Bewegung zu ihrer Linken.

Jemand stolperte aus dem Wald, hielt sich die Seite.

Rowen.

Sie ließ den Bogen sinken, blieb jedoch, wo sie war.

Keuchend taumelte er auf sie zu. Blut sickerte zwischen den Fingern hindurch. Sein Gesicht war totenblass, die Lippen über die Zähne zurückgezogen, die Augen aufgerissen wie bei einem durchgehenden Gaul. Der Mond intensivierte das Weiß seiner Pupillen.

»Was ist passiert?«

Er gab keine Antwort, sank auf die Knie und krümmte sich vor Schmerz.

»Nimm die Hand weg!«

Stöhnend löste er die blutverschmierten Finger. Die ganze rechte Seite war nass von Blut.

Avi legte den Bogen ab und holte ein Tuch aus der Tasche, das sie Rowen hinwarf.

Ihre Hilfsbereitschaft war ihr Fehler. Sie bemerkte ihn erst, als es zu spät war.

Ein weiterer Schrei ließ sie herumfahren.

Rowens Mutter, Farina, kroch über den Boden, die Decke noch um die Beine geschlungen. Über ihr stand Kjala. Dunkle Flüssigkeit tropfte von der Klinge in seiner Hand.

Erschüttert ergriff Avi den Bogen.

Kjala stieß zu. Das Messer traf Farinas linken Oberschenkel und hinterließ eine tiefe Wunde.

Die alte Frau kreischte.

Avi fasste Kjala ins Auge, während ihre schreckenssteifen Finger einen Pfeil auf die Sehne spannten.

Die unschuldigen, von Schrecken erfüllten Augen, in die sie nach seiner Rettung geblickt hatte, hatten sich in düsterrote Kohlestücke verwandelt, in denen Bösartigkeit loderte. Schwarze Pusteln, als wäre seine Haut brandig gesprungen, entstellten sein Gesicht, das gekrönt war von zwei kleinen Hörnern, die aus seinem Haaransatz sprossen.

Avi wusste nun, was sie aufgeweckt hatte: seine dämonische Präsenz.

Trotzdem drückte es ihr das Herz zusammen, als sie Kjala anvisierte.

Nein, nicht Kjala, nicht der unschuldige, verängstigte Blondschopf vom Nachmittag – einen Dämon! Eine Kreatur der Finsternis!

Plötzlich sprang jemand auf. Es war Kyria. Sie befand sich genau in der Schusslinie.

»Kjala! Was ist mit dir?«, rief sie mit überschnappender Stimme. Immerhin fasste sie ihre verwundete Schwiegermutter an den Handgelenken und schleifte sie weg. Statt selbst zurückzuweichen, näherte sie sich ihrem Kind – oder dem, was es einst gewesen war.

»Was tust du? Fort mit dem Messer! Bitte, Kjala! Komm zu mir. Komm zu deiner Mutter. Ich will dir helfen.«

Ein Knurren, das Avi durch Mark und Bein ging. Es kam aus Kjalas Mund – und klang so gar nicht nach kleinem Kind. Es war der Laut einer Bestie, die nach Blut und Tod trachtete.

Endlich fand Avi ihre Stimme. »Geh beiseite!«

Kyria reagierte nicht.

Dann keuchte sie auf, taumelte zurück, stürzte. Im Fallen drehte sie sich. Avi sah den klaffenden Schnitt, der sich von ihrer linken Brust bis zum Bauch zog.

Genug, sie musste ihn töten!

Sie führte die rechte Hand zurück, die Fiederung des Pfeils streifte ihre Wange.

Kjala lächelte böse, er führte das Messer zum Mund. Eine verfärbte, aufgequollene Zunge leckte genüsslich das Blut von der Schneide. Er erfasste Avi mit dem glosenden, unheilvollen Leuchten seiner Augen und ihr war zumute, als arbeite hinter dieser jungen Stirn ein viel älterer Verstand, der an Tücke und Boshaftigkeit seinesgleichen suchte.

In dem Lidschlag, als sie schoss, schleuderte jemand sie zu Boden. Haarscharf pfiff der Pfeil an Kjala vorbei und zersplitterte an einem Baum.

Die Luft rauschte aus Avis Lungen.

»Nein!«, krächzte eine Stimme in ihr Ohr. »Du wirst meinen Sohn nicht töten!«

Hände legten sich um ihren Hals und drückten zu.

Rowens Gesicht erschien über ihr, verzerrt vor Hass und Schmerz. »*Du* hast das über uns gebracht!«

»Narr!«, keuchte sie und versuchte, seine Hände zu lösen. In seinem ausgemergelten Körper jedoch steckte sehnige Kraft.

Bunte Punkte flimmerten vor ihren Augen.

Ihre rechte Hand wanderte zur Hüfte, riss den Dolch heraus und drosch den Eisenknubbel am Ende des Griffstücks gegen seine Schläfe. Ein Stöhnen floss über seine Lippen, die Augen rollten nach oben. Schlagartig ließ der Druck seiner Finger nach. Avi stieß den Körper fort, richtete sich auf, hustete und schlang Luft in die Lungen.

Die Schwärze am Rande ihres Blickfeldes wich und sie raffte sich auf die Beine.

Kjala war verschwunden.

Der Rest der Familie war jetzt wach. Kyrias ältere Kinder standen nahe dem niedergebrannten Lagerfeuer, in dem Aschereste glühten, und starrten auf ihre Mutter und Großmutter. Der Großvater war bei seiner Frau und weinte, während er zerrissene Lumpen auf die Verletzung drückte, was ihr leise Wimmerlaute entlockte. Entzündeten sich die Wunden nicht, mochte sie überleben. Hoffentlich wohnte noch genug Kraft in dem alten Körper.

Avi kniete sich neben Kyria, die zitternd den Kopf hob. Schmerz und Kummer verschleierten ihre Augen. »Hilf ihm, Hüterin. Bring ihn zu mir zurück.«

Ohne zu antworten, half Avi ihr auf die Beine. Mit spitzen Fingern lupfte sie das Gewand an und sah durch den Riss auf den Schnitt. Eine Fleischwunde. Die Klinge war nicht tief gedrungen.

»Du wirst überleben«, sagte Avi.

Ein Stöhnen erklang. Rowen kam zu sich.

»Kümmere dich um deinen Mann.« Damit wandte Avi sich ab.

Eine Hand umschloss ihren Oberarm. Widerwillig wandte sie den Blick wieder zu Kyria.

»Was wirst du tun?«

Sie streifte die Hand ab, sagte nichts, sondern nahm ihr Schwert aus der Erde, wischte es hastig ab und steckte es in die Scheide an Festos' Sattel. Ihren Bogen und andere Habseligkeiten verstaute sie ebenfalls. Dann stieg sie auf.

Kyria taumelte ihr nach und krallte ihre Hände in das Zaumzeug. Festos schnaubte erzürnt.

»Wie konnte ... das passieren?«, stammelte Kyria mit tränenerstickter Stimme. »Sag es mir!«

Avi seufzte. »Er trug den Dämon von Anfang an in sich. Es war nicht abzuwenden. Mag sein, dass der Angriff und Jakos' brutaler Tod seine menschliche Seele erschütterten, sodass der Dämon die Kontrolle erlangte. Aber irgendwann *wäre* es passiert, so oder so.«

»Warum nur? Ich war doch immer gut zu ihm ...« Kraftlos sank Kyria herab, ließ das Zaumzeug fahren, ein Haufen menschliches Leid zu Festos' Hufen.

Avi biss sich auf die Lippen. Ihr war, als würde ihr Herz jeden Moment splittern. »Dich trifft keine Schuld.«

Tränen ergossen sich aus Kyrias Augen. »Bring ihn zu mir zurück …«

»Niemand … niemand kann ihn zurückbringen«, Avi klopfte die Fersen in Festos' Flanken, »nur erlösen.«

»Nein!« Kyria krabbelte dem Pferd hinterher. »Wir geben ihn zu einer Heilerin!«

Sinnlos! Niemand konnte ihm mehr helfen …

Avi ritt schneller, hinter ihr die tapernden, unsteten Schritte Kyrias.

»Nein!«, gellte es durch den Wald. »Du darfst ihm nichts tun! – Bitte! – Nein! – Nein … bitte …«

Ihre verzweifelten Rufe begleiteten Avi noch einige Zeit, ehe Wald und Nebel sie verschluckten.

Einige Zeit später, als der graue Schimmer des anbrechenden Morgens durch den Wald sickerte und Schatten an Bäume und Sträucher legte, lockerten sich Avis verkrampfte Muskeln und befreite sich ihr Geist von dem Elend, das sie auf der Lichtung zurückgelassen hatte.

»Jaminara«, betete Avi, »Göttin der Rechtschaffenheit und Ordnung, lass Kyria und Rowen neuen Mut schöpfen und in der Liebe zu ihren beiden anderen Kindern den Schmerz vergessen, der sich in ihr Herz gefressen hat.«

Avis Glaube an eine grundlegende und allumfassende Gerechtigkeit war es, was sie in Zeiten von Verdruss und Trauer auf dem rechten Pfad hielt. Die Welt war im eisernen Griff des Chaos. Irgendwann jedoch würde die alte Ordnung wiederkehren.

Musste wiederkehren.

Sie rollte den Kopf, fasste sich in den Nacken und massierte die Muskeln. Dann blieb sie stehen und horchte in sich. Kjala war vor ihr, irgendwo im Wald. Er lief schnell, schneller, als es ihm seinem Alter nach zustand. Es war die dämonische Kraft. Jetzt allerdings wurde es Tag und Avi beschleunigte ihr Tempo, denn es bestand weniger Risiko, dass Festos sich an unter im Gras verborgenen Steinkanten die Fesseln zerschnitt. Routiniert lenkte sie ihn über unwegsames Gelände und sie spürte – wie das Echo eines Echos, das durch ihre Venen pochte –, dass sie Boden gutmachte.

Nebel hing zwischen den Stämmen gleich aufgespannten Stoffbahnen; er wirbelte und bildete kleine Strudel, wenn sie hindurchritt. Auf einer

Anhöhe orientierte sie sich am Stand der Sonne, die als dumpf glühender Kupferball über die Wipfel des Waldes stieg.

Kjala strebte nach Norden, hin zu seiner neuen *Familie*.

Avi biss sich auf die Lippen. Eile war geboten. Sie würde bis ans Ende des Waldes reiten, zu jener Ebene, auf der sie auf Kyria und ihre Sippe gestoßen war. Falls sie ihn bis dort nicht eingeholt hätte, würde sie ihn ziehen lassen, sonst brächte sie sich in zu große Gefahr.

»Auf, auf!«, rief sie und Festos trabte wieder in das Zwielicht des Waldes, das dem Licht der aufgehenden Sonne trotzte.

Müdigkeit machte sich in ihr breit, doch sie zwang sich, aufmerksam zu bleiben, indem sie einige Passagen von Quaran Do zitierte, einem Gelehrten und Philosophen, dessen Schriften sie beeindruckten. Sein Werk *Pfade der Erfüllung*, das ihr Halt gab in dunklen Stunden, führte sie stets in der Satteltasche mit sich.

»Schwierige Zeiten lassen uns Entschlossenheit und innere Stärke entwickeln.«

Festos spitzte die Ohren und schnaubte.

»Hör nur gut zu«, murmelte sie, »da kannst du was lernen. Vielleicht hilft es dir auch dabei, deine Übellaunigkeit besser zu kontrollieren.«

Er bockte und Avi klammerte sich an die Zügel. »He!« Mit eiserner Hand parierte sie ihn durch.

»Wenn dich Quaran Do nicht interessiert, hör halt weg!«

Er warf den Kopf hin und her, während er weitertrabte.

Avi lächelte in sich hinein. Er war der einzige wirkliche Freund, den sie hatte, und er scheute keine Gefahr. Ein Gefährte, wie man ihn sich nur wünschen konnte. Natürlich, er war nur ein Tier und doch fühlte sie sich ihm verbunden: Er war ehrlich, zeigte, wenn ihm etwas missfiel, hegte keinerlei Hintergedanken – außer er wollte etwas fressen, dann mimte er das nette Kuschelpferd – und stand zu ihr. Das war immerhin mehr, als man von vielen Menschen erwarten durfte.

»Den Schmerz der anderen muss ich bekämpfen«, rezitierte sie weiter, »weil es genauso Schmerz ist wie mein eigener. Die anderen sind fühlende Wesen genau wie ich. Darum muss ich sie beschützen wie mich.«

Die Worte schufen eine angenehme Leichtigkeit in ihrem Kopf, besänftigten ihre Ängste.

»Lebe ein gutes, ehrbares Leben« Avis Hand umschloss den Anhänger. »Wenn du älter wirst und zurückdenkst, wirst du es ein zweites Mal genießen können.«

Was würde sie genießen? Die Erinnerung an die Dämonen, die sie getötet hatte? Wollte man *daran* denken, wenn man alt war?

Das Zitat, das ihr am meisten Probleme bereitete, es zu akzeptieren, flüsterte sie nur, als wären ihre Lippen taub, als weigerten sie sich, diesem Sinnspruch überhaupt die Stimme zu leihen.

»Leid adelt jedes Lebewesen. Nur wer Leid erträgt, wird Glück erfahren ...«

Sie ließ den Klang der Worte nachwirken, presste die Lippen zusammen. Mehr als genug Leid hatte die Welt bereits überzogen. Und durch das Leid, das sie, Avi, durch den Verlust ihrer Eltern erfahren hatte, hatte sich bestimmt kein Glück in ihr eingestellt.

Sanft zog sie an den Zügeln. Festos blieb stehen. In der kühlen Luft dampfte sein Fell. Wasser tropfte von den Zweigen und Blättern.

Spuren auf dem Boden.

Kjala war hier entlanggekommen.

Sie spürte seine dämonische, verderbte Aura wie schwarzes Licht.

Er war nah.

Schritte, ein Huschen im Augenwinkel.

Avi nahm Pfeil und Bogen, bereit, in Herzschlagschnelle zu schießen.

Abermals wischte ein Schatten von Bewegung vorbei, rechts von ihr.

Ihr Herz jagte, das Blut rauschte in den Ohren.

Spielte Kjala mit ihr?

Dafür, dass der Dämon in ihm erst seit Kurzem durchgebrochen war, legte er eine erschreckende Schläue an den Tag, ganz anders als die geistlosen Angreifer, die Avi gestern zur Strecke gebracht hatte. Wieder einmal war sie überzeugt, dass manche Dämonen ohne Sinn und Verstand wahllos tötend durch die Lande streiften, während andere ein Ziel verfolgten, vielleicht einem Herrn folgten, der ihnen Befehle erteilte. Wenn ja, wer zog dic Fäden? Wer verkörperte dieses übergeordnete Bewusstsein, das den Dämonen befahl, einen Landstrich nach dem nächsten zu besetzen? War es Belzuur selbst, der Gott der Dämonen?

Unfug!

Er war der Herr seiner Welt, die jedoch getrennt war von der Welt der Lebenden. Hatte er einen Handlanger?

Eine kleine, undeutliche Gestalt rauschte zwischen zwei Bäumen durchs Unterholz.

Avi schoss. Der Pfeil prallte am Stamm ab, ohne sein Ziel zu treffen. Verärgert zog sie einen neuen aus dem Köcher.

Leere deinen Geist und lass den Körper tun, was er tausendmal geübt hat, hallte Furdas' Stimme durch ihren Kopf. Er hatte ihr das Bogenschießen beigebracht und sie im Schwertkampf unterwiesen. *Zu viele Gedanken beeinträchtigen deine Fähigkeiten.*

»Ich leere meinen Geist«, flüsterte sie.

Das Rascheln von Blättern.

Sie sah nach oben, der Bogen folgte ihrem Blick.

Ein schwarzer Schemen.

Etwas Hartes prallte gegen sie und schleuderte sie aus dem Sattel. Bäume und Sträucher machten einen Überschlag und schossen nach oben weg. Sie knallte auf den Rücken. Eine knurrende schwarze Fratze mit blitzenden Reißzähnen und gelben, raubtierhaften Augen pflanzte sich über ihr auf. Es war ein Dämon – aber nicht etwa Kjala!

Er hatte sie nur hergelockt! Die Drecksarbeit erledigte nun diese Bestie!

Sie zog den Dolch.

Die Pranke des Dämons flog heran.

Das Ende.

Sie war nicht schnell genug.

Gebogene, dicke Nägel, gelb wie Schwefel. Es war, als hielte die Zeit selbst den Atem an.

Sie schrie vor Panik.

Sengendes Licht schoss aus ihrer Brust und traf den Dämon, schleuderte ihn zurück. Er zischte und jaulte und fauchte, wand sich am Boden. Sein Arm, der ihr das Gesicht weggerissen hätte, fehlte. Avi spürte ein Brennen zwischen ihren Brüsten, ignorierte es jedoch, kroch zu ihrem Feind und rammte ihm die Klinge in die Stirn. Die Augen verloren ihr Feuer. Sie drehte den Dolch, es knackte.

Dann stürzte sie zur Seite. Sie bekam kaum Luft. Hechelnd und japsend kauerte sie auf dem Boden.

Plötzlich jagte Schmerz durch ihren linken Arm. Sie riss den Arm weg, starrte nach oben.

Kjalas blutiges Maul schnappte nach ihrem Gesicht. In einem Aufbäumen letzter Kraft stieß sie ihm die flache Hand von unten gegen das Kinn. Sein Kopf schnappte zurück, er stürzte. Avi befreite den Dolch aus der Stirn des toten Dämons.

Kjalas spitze Zunge leckte ihr Blut von den Zähnen. Dieses Scheusal hatte sie gebissen!

Statt sie weiter anzugreifen, veränderte sich sein Blick schlagartig, von gierig zu zögerlich, nachdenklich. Abermals kostete er ihr Blut. Er schmatzte, sah sie auf wissende Weise an – und verschwand mit ausgreifenden Sätzen zwischen den Bäumen.

Verdammt, das war knapp gewesen!

Stöhnend rollte sich Avi auf den Rücken, dann schleppte sie sich zu einem Stamm und setzte sich aufrecht hin. Vorsichtig drehte sie den Arm und fasste die Wunde ins Auge. Hätte sie keine Weste getragen, sodass der Stoff die Kraft des Bisses abdämpfte, hätte ihr diese kleine Ausgeburt einen Fetzen herausgerissen.

Obwohl, so klein wie in der Nacht war er gar nicht mehr gewesen. Dass Dämonen nach der Übernahme des Körpers dessen Wachstum beschleunigten, war ihr bekannt; die rasante Entwicklung Kjalas jedoch erschreckte sie.

Der dunkelrote Fleck wuchs auf dem beigen Stoff ihrer Bluse wie eine sich öffnende Blüte. Sie streifte die Weste ab und ging zu Festos, der sie mit der Schnauze anstupste.

»Mir geht es gut«, sagte sie mit schwankender Stimme, zerrte ein altes Oberhemd aus dem Bündel hinten am Sattel, zerschnitt es und wickelte einen Streifen um die Wunde. Sie legte die Weste wieder an und den Umhang über die Schultern. Ihr fröstelte und schwindelte. Müdigkeit, Anspannung, Angst und das Kämpfen forderten ihren Tribut.

Mühsam hievte sie sich in den Sattel.

Da durchfuhr es sie siedend heiß. Hastig fischte sie das Amulett hervor. Erst dabei fiel ihr das verkohlte Loch in Bluse und Weste auf, und als sie den Kragen wegzerrte, gewahrte sie, dass ihre Haut eine Rötung in Form des Talismans aufwies.

»Nein!«, hauchte sie entsetzt: Schwarze Brandspuren verunstalten den Silberring und der makellose Stein, vormals königsblau und glatt, war nun verfärbt und geborsten.

Ein gutturales Knurren hinter ihr.

Sie drehte den Kopf.

Ein Dämon hetzte auf sie zu. Er öffnete sein schiefes Maul, Geifer schäumte über die schmalen, blutleeren Lippen.

Avi zog ihr Schwert.

Es entglitt ihren Fingern, die glitschig waren vom eigenen Blut.

Festos schlug aus. Die Hinterhufe zerschmetterten den Kopf des Angreifers.

Die ruckartige Bewegung katapultierte Avi kopfüber aus dem Sattel. Sie prallte mit dem Kopf gegen Festos' Schädel und fiel erneut auf den Rücken.

Bunte Schmetterlinge flatterten vor ihren Augen. Am ganzen Körper schmerzgepeinigt, raffte sie sich auf die Beine, las ihre Sachen samt Bogen und Schwert auf und kämpfte sich erneut auf Festos' Rücken, der ihr mit nach hinten gewandtem Kopf neugierig zuschaute.

»Du hast einen verdammten Eisenschädel!« Avi rieb sich den Hinterkopf und zuckte zusammen, als ihre Fingerkuppen über die schon jetzt beträchtliche Beule fuhren.

Weg hier. Es reichte.

Sie gab ihm die Sporen. Auch er schien froh, diesen Ort zu verlassen, denn seine Hufe flogen über den Waldboden. Der Morgen glühte durch das Blätterdach und sprenkelte den Boden mit Tupfern flüssigen Bernsteins.

Bald ging Festos' Energie auf Avi über, sie vergaß die Schmerzen, als er mit einem mächtigen Sprung über einen umgestürzten Baumstamm hinwegsetzte. In gutem Licht verlief der Rückweg rasch, sodass sie vor Mittag die Schatten des Waldes hinter sich ließen und Grasland sich vor ihnen ausbreitete, durchsetzt mit einigen Hügeln. Die Wolken hingen so tief, als wollten sie sich den Bauch von den Erhebungen streicheln lassen.

Sie überlegte, wohin sie reiten solle, da überkam sie ein seltsames Gefühl. Für einen Moment schloss sie die Augen, versuchte, es zu ergründen. Ihre Sinne waren scharf; der Wind, auf seinen Schwingen der Geruch der Nadelbäume, das Gras, das nach Herbst duftete; Festos' Muskelspiel, er tänzelte unruhig, spürte ihr Zaudern; das Kreischen eines Jagdvogels hinter ihr, das Säuseln der Luftwirbel im Gras.

Und noch etwas.

Ihre Gabe.

Der unsichtbare Odem, den sie spürte, war weiterhin präsent. Und doch, irgendetwas ...

Ihr war, als würde sie nicht nur etwas aufnehmen, sondern auch zurückschicken. Ihr Unbehagen wuchs. Zweifelnd hob sie abermals das zerstörte Amulett vor ihre Augen. Es hatte ihr das Leben gerettet – und dadurch seine Kraft eingebüßt. Nun war der Schutz dahin. Bildete sie sich das alles nur ein, aus Trauer, dass es gesprungen war? Oder hatte es sie die ganze Zeit über vor dem Bösen bewahrt?

Schneller als erwartet erhielt sie eine Antwort.

Sie spürte, etwas näherte sich in hohem Tempo. Angstvoll blickte sie über die Schulter.

Der Wald.

Ganz still war es um sie her. Kein Vogel mehr, selbst der Wind war gewichen.

Sie packte den Bogen und legte einen Pfeil auf.

Hufschlag.

Als sie die Sehne mit der rechten Hand zurückzog und somit auf Spannung brachte, bohrte sich Schmerz in ihren linken, ausgestreckten Arm.

Mit zusammengebissenen Zähnen wartete sie.

Ein Reiter erschien zwischen den Bäumen, armiert mit einer schwarzen Lederrüstung und einem dunklen Eisenhelm. Aus dem Sehschlitz leuchteten zwei rote Punkte.

Ohne Säumen feuerte sie den Pfeil ab.

Gekonnt riss der Reiter seinen Schild nach oben. Der Pfeil zersplitterte daran.

Ein weiterer Reiter kam zum Vorschein, genauso gerüstet wie der erste. Beide trugen Lanzen in den Händen.

Avi schickte den nächsten Pfeil auf die Reise. Wieder wurde er abgewehrt.

Ein dritter Reiter tauchte auf. Dieser jedoch trug weder Rüstung noch Waffe.

Kjala.

Binnen eines halben Tages hatte sich sein Körper zu dem eines Jugendlichen geformt.

Er deutete auf Avi.

Die beiden Dämonen trieben ihre Rösser voran.

Dann, unvermittelt, brachen ein Dutzend weitere in vollem Galopp aus dem Wald hervor.

Avi steckte den Bogen in die lederne Schutzhülle. »Lauf, wie du noch nie gelaufen bist!«

Festos jagte los.

Die Hatz begann. Sie mussten es mit der weiten Steppe aufnehmen. Kaum Schutz, keine Verstecke. Bestürzt sah sie über die Schulter.

Die Reiter fächerten auf und trieben ihre Tiere gnadenlos voran. Zwar wuchs der Abstand, doch seit Mitternacht hatte Festos keine Pause gehabt und den Vormittag über waren sie zügig geritten.

Auf Dauer würde er diese Jagd gegen ausgeruhte Tiere nicht durchstehen.

Avis Aussichten im Nahkampf waren so finster wie ein Brunnenschacht. Mit einem Schlag hatte sich das Blatt gewendet: von der Jägerin zur Gejagten.

Den ersten steilen Anstieg bewältigte Festos meisterlich, beim nächsten schnaubte er heiser. Beim dritten strauchelte er. Oben zügelte Avi ihn. Der Bogen flog in ihre Hände. Ein Lidzucken später sauste ein Pfeil durch die Luft.

Ein Laut, als würde ein Hammer auf einen Eisentopf prallen. Das Pferd eines Reiters stieg. Er rollte rücklings herunter und knallte auf den Boden, einen Pfeil im Helm.

Neun übrig.

»Weiter!«

Festos verfiel wieder in den Galopp. Sein Körper bebte vor Anstrengung.

Die Reiter waren nur zwei Steinwürfe hinter ihr. Es war dumm gewesen, einen von ihnen aus dem Sattel zu schießen. Selbst drei hätten keinen Unterschied gemacht. Andererseits hatte Festos die Verschnaufpause gutgetan. Dennoch, einen Ausweg gab es nicht.

Im Kampf zu sterben, damit hatte sie fortwährend gerechnet. Trotzdem machte aufkeimende Furcht ihr die Kehle eng. Ein grausames Schicksal erwartete sie, sollten die dämonischen Reiter sie einholen.

Angst macht dich wachsam und schnell, hallte Furdas' Stimme durch ihren Kopf, *aber nur, solange sie nicht überhandnimmt. Dann lähmt sie dich. Lass die Angst in deinen Körper, doch nicht in deinen Kopf …*

Avi atmete tief durch und konzentrierte sich auf den Fluchtweg. Sie lenkte Festos vorbei an den Hügeln. Zwei weitere solcher Anstiege und er würde zusammenbrechen. Auf planem Gelände hielte er länger durch. Zur Linken lag eine verlassene Hofstelle, auf dem Feld neben der Scheune standen vertrocknete Weizen- und Gerstenhalme. Ein magerer, struppfelliger Hund schoss plötzlich heran und kläffte. Er sprang hoch und schnappte nach ihrem Bein. Sie trat nach ihm, erwischte die Schnauze. Winselnd überschlug er sich und blieb liegen. Ein Dämonenross zerstampfte ihm den Schädel.

»Lauf, Festos, lauf!«

Der Hengst schnaubte erbärmlich, ein heiseres, kehliges Keuchen. Sie war dabei, ihn zuschanden zu reiten.

Schaum aus seinem Maul traf sie an der Wange.

Sie verfluchte sich dafür, Kjala unterschätzt zu haben. Wenn Dämonen nah waren, spürte sie zwar eine Aura, aber die war diffus, sodass sie nicht ergründen konnte, um wie viele es sich handelte. Das wurde ihr nun zum Verhängnis. Dem ersten Hinterhalt war sie mithilfe des Amuletts haarscharf entgangen; diese Reiter jedoch wären ihr Ende.

Es gab Menschen, die starben im Kindesalter oder als Heranwachsende …

Mit ihren zwanzig Jahren hatte sie bereits länger gelebt als viele andere, gerade in Zeiten wie diesen. Trotzdem wollte sie leben. Es war zu früh!

Zum ersten Mal hörte sie das Stampfen von Hufen, das sich in Festos' Galopp mischte. Drei Reiter waren dicht heran und die anderen sechs hatten auch aufgeholt.

Avi legte den Kopf wieder an Festos' Hals, um Wind und Wurfgeschossen möglichst wenig Angriffsfläche zu bieten, und preschte nach einem Rechtsschwenk durch eine Baumgruppe. Niedrig hängende Zweige peitschten über ihre Oberschenkel und Festos' Flanken, und direkt vor ihnen sprang sie ein armdicker Ast regelrecht an. Wäre Avi nicht geduckt gewesen, hätte er ihr den Schädel gebrochen oder sie zumindest aus dem Sattel geschlagen.

Ein paar Hufschläge später gab es ein Krachen und Wiehern.

Einer ihrer Verfolger hatte offensichtlich aufrecht gesessen.

Es ging wieder hinaus auf freies Feld.

Vor ihr lag ein Hügel, flach zwar, doch so breit, dass sie ihn nicht umreiten konnte.

»Dort oben fechten wir unseren letzten Kampf«, sagte sie und alle Angst verflog, ersetzt von einer wattigen Leere und dem Akzeptieren des Unausweichlichen.

Tapfer kämpfte Festos sich nach oben. Auf zitternden Beinen kam er zum Stillstand. Avi zog ihr Schwert, wollte herunterspringen und Festos einen Schlag auf die Kehrseite geben, damit er abhaute – da verhakte sich ihr Blick an dem hinter dem Abstieg liegenden Brachland.

Wieder ein verlassenes Gehöft, daneben jedoch beige Leinenzelte, Pferde, Männer. Stahl glitzerte in der Sonne.

Ein Trupp Lanzenreiter, sicher an die hundert!

Sie schrie aus Leibeskräften und trieb Festos ihre Stiefelabsätze in die Flanken.

»Da unten, sieh nur! Das ist unsere Rettung!«

Festos schnaubte gequält und trabte los.

Wieder brüllte Avi.

Einige der Männer erhoben sich und sahen sie an.

So nah und doch so fern ...

Vorsichtig führte sie Festos nach unten.

Jetzt ein Sturz ...

Geschafft!

Ihre Verfolger walzten wie eine schwarze Lawine über die Kuppe den Abhang hinab.

Schlagartig kam Bewegung in die Männer.

Sie sprangen in ihre Sättel, griffen nach Waffen.

Hufgetrappel neben ihr.

Gut, dass sie ihr Schwert in der Hand führte!

So gelang es ihr, den ersten Hieb abzuwehren. Stahl kreischte, die Erschütterung pflanzte sich bis in ihre Schulter fort. Diese Kraft war übermenschlich. Ihr Arm war taub.

Bevor der Dämon abermals zuschlug, riss Avi an den Zügeln. Im nächsten Moment rammte Festos das andere Pferd. Die Überraschung glückte.

In einer Staubwolke stürzten Ross und Reiter.

Festos wurde langsamer. Selbst seine beachtlichen Kräfte waren nun erschöpft.

Flehend blickte sie nach vorn. Die Lanzenreiter preschten ihr in gestrecktem Galopp entgegen.

Der nächste Feind war heran. Stahl pfiff auf ihren Hals zu. Jäh beugte sie sich im Sattel zurück, spürte den Luftzug am Kinn. Hektisch löste sie die Stiefel aus den Steigbügeln. Der nächste Hieb folgte.

Avi sprang.

Mit den Beinen kam sie auf, machte sich weich und rollte sich ab. Trotzdem war der Aufprall heftig, sodass sie über den Boden purzelte und sich den Steiß prellte, den Rücken, Ellenbogen und Knie. Ihr Schwert hatte sie verloren. Die Welt schlingerte nach links und rechts. Ächzend erhob sie sich auf die Knie und spuckte Staub und Erde aus.

Das verwischte Blitzen einer Klinge.

Sie warf sich auf den Boden, krabbelte auf allen vieren davon.

Der Untergrund erbebte. Ein ohrenbetäubendes Stampfen, dann ein Krachen, Scheppern und Wiehern. Ein Dämonenreiter prallte auf sie, rollte über sie hinweg und kam zum Liegen. Eine Lanze hatte seine Brust durchschlagen. Er lebte noch. Seine Klauen erwischten sie an der rechten Wange.

Halb blind, da ihr der Schmerz die Tränen in die Augen trieb, krallte sie sich ihren Dolch, fand mit der freien Hand den Sehschlitz des gegnerischen Helms und rammte die Klinge hinein, mehrmals, bevor Avi, blutbespritzt und erschöpft, zu Boden sank und keuchte und pfiff wie ein löchriger Sudkessel.

Alles dröhnte und pochte, Schwärze flackerte vor ihren Augen. Sie presste die Kiefer zusammen, stemmte sich hoch auf alle viere.

Ihr Blick schärfte sich wieder, selbst wenn die Welt weiterhin zitterte, als stampfe ein Riese seine kolossartigen Füße auf den Boden.

»Den habt Ihr ja schön zugerichtet.«

Die Stimme eines Menschen. Nie zuvor hatte sich etwas besser angehört als dieser mit leichter Belustigung unterlegte Satz.

»Hier, nehmt meine Hand.«

Avi ließ sich in die Höhe ziehen und blieb, die Hände auf die Oberschenkel gestützt, trotz ihrer wackeligen Knie auf den Beinen.

Ein junger Mann in Kettenhemd und abgetragenem Wappenrock stand vor ihr. Statt in leuchtendem Rot zu erstrahlen, war der vandurische Adler auf seiner Brust von einem rostigen Braun und der Helm, den er jetzt abnahm, war zerkratzt und links oben leicht eingedellt. Trotzdem wiesen ihn die beiden Schwingen über dem Nasenschutz als Hauptmann aus. Er war jung, mit blondem, lockigem Haar, das verschwitzt in seinem ansehnlichen Gesicht klebte.

Nach einem Moment räusperte er sich, zog ein graues Tuchstück aus der linken Armschiene und reichte es ihr. »Hier, Ihr blutet im Gesicht.«

Avi drückte es auf die rechte Wange. »Danke.«

»Was machte eine hübsche Dame wie Ihr allein in dieser gefährlichen Gegend, wenn ich fragen darf?«

»Was macht ein junger Mann wie Ihr als Hauptmann an der Spitze einer Streitmacht?«

Er grinste. »Da ich Euch das Leben gerettet habe, erwarte ich zuerst eine Antwort.«

»Ich bin auf der Durchreise.«

»Ihr kamt von Norden. Was habt Ihr dort gemacht?«

»Gekämpft.«

Seine Augenbrauen rutschten nach oben. »Nun, mein Name ist Halron Fallas. Ich kommandiere diese Truppe von furchtlosen Männern. Wir und einige andere Einheiten sind das Letzte, was zwischen den Dämonen und dem Rest Vandurs liegt. Viel ist es ohnehin nicht mehr.«

»Das ist tapfer von Euch und Euren Männern.« Sie sah an ihm vorbei zu den gefallenen Dämonen. Vier. Also waren welche entkommen. »Ich heiße Avi.«

»Seid mein Gast in unserem bescheidenen Lager. Sicher habt Ihr nichts gegen einen geheizten Badezuber einzuwenden. Die vormaligen Besitzer haben ihn zurückgelassen.«

»Ganz und gar nicht.« Allein die Vorstellung an warmes Wasser, mit dem sie sich den ganzen Dreck vom Körper waschen konnte, war so wunderbar, dass sie um ein Haar wonnevoll aufgeseufzt hätte. »Ich habe eine Bitte: Jemand soll sich um mein Ross kümmern. Ihm verdanke ich genauso mein Leben wie Euch. Natürlich werde ich dafür aufkommen.«

Halron winkte ab.

Nach und nach gesellten sich seine Männer zu ihm; die bis dahin damit beschäftigt gewesen waren, den Dämonen den Kopf abzuschlagen und deren Reittiere zu töten. Die Ausrüstung von Halron Fallas' Streitern war sehr unterschiedlich: alte Militärbrünnen, leichte Lederrüstungen, Schilde aus Metall oder Holz, Schwerter, Speere, Äxte, Säbel, Dolche, Rabenschnäbel.

Eines allerdings war ihnen gemein: Der Ausdruck in ihren Augen, der sich meist aus Neugier schöpfte, während sie Avi musterten, manchmal aus Lüsternheit.

Bedanken sollte sie sich bei ihnen für ihr rasches und entschlossenes Einschreiten, jedoch brachte sie keinen Laut heraus.

Sie kannte das Funkeln in den Augen. Nurok, ihr ehemaliger Freund, den sie in jener Zeit gehabt hatte, als Furdas sie in der Waffenkunst unterwies, hatte sie genauso angeschaut. Dann wollte er Sex. Wenn sie auch wollte – gut. Wenn nicht, bedrängte er sie, flehte sie an, sich aus ihren Kleidern zu schälen und sich um seinen Penis zu kümmern.

»Du bist wunderschön. – Jeder Tag, am dem ich dich nicht berühren darf, ist ein verlorener Tag. – Ich bin dir verfallen mit Haut und Haaren …«

Manchmal hatten ihr diese Schmeicheleien gefallen, viel öfter jedoch nicht.

Wenn sie schon keinen Mucks herausbrachte, zwang sie sich zumindest, den Blicken der Männer standzuhalten. Schwäche zu zeigen, war nicht gut, sondern eine stumme Aufforderung, es doch mal zu versuchen.

Dann, plötzlich, verpuffte jeder Gedanke daran, die Nacht in einem Lager voller Männer zu verbringen, nackt in einem Holzbottich zu sitzen und sich zu waschen: Auf dem flachen Hügel, im Rücken von Halron und seinen Mannen, war ein Reiter. Es war keiner der geflohenen Dämonenkrieger – sondern Kjala!

Ihre Blicke kreuzten sich. Selbst auf diese Entfernung spürte sie seinen Hass.

Dann war er verschwunden.

»Los, Männer, zurück ins Lager«, sagte Halron und bedeutete Avi, auf sein Pferd zu steigen. Ihr Herz schlug dumpf und schwer, und nur mit Mühe kehrte sie dem flachen Hügel den Rücken zu.

Halron erbot sich, Festos zu Fuß ins Lager zu geleiten. Die Männer ritten vornweg, Halron und sie blieben zurück.

»Ihr dürft ruhig vorausreiten.«

»Nein, ich bleibe lieber bei Euch.«

Freude legte sich auf seine Züge, auch wenn er rasch zur Seite sah.

Das war nicht die beste Antwort gewesen. Nachher brachte sie ihn auf ähnliche Gedanken wie seine Soldaten.

Eines Tages würde sie Kjala erneut gegenüberstehen …

Diese Tatsache beschäftigte sie die ganze Strecke zum Lager, sodass sie Halrons Versuche, ein Gespräch mit ihr zu führen, durch geistesabwesende und kurzsilbige Antworten abwürgte.

Wieso war Kjala gerade hinter ihr her – und nicht hinter seinen Eltern oder Geschwistern?

Sie hörte nur mit halbem Ohr hin, während Halron ihr das Lager zeigte und einige Dinge erläuterte.

Avi erwachte, bewegte sich. Lauwarmes Wasser schwappte gegen ihre Schultern. Sie hob die schweren Lider, sah sich um. Die Kerze neben dem Badezuber warf flackernde Schattentänze auf die Zeltbahn.

Ein Seufzer von Stoff.

Leise, huschende Schritte, die sich entfernten.

Der Eingang zum Zelt schwang sachte.

Avi verzog den Mund. Also hatte einer dieser geilen Böcke die Gelegenheit genutzt, dass sie eingeschlafen war, und ihre Brüste in Augenschein genommen.

Sie tauchte bis zum Kinn unter, milde verärgert, doch so müde, dass es ihr im nächsten Moment egal war. Hatte der Lustmolch wenigstens etwas Schönes, an das er sich erinnern konnte, wenn er sich dereinst geifernden Dämonenmäulern gegenübersah.

Sie lachte leise, griff nach dem langen Tuch, das neben dem Badezuber an einem wackeligen Holzgestell hing, und erhob sich. Das Tuch vor sich haltend, stieg sie aus dem Wasser. Tropfen perlten ihren zerschundenen Körper hinab. Schrammen, Kratzer, einige ganz schön tief und schmerzhaft, Steiß und Rücken eine einzige Prellung. Das Wasser hatte den ersten Schorf aufgeweicht, sodass, nachdem sie fertig war, der Stoff lauter rote Punkte aufwies. Den Blick auf den Ausgang des Zeltes gerichtet, hängte sie es zurück und legte sich nackt auf die Decke hinter der Wanne. Noch fror sie nicht und sie wollte, dass die Verletzungen nicht mehr bluteten, bevor sie eine frische Garnitur anlegte. Ihre letzte, um genau zu sein. Was sie heute getragen hatte, lag zusammengerollt in der Ecke. Es war dreckig, blutverkrustet und zerrissen. Die Wärme des Bades hielt sich eine Zeit lang in ihren Adern, bald allerdings kroch Kälte ins Zelt. Behutsam streifte sie ein grobes Leinenhemd über, blies die Kerze aus, legte sich nieder und zog sich ihre zweite Decke bis zum Kinn. Draußen vor ihrem Zelt war es ruhig, aber von der Scheune trieben Geräusche an ihr Ohr: Stimmen, Gelächter, manchmal ein lauter Fluch, wenn jemand sein Geld beim Kartenspielen oder Würfeln verlor.

Sie gähnte und bettete die Hände hinter den Kopf. Ihr Haar war noch feucht und es roch zumindest gewaschen, wenn auch ohne den Duft der Öle und Tinkturen, die sie manchmal bei den Priesterinnen der Tempel benutzen durfte, wenn sie von diesen ihre Waffen segnen ließ.

Schlaf zupfte verheißungsvoll an ihren Lidern. Doch er kam nicht. Sie war zu aufgewühlt. Und gerade jetzt, da im Hintergrund die Geräusche geselligen Beisammenseins erklangen, schlug die Einsamkeit einer dunklen Woge gleich über ihr zusammen. Sie seufzte den Kloß in ihrem Hals weg.

Auf ihren Streifzügen durch die Grenzlande empfand sie ihre selbst gewählte Isolation als befriedigend, ja erfüllend. Da genügte ihr Festos' Gesellschaft. Sie war frei, gedanklich wie körperlich, und sie dachte jede Nacht, wenn der Mond das Land ringsum mit silberner Helligkeit puderte, dass es für sie niemals ein anderes Leben geben konnte.

Im Moment war es anders.

Es war ein Gefühl von Verlust, dem Fehlen eines anderen Menschen.

»Du bist schwach, Avi. Der Wind weht von vorne, und du knickst ein und jammerst herum, statt froh zu sein, den Tag überlebt zu haben.«

Trotzdem – käme in diesem Augenblick Halron ins Zelt, sie würde ihn zu ihrer Bettstatt ziehen.

Natürlich tauchte er nicht auf. Zwar interessierte er sich für sie – zumindest glaubte sie das –, doch so plump war er nicht, als dass er mir nichts, dir nichts in ihr Zelt stolperte.

Sie erinnerte sich an die gemeinsamen Stunden mit Nurok: auf dem Dachboden der Scheune, am Flusslauf, verborgen im Ried, im Wald ...

Zaghaft wanderte ihre Hand über ihr Hemd, lupfte es an, erreichte ihre festen Brüste. Hart richteten sich ihre Knospen auf. Die Fingerkuppen glitten tiefer, zum Bauchnabel und weiter hinunter. Sie dachte an Nurok, an Halron, an das wunderbare Empfinden, berührt zu werden und zu berühren. Nach diesem Tag des Todes brauchte sie etwas, das nach Leben schmeckte, und war es nur ein Gebilde ihrer Erinnerung und Fantasie. Die Zähne in den Ärmel der freien Hand gegraben, streichelte sie sich und stöhnte leise.

Die Spannung löste sich schnell und heftig, in einem heißen Blitz, der ihr vom Unterleib bis in den Kopf sengte. Schwer atmend blieb sie liegen.

Wenig später senkte sich der Schlaf auf sie herab.

Als sie aufwachte, waren die Geräusche in der Scheune verstummt. Sie schlüpfte aus der Decke, kleidete sich an und lugte aus dem Zelt. Ein Feuer brannte schwach und beleuchtete in Decken gerollte Gestalten, die um die Wette schnarchten.

Avi holte ihre Sachen und verließ das Zelt in Richtung des flachen Gebäudes, in dem die Pferde untergebracht waren.

»Hallo, mein treuer Freund«, flüsterte sie.

Festos wandte den Kopf – und biss ihr in die Schulter. Nicht brutal, aber hart genug, um die Lage klarzustellen.

»In Ordnung, das habe ich verdient«, wisperte sie. »Durch meine Unachtsamkeit hätte ich uns beinahe umgebracht.«

Festos lauschte ihren Worten, ohne eine Reaktion zu zeigen.

»Darf ich Ihrer Exzellenz nun den Sattel anlegen?«

Gedämpftes Wiehern.

»Gut, dann lass uns aufbrechen.«

Sie machte ihn bereit, verstaute Gepäck und Waffen und hievte sich nach oben. Danach lenkte sie ihn hinaus und ritt langsam aus dem Lager.

Jemand kam auf sie zu.

»Ihr wollt uns schon verlassen?«, fragte Halron. Enttäuschung wallte in seiner Stimme.

Avi nickte. »Nochmals danke für alles.«

»Gern geschehen. Wohin führt Euer Weg?«

»In den Süden Vandurs. Danach …« Sie hob die Schultern.

Er sah auf seine Stiefelspitzen und wieder zu ihr, doch seine Lippen fanden die Worte nicht, nach denen seine Augen suchten.

»Gebt acht und seid vorsichtig«, sagte Avi.

Halron blickte ihr nach. »Ihr auch. Vielleicht kreuzen sich unsere Wege eines Tages wieder.«

»Vielleicht«, erwiderte Avi und ritt hinaus in die Nacht.

Kapitel 2

Schwer und unheilvoll liegt die Axt in seiner linken Hand. Die Finger umklammern den Holm, so fest, dass die Knöchel weiß hervortreten. Sein Atem rast. Sein ganzer Körper rast. Vor Schmerz. Er ist überall, als reiße jemand von innen die Haut auseinander, die Organe, als würde etwas in seinem Schädel heranwachsen und ihn zerfetzen.

Aber er sieht nur die weißen Knöchel seiner linken Hand und er sieht seine rechte Hand, die auf dem Steinboden liegt. Sie verformt sich, von ihr ausgehend rauscht die Pein durch ihn hindurch, von ihr, die nun ganz schwarz ist und nach Fäulnis stinkt, von ihr ausgehend verfärbt sich langsam der ganze Arm, schwarze Tentakel, die immer weiter wandern.

Er schreit, brüllt, kreischt, als die Schmerzen sich einer Spitze aus reinem Kristall nähern, ein Aufstieg aus den Vorhügeln der Pein zum Gipfel. Wenn er ihn erreicht, ist das sein Ende. Er wird vergehen. Verbrennen. Er wird sich auflösen in unmenschlichen Qualen.

Schweiß tropft auf den Boden, er kniet gekrümmt, hat kaum noch die Kraft, die Axt zu heben.

Das Verderbte muss ihn verlassen!

Mit einem donnernden Schrei, der sich in einem letzten Aufbäumen seiner heiseren Kehle entreißt, wuchtet er die Axt in die Höhe. Er hält sie, starrt auf die rechte Hand, auf das Böse.

Jetzt saust das Axtblatt herab, direkt auf den Ellenbogen zu …

Lormak unterdrückte den Schrei, als er in die Höhe schoss. Sein Herz war ein riesiger, erratischer Hammer, der gegen seine Brust drosch.

Luft.

Er keuchte und schnaufte, saugte seine Lungen voll. Seine linke Hand zuckte nach rechts, umklammerte den Unterarm, spürte die Spannung der dicken Muskelstränge unter dem langen Handschuh. Stöhnend sank er zurück auf seine Strohmatratze. Er rieb sich den kalten Schweiß vom

Gesicht, erhob sich auf die Beine und stolperte zur Waschschüssel, die auf einem kleinen Schemel stand. Prustend spritzte er sich Wasser ins Gesicht. Es rann durch den Bart auf seine nackte, muskelschwellende Brust. Anschließend warf er sich in ein zerschlissenes, graues Oberhemd, das über dem einzigen Stuhl hing, und schüttelte sich in eine muffig riechende Bauernhose.

Die akute Angst des Traums legte sich allmählich, die Bilder jedoch nicht. Dafür sah er sie zu oft. Jede Nacht marterten sie ihn. Nur davon träumte er; nicht von seinem Leben davor. Wo Erinnerungen sein sollten, gähnte lediglich Leere. Er presste die Lider zusammen, bis grelle Blitze vor seinen Augen zuckten, versuchte, irgendetwas aus der Schwärze herauszuholen, das ihm half, seine Vergangenheit zu finden.

Nichts.

Wut gärte, schäumte blasig in ihm hoch, bis sich ein blutroter Schleier vor seine Augen legte. Knurrend fegte er die Waschschüssel zur Seite. Es schepperte, Wasserzungen platschten gegen die löchrige Bretterwand. Er nahm den Schemel, hob ihn hoch und riss ihn mit bloßen Händen auseinander. Die Bruchstücke feuerte er durch den engen Raum der Waldkate. Noch immer nicht besänftigt, wirbelte er herum, schwer atmend, dann stürmte er Richtung Ausgang. Er riss die Tür so heftig auf, dass eine Angel knackend aus der Zarge brach und sie nun schief nach innen hing. Wutentbrannt fasste er sie seitlich mit beiden Händen. Ein Ruck, und auch die zweite Angel kapitulierte. Mit einem Schrei wuchtete er sie aus seiner Hütte. Die Tür segelte durch die Luft und plättete einen Weidenkorb, der im Gras stand.

Diese vermaledeite Bruchbude! Er trat gegen den Türrahmen, dass die ganze Kate erbebte. Danach verschlang er seine Hände zu einer zehnfingrigen Faust und hämmerte sie gegen die Wand. Ein Regal brach heraus und polterte auf den Boden, zusätzlich klaffte ein kürbisgroßes Loch im Holz. Erst jetzt legte sich seine Raserei und er stürmte hinaus. Der Schleier zerfaserte allmählich, und als er, nun wieder Herr seiner Sinne, den Kopf hob, sah er fünf Meter vor sich Lantyria, die Geweihte von Quelon, dem nächsten Dorf.

Der Blick ihrer von Lachfalten umkränzten braunen Augen glitt von seinem Gesicht über die geballten Fäuste und die Tür bis zu dem gezackten Durchbruch in der Hauswand.

»Ihr baut Eure Bleibe um?«

Kurz glotzte er sie ungläubig an, bevor er schallend lachte, was die Raserei vollends vertrieb.

»Oder wollt Ihr einfach, dass mehr Luft hineinkommt?«

Er gluckerte befangen. »Vielleicht beides.«

»Ein Baumeister könnte Euch sicher subtilere Kniffe lehren.«

Er mochte die Geweihte. Sie war einer der wenigen – sehr wenigen – Menschen, deren Gesellschaft ihm nichts ausmachte. Zumindest für kurze Zeit. Erst jetzt gewahrte er den geflochtenen Korb, den sie mit beiden Händen umschlungen vor dem Bauch hielt. Der Inhalt war mit Tuch eingewickelt. Trotzdem roch er den herben Duft gepökelten Fleisches.

»Was soll ich diesmal erledigen? Wird etwa wieder ein neues Haupthaus gebaut? Oder soll ich zur Abwechslung mal einen Baum mit bloßen Händen herausreißen?«

Schon beim Äußern der Worte schämte er sich für den spöttischen Tonfall. Aus irgendeinem unerfindlichen Antrieb heraus kredenzte Lantyria ihm Speisen für relativ einfache Aufgaben – die auch jemand anderes erledigen könnte, der nicht hier, im hügeligen Waldland, sondern direkt in Quelon wohnte.

Ihr Gesicht wurde ernst, die Lachfalten glätteten sich. »Nein. Nichts von alldem. Ich – wir – benötigen Eure Hilfe. Ein wilder Bär geht um.«

»Und?«

»Er hat Sila angegriffen, eine Frau, deren Mann gegen die Dämonen kämpft. Ihr wurde das Bein zerfleischt. Vielleicht muss man es abnehmen. Sie hat außerdem zwei Kinder.« Plötzlich bebten ihre Lippen. »Ihrem Sohn geht es gut, nur ihre Tochter … Die Kleine ist weggerannt, in die Berge.«

»Wieso ich?«

»Ihr seid stark und furchtlos.«

»Das sind andere auch.«

Enttäuschung malte sich auf ihre Züge. »Die meisten Männer in Eurem Alter sind im Norden, um gegen die Dämonen zu kämpfen.«

»Und ich nicht? Wollt Ihr das damit sagen?«

»Keinesfalls!« Lantyrias Augen weiteten sich.

Lormaks hingegen wurden schmal. »Genau das habe ich allerdings gehört.« Ein mildes Pochen nistete sich hinter seinen Schläfen ein. Mit jedem Herzschlag wurde es lauter. Was bildete sich dieses Miststück ein, ihm Vorwürfe zu machen! Was er machte oder nicht, war allein seine Sache!

»Soll der Bär die kleine Bratze doch in tausend Fetzen reißen! Es schert mich nicht!« Abrupt wandte er sich ab, als in seinen Gedanken aufblitzte, wie er die Hände um den Hals Lantyrias legte und das Leben aus ihr herausquetschte wie aus einer überreifen Frucht.

»Bitte!«, flehte sie.

Er fasste sich an den Kopf, spürte das Leder des Handschuhs an Wange und Schläfe, ein Tosen und Rauschen in den Ohren.

»Atmet tief durch, beruhigt Euch. Lasst Euren Zorn fahren.«

»Halt dein Maul!«

»Wollt Ihr mich genauso zerschmettern wie das Holz?«

Er schoss herum, funkelte sie an und zischte: »Vielleicht werde ich genau das tun!«

Ihn nicht aus den Augen lassend, stellte sie den Korb zu Boden, ehe sie einige Schritte zurückwich. »Was ist Euch widerfahren, dass Ihr so große Wut in Euch tragt?«

»Erstens weiß ich es nicht«, presste er hervor, »und zweitens geht es Euch einen feuchten Scheißdreck an!«

»Ihr könnt die Speisen behalten«, erwiderte sie ruhig, und das mit Augen, in denen weder Zorn noch Missfallen flackerte, nur Wohlwollen. »Egal wie Ihr Euch entscheidet.«

Ihm wurde beinahe schlecht von so viel Güte und doch beruhigte er sich allmählich.

»Danke«, sagte er, nachdem sie sich schon abgewandt hatte.

Über die Schulter hinweg wagte sie ein kleines Lächeln. »Gern geschehen.«

Lormaks Lippen kräuselten sich ebenfalls. Es fühlte sich besser an, als Beleidigungen zu zischeln. »Ihr gebt, ohne etwas zu verlangen. Wie überlebt Ihr?«

»Durch die Gnade meiner Göttin, Jaminara, und durch andere, die ebenso denken wie ich.«

»Ich würde es gern verstehen.«

Ein inneres Strahlen ließ ihre Augen erglänzen und sie sagte: »Besiegt Eure Wut und Ihr werdet den Weg sehen.«

Lormak nickte. Genau das versuchte er seit nunmehr vier Jahren. Bislang war er kläglich gescheitert.

»Ich soll nach der Kleinen sehen und wenn möglich den Bären töten.«

»Die Kleine ist am wichtigsten.«

»Wie sieht sie aus?«

»Jalis ist dreizehn, schmächtig, hat schwarzes Haar und eine Lücke zwischen den Schneidezähnen.«

»Eine ungefähre Ahnung, wo sie stecken könnte?«

»Ihr Bruder sagt, sie sei in Richtung Radashklamm gelaufen.«

»Ich sehe nach.«

Dankbar neigte Lantyria den Kopf. »Möge Jaminara Euch leiten und beschützen.«

»Und Euch.«

Sie nickte, dann verließ sie die kleine Lichtung. Bei den ersten Bäumen, zwischen denen der Trampelpfad hindurchführte, drehte sie sich noch einmal um. »Mir ist etwas eingefallen: Habt Ihr nicht noch einen Korb von mir?«

Lormak räusperte sich und schielte kurz zum Türblatt, das neben ihm auf der Erde lag. »Es tut mir leid. Ich glaube, der ist irgendwie kaputt gegangen.«

Er lief unermüdlich. Das pumpende Blut und die klare Waldluft befeuerten seine Lebensgeister. Vergessen war der Rückfall in seine Aggression, vergessen die vielen Fragen, die ihm sonst im Kopf herumschwirrten und mit der Zeit übellaunig machten. Im Moment existierte nur die Suche.

Jalis.

Falls das Mädchen hier irgendwo war, dann würde er sie auch finden. Es war später Nachmittag. Trotzdem fühlte er sich weder müde noch frustriert, obwohl er seit Mittag unterwegs war. Erst hatte er ausgiebig gegessen – das Fleisch war vorzüglich gewesen –, danach die Überbleibsel des Schemels aufgeräumt und zuletzt die Tür zu Kleinholz zerhackt. An ihrer Stelle hing nun ein verstaubtes Pferdefell, das der Vorbesitzer in dem großen Hohlraum unter den Bodenbrettern aufbewahrt hatte – neben altem Werkzeug, Lampenöl, ein paar Geweihen und einem Jagdbogen. Zwar hatte Lormak die ausgefranste Sehne erneuert, sich jedoch dagegen entschieden, ihn mitzunehmen. Zu sperrig beim Laufen und im Zweifelsfall würde er dem Bären lieber mit seiner Axt den Schädel einhauen als mit Pfeilen piksen. Auf einem Felsvorsprung blieb er stehen, hackte die Axt in einen Baum, dessen Luftwurzeln den Stein überzogen wie knorrige, überlange Finger, und stemmte die Hände in die Hüften. Ein leichter Wind blies über die Wipfel und kühlte den Schweiß auf seiner Stirn. Die Sonne lag eingesunken hinter einer Wolkenbank und spitzte nur knapp drüber. Es war angenehm warm. Das würde sich bald ändern. Die Blätter begannen sich bereits zu färben. In den nächsten Tagen würde der Wald sein buntes Herbstkleid anlegen, aber auch kälter werden und seine Pracht hinter Nebelschleiern verstecken. Zwischen den Baumkronen ragten die Zwillingsspitzen der Berge auf, zwischen denen die Radashklamm verlief. Folgte man ihr, gelangte man auf die andere Seite des kleinen Gebirges zur Grenze zwischen Vandur und Lantra.

So weit würde das Mädchen mit seinen kurzen Beinen kaum gelaufen sein.

Weshalb die dumme Göre überhaupt in den Wald ausgebüchst war, entzog sich ihm. Egal wie schrecklich der Angriff des Bären gewesen sein mochte, irgendwann hätte sie doch zurückkehren müssen.

Hoffentlich hatte das Biest sie nicht erwischt!

Lormak riss die Axt aus dem Stamm und bewunderte für einen Augenblick den Schimmer, den das Sonnenlicht auf die Schneide zauberte. Oh ja, sie war scharf. Scharf genug für Fleisch und Knochen …

Er steckte sie in die Doppelschlaufe auf seinem Rücken und kletterte den Felsen hinab. Unten angelangt, wischte er sich die Hände an der Hose sauber und setzte seinen Weg fort, immer noch voll Energie, als liefe der Saft des Waldes nicht nur durch die Pflanzen, sondern auch in Lormaks Adern. Nach ein paar Hundert Metern jedoch bremste er jäh.

Vor ihm, an einem der Bäume, befanden sich Kratzspuren. Tiefe Risse, die Rinde war weggefetzt. Dergestalt markierten Bären ihr Revier. Stellte sich ein Rivale auf die Hinterbeine und kratzte ebenfalls, erfuhr er, ob der hiesige Herrscher größer oder kleiner war als er.

Die Tatsache, dass Lormak um diese Verhaltensweise der Bären wusste, trübte seine Laune. Schon blubberte wieder der Zorn. Dieses Wissen war ihm einfach in den Kopf gefahren, ohne Mühe und langes Grübeln. Keinerlei Umstände bereiteten ihm überdies Lesen und Schreiben, handwerkliche Grundfertigkeiten, Schwimmen, Reiten, Bogenschießen, das Aufsagen von einigen Textpassagen aus Schriften. Wenn er Fertigkeiten besaß, musste er sich diese ja angeeignet haben. Aber wann? Wo? Wie?

Nur ein schwarzer Abgrund, egal wie sehr er sich konzentrierte und sein Gedächtnis durchforstete. Es war, als wäre er vor vier Jahren so auf die Welt gekommen, wie er jetzt war. Und ja, noch eine Fertigkeit besaß er: Er nahm die Axt. In pfeifenden Schwüngen führte er sie durch verschiedene Kampfmuster, verlagerte seinen Stand, drehte sich, wirbelte sie in einem sirrenden Kreis über seinem Kopf, vor seinem Körper, band eine imaginäre gegnerische Klinge und schlug kraftvoll zu. Das Blatt sprengte einen Schauer aus Rindenstücken und Holz aus dem Baum. Mit einem Ruck befreite er sie und steckte sie zurück, seine Gedanken düster. Er war ein Schiffbrüchiger, der auf dem Ozean des Vergessens trieb, ohne Hoffnung, jemals eine Insel zu erreichen, auf dem ein Stück Vergangenheit seiner harrte.

Nächtelang hatte er sich das Hirn zermartert, was seine Fähigkeiten über seinen Werdegang aussagten. Dann hatte er begonnen, die verschiedensten Dinge auszuprobieren: Er malte Bilder, fertigte Risszeichnungen von erhabenen Tempel- oder Palastbauten an, schrieb Gedichte, versuchte sich als Tischler, Jäger und Fallensteller. Rasch stellte sich heraus, dass er weder Künstler noch Handwerker oder gar Baumeister gewesen war und auch kein Gelehrter.

Er fand es heraus, als er es gar nicht wollte.

Eine Taverne in Jendar. Zu viel Wein und Bier. Zu wenig gute Gedanken. Er hörte Gelächter vom Nachbartisch. Menschen lachten, während er trübsinnig der Neige in seinem Weinbecher beim Hin-und-her-Schwappen zuschaute. Die Männer spielten Karten. Es waren vier. Nur an eines der Gesichter erinnerte er sich noch: ein junger Mann, höchstens Mitte zwanzig; starke Kinnlinie, ein getrimmter, rötlich schimmernder Gabelbart und genauso rotes Haupthaar, das in sanft einwärts geschwungenen Bahnen gegen seinen Hals fiel; grüne, arglose Augen, in denen die Freude über ein gewonnenes Spiel leuchtete. Ein silberner Anhänger um seinen Hals hüpfte jedes Mal, wenn sich der Kehlkopf beim Reden oder Lachen bewegte. Damals hatte Lormak das Wappen nicht gekannt. Jetzt schon: das Emblem von Caldruk, ein kleines Fürstentum in Jendar. Klein und doch mit einem Arm, der weit reichte.

Als jemand vor lauter Belustigung auf den Tisch klopfte und Gebrüll ertönte, bat Lormak um Ruhe, und zwar äußerst unhöflich. Irgendetwas mit ihren eigenen Schwänzen, die sie fressen würden, wenn sie nicht auf der Stelle das Maul hielten. Er erntete konsternierte Blicke, die schnell abschätzig wurden, als sie über seine zerlumpte Kleidung glitten.

Der rote Schleier legte sich vor seine Augen.

Seit jenem Abend mied Lormak die Gesellschaft von Menschen.

Nicht, um sich selbst zu schützen – sondern sie.

Im Nu flogen die Fäuste. Lormak tänzelte, wich aus. Er feuerte einen Haken ab. Ein Gegner ging zu Boden, krachte auf den Tisch, sodass dieser umkippte und Karten und Münzen in alle Richtungen flogen.

Ein paar weitere Schläge, dann war es vorbei. Vier Männer lagen ausgestreckt am Boden. Drei davon bewusstlos.

Einer tot.

Es war der Bursche mit dem roten Haar und dem Anhänger. Dessen Kehlkopf hüpfte nicht mehr, denn dieser war zertrümmert. Blau angelaufenes Gesicht, die Zungenspitze lag zwischen den aufgeplatzten Lippen.

Man wollte Lormak ergreifen.

Er kämpfte sich hinaus und entkam.

Seitdem waren ihm Kopfgeldjäger auf den Fersen. Ein weiterer Grund, warum er sich zu einem Leben in diesem Niemandsland entschieden hatte.

Er atmete tief ein, fasste den Baum wieder ins Auge und kappte den Gedankenstrang. Es führte zu nichts.

Vielleicht erlangte er in den Augen der Götter einen Schnipsel Vergebung, falls er Jalis heil zu ihrer Mutter zurückbrachte.

Er stellte sich auf die Zehenspitzen und streckte Körper und Arme, so weit er konnte. Obwohl Lormak nur etwas unter zwei Meter maß, erreichte er nicht einmal das untere Ende der Klauenmale.

»Bist ein ganz stattlicher Bursche«, brummelte er.

Als er die Arme wieder herunternahm, stutzte er und beäugte seine Finger. Überrascht zerrieb er die bräunlichen Punkte und Schmierer, die an den Kuppen klebten. Auch am Handschuh seiner rechten Hand befand sich die Flüssigkeit. Er schnüffelte daran.

Blut.

»So eine verdammte Scheiße!«

Blieb nur zu hoffen, dass es Tierblut war. Wenn nicht, käme er wohl eh zu spät. Trotzdem legte er ein hohes Tempo an den Tag, sprang über Wurzeln, umgefallene Baumstämme und Rinnsale, strich durch Büsche und Sträucher. Allmählich wurde es Abend. Den Gedanken, die Suche für heute aufzugeben, verwarf er. Zum Umkehren war es zu spät. Ohne Ausrüstung die Nacht unter freiem Himmel zu verbringen, noch dazu im Wald, sagte ihm allerdings genauso wenig zu. Und wäre auch dumm, es würde ihn lediglich schwächen. Durch seine Streifzüge, um Essen zu jagen, kannte er sich ungefähr aus. In Richtung Radashklamm gab es einige Felsvorsprünge und Höhlen. In einer davon hatte er einen Vorrat an Feuerholz und Zundersteinen angelegt, sollten die Kopfgeldjäger ihm eines Tages wieder auf die Spur kommen. Diese Bastarde waren verdammt hartnäckig. Der Fürst von Caldruk zahlte ihnen wohl ein erkleckliches Sümmchen für seinen Kopf. Allerdings lag die Höhle nicht in diesem Gebiet, sondern einen halben Tagesmarsch entfernt.

Da fiel ihm ein, dass etwas weiter westlich eine Familie lebte, ein Jäger mit seiner Frau und zwei Söhnen. Lormak war dem Mann, Erro mit Namen, bisher zweimal begegnet. Der Bursche war ein schweigsamer Kerl, was Lormak schätzte. Trotzdem wollte er mit ihm nichts zu tun haben. Je weniger Verbindungen er knüpfte, desto geringer die Gefahr, dass die Kopfgeldjäger ihn aufspürten. Eines Tages würde es trotzdem passieren, da gab er sich keinen Illusionen hin. Sie hatten es einmal geschafft; sie würden es wieder schaffen.

Nun, dann würden sie ihn töten. Oder er würde sie töten.

Lormak entschied sich dafür, Erro zu fragen, ob er die Nacht in seinem Lagerhaus verbringen dürfe. Obendrein sprang vielleicht eine Mahlzeit heraus. Der Gedanke an das Fleisch vom Vormittag entlockte seinem Magen ein sehnsüchtiges Grummeln.

Er holte einen Apfel aus dem Beutel an seinem Gürtel und nagte ihn bis auf das Kerngehäuse ab. Ein Tropfen auf dem heißen Stein.

Er lief weiter.

Ein zarter Rotschimmer überzog den Horizont, als Lormak seine Schritte verlangsamte. Zwischen den Bäumen machte er einen Zaun aus. Zwischen den Latten hingen Stoffbahnen, um großes wie kleines Getier daran zu hindern, sich am dahinter liegenden Kräuterbeet gütlich zu tun. Pflanzenkunde war nicht Lormaks Stärke. Aber das Grünzeug duftete gut. Er schnürte den Zaun entlang, bis er den festgetrampelten Pfad erreichte, der nach Quelon führte. Er wollte den Hof nicht betreten wie ein Eindringling, der über den Zaun geklettert war, sondern vom Weg aus, damit Erro und seine Familie ihn sahen.

Frische Huf- und Radspuren waren auf dem Weg zu erkennen. Da er keinen Karren auf dem Hof sah, schätzte er, dass Erro unterwegs nach Quelon war, um Fleisch und Felle zu verkaufen. Lormak verzog den Mund und kratzte sich am Bart. Das passte ihm gar nicht. Der Hausherr war fort, die Frau mit den Kindern allein. Ob sie begeistert wäre von seiner Bitte? Ob Erro begeistert wäre, wenn ein praktisch fremder Mann auf seinem Hof übernachtete?

»Fragen kostet nichts«, seufzte Lormak und betrat die freie Fläche zwischen den beiden Gebäuden. Rechts, von Bäumen umstanden, befand sich das Wohnhaus, links ein Lagerschuppen, wo Erro die Felle bearbeitete und Fallen und andere Jagdutensilien aufbewahrte. Daneben wiederum stand eine kleine Hütte, wo er das Fleisch abhängen ließ. Die Tür stand sperrangelweit offen – und war zudem schief. Eine Angel war herausgebrochen, fast wie in einer getreulichen Nachbildung der Szene von heute Vormittag, als er, Lormak, seine eigene Behausung niedergerichtet hatte.

Er krauste die Stirn. Nicht sonderlich klug, seine Fleischbestände ungeschützt zu lassen.

Die Eingangstür des Wohnhauses war ebenfalls offen. Er ging weiter, seine Stiefel sanken leicht ein, der Boden war noch aufgeweicht vom Regenguss gestern. Kein Vogelgeträller. Nichts. Ein paar goldene Sonnenpfeile glühten vom Himmel und trafen die Wolken, die sich wie verwundet röteten und in Glanz und Licht zerrannen. Eine trügerische Idylle: Neben den Holzstufen, die ins Wohnhaus führten, lag der Kadaver eines großen Hundes. Fliegen stoben in die Höhe, als Lormak näher kam. Getrocknetes Blut überzog das Fell wie eine zweite Haut. In der Flanke und dem Hals fehlte jeweils ein großes Stück Fleisch. Der Boden war zerwühlt. Ein Kampf, und der Hund hatte ihn verloren. Lormak hob die Finger der linken Hand. Unter den Fingernägeln war noch immer ein dunkler Rand, obwohl er das Blut in einem Bachlauf fortgewaschen hatte. Ihm richteten sich die Nackenhaare auf und er griff nach seiner Axt. Einer Eingebung folgend, lief er zum Lagerschuppen. Fahles Streulicht drang durch die Zwischenräume der Bretter und schnitt die Düsternis in große Scheiben. Auf einem Tisch befanden sich ein Waidmesser und kleinere Zerwirk- und Aufbruchmesser in einer Ledertasche, an der Wand daneben ein Jagdsäbel mit breiter Klinge und – eine Saufeder. Sie besaß einen zwei Meter langen Holzschaft, der, um einen guten Griff zu garantieren, stellenweise mit Leder umwickelt war, und eine zweischneidige, blattförmige Klinge, die nach hinten in eine Tülle auslief. Zwei Flügel dahinter stellten sicher, dass sie nicht zu tief drang und leicht herausgezogen werden konnte, damit man das Wildschwein auf Abstand hielt. Lormak verstaute die Axt hinter dem Rücken und griff sich den Sauspieß. Feine, rankenförmige Ziselierungen waren in das Metall geätzt. Eine prächtige Waffe, und sie lag gut in der Hand. Zusätzlich nahm er den Jagdsäbel samt Scheide und Gürtel und legte ihn an. Derart gerüstet ging er zurück zum Wohnhaus und betrat es. Das Summen von Fliegen erreichte seine Ohren von hinten – und von vorn.

Verdammt noch eins! Was war hier nur passiert?

Die Antwort ereilte ihn im Wohnraum und ließ ihn würgen. Eine Wolke aus Fliegen brummte in der Luft, offenbar erzürnt über die Störung. Der Gestank nach Blut und Verwesung war bestialisch. Er hob den Kragen seines Hemdes über die Nase und atmete in den Stoff. Zwei Gestalten lagen im Zimmer, gut zu sehen im Licht der Abendsonne, die durch das rechte Fenster fiel. Eine Frau und ein Bursche, den Lormak anhand seiner Größe auf fünfzehn oder sechzehn schätzte. Mit dem Gesicht nach unten ruhte er in einer riesigen, getrockneten Blutlache. Wahrscheinlich eine Halswunde. Die gebrochenen Augen der Frau hingegen starrten in versteinertem Entsetzen zur Decke. Ihr fehlte ein handgroßes Stück der Kehle, eine halbmondförmige Sichel mit gezackten Wundrändern. Erst jetzt erkannte Lormak das Messer in ihrer rechten Hand, da es ganz rot war, was in diesem Meer aus Blut kaum auffiel.

Lormak umrundete sie auf hölzernen Beinen. Dieses Massaker erschütterte ihn. Wie es aussah, hatte sie ihren eigenen Sohn umgebracht!

Nein, halt …

Ihr linker Arm fehlte. Nur ein zerfetzter Stumpf ragte aus der Schulter. Adern und Sehnen hingen heraus. Er war abgerissen worden.

Oder abgebissen.

Lormak schwindelte, er taumelte ein paar Schritte zurück, bis die Wand seinen Rückzug beendete. Er lehnte den Sauspieß dagegen und umfasste mit der linken Hand seinen Handschuh. Sein Herz jagte; die düsteren Eindrücke seiner ersten Momente nach dem Erwachen vor vier Jahren verquirlten sich mit dem Albtraum, der ihn beinahe jede Nacht heimsuchte: eine Axt, hocherhoben, die auf einen Arm hinabsauste und ihn vom Rest des Körpers schlug.

Er schluckte trocken. Schwarze, kleine Punkte schwirrten vor seinen Augen. Fliegen? Oder die Flecken einer drohenden Ohnmacht? Er steckte den Kopf aus dem Fenster und atmete ein paarmal tief ein. Erst nach einiger Zeit wagte er, sich umzudrehen und das Grauen wieder in Augenschein zu nehmen. Er nahm den Sauspieß, schob ihn unter die Leiche des Burschen und hebelte diesen auf den Rücken.

»Bei den Göttern!«, keuchte er und ließ die Waffe beinahe fallen. Seine Vermutung war richtig gewesen: Ein auseinanderklaffender, langer Schnitt spannte sich über den Hals wie ein zweiter Mund. Das war eine Klinge gewesen, kein Zweifel. Viel ekelerregender allerdings war der zerfetzte, halb ausgeweidete Bauch. Die Rippen des Brustkorbs waren abgebrochen, darunter eine schmierige Masse aus zerwühlten und zerstörten Organen und Gedärm. Es sah aus, als wären Teile aufgefressen worden. Lormak dachte an den fehlenden Arm der Frau.

Plötzlich sog er die Luft ein, als er das Gesicht des Jungen anschaute. Unsägliches Grauen stieg in ihm hoch. Der Raum drehte sich, zitterte. Lormak stützte sich schwer auf den Spieß, seine Beine quittierten fast den Dienst.

Das Gesicht des Jungen war eine schauerliche, verfärbte Fratze. Spitze Zähne, und das Weiß seiner Augen hatte sich in Rot verwandelt, als schwämmen die Pupillen auf Blut.

Ein Dämon!

Jetzt begann es auch hier, im Süden Vandurs. Die Plage breitete sich aus. Der Sohn war zum Dämon geworden, hatte seine Mutter angefallen und tödlich verletzt. Im Gegenzug hatte sie ihm die Kehle durchgeschnitten.

Lormak dachte an Erro. Der Mann würde bei seiner Rückkehr den Verstand verlieren.

Das einzige Rätsel blieben die Bisswunden.
Natürlich.
Der Bär!
Das Blut in den Kratzspuren: Der Bär hatte sie angefressen.
Da bemerkte er die offene Tür neben einem Schrank, aus dem Tongeschirr gestürzt und zerbrochen war. Es knirschte, die Scherben barsten unter seinen Sohlen, als er das Zimmer dahinter betrat. Der Schlafraum.
»Nein …«, murmelte er nur, als seine Augen das Bett zu seiner Linken erfassten. Darauf, die Arme ausgebreitet, ein Fuß auf dem Boden, der andere im zerwühlten Laken, lag ein kleiner Bub. Blut tränkte den Stoff. Eine Bisswunde am Hals. Getötet vom eigenen Bruder. Er war der Erste gewesen. Danach die Mutter.
Lormak ging zurück und durchquerte den Wohnraum mit halb geschlossenen Augen. Dem Ausgang entgegenstrebend, vernahm er ein klebendes, pappiges Geräusch, das bei jedem Schritt ertönte, und als er endlich die Mitte der freien Fläche erreichte, um sich zu sammeln, gewahrte er die roten Fußabdrücke, die er hinterlassen hatte. So, wie er das Blut mitgenommen hatte, nahm er auch die Schreckensbilder mit. Benommen, betäubt wie nach einem heftigen Schlag gegen den Kopf, stierte er auf das Haus, auf die offene Tür, ein gähnendes Portal zu einer Welt des Grauens.
Was nun?
Er musste nach Quelon und Bescheid geben. Gut möglich, dass er auf dem Weg dorthin Erro begegnete. Was sollte er sagen? Wie erklärte man einem Vater, dass seine Frau und Söhne sich gegenseitig abgeschlachtet hatten?
Ein tiefes, kehliges Brummen.
Lormak wirbelte herum, den Sauspieß stoßbereit.
Es war ein Monstrum von einem Schwarzbär: massige Schultern, Pranken wie Pfannen. Das Biest knurrte und entblößte fingerlange Reißzähne. Am Kinn war das Haar verfilzt, klebte zusammen vom Blut der Opfer. Die Augen loderten in unnatürlichem Rot. Speichel troff aus dem offenen Maul.
Er hatte vom Dämonenfleisch des Jungen gefressen …
Ein weiteres gutturales Grollen vibrierte in Lormaks Ohr. Er löste die Axt vom Rücken und warf sie fort, die würde ihn nur behindern.

»Hast du wieder Hunger nach Menschenfleisch, du Scheusal?«

Der Bär richtete sich auf und brüllte. Es war markerschütternd – doch Lormak ließ sich nicht abschrecken. Drei schnelle Ausfallschritte, ein mächtiger Stoß mit dem Spieß. Die Spitze versank in der Brust des Untiers. Die Flügel verhinderten, dass die Klinge zu tief eindrang, sodass er sie ohne Mühe herauszog. Der Bär brüllte noch lauter. Blut strömte aus der Wunde. Umbringen würde ihn das leider nicht. Abermals griff Lormak an. Adrenalin peitschte durch seine Adern. Diesmal erwischte er den Bär an der Schulter. Plötzlich und urgewaltig ging dieser auf alle viere und preschte los, seine Krallen rissen dicke Brocken aus der Erde.

Lormak sprang zur Seite, drehte sich und schnellte den Spieß in der Bewegung nach vorne. Diesmal erwischte er den Hals. Er stemmte die Füße ein und trieb die Waffe so tief, wie er konnte. Sogar die Flügel versanken. Brutal drehte er die Klinge. Der Schrei des Bären schnitt sich in sein Trommelfell. Lormak ließ nicht ab. Da schnellte der Bär zur Seite, so heftig, dass es Lormak die Waffe aus den Händen riss. Blut sprudelte über den Stahl, lief das Holz hinab und sprenkelte den lehmigen Boden.

Ohne Zögern riss Lormak den Jagdsäbel aus der Scheide, umfasste ihn beidhändig und schmetterte ihn auf den Kopf des Bären. Im selben Moment schlug dieser mit einer Pranke zu.

Sie fegte über Lormaks Brust, zerfetzte Stoff und Fleisch. Blut spritzte. Er schrie auf. Trotz des glühenden Schmerzes hackte er weiter auf Kopf und Hals ein. Ein Beben lief durch den gewaltigen Köper. Die Beine knickten ein. Ein letzter mächtiger Hieb beendete den Kampf, zertrümmerte die Halswirbel der Bestie. Ohne einen weiteren Laut brach sie zusammen. Der Kopf hing nur noch an ein paar Muskeln und Sehnen.

Lormak entfernte sich ein paar Schritte. Der Säbel entglitt seinen Fingern, dann, beide Hände gegen die Wunde gepresst, aus der munter das Blut sprudelte, sank er in die Knie. Er stöhnte, als er sich das zerrissene, blutgetränkte Oberhemd über den Kopf streifte und auf die Verletzung blickte. Drei tiefe Furchen, in einer leuchtete unter dem Blut das Weiß seines Brustkastens. Zwei Rippen standen gebrochen aus dem Fleisch wie Marmorstücke. Ihn schwindelte, er hob das Hemd auf und drückte es auf die Brust. Seine linke Hand war voll Blut, desgleichen sein Handschuh, der im Abendlicht glänzte wie mit Öl bestrichen.

Er hustete; warme Flüssigkeit perlte über die Unterlippe. Die Lunge war verletzt. In schwappenden Schüben ergoss sich der rote Lebenssaft aus der Brust, sprudelte am Stoff vorbei über den Bauch, seine Hose hinab bis zum Boden.

Sein Kopf fühlte sich ganz leicht an, als würde er sich bald vom Hals lösen und in den Himmel schweben. Lormak kippte zur Seite. Er blieb liegen, erwartete den Tod. Es war ähnlich wie vor einem Jahr, als die Kopfgeldjäger ihn erwischt hatten.

»Du sollst leiden«, hatte ihr Anführer gesagt, ein breitschultriger Kerl mit einem zu Zöpfen geflochtenen Bart und kalten, blauen Augen. »So will es der Fürst von Caldruk. Du sollst leiden und qualvoll sterben, genauso qualvoll, wie sein Sohn durch deine Hand gestorben ist.«

Nur – Lormak war nicht gestorben.

Er blinzelte die grauen Schleier vor seinen Augen weg. Es wurde besser. Vorsichtig löste er das Hemd. Die gebrochenen Rippen waren nicht mehr zu sehen. Nun bildete sich neues Fleisch, es zog sich zusammen. Das Blut schäumte nicht mehr heraus, sondern quoll lediglich. Er konnte zusehen, wie sich die Schnitte schlossen, erst an den Enden, zuletzt in der Mitte. Neue Haut wuchs; neue Haut, welche dieselben schwarzen Muster nachzeichnete, die seinen ganzen Körper überzogen. Wie Tentakel …

»So also gehst du mit deinesgleichen um, sehr ungehörig«, sagte eine Stimme.

Lormak hob den Kopf.

Ein kleines, schwarzhaariges Mädchen stand neben dem getöteten Bären.

Mühsam kämpfte Lormak sich auf die Knie.

Sie blickte ihn an, ihr Mund spaltete sich zu einem freudlosen, beinahe abartigen Grinsen. Ihre Schneidezähne, überlang und spitz, standen weit auseinander. »Das war böse von dir«, sagte sie, ihre Stimme nicht mehr die eines Mädchens, sondern eines Wesens, das aus lichtlosen Tiefen des Verderbens sprach. »Der Meister mag es nicht, wenn einer seiner Diener einen anderen tötet.«

Endlich fand Lormak die Kraft aufzustehen. Finster sah er Jalis an. »Meister? Sag ihm, er kann sich den Kopf zwischen die Beine stecken und den pustelübersäten Arsch lecken!«

Jalis legte den Kopf schief, so weit, dass er auf der Schulter lag. »Wer bist du?« Wieder klang ihre Stimme anders. Dunkel. Ein tiefer Bass.

Lormak schwieg und ein kalter Schauer entsprang zwischen seinen Schulterblättern und rieselte die Wirbelsäule hinab.

»Du gehörst zu uns.« Aus roten Augen stierte sie ihn an.

»Nein«, erwiderte Lormak kalt. »Ich gehöre niemandem.«

»Zu uns!«

»Nein!«, donnerte er. »Gib mir meine Erinnerungen zurück!«

Plötzlich schnellte die Kleine auf ihn zu, riss den Mund auf, sprang. Blitzende Reißzähne näherten sich seiner Kehle.

An Lormaks ausgestreckter rechter Hand fand ihre Attacke ein unvermitteltes Ende.

Sie zappelte in seinem eisernen Halsgriff. Ihre Zunge, violettfarben und länger als normal, kroch wie eine Schlange aus ihrem Mund und leckte das Blut von seinem Handschuh. Gier trat in ihre Augen.

Er verzog das Gesicht. »Du kleines, verdorbenes Stück Dämonenscheiße.«

Ihre Finger schrappten über das Leder.

»Du bist einer von uns!«, kreischte sie erstickt.

Mit einem Knurren schleuderte er sie zu Boden, stieg mit dem Stiefel auf ihren Kopf und hielt ihn nieder. Dann bückte er sich zu dem Säbel.

Ein kräftiger Hieb.

Die Bewegungen des Dämons erstarben. Lormak spuckte auf die enthauptete Leiche und trat so heftig gegen den Kopf, dass er durch die Luft segelte, auf den Boden prallte, hüpfte und am Fuß der Treppe zum Liegen kam, die ins Wohnhaus führte. Das unheilige Feuer der Augen war erloschen.

Lormak warf den Säbel auf die Erde und stemmte die Arme in die Hüften. Scheiße! Ein erschlagener Riesenbär, dazu eine enthauptete Dreizehnjährige und, als Dreingabe, eine Blutorgie im Wohnhaus. Würde ihm diese Geschichte jemand abkaufen?

Ja, spätestens wenn sie die fratzenartigen Gesichter sähen, *mussten* sie es. Trotzdem spielte er mit dem Gedanken, den ganzen Hof abzufackeln. Auch für Erro wäre es schonender zu glauben, seine Familie wäre durch einen Unfall ums Leben gekommen, anstatt zu erfahren, dass sie sich gegenseitig umgebracht hatten. Doch erstens wollte Lormak so schnell wie möglich weg von diesem Ort und zweitens bestünde die Gefahr eines Waldbrandes. Unschlüssig verharrte er an Ort und Stelle. Plötzlich stolperte er nach vorne, als hätte ihn jemand geschubst. Ehe er sich versah, lag er am Boden, ein Rauschen in den Ohren wie von Katarakten.

Zuallererst brauchte er Stärkung. Die Heilung der Wunden hatte ihn geschwächt. Er suchte in dem kleinen Schuppen – und wurde fündig. Zwar war das Fleisch, das in dicken Schlegeln von der Traufe hing, angefressen, doch in einer Truhe fand Lormak Dörrfrüchte, gesalzenes Rehfleisch und ein etwas älteres Gerstenbrot, das aber noch schmeckte. Er aß sich satt, schöpfte die Hände in die Pferdetränke auf der anderen Seite und trank einige Schlucke. Nachdem er sich das Blut vom Leib gewaschen hatte, probierte er Erros Sachen durch, die im Lagerhaus waren. Nur eine Weste passte, sodass Lormak sein bluttriefendes und eingerissenes Hemd in der Pferdetränke mit einer Bürste sauber scheuerte. Zumindest versuchte er es. Egal wie sehr er schrubbte, dunkle Ränder und Flecken verunzierten den Stoff. Er zuckte die Schultern, wrang es aus und band es sich um den Hals. Dann wusch er den Jagdsäbel, trocknete ihn und steckte ihn in die Scheide. Den Sauspieß ließ er liegen: zu unhandlich für den Weg nach Quelon, weswegen er sich wieder für seine alte Axt entschied. Zuletzt holte er sich zwei staubige Decken aus einer schweren Holztruhe, nahm einen großen Beutel und stopfte sie hinein. Es war bereits dunkel, als er den Hof verließ.

Bald leuchtete der Mond, glühte am Himmel in jungem Feuer. Nach einiger Zeit suchte sich Lormak abseits des Weges einen Platz zur Rast. Ein Windwurf neben einer alten Eiche musste für diese Nacht reichen. Er packte sich in die Decken, bettete den Kopf auf seine Hände und schloss die Augen. Er war hundemüde, doch der Schlaf blieb fern.

So also gehst du mit deinesgleichen um ... Du bist einer von uns!

Er schluckte und verscheuchte die Stimme in seinem Kopf. Genauso wenig wie das Blut sich vollständig aus seinem Hemd waschen ließ, flüsterte auch die Stimme weiter.

Einer von uns ...

Von uns ...

Lormak knurrte einen Fluch. Er war keiner von ihnen. Er hatte seinen eigenen Willen und unterwarf sich niemandem!

Er war Lormak!

Einer von uns …

Von uns …

Er ballte die Fäuste.

»Nein!«, zischte er.

Ein seltsames Gefühl überkam ihn, das er noch nie erlebt hatte. Es war, als rufe jemand nach ihm, aber ohne Stimme. Als hätte er einen Seelenverwandten, der ihn über eine große Distanz erreichte. Die Empfindung strich über seine Seele, sanft wie eine Daunenfeder. Doch sie berührte den falschen Teil von ihr. Das Dunkle in ihm spürte es, nicht der Mensch. Was war das?

Er wollte aufstehen und dem schwachen Impuls auf den Grund gehen.

Nein. Das musste warten.

Morgen. Sich zu verausgaben und in der Nacht den Weg entlangzustolpern, entbehrte jedweden Sinns.

Wieder schloss er die Augen.

Die breite Axt liegt schwer und unheilvoll in seiner linken Hand. Die Finger umklammern den Holm, so fest, dass die Knöchel weiß hervortreten. Sein Atem rast. Sein ganzer Körper rast. Vor Schmerz. Er ist überall, als reiße jemand von innen die Haut auseinander, die Organe, als würde etwas in seinem Schädel heranwachsen und ihn zerfetzen …

Ein helles Licht ließ das Bild schmelzen wie Wachs, alles lief ineinander, der Schmerz wich …

Die nebulöse Traummasse formte sich zu etwas Neuem.

Gesichter, unscharf wie verwischte Wasserfarbe, das Brummen von Stimmen. Eine Hand legt sich auf seine Schulter, drückt freundschaftlich zu. Das Scheppern von Krügen, ein Trinkspruch. Die Worte sind undeutlich. Man schiebt ihn zu einem Tisch, auf dem Platten mit Speisen stehen, die man schnell beiseiteräumt. Man jubelt ihm zu, als er auf den Tisch klettert, sich erhebt. Die Gesichter bleiben blass, ebenso der Raum. Er sagt etwas, doch es zerschliert zu einem Dröhnen.

Trotzdem brandet Beifall auf, Hochrufe erschallen. Seine Brust schwillt an vor Stolz und ein Gefühl tiefer Freundschaft nebelt ihm entgegen.

Nach Luft schnappend wachte Lormak auf. Einen Moment lang hing sein Herz wie ein gebremstes Pendel in der Brust, dann begann es, umso heftiger zu schlagen, wummerte bis in seinen Hals.

Aufgeregt sprang er auf.

Mehr als vier Jahre, und zum ersten Mal ein Traum, der den Geschmack von Erinnerung verströmte! Lormak stellte sich vor, sein Geist wäre ein Brennglas, das den Strahl seiner Konzentration auf den Nachhall des Traums richtete, auf dass dieser erneut aus den Tiefen emporstieg, in denen er gelegen hatte.

Nach einiger Zeit gab er auf. Er konnte die Bilder nicht mehr heraufbeschwören.

Trotzdem, es war ein Anfang, ein Feuerfunke, der hoffentlich irgendwann zu einer Flamme anwachsen und die Schatten um seine Erinnerungen verbrennen würde.

Warum war es heute Nacht geschehen? Hatten die einschneidenden Eindrücke des vergangenen Tages etwas damit zu tun?

Er horchte in sich. Das Gefühl der Verbindung war immer noch da, stärker sogar. Es kam von Süden.

Er würde der Sache nachgehen, die Quelle finden, die diese Schwingung erzeugte. Sterne funkelten am blauschwarzen Tuch des Himmels. Nur ein mattes Grau am unteren Rand des Horizonts verkündete, dass der Morgen nahte. Mindestens eine Stunde bis Sonnenaufgang. Er konnte nicht warten. An Schlaf war nicht mehr zu denken. Er brach sein Lager ab und griff aus. Sofern nichts dazwischenkäme, würde er frühabends in Quelon eintreffen. Er würde Lantyria von den jüngsten Vorkommnissen berichten und sich anschließend auf die Suche begeben.

»Egal was du bist«, flüsterte er in die Kälte des Waldes, »ob Tier, ob Mensch, ob Fels oder Gottheit – ich werde dich finden!«

Kapitel 3

Von einer Anhöhe aus, über deren Flanken sich Ginster und braune Flecken von Riedgras bis zur Grenze des Dorfes Kralivat zogen, verfolgte Avi die Geschehnisse mit besorgtem Blick. Fuhrwerke wurden beladen, Kisten, Fässer, Jutesäcke, überall wuselten Menschen wie Ameisen, deren Bau unter Wasser stand.

Sie bettete die Hände auf den Sattelknauf, da Schwäche sie übermannte, die nicht von körperlicher Überanstrengung herrührte, sondern von innen aufstieg: Wieder ein Dorf weniger, in dem sie ihre Vorräte aufstocken und Handel treiben konnte. Niemand, der ihre Waffen weihte.

Zurück blieben jene Familien, in denen sich eine Verwandlung vollzogen hatte, fürderhin dazu verdammt, in Einsamkeit zu leben, fürderhin mit dem ewigen Makel behaftet, dass ein Kind in ihrer Mitte zum Dämon geworden war. Der Rest raffte Sack und Pack zusammen und suchte das Weite: Nur weg von den Gebrandmarkten, weg von diesem verfluchten Ort, damit der eigenen Brut nicht Ähnliches widerfuhr!

Angst entvölkerte Siedlungen schneller, als Scharen von Dämonen es vermochten.

Avi blinzelte Tränen zurück. Es war nicht aufzuhalten. Die Seuche verbreitete sich, schneller gar als die Jahre zuvor, als wäre ein Damm gebrochen, der die Verderbnis in jeden Winkel spülte. Was in Landaskan, dem größten der Königreiche, begonnen und dieses zerstört hatte, brachte nun auch Vandur den Untergang. Nur eine Frage der Zeit. Egal wie vielen Dämonen Halron Fallas den Garaus machte – das Land war verloren. Die Menschen würden es verlassen. Und wer kämpfte schon für eine unbewohnte Ödnis? Die Dämonen siegten, bevor sie überhaupt kamen.

Die Flüchtlinge würden nach Süden ziehen, zum nächsten Dorf, so lange, bis es in Vandur kein Dorf mehr gäbe. Lantra würde die Grenze vor den Flüchtlingen abriegeln, damit die Plage nicht ins eigene Land gelangte. Doch die scherte sich nicht um Tore, Stadtmauern, Trutzburgen und Tempel. Sie war ein unsichtbarer Strom des Unheils, der nicht versiegte, ehe alles Leben auf der Welt ausgelöscht oder dämonisch wäre.

Avi lenkte Festos nach Süden, folgte dem flachen Höhenrücken in schnellem Trab, ehe sie vor dem bunt gescheckten Tross der Flüchtenden auf die Straße schwenkte, die zum Dorf Quelon führte, das sich an die Bergwälder des Korashzuges schmiegte, ein kleines Gebirge, hinter dem Lantra lag. Plötzlich buckelte Festos. Sie krallte die Finger um die Zügel und bändigte ihn mit eiserner Hand. Wiehernd warf er den Kopf zur Seite und blickte sie sauertöpfisch an.

»Mit dem falschen Bein aufgestanden?«

Er schnaubte und gehorchte, doch die angelegten Ohren zeigten ihr, dass er Mätzchen machen wollte. Sie war ihm nicht böse. Seine Sperenzien hatte er sich verdient. Drei Tage waren verstrichen, seit sie dem Tod mit knapper Not entronnen waren. Avi holte das zerstörte Amulett hervor und seufzte.

Kjala würde nicht von ihr ablassen.

Sie erschauderte bei dem Gedanken, wie er und seine dunklen Häscher ihr unermüdlich folgten, nur ein Ziel vor Augen: ihren Tod, ihr Fleisch, das sie ihr von den Knochen reißen wollten.

Warum jagten sie ausgerechnet sie?

»Du weinerliche Dummliesl!«, zischte sie.

Festos schnaubte bestätigend.

Was hatte sie erwartet? Als glorreiche Hüterin der Verfolgten Ruhm zu erlangen und ihren Platz in den Liedern der Bänkelsänger zu finden?

»Du Närrin!«

Schnauben.

Sie musste Kjala töten, dann würden sie von ihr ablassen.

Leichter gesagt als getan, vor allem in ihrer jetzigen Verfassung. Ein Junge mit Holzschwert könnte sie ohne Mühe verprügeln.

Festos bockte ungestüm. Es hob sie mehr als eine Elle aus dem Sattel. Aller Kontrolle verlustig, knallte sie stocksteif zurück auf das Leder. Sie schrie kurz auf, da eine heiße Schmerzserenade vom Steiß bis in die Nackenwirbel sengte. Ungelenk und steif wie eine von Gliederreißen gebeutelte Greisin kletterte Avi aus dem Sattel, rieb sich die schmerzende

Stelle und stakste herum. Unzählige Prellungen peinigten sie, und die Schnitte und Schürfwunden juckten so unerträglich, dass sie sich am liebsten die Haut vom Leib gekratzt hätte. Am schlimmsten aber waren die Kratzer, die ihr der Dämon im Gesicht zugefügt hatte. Sie nässten, verheilten nur langsam. Durch Festos' Bocken und ihren Aufschrei war der Schorf mal wieder aufgeplatzt. Zu erschöpft, um ein Tuch hervorzuholen, wischte sie Blut und Wundwasser mit dem Ärmel weg.

Sie brauchte Erholung.

Quelon.

Dort würde sie ihre nächsten Schritte planen. Und vor allem viel schlafen. Avi kannte die Priesterin, Lantyria, eine warmherzige Frau, die ihr bestimmt erlauben würde, sich für zwei, drei Nächte im Nebengebäude des kleinen Tempels einzuquartieren.

Avi seufzte, sah die Bettstatt vor sich wie ein Traumbild. Vorausgesetzt, sie gönnte sich diese Nacht nicht mehr als ein kurzes Nickerchen, sollte sie morgen Vormittag ankommen, am Tag der Gottheit Xalia, der Schutzpatronin der Händler und Kaufmannsgilden.

Avis Satteltaschen beherbergten zwei Diademe, eines aus Bronze, das andere aus Silber mit eingefasstem Zierstein; dazu kamen einige Ketten, Armbänder, zwei Ringe und diverse Schmuckbleche. Es waren die Hinterlassenschaften getöteter Familien und Reisender oder das vergessene Besitztum in Hast verlassener Höfe und Weiler. Manch einer würde ihr Handeln Diebstahl schimpfen, Leichenfledderei, doch diese moralischen Befindlichkeiten waren für Avi nicht von Belang. Ohne den Erlös aus dem Verkauf der Geschmeide und Kleinodien könnte sie ihrer Bestimmung nicht folgen. Und nur das zählte, sonst nichts.

Mit dem Geld würde sie sich verproviantieren, Lantyrias Tempel eine großzügige Spende für das Weihen ihrer Waffen zukommen lassen und danach, frisch und ausgeruht, mit wachsamem Auge diejenigen schützen, die sich …

Sie krampfte die Lippen zusammen und zerdrückte die Gedankenknospe von einer über die Steppe reitenden Avi, die Dämonen niedermachte und bedrängte Familien beschützte.

»Das ist vorbei«, sagte sie energisch, »verstehst du das nicht?«

Die Dinge hatten sich geändert.

Sie stieg in den Sattel und schnalzte mit der Zunge. Festos trabte los, tänzelte aber von rechts nach links und wieder zurück. Sie gab ihm einen Klaps auf den Hals. »Lass den Blödsinn! Da wird einem beim Lesen schlecht.«

Sie beugte sich zur Seite, öffnete die Satteltasche, holte Quaran Dos *Pfade der Erfüllung* heraus und begann zu lesen. Mal sehen, welchen Ratschlag er parat hatte, wenn alles so richtig scheiße lief.

Quelon. Endlich. Avi zwang sich, wach zu bleiben, obwohl sie bis aufs Mark erschöpft war. Die Schmucksachen loswerden, etwas essen, dann zu Lantyria. Den Blicken der Menschen, die sich auf ihre Waffen und die Kratzer im Gesicht hefteten, schenkte sie keine Beachtung. Ein paar spielende Kinder tollten neben Festos herum, der sofort die Ohren anlegte. Bevor Avi einschreiten konnte, schnappten seine Zähne zu – eine Handbreit vor dem Gesicht eines kleinen Jungen. Der schrie entsetzt auf, begann zu weinen und rannte davon.

Die anderen folgten seinem Beispiel und ergriffen ebenfalls das Hasenpanier.

Avi blieb auf der Hauptstraße, die diesen Namen sogar verdient hatte, da Quelon von stattlicher Ausdehnung war für ein Dorf, mindestens dreimal so groß wie Kralivat. Die nächste Stadt, Birramor im Osten, war vier Tagesritte entfernt.

Umso enttäuschter war Avi daher vom Markt auf dem Hauptplatz: ein paar lausige Zelte und Stände mit verdrossen dreinguckenden Besitzern. Meine Güte, wie trostlos. Wehmütig dachte Avi an vergangene Feste zu Ehren der Göttin der Händler. Freie Speisen und Getränke, lachende Menschen. Na ja, im Grunde war es nicht verwunderlich, schließlich gab es nichts, worauf man anstoßen konnte – außer man besaß eine gehörige Portion Galgenhumor und prostete sich auf den Untergang seiner Heimat zu.

Sie band Festos an einem Holzpflock neben der Dorfschmiede an, holte den Beutel mit den Wertstücken aus der Satteltasche und hielt nach einem Schmuckhändler Ausschau. Am Rand des Dorfplatzes fand sie eine Goldschmiedin.

Eine dickleibige Frau saß mit verschränkten Armen auf einem winzigen Schemel, der Avi auf der Stelle leidtat, und ritzte vor sich hin grummelnd an einer Bronzetasse herum. Der Mann vor dem Zelt neben ihr, ein Lederwirker, krächzte ein paar Lobpreisungen von seiner Handwerkskunst über den Platz wie eine einsame Krähe in einem Baum.

Avi wandte den Blick ab und betrachtete die spärliche Auslage der Goldschmiedin.

»Gefällt dir etwas, Mädchen?«

Mädchen!

Avi schluckte die geharnischte Antwort runter, die ihr auf der Zunge lag, räusperte sich und legte den Beutel auf die Ablage. Dabei schnäbelte die Öffnung auf und einer der beiden Ringe rollte über das Holz, begann zu torkeln und fiel hinab. Für ihre Leibesfülle erstaunlich behände fischte die Frau ihn aus der Luft, kniff ein Auge zusammen und inspizierte ihn.

»Recht krude, aber brauchbar.« Sie legte den Ring zurück und sah Avi an. »Möchtest mir was verkaufen, oder?«

»Ihr seid eine scharfsinnige Frau.«

Die Frau stutzte, ihre über geschwollenen Fettwülsten liegenden Augen weiteten sich – dann bellte sie ein Lachen. »Kindchen, du gefällst mir!« Sie musterte Avi vom Scheitel bis zur Sohle. »Bisschen zu wenig dran, aber schnuckelig.«

Schnuckelig? Sie war einen halben Kopf größer als die Dicke!

Erneut räusperte sie sich, lauter diesmal, und fischte den Schmuck aus dem Beutel.

»Ich weiß schon, die Zeiten sind hart«, fuhr die Verkäuferin fort. »Brauchst was zu beißen, nicht wahr, und verkaufst deswegen deinen Schmuck?«

»So in der Art.«

»Kenn ich, wenn einen der Bauch grimmt. Kaum mehr Bauern, die ihre Ernte einholen. Alles verdirbt. Diese Dämonenbrut! Eine Tragödie ist das! Wird noch viel schlimmer werden, Kleines. Ein Bauchgefühl. Hat mich nie getäuscht.«

Avi gab einen nichtssagenden Laut von sich.

»Bist noch jung, Kleines. Hör auf mich, pack deine Sachen und auf nach Lantra. Dort bist du sicher.«

Vorerst, nur vorerst! Avi bedankte sich jedoch für den gut gemeinten Rat.

»Einen alten Baum verpflanzt man nicht …«, plapperte die Dicke weiter.

Vor allem keinen so … ausladenden.

»… geh ich nach Birramor zu meinem Bruder, hinter die Stadtmauer. Da muss man sich weniger fürchten.«

Die Plage jedoch schert sich nicht um Tore, Stadtmauern, Trutzburgen und Tempel …

Die Gedanken des gestrigen Tages holten Avi ein. »An Eurer Stelle würde ich ebenfalls nach Lantra gehen.«

Die Frau winkte ab. »Ist ja nett gemeint, Kleines, aber wie schon gesagt: Einen alten Baum …« Sie seufzte und lächelte etwas einfältig, ehe ihr Blick über den Schmuck tastete. »Na, mal sehen …« Nacheinander prüfte sie die einzelnen Stücke. Sonderlich beeindruckend fand sie die Sammlung offensichtlich nicht, nur bei dem Diadem mit dem Zierstein rutschten ihre Augenbrauen leicht nach oben. »Tjaaa«, sagte sie gedehnt. »Ehrlich gesagt habe ich dafür nicht viel Verwendung, bis auf das da.« Sie deutete auf das Diadem. »Aber weil du wirklich was zum Beißen brauchst und ein reizendes Mädchen bist, gebe ich dir für den ganzen Kram«, ihr Blick richtete sich für einen Moment nach innen, »sagen wir, ein Goldstück.«

»*Ein* Goldstück?«, echote Avi fassungslos.

»In Zeiten wie diesen verlangt es den Menschen nicht nach Ziersteinen, sondern nach Schutz für sich und ihre Lieben – und genug zu essen. Ich will ehrlich mit dir sein: In Lantra bekämst du dafür das Dreifache, mindestens, in Jendar noch mehr. Ganz zu schweigen von Thalsin im Süden.« Die Frau schaute sie herzerweichend und mitleidig an. »Nur bis dahin wärst du längst verhungert, du armes Ding. Ich sage dir, du brauchst was zu essen.«

Avi unterband die Regung, mit den Augen zu rollen, und fragte mit so viel Verzweiflung, wie sie aufbringen konnte: »Ihr könnt gar nichts drauflegen?«

»Mensch, Kleines, jetzt schau nicht so! Mir schmilzt gleich das Herz.« Die Frau schüttelte den Kopf, dass ihr grauer Dutt wippte, und seufzte. »Na gut: ein Goldstück und vier Silber. Damit ist's gut.«

»Acht.«

Die Frau legte den Kopf schief, und Härte legte sich in ihre Augen. »Also, Mädchen, jetzt wird's hinten höher wie vorn!«

Avi langte nach dem Diadem.

»Ich seh schon, mein großes Herz wird mir mal wieder zum Verhängnis«, sagte die Verkäuferin schnell und schnappte sich das Diadem. »Gut. Sollen es eben acht sein. Einem Schnuckelchen wie dir kann ich einfach keinen Wunsch abschlagen.«

»Zwei Goldstücke?«, setzte Avi nach. »Das wäre ein sehr ... inniger Wunsch.«

Die Dicke lachte. »Den leider schon.« Flink zählte sie das Geld ab und stapelte die Münzen vor Avi. »... sieben, acht. Schwuppdiwupp! – schon sind zwei Menschen glücklich.«

Avi strich die Münzlinge in die Hand und steckte sie in ihre Geldkatze.

»Habt Dank«, sagte sie und wollte gehen, da fiel ihr etwas ein. Sie holte ihr zerstörtes Amulett heraus und zeigte es der Goldschmiedin. »Kennt Ihr Euch mit Edelsteinen aus?«

»Leidlich«, erwiderte sie, beäugte den blauen Stein allerdings sehr genau. »Schade, dass er gesplittert ist. Habe ich noch nie gesehen, ehrlich gesagt. Für einen Saphir ist er zu dunkel.« Sie zuckte die Schultern. »Schöne Kette jedenfalls. Wenn du die drauflegst, können wir noch mal verhandeln.«

Avi ließ das Amulett verschwinden. »Unverkäuflich.«

»Schade. Also, Kleines, alles Gute. Und pass auf dich auf.«

»Und Ihr auf Euch. Möge Jaminara über Euch wachen ...«

»... und Xalia mir endlich beibringen, wie ich lohnende Geschäfte mache, statt jungen Dingern wie dir das Geld hinterherzuschleudern.« Sie zwinkerte.

Avi lächelte und zog von dannen.

Sie strebte auf die Dorfschmiede zu, als sie hinter sich schwere Schritte und Keuchlaute vernahm.

Die füllige Goldschmiedin eilte ihr nach, der Kopf puterrot. »Wartet!« Sie schnaufte, als wäre sie bereits ein halbes Dutzend Mal um den Marktplatz gerannt. Ihr Doppelkinn wabbelte bei jedem Atemzug.

»Kommt davon, wenn man hungert«, japste sie, »keine Kraft. Na, jedenfalls ...« Ohne den Satz zu beenden, drückte sie Avi ein Goldstück in die Hand.

»Danke, aber ...«

»Nimm es. Nun ist es auch ein Geschäft für dich.« Die Frau blickte Avi an, beeindruckt, fast mit Ehrfurcht, als wäre sie eine Sternschnuppe, die über den Himmel zog. »Du hast was an dir, Kleines, das ist ...« Sie hob die Schultern. »Daran ändert auch dein zerkratztes Gesicht nichts. Vielleicht beherzige ich deinen Rat und gehe auch nach Lantra. Jaminara mit dir.«

»Und mit Euch«, murmelte Avi verwundert. Ähnliches hatte Kyria auch zu ihr gesagt, Kjalas Mutter. *Ihr habt eine Art ... Aura.*

Und vor Kyria einige andere.

Es war gleichermaßen schmeichelnd wie verstörend. Sie wollte keine Aura, keine besondere Ausstrahlung. Sie war Avi. Punkt.

War Kjala deswegen so versessen darauf, sie zu finden?

Warum gerade sie? Wieso nicht die beleibte Verkäuferin oder irgendeine andere?

Leicht verwirrt steckte sie das Gold ein, betrat die Schmiede und erstand zwanzig Pfeile. Nun besaß sie einunddreißig. Das war vorerst genug, zumal sie vier Silberstücke dafür geblecht hatte. Aufmerksam prüfte sie jeden einzelnen auf Fiederung und Form. Zufrieden mit der Fertigung, nicht jedoch mit dem Preis, steckte sie die neuen zu den alten im Köcher an Festos' Sattel. Zuletzt kaufte sie sich Dörrfleisch bei einem Jäger, einem klapperdürren Mann namens Erro. Zwei Silberstücke musste sie berappen, doch blieb ihr keine andere Wahl: Woanders bekäme sie es auch nicht billiger.

Einen Streifen kauend – gut und würzig war er immerhin –, führte sie ihr Pferd zu dem kleinen Jaminara-Tempel auf der anderen Seite des Marktplatzes. Form und Bauweise standen im Einklang mit der Göttin der Rechtschaffenheit und Ordnung: schlicht, mit geraden Linien und ausgewogenen Rundbögen, das Dach eine schiefergraue Kuppel, über dem Hauptportal die einzige Zierde, ein Kreis aus Blattgold, darin eingeschlossen der Richterstab.

Avi band Festos an, nahm Köcher und Schwertscheide und löste den Dolch vom Gürtel, erklomm die flache Freitreppe und betrat den mit Bankreihen ausgekleideten, von der Kuppeldecke überwölbten Raum. Durch die gusseisernen Arabesken in den Fenstern zeichnete das durchströmende Sonnenlicht ein Äderwerk von Schatten auf die dunklen Bodenplatten. Avis Schritte wurden zögerlicher, weil sie vorne im Altarbereich Betten sah sowie zwei Gestalten, eine im grünen Gewand der Heiler, die andere im Weiß Jaminaras und mit grauem Haar, das wie

Silberwolle über ihren Rücken floss. Sie hörten Avis Stiefel und drehten sich herum. Während die Heilerin Avi nur kurz ansah, ehe sie sich wieder ihrer Arbeit widmete, kam Lantyria die Stufen vom Altarbereich herab, ihre Augen vor Freude geweitet. »Avi! Wie schön, dich nach so langer Zeit wieder hier begrüßen zu dürfen.«

»Ja. Ich habe diesen Ort – und Euch – vermisst.«

»Wie lange ist es her?«

Avi überlegte. »Ein Jahr?«

»Was ist da denn passiert?«

Avi tupfte mit dem Zeigefinger auf den frischen Schorf der Wunde im Gesicht. »Kleine Auseinandersetzung, nichts weiter. Sieht schlimmer aus, als es ist.«

»Alys wird sich später darum kümmern.«

Mit den Waffen in den Händen kam Avi sich plötzlich fehl am Platz und verloren vor. »Ich … wollte nicht stören. Die Pfeile und alles, das eilt nicht.«

»Schon in Ordnung.« Lantyria lächelte, ihre Augen jedoch waren müde.

»Was ist passiert?«

»Es gab einen Unfall mit einem Bären. Die arme Frau ringt mit dem Tod. Ihr Bein …« Die Priesterin winkte ab und seufzte. »Ach, es ist schrecklich.« Noch ein Seufzen. »Alles ist schrecklich in diesen Tagen.«

»Kann ich irgendwie helfen?«

»Ja – indem du dir Ruhe gönnst. Du siehst mitgenommen aus.«

Avi schlug die Augen nieder. »Ich wage gar nicht zu fragen, aber das Nebenhaus ist nicht zufällig frei, oder? Nur diesen Nachmittag, etwas schlafen.«

»Es tut mir so leid«, sagte Lantyria und legte Avi die Hand auf die Schulter. Was immer sie danach sagen wollte, erreichte ihre Lippen nicht. In ihre Augen trat ein sonderbarer Glanz, als wäre sie überrascht, dass sie eine Schulter unter der Hand spürte.

Avi runzelte die Stirn.

Lantyria blinzelte und löste die Hand; langsam, beinahe widerwillig.

»Stimmt etwas nicht?«

»Wie?« Lantyria schien aus einer Art Trance zu erwachen. »Nein. Doch, meine ich. Es ist nur … ähm, eine Familie mit Kindern ist gerade dort. Flüchtlinge. Genauso im Krankenlager. Alles voll. Deswegen hat Alys mich gebeten, ihre Patienten hierher zu verlagern. ›Natürlich‹, habe ich gesagt, ›gar kein Problem.‹« Ihre Stimme verlor sich in einem kaum hörbaren Flüstern. »Anderen Menschen zu helfen, dafür ist ein Tempel schließlich da, nicht wahr? Für den Geist ... und auch den Körper. Alles vereint sich im Glauben und ...« Die Priesterin verstummte und schüttelte den Kopf. »Ach du meine Güte, was schnattere ich da nur? Wie ein altes Schankweib, das die Leute langweilt. Du bist müde. Ruh dich aus. Wenn es dir nichts ausmacht, leg dich doch neben das andere Bett. Wenn es dir nichts ausmacht, dass ein Zwerg drinliegt, meine ich.«

»Das stört mich nicht. Danke.«

»Gib mir deine Waffen gegen das Böse. Ich werde sie weihen.«

Avi reichte sie Lantyria. Dabei streiften sich ihre Finger und sie hatte den Eindruck, dass die Priesterin sie absichtlich berührte.

Wieder dieser sonderbare Ausdruck in ihren Augen, doch ohne ein weiteres Wort nahm sie Köcher, Schwert und Dolch, stieg zum Altar und verschwand in einer Seitentür.

Konsterniert sah Avi ihr nach, ehe sie die Schultern zuckte und zurück zu Festos ging. Während sie zwei Decken und einen Wasserbeutel aus den Satteltaschen holte, fragte sie sich, was mit Lantyria los war? War die Gute nur überarbeitet? Oder war der Grund für ihr seltsames Gebaren ein anderer?

Sollte sie überhaupt im Tempel bleiben?

Avi gähnte und rieb sich Tränen der Müdigkeit aus den Augen. Sie hatte weder Kraft noch Lust, sich eine andere Bleibe zu suchen. Es würde eh schwierig werden, woanders unterzukommen in einem vor Flüchtlingen bereits überfüllten Dorf. Heute der Tempel, morgen wieder die Weiten des vandurischen Graslands. Oder die Berge des Korashzuges, um nach Lantra zu gelangen. Avi kehrte zum Altarbereich zurück. Da sie nicht gestört werden wollte, breitete sie ihre Decke so weit weg wie möglich von den Betten an der Wand aus. Mit einem Seufzen legte sie sich hin und stopfte sich die andere Decke als Kissen unter den Kopf. Als letzte Vorkehrung gegen eine Störung drehte sie sich auf die Seite, sodass der Zwerg ihren Rücken sah. Wahrscheinlich schlief er eh und erholte sich von seinem Leiden.

Umgehend schwebte der Schlaf auf sie herab, eine dritte, viel wohltuendere Decke, aus der hoffentlich angenehme Träume rieselten. Vielleicht von Sonnenschein und dem Tschilpen bunter Vögel oder auch von …

»Hallo?«

Avi öffnete die Augen. Das durfte doch nicht wahr sein!

»Junge Menschenfrau?«

Sie knirschte mit den Zähnen.

»Verzeiht meine Aufdringlichkeit, doch seit geschlagenen vier Tagen verweile ich nun auf diesem Lager und wäre einer anregenden Konversation nicht abhold.«

Avi unterdrückte ein resigniertes Kopfschütteln. Reichte Kjala nicht? Jetzt noch ein Zwerg mit Redebedürfnis – was hatte sie denn nur verbrochen?

»Mein Name ist Kraxangartl, Sohn des Drulgashanvartux von der Sippe der Steinmalmer des Roshgontraxlaskl.«

»Ein sehr … klingender Name«, erwiderte sie knurrig und drehte sich herum. In Halron Fallas' Lager hatte sie sich Gesellschaft gewünscht; zugegeben, wenn auch nicht in der Form eines kranken Zwerges, der übertrieben gestelzt redete. Besaß man eine Prise dunklen Humors, könnte man allerdings füglich behaupten, dass das Schicksal ihr Flehen – wenn auch etwas verspätet – erhört hatte.

Der Zwerg lag unter einer viel zu großen Decke, und anstatt Avi anzusehen, stierte er zur Decke. »Besten Dank, doch vernehme ich einen Hauch von Sarkasmus in Eurer Stimme. Da ich sehr wohl weiß, dass Menschen weder dem Lesen und Schreiben zugetan sind noch eine Vorliebe für lange Namen ihr Eigen nennen, möchte ich Euch nun die Kurzform meines Namens unterbreiten.« Statt ihn zu nennen, schwieg er jedoch.

Avi ballte die Fäuste. »Ich bin ganz Ohr und könnte mir nichts Schöneres vorstellen, als dass Eure liebliche Stimme abermals in diesen heiligen Hallen erklingt.«

»Krax.«

»Wie?«

»Mein Name.«

»Klingt, als wäre etwas kaputt gegangen.«

Schweigen. »Ihr seid schlechter Laune.«

Sie klatschte in die Hände. »An was das wohl liegt, Herr der schwülstigen Worte?«

»Euch verlangt es nach Schlaf.«

»Gratuliere, Euer Verstand steht Eurer Eloquenz in nichts nach!«

Ein resignierter Seufzer entrang sich seiner Brust. »Spott bin ich gewohnt. Vielen Dank, dass Ihr mir das Gefühl gebt, daheim zu sein.«

»Ich vernehme einen Hauch von Sarkasmus in Eurer Stimme«, wiederholte sie Krax' Worte von vorher. Jetzt fing er wahrscheinlich gleich an zu heulen.

»Mein Bart wächst nicht richtig.«

»Wenn Ihr nicht die ganze Zeit an die Decke starren würdet, könnte ich Euren Bart auch sehen.«

»Lantyria hat mir untersagt, mich zu bewegen, solange die Medizin wirkt. Sonst könnte mir unwohl werden.«

Plötzlich musste Avi lachen. Sie konnte nicht mehr an sich halten; Lacher um Lacher kullerte ihr aus der Kehle, bis sie heiser war und nichts mehr sah vor lauter Tränen. Verdammt, wie lange war es her, dass sie so gelacht hatte?

»Entschuldigt«, japste sie und wischte sich über die Augen. »Ist über mich gekommen. Mein Name ist übrigens Avi«, fügte sie hinzu.

»Wie lautet Euer kompletter Name?«, entgegnete Krax.

»Avi.«

Krax gab einen Brummlaut von sich, als überlege er angestrengt. »Immerhin ist er prägnant.«

»Finde ich auch.«

»Mich plagt eine innere Zerrissenheit«, seufzte Krax. »Bei uns Zwergen gilt der Wunsch des Gastgebers als ehernes Gesetz; auf der anderen Seite gebietet es die Höflichkeit, seinen Gesprächspartner zu fokussieren. Was soll ich nun tun?«

»Ein Dilemma«, kicherte Avi. »Ihr armer Tropf!«

»Macht Euch nur lustig.«

»Dreht Euch einfach auf die Seite und ich lege ein gutes Wort bei Lantyria ein, in Ordnung?«

Krax zwängte die Hand aus der Decke und kratzte sich am Kopf. »Kennt Ihr Lantyria gut?«

»Ehrlich gesagt sehe ich sie heute zum dritten Mal. Aber wir verstehen uns.«

»Sie weiht Eure Waffen, richtig?«

»Ihr habt gute Ohren.«

Das Bett knarzte, als Krax sich in einer Ehrfurcht heischenden Entladung geballter Verwegenheit auf die Seite drehte, den Kopf auf die Handfläche stützte und sie ansah. Er hatte rötliche Ringellocken, die ihm über die Stirn fielen, und dunkle, freundliche Augen. Tatsächlich wuchs an Wangen und Kinn nur ein milder Flaum.

»Neugier ist den Zwergen in die Wiege gelegt und mein Gehör ist gut.« Er musterte Avi aufmerksam. »Seid Ihr eine Kriegerin?«

»Ich jage Dämonen.«

Jetzt wuchs Krax über sich hinaus: Er richtete sich auf, streifte die Decke zurück und ließ die Beine vom Bett hängen. »Wirklich?«

»Ja.«

»Wieso?«

»Meine Sache.«

»Entschuldigt.« Er steckte einen Schlüssel in ein metallenes, rechteckiges Kästchen, das an seinem Gürtel befestigt war, öffnete den Verschluss und holte ein Buch heraus. »Zufälligerweise berichte ich genau darüber.«

Avi staunte. »Ihr seid Chronist?«

»Ja.«

Zwerge galten als die Sammler und Hüter von Wissen. Mitglieder der Gilde der Chronisten streiften durch aller Herren Länder und dokumentierten, was sich zutrug. Ob politische Bündnisse, Erfindungen, Ausschreitungen, Umstürze oder Kriege – sie saugten alles in sich auf, schrieben es nieder und verwahrten die fertigen Schriften in ihren unterirdischen Bergstädten. Selbst Kopien von den Büchern anderer Rassen fertigten sie an. Dem Vernehmen nach lagerten sogar orkische Skripte in ihren Archiven und überdies verfügten sie über ein ansehnliches Arsenal von Zaubersprüchen, und das, obwohl sie Magie ablehnten.

»Hat es Euch jetzt die Sprache verschlagen?«, fragte Krax mit einem Lächeln, das feine Grübchen in seine Wange kerbte.

»Ehrlich gesagt schon«, gab Avi zu. »Ich habe noch nie einen Chronisten getroffen.«

»Es gibt viele von uns.«

»Wahrscheinlich war ich in der falschen Gegend.«

»Dann dankt dem Schicksal, dass sich unsere Wege gekreuzt haben«, grinste er. »Wäre es Euch zuwider, wenn wir uns duzen?«

»Nein, gar nicht. Schreibst du deine Texte eigentlich genauso geschraubt, wie du redest?«

Krax gluckerte. »Nein. Unglücklicherweise nicht«, fügte er hinzu. »Ich würde es gern, doch die Oberen verbieten es. Nur die Fakten, ganz nüchtern und ungeschmückt. Meine Schwülstigkeit ist lediglich ein Ausdruck von Wertschätzung, die ich deiner Sprache entbiete. Mir gefällt sie.«

»Das freut mich.«

»Wenn du Dämonen jagst«, wechselte Krax das Thema, »bist du dann zufällig einer Abteilung vandurischer Reiter begegnet? Diese habe ich begleitet, ehe mich ein schweres Fieber packte und man mich in Alys' Obhut gab.«

»Hieß der Anführer Halron Fallas?«

Krax' Augen leuchteten. »Ja! Du kennst ihn?«

In knappen Worten berichtete sie, wie Halron und seine Männer sie gerettet hatten.

Krax schnalzte mit der Zunge und gab einen brummenden Wonnelaut von sich, als koste er von gutem Wein. »Das musst du mir später genauer erzählen. Bitte!«

»Meinetwegen. So weltbewegend ist es aber auch nicht.«

Krax' Zeigefinger schnellte nach oben. »Jetzt weiß ich es! Ihr ... du bist die Hüterin!«

»Ich bin einfach nur Avi.«

»Die Hüterin!« Er kritzelte etwas in sein Buch, das Kratzen der Feder verwob sich mit seinem aufgeregten Schnaufen. Dann klappte er es zu, verstaute es in dem Metallkästchen und schloss es ab.

»Ich helfe den Menschen, nicht mehr und nicht weniger.«

Er patschte mit der Faust in die offene Handfläche. »Und ich dachte schon, das Glück hätte mich verlassen! Da liege ich hier und die Hüterin höchstselbst wandelt wie eine Kriegerin aus den alten Legenden in den Tempel!«

»Jetzt mal halblang!«

»Sie, die den Notleidenden hilft und sie in Sicherheit bringt. Sie, die sich ganz allein Horden von Dämonen stellt. Sie, die …«

»Krax!«, knurrte sie. »Schluss jetzt – oder du hörst keinen Ton mehr von mir!«

Krax' Mund schnappte zu und er sah sie verzweifelt an.

»Das meine ich ernst!«

»Entschuldige bitte«, erwiderte er kleinlaut. »Meine Begeisterung hat mich etwas fortgetragen …«

Ernsthaft böse konnte man dem kleinen Burschen irgendwie nicht sein; ein ähnliches Phänomen wie mit Festos. Es war zum Verrücktwerden!

»Ich schlafe jetzt. Danach überlege ich mir, ob ich deine Fragen beantworte.«

»In Ordnung. Bin schon ruhig.«

Avi drehte sich wieder herum.

»Ich lade dich in die Taverne ein. Bier und Essen, so viel du willst«, raunte Krax.

Avi unterdrückte ein Lachen.

»Und wenn du mich zu Halron Fallas bringst, zahle ich dir vier Silber. Na?«

Zurück zu Halron? Er könnte sie schützen und im Gegenzug würde sie ihm helfen, Dämonen zu finden.

»Ich überlege es mir.«

»Beides?«

»Das mit dem Essen nehme ich an. Danke. Über das andere reden wir später. Und jetzt lass mich schlafen.«

»Schöne Träume.«

»Du redest zu viel.«

»Weiß ich.«

»Dann ändere es!«

»Geht nicht.«

»Sei still!«

»In Ordnung.«

Avi gluckste, ganz leise, damit Krax es nicht hörte, und schloss die Augen.

Schreie und reißende Geräusche von Fleisch, das jemand von Knochen riss und schmatzend zerkaute. Geruch von Blut, metallisch, das linde Patschen, wenn Spritzer davon Boden und Wände trafen und ein Mosaik der Gewalt schufen.

Sie rannte ins Freie, schreiend, Angst und Entsetzen pulsten durch ihren Körper.

Gras unter ihren Füßen.

Sie stürzte.

Schatten näherten sich, der Gestank der Fäulnis und frischen Blutes umgab sie wie eine Wolke der Verderbnis.

Sie würden sie holen, jetzt, und das Leben aus ihr reißen. So, wie sie es mit ihren Eltern getan hatten.

Nichts würde sie aufhalten.

Ein Blitz aus Licht.

Die Schatten vergingen darin.

Das Schlagen von Hufen.

Die Gestalt einer Frau, das Gesicht leuchtend und warm, so hell, als würde eine Aureole aus Licht es umgeben.

Sie beugte sich zu ihr hinab und lächelte.

»Deine Aufgabe ist noch nicht erfüllt, Avi.« Die Stimme, so melodiös, als würden Harfe und Schalmei im Hintergrund klingen. Eine Welle aus Wärme und Zuneigung spülte Avis Angst hinfort. Sie fühlte sich beschützt. Ihr Körper entspannte sich und ihre Lider fielen herab …

Avi öffnete die Augen und gähnte. Lediglich der Traum begleitete sie aus den Jahren ihrer Kindheit, zusammen mit wenigen Erinnerungsbruchstücken.

Man hatte sie gefunden, auf der Wiese neben dem Haus ihrer hingeschlachteten Eltern, bewusstlos – aber unversehrt. Ein altes, kinderloses Ehepaar nahm sich Avis an. Palko und Irana, so hießen ihre Pflegeeltern, die ihr ein möglichst sorgenfreies Leben bescheren wollten. Es gelang ihnen; Avi war glücklich, so glücklich eben, wie ein Kind war, dessen wahre Eltern brutal umgebracht worden waren. Im Laufe der Jahre, die trotz der sich ausweitenden Dämonenplage unbeschwert verliefen, reifte in ihr der Entschluss, gegen die Biester zu kämpfen, die so viel Leid über die Menschen brachten. Als hätte jemand ihren stummen Entschluss vernommen, ließ sich ein verkrüppelter Kriegsveteran in ihrer Nähe nieder, Furdas mit Namen. Ihm fehlte ein Auge und ein Keulenhieb hatte seine Schulter zerschmettert, sodass er nur den linken Arm benutzen konnte. Avi war dreizehn, als sie das erste Mal zu ihm ging mit ihrem Anliegen, das Kämpfen zu lernen. Er scheuchte sie davon und Irana war vom Ansinnen ihrer Ziehtochter wie vor den Kopf gestoßen. Allerdings fehlte ihr die Zeit, Avi davon abzuhalten, denn Palko war schwer krank. Er starb an jenem Morgen, als Avi Furdas endlich weichklopfte.

»Keinen Tag habe ich bereut«, sagte er zu Avi, als sie ihn nach vier Jahren Ausbildung verließ.

Avi krampfte die Lippen zusammen, unterdrückte ein Seufzen. Ja, sie hatte viel zurückgelassen: Furdas, den bärbeißigen, gnadenlos harten und dennoch wohlmeinenden Söldner, aus dessen gutem Auge beim Abschied Tränen geflossen waren; Irana, kraftlos und dahingewelkt, als sie mit glanzlosen Augen Avi dabei zusah, wie sie ihre Habseligkeiten packte und sie in dem leeren Haus zurückließ; Nurok, der am Fluss auf sie wartete, einen Strauß selbst gepflückter Blumen in der Hand und mit tränenerstickter Stimme flehend, sie möge bei ihm bleiben.

Lebte Irana noch? Wie ging es Furdas? Und Nurok?

Alte Erinnerungen übermannten sie einen Moment lang, begleitet von einem Stich in der Brust. Doch der Schmerz verging, genauso wie der Schmerz des Abschieds vergangen war.

Sie hatte eine Entscheidung getroffen. Nun musste sie auch damit leben!

Sie atmete durch und richtete sich auf. Ihre verletzte Wange juckte und es kostete sie alles an Selbstbeherrschung, den frischen Schorf nicht wegzukratzen.

Die Schatten auf den Bodenplatten hatten sich verschoben, das Licht fiel nun schräg herein. Kurz vor Abend. Drei, vier Stunden hatte sie bestimmt geschlafen. Ein kratzendes Geräusch von der anderen Seite ließ sie den Blick wenden.

Krax lag bäuchlings auf seinem Bett, die abgewinkelten Beine wippten leicht vor und zurück. Gerade nahm er die Spitze des Gänsekiels vom Blatt und kaute gedankenverloren auf dem Stiel herum, während seine Augen über das Geschriebene huschten.

Avi richtete sich auf und streifte die Decke zurück.

Krax legte die Schreibfeder beiseite und sah sie erfreut an. »Gut geschlafen?«

»Ja.«

Er blies über die Seiten, damit die Tinte trocknete, dann klappte er das Buch zu und verstaute es am Gürtel. »Hunger?«

»Wie ein Bär.«

Er stand auf.

»Ist das nicht sehr riskant?«, fragte Avi. Auf Krax' Stirnrunzeln setzte sie hinzu: »Wird Lantyria dich nicht auspeitschen lassen?«

Krax lachte und hob abwinkend die Hand. »Hat sie mir erlaubt. Ich bin genesen.«

»Kein Fieber mehr?«

»Nur die Hitze der Neugierde, die durch meine Adern rauscht. Ich bin gespannt auf deine Geschichte.«

Avi hielt ihr Lächeln, wenngleich sie gar nicht wusste, ob sie etwas von sich preisgeben oder in der Vergangenheit herumrühren wollte. Irana, Furdas, Nurok ... Ein Traum, ein paar Gedanken, und sie waren wieder da. Würde es eventuell helfen, von ihnen zu erzählen, um sie endgültig zu begraben? Ach, das war im Moment egal. Sie hatte erst mal Hunger und ein Becher Wein würde auch nicht schaden. Sie stand auf. Schwert, Dolch und Pfeilköcher lagen neben der Decke.

Avi sah sich nach Lantyria um, entdeckte sie jedoch nirgends. Auch Alys war verschwunden. Das Bett der Frau war leer. Ein ungutes Gefühl beschlich Avi, während sie die Dolchscheide auf ihren Gürtel zog. »Lass uns zur Taverne gehen.«

»Sie ist tot«, sagte Krax.

»Die Frau?«

Er nickte.

»Möge Arsamon sich ihrer Seele annehmen.«

Schweigend verließen sie den Tempel. Festos schnaubte einen Gruß. Sie ging zu ihm, kraulte ihm die Stirn und flüsterte: »Bald reiten wir wieder wie der Wind.«

Er wieherte leise und kerbte mit dem rechten Vorderhuf eine Furche in die Erde.

»Geduld.« Sie gab ihm einen Kuss auf die Wange und zusammen mit Krax überquerte sie den Marktplatz. Die Stände waren noch aufgebaut, doch niemand bot mehr etwas feil. Überhaupt regte sich wenig und von den Flüchtlingen keine Spur. Es war, als hielte der Ort den Atem an und stierte in den undurchdringlichen Nebel der Zukunft, um einen Hinweis zu erhaschen, wie es weiterginge. Man musste kein Prophet sein, um das zu wissen: Die Dämonen würden kommen. Ganz sicher.

Radashs Keule hieß die Taverne in Anlehnung an die Legende des Riesen selbigen Namens, der hier vor Urzeiten sein Unwesen getrieben und mit seiner gewaltigen Keule eine Schneise zwischen die Berge geschlagen hatte – die heutige Radashklamm.

Die Tür stand offen und das gedämpfte Säuseln einer Flöte wehte nach draußen, begleitet von Bratengeruch. Avi lief das Wasser im Mund zusammen. Sie nahmen an einem Ecktisch auf der anderen Seite Platz, unweit des Tresens, hinter dem der Wirt, ein beleibter, tranäugiger Mann, gelangweilt einen Becher putzte.

Auf einem Schemel in der Mitte der Taverne hockte ein Spielmann, kenntlich an seinem Gewand aus bunten Flecken, und entlockte der Flöte sehnsuchtsvolle Melodien. Dabei tappte sein rechter Fuß auf den Boden und er wiegte den Körper hin und her. Keine Frage, er gab sich Mühe, obwohl nur wenige Gäste anwesend waren.

Nach einiger Zeit schlurfte der Wirt zu ihrem Tisch. Als er Krax sah, hoben sich seine Brauen, doch das Erstaunen erreichte seine Stimme nicht. »Was darf es sein?«, leierte er.

»Wein?«, fragte Krax an Avi gewandt.

Sie nickte.

»Eine Karaffe Wein und zwei Becher, der Herr, und dazu ein paar saftige Scheiben des köstlichen Bratens, dessen Aroma mir schon beim Eintreten ganz betörend in die Nase fuhr. Auch Brot, um es in die Soße zu tunken, fände großen Anklang.«

»Kostet allerdings was«, sagte der Wirt. »Essen ist teuer im Moment.«

Krax nickte gönnerhaft. »Dessen sind wir uns bewusst. Dennoch möchten wir uns diesen Gaumenschmaus nicht entgehen lassen.«

Der Wirt schnob durch die Nase. »Zahlen müsst ihr vorher. Am Ende habt ihr keinen Deut in der Tasche.«

»Mein Herr!«, empörte sich Krax, »gegen die Unterstellung, dass ich dieses Etablissement beträte, nur um die Zeche zu prellen, muss ich mich ganz entschieden verwahren!«

Der Wirt glotzte erst Krax, dann Avi verwirrt an. »Was faselt der Zwerg da?«

»Schon gut«, meinte Avi, »der Herr Zwerg führt ein sehr ... wortlastiges Leben.« Sie schickte einen flehenden Blick zu Krax, der grummelnd seinen Beutel zückte und drei Silberstücke auf den Tisch legte.

»Reicht das?«, echauffierte er sich.

Der Wirt lächelte, entblößte schiefe Zähne und krallte sich die Münzen. »Dafür gibt es sogar Nachschlag.«

»Nun denn«, Krax wedelte mit der Hand, »Er möge sich nun zurückziehen und das Mahl anrichten.«

»So«, sagte der Wirt in seinem Leierton und wandte sich bereits ab, »dann bringe ich euch zwei Pfeffersäcken mal was zu beißen.«

Krax schnaufte ein paarmal, dann lehnte er sich mit dem Rücken gegen die aus dunklen Holzbalken gefügte Wand. »Ein schrecklich ungebildeter Mensch«, seufzte er. »Keine Manieren, kein Gespür für die Fülle von Sprache.«

»Viele Menschen können weder lesen noch schreiben, da niemand sie unterweist.«

Entschuldigend hob Krax die Hände. »Ja, das ist richtig. Manchmal vergesse ich, dass nicht jeder das Privileg hat, eine gute Ausbildung zu genießen.«

Avi nickte. »Immerhin siehst du es ein. Das ist ein Anfang.«

»Ein Anfang? Von was?«

»Zum Beispiel, es anderen beizubringen.«

Krax machte ein Gesicht, als beiße er in verfaultes Obst. »Warum das denn?«

»Um dein Wissen weiterzugeben. Mein Lehrmeister Furdas lehrte mich das Kämpfen – und überdies das Lesen und Schreiben.«

»Dann hat er dich weitaus Wichtigeres gelehrt als den Umgang mit Schwert und Bogen.«

»Ja. Und dafür bin ich dankbar.«

Nachdenklich strich sich Krax sich über den Backenflaum. »Hm, manchmal vergisst man, welches Glück man hat.«

»Wer war dein Lehrmeister?«

Grinsend wedelte er mit dem Zeigefinger. »O nein. Erst bist du dran.«

»Na gut. Was möchtest du wissen?«

Krax förderte sein Buch sowie Gänsekiel und Tintenfass zutage, legte alles auf den Tisch und sah ihr in die Augen. Ohne jeglichen Humor sagte er: »Alles.«

Avi seufzte.

Der Wirt gewährte ihr Aufschub, indem er in diesem Moment den Wein und das Essen brachte.

»Mit leerem Magen erzählt es sich schlecht«, meinte Avi und schenkte die beiden irdenen Becher voll.

Nun war es an Krax zu seufzen. Er räumte seine Utensilien auf die Sitzbank, dann aßen sie.

Als sie fertig waren, begann Avi, durch Krax' Fragen gelenkt, von sich zu erzählen. Insbesondere die Zeit mit Furdas interessierte ihn und noch viel mehr die drei Jahre seitdem. Emsig kritzelte die Feder.

Der Wirt brachte eine zweite Karaffe und auch diese leerten sie. Danach war Avi schwummrig und etwas flau im Magen, doch Krax ließ nicht locker. Wie ein Hetzhund, der sich in der Kehle des Opfers verbissen hatte, zerrte er sie – ganz sanft, mit feinen Worten, und doch bestimmt – in die Richtung, die er haben wollte, sodass es Avi bald so vorkam, als wüsste der Zwerg mehr über sie als sie selbst.

»Das Amulett«, hakte er nach, »was hat es damit auf sich?«

Avi blinzelte und ihr Blick schlingerte von Krax' bohrenden Augen durch die Schenke. Sollte sie es sagen? Weshalb hatte sie das überhaupt erzählt? *Wann* hatte sie es erzählt?

Verzerrt kratzte ihr das Brummen der Gespräche in den Ohren, wie ein Hornissenschwarm, laut und bedrohlich. Tabakrauch trieb in Schwaden umher. Viel mehr Gäste als am Anfang. Sie sah Erro, den Jäger, der in ein Gespräch mit einem dicklichen Glatzkopf vertieft war. Der Spielmann hatte die Flöte gegen eine Handharfe getauscht, stand nun auf dem Schemel und sang ein Lied, dessen Melodie Avi bekannt vorkam. Der Wirt hatte seine Trägheit abgelegt und schwirrte um die Tische herum. Desgleichen eine apfelwangige Magd mit festen Unterschenkeln, die sich den nach ihrem Gesäß greifenden Händen mit Ausweichbewegungen zu entwinden trachtete, die die Bierkrüge auf dem Holztablett gefährlich schaukeln ließen, sodass Schaum herausschwappte. Just in diesem Moment ging die Tür auf und eine alte Frau trat ein, gestützt auf einen Gehstock, und der Lufthauch, frisch und kühl, schaffte es bis zu Avi und streifte ihre heißen Wangen. Alles rauschte, alles war Bewegung, ein Taumeln ihrer Sinne.

»Warte«, murmelte sie und stand mühsam auf. »Frische Luft ... kurz nach draußen.«

Krax sagte etwas, das belustigt klang, etwas von »anfälligen Menschenmägen«, und lachte laut heraus. Wie ein Schiff in schwerer See bahnte sich Avi einen Weg hinaus und schlang die klare Nachtluft in die Lungen.

Ihr Magen hob sich, sie spuckte aus, dann wurde es besser, mit jedem Atemzug. Sie lehnte sich gegen die Wand der Taverne, sicher einige Minuten lang, ehe sie sich abstieß und ein wenig umherspazierte. Keinen Tropfen würde sie mehr trinken! Nur gut, dass sie so reichlich gegessen hatte, sonst läge sie jetzt unter dem Tisch. Es war bereits spät, sie sollte schlafen. Sie würde zurück in die Taverne gehen und sich von Krax verabschieden, die Nacht im Tempel verbringen und morgen weitersehen. Ob sie den Zwerg zu Halron Fallas bringen würde? Sie zuckte die Schultern, als höre Krax ihr zu.

»Keine Ahnung«, brummelte sie. »Wird sich zeigen.«

Vier Silberstücke. Damit wären die neuen Pfeile beglichen.

Plötzlich verharrte sie, ihre Augen verengten sich. Atemlos starrte sie in die Dunkelheit, spärlich erhellt von den Fackeln, die vor der Taverne auf Pfosten im Wind schwalchten.

Ihr Gefühl ...

Sie lauschte in sich hinein, versuchte zu ergründen, was sie erschreckt hatte: Ihr war, als würde sie auf dem Dach einer über Stock und Stein holpernden Kutsche stehen. Sofort öffnete sie die Augen wieder. Besser.

Trotzdem, sie spürte etwas, zweifellos, dafür war die Gabe mittlerweile zu sehr ein Teil von ihr. Aber was?

Das Adrenalin lichtete den Weinnebel in ihrem Kopf.

War es Kjala?

War er schon hier?

Weder Dämonen noch andere Monster ergossen sich aus der Dunkelheit des Marktplatzes. Dennoch flüsterte eine innere Stimme, dass sie hier verschwinden sollte. Sie sah zurück zur Taverne. Krax wartete auf sie.

»Verdammt!«, zischte sie und eilte hinein.

»Endlich!«, rief Krax. »Ich dachte schon, du hast das Weite gesucht.«

»Genau das ist das Stichwort.«

Er legte die Stirn in Falten und setzte den Krug ab.

»Ich ... wir sind in Gefahr«, haspelte sie. »Ich ... ich spüre es. Wir sollten abhauen.«

Konsterniert wanderte Krax' Blick über die Gäste, die in geselligen Runden beisammensaßen. »Ich finde, es ist friedlich hier.«

»Nicht hier natürlich. Die Dämonen. Ich glaube, sie sind auf dem Weg nach Quelon.«

Krax legte den Zeigefinger an die Lippen. »Leise. Und setz dich bitte.«

»Du verstehst nicht!«

»Doch«, entgegnete er und wedelte mit der Hand, sie solle endlich Platz nehmen. »Du bist angeschwipst. Keine Sorge«, fügte er in versöhnlichem Tonfall hinzu, »das ist normal. Legt sich wieder, wenn du ausgenüchtert bist.«

»Hör mir jetzt endlich zu und ...«

In diesem Moment verklangen die Stimmen im Schankraum zu einem verhuschten Geflüster und Gemurmel. Angsterfüllt drehte Avi sich um, erwartete Kjala und seine dämonischen Schergen.

Ihr Atem entwich in einem erleichterten Stoß: keine Dämonen, nur Männer, sechs an der Zahl und allesamt bewaffnet.

Krax packte Avi an den Händen und zwang sie mit sanfter Gewalt dazu, sich endlich zu setzen. »Und jetzt sei leise«, ermahnte er sie und blickte ebenfalls auf die Neuankömmlinge, die sich nebeneinander aufstellten und somit den Ausgang blockierten.

Söldner! Avi musterte die Rüstungen und Waffen. Von Gambesons, Kettenhemden, Armschienen und Banderolen mit Wurfdolchen über Schwerter und Äxte präsentierten die Burschen ein eindrucksvolles Arsenal, um jemanden, der ihnen in die Quere kam, auf unterschiedliche, aber gleichwohl schmerzhafte Weise ins Jenseits zu befördern. Sie sahen finster aus, vierschrötig, bis auf die gute Ausrüstung fast wie Banditen. Einer von ihnen, ein groß gewachsener Kerl mit breiten Schultern und einem zu Zöpfen geflochtenen Bart, trat vor und lächelte ein Lächeln, das seine Augen nie erreichte.

»Wir wollen die gemütliche Runde nicht stören«, sagte er, »doch suchen wir einen Mörder. Dem Vernehmen nach soll er hier hausen, im

Dorf, in den Bergen, in irgendeinem Schweinetrog …« Er zuckte die Schultern. »Jedenfalls zahlen wir jedem, der uns zu ihm führt, fünf Goldstücke. Nehmen wir ihn gefangen oder töten ihn, zahlen wir nochmals fünf.«

Gemurmel brandete auf.

»Wer ist es?«, rief jemand.

»Ja! Wer?«

»Sagt es uns!«

In jeder Stimme schwang die Gier nach leicht verdientem Geld.

Kopfgeldjäger! Avi rümpfte die Nase und verschränkte die Arme vor der Brust.

»Ein großer Bursche. Schwarzer Bart, dunkle Augen. Für gewöhnlich trägt er einen langen Handschuh an der rechten Hand.«

Avi kannte niemanden, auf den diese Beschreibung passte – und selbst wenn, sie hätte es diesen Aasgeiern nicht gesagt. Wer konnte denn mit Sicherheit sagen, dass er wirklich ein gesuchter Mörder war – und nicht irgendein armer Lump, der aus Versehen jemandem die Suppe verhagelt hatte, der einfach mehr Geld und Einfluss besaß?

Ein Mann schnellte aus seinem Stuhl, als hätte der Wurfarm eines Katapults ihn hochgeschleudert.

»Ich weiß es!«

Es war der Jäger, dieser Erro.

»Lebt in den Bergen. Ich kenne sein Haus! Ich führe euch zu ihm! Sein Name ist Lormak.«

Zopfbart grinste. »Fein.«

Erro nickte mehrmals und knetete seine Jagdmütze vor der Brust wie ein Bittsteller, den man endlich zum König vorgelassen hatte.

Avi ballte die Fäuste. Genau diesem Raffzahn hatte sie Fleisch zu einem Wucherpreis abgekauft!

Sie zuckte zusammen.

Alarmiert flüsterte Krax ihr zu: »Warum bist du auf einmal ganz bleich um die Nasenspitze? Ist dieser Lormak ein Freund von dir?«

Avi konnte kaum atmen. Das Gefühl drohenden Unheils wuchs mit jedem Herzschlag. Ihre Gabe loderte im Feuer brennender Wälder! Langsam glitt ihre Hand zum Dolch. Hätte sie doch nur Schwert und Bogen mitgenommen!

Zopfbart winkte Erro herbei. »Auf was wartest du dann? Führe uns hin!«

Erro murmelte seinem Gesprächspartner etwas zu. Dieser nickte verständnisvoll.

Im selben Augenblick erklang das Poltern unsteter Schritte.

Ein Mann in Halbkettenhemd torkelte rückwärts in die Taverne. Er prallte gegen Zopfbart, drehte sich im Kreis, seine Augen vor Entsetzen geweitet. Blut sprühte aus einem grässlichen Kehlenschnitt.

Die Gäste schrien auf, der Spielmann starrte auf die roten Blutsprengsel auf seinem Gewand. Der Getroffene krachte auf einen Tisch, riss Krüge und Teller mit sich und rutschte hinab.

Jeder war wie gelähmt, selbst die hartgesottenen Kopfgeldjäger, die offensichtlich zu begreifen versuchten, dass ihr Kamerad tot war.

Jemand stürmte in die Schenke und brüllte: »Ihr braucht mich nicht mehr suchen – ich bin hier!«

Ein metallenes Glitzern in der Luft, eine schimmernde Verbindungslinie zwischen dem Arm des Mannes und einem der Kopfgeldjäger. Diesen schleuderte es zurück. In roten Bögen pumpte das Blut aus seinem halb abgetrennten Hals. Im Fallen riss er einen Gast zu Boden.

Chaos brach aus. Stühle und Tische kippten um, da jeder Gast versuchte, dem Blutbad zu entgehen. Unter dem Lärm erklang das metallische Schleifen von aus Scheiden gleitenden Klingen. Avi riss ihren Dolch heraus, blieb jedoch, wo sie war. Krax krabbelte auf der Sitzbank in die hinterste Ecke und presste sein Buch gegen die Brust.

Der Gesuchte, Lormak, zögerte indes keinen Augenblick, scherte sich nicht um den Tumult. Er trat einem der Kopfgeldjäger in den Bauch, was diesen zu Boden warf, einem anderen trieb er seine Klinge am Brustpanzer vorbei tief in die Eingeweide. Kreischend brach der Mann zusammen.

Einer der Kopfgeldjäger hieb auf Lormaks Klinge. Da sie im Körper seines Opfers steckte, entglitt sie seiner behandschuhten Hand. Es gab kein Zögern, keine Überraschung, sondern postwendend den Gegenangriff: Der Ellenbogen des anderen Arms ruckte nach links und traf den Schwertträger im Gesicht. Es knackte, Blut schoss aus der Nase. Sich das Gesicht haltend, taumelte der Mann zurück und stolperte über das erste Opfer. Krachend ging er zu Boden. Binnen weniger Lidschläge standen lediglich zwei der ursprünglich sieben Kopfgeldjäger aufrecht, Zopfbart und ein grobschlächtiger Bursche mit einer blauen Tätowierung auf der rechten Wange. Von den anderen waren zwei tot, der mit dem Säbel im Unterleib röchelte seinem Ende entgegen, und zwei weitere waren vorübergehend außer Gefecht mit Bauchschmerzen beziehungsweise gebrochener Nase.

Lormak schnappte sich ein fallen gelassenes Schwert und attackierte Zopfbart, der sich wacker wehrte, aber zurückgetrieben wurde. Blauwange wagte einen Ausfall und erwischte Lormak an der rechten Schulter. Der jedoch verzog keine Miene – sondern fegte Blauwange mit einem klatschenden Faustschlag von den Beinen. Er flog nach hinten wie ein Sack und fegte dem Barden die Harfe aus der Hand. Das Instrument zerbarst.

Zopfbart indes wich zurück und suchte Schutz in der Menschenmenge, die sofort auseinanderstob. Lormak ließ sich nicht ablenken. Hageldicht prasselten seine Attacken auf Zopfbart nieder, der stolperte und haarscharf dem todbringenden Stahl entging, indem er über einen Tisch flankte und sein Heil in der Flucht suchte. Inzwischen waren zwei der Kopfgeldjäger wieder auf den Beinen, auch wenn sie ordentlich mitgenommen aussahen. Der eine, der den Fußtritt in den Magen abbekommen hatte, war weiß im Gesicht, der andere ganz rot vom eigenen Blut, das ihm ungemindert aus der zerstörten Nase floss.

Lormak stürmte Zopfbart nach, doch die Männer stellten sich ihm in den Weg. Er griff an. Allerdings fehlte seinen Schlägen die tödliche Schnelligkeit und Wucht, denn die Schulterwunde, die Blauwange ihm beigebracht hatte, blutete heftig.

Plötzlich entglitt Lormak seine Klinge und klapperte auf den Boden. Auch diesmal kein Zaudern, kein Zögern, kein Moment des Schreckens über den Verlust seiner Waffe. Jäh duckte er sich unter einem Schwung hindurch – und trat Weißgesicht erneut in den Bauch. Wieder küsste dieser den Holzboden. Der andere nutzte die Gelegenheit und schlug zu. Lormak wich aus, aber der Stahl erwischte ihn am Oberschenkel. Er knickte ein. Sein Arm zuckte zu seinem Schwert.

Blutverschmierte Finger krallten sich in seinen Handschuh und hielten den Arm fest. Es handelte sich um den Mann mit dem breiten Säbel im Bauch, der seine letzten Kräfte mobilisierte, um seinen Kameraden zu helfen.

Auch darauf wusste Lormak eine Antwort. Flugs rollte er sich zur Seite, der Handschuh rutschte herunter. Lormak war wieder frei und setzte einen Beinfeger an, der den letzten Angreifer zu Boden schickte.

Avi war wie betäubt, als wäre eine Sturmbö durch ihren Geist gefegt. Das Einzige, was sie klar und deutlich spürte, war, dass sich ein Dämon in diesem Raum befand.

Es war Lormak.

Ihr Blick verhakte sich an der rechten Hand, die der Handschuh freigegeben hatte. Eine schwarze Klaue! Eine Dämonenklaue!

Lormaks Gesicht war vor Wut verzerrt, die dunklen Augen glitzerten vor Hass und der Gier nach Blut. Dennoch meinte sie, in diesem wahnsinnigen Flackern die Reste eines Verstandes zu sehen, die kümmerlichen Reste des Menschen, der im Blutrausch zu versinken drohte.

Avi unterdrückte ein erschrockenes Keuchen, als Lormak, inzwischen wieder bewaffnet, sein Schwert durch den Hals des Mannes mit der gebrochenen Nase stieß. Der gurgelte, spuckte einen Schwall Blut aus, ehe er zusammensank. Sich den Bauch haltend, rutschte der verbliebene Söldner mit strampelnden Beinen vor Lormak davon. Flehend hob er den Arm, seine Augen baten um Vergebung.

Lormaks Klinge durchtrennte Muskeln, Sehnen und Knochen und fraß sich knackend in den Schädel.

Zuletzt schnitt er dem Mann mit der Bauchwunde die Kehle durch. All dies geschah in einer entsetzlichen Schmelze aus Wut und kalter, fast mechanischer Präzision.

Blauwange kroch auf allen vieren in Richtung Ausgang. Lormak ging zu ihm und trat ihm brutal in den Bauch. Er kippte zur Seite, blieb röchelnd liegen, die Beine angezogen wie ein Kind, das in der Nacht fror. Sein Mund öffnete und schloss sich wie bei einem gestrandeten Fisch.

Avi fällte eine Entscheidung.

Als Lormak sich über seinem Opfer aufbaute und die Klinge hob, schnellte sie vom Stuhl. Zwei flinke Sätze, eine Tischplatte als Absprunghilfe nutzend, und sie segelte durch die Luft. Sie traf Lormak von hinten, meinte, sie pralle auf Stein, aber ihr Momentum reichte glücklicherweise aus, damit sie beide zu Boden stürzten. Blitzgeschwind drückte sie den linken Unterarm gegen seine Gurgel, so fest sie konnte, und setzte den Dolch an seinen bärtigen Hals.

»Eine Bewegung, Dämon, und ich schlitze dich auf!«
Er blieb liegen, rührte sich nicht.
»Ich bin kein Dämon!«
»Nein?« Avi drückte die Schneide in seine Haut, sodass sich ein hauchfeiner Schnitt öffnete. Blut floss und die Wunde begann zu dampfen.
Seine Muskeln ballten sich vor Schmerz.
»Und warum schadet dir geweihter Stahl?«
Trotzdem, es war anders als sonst. Bei einem Dämon wie Kjala würde die Wunde größer werden, die Haut würde sich ablösen, sich zersetzen, ihn schwächen.
Bei Lormak geschah dies nicht.
Das zischende Geräusch verklang, kein Gestank mehr von verschmortem Fleisch; im Gegenteil, die Haut begann sich zu schließen.
»Wer oder was bist du?«
»Ich bin der«, antwortete er, »dem du helfen musst, die Vergangenheit wiederzufinden.«

Kapitel 4

Vor 24 Jahren …

Beschwingt, auf den Zehenspitzen auf und ab wippend, schweifte Iridons Blick über das Tal der tausend Schädel. Von dem Stein aus, auf dem er Position bezogen hatte, lag einem dieses Stück geschichtsträchtiger Erde quasi zu Füßen; man spürte den Odem der Vergangenheit, der unsichtbar zwischen den Bäumen hing, den Sträuchern, Spitzfelsen und Steinformationen, über denen sich erhaben das zartrosa Band eines Spätnachmittagshimmels spannte.

Er war auf den Spuren der Geschichte und sog den Geruch nach Natur in sich auf. Bibliotheken und Studierkammern waren die eine Seite des Gelehrtendaseins, Freiheit und das magische Kribbeln in den Fingerspitzen, wenn man Unentdecktes erforschte, die andere. Und die war weitaus eindrücklicher und erquickender.

Etwas schepperte. Ein überraschter Aufschrei. Iridon drehte sich herum.

Die Handvoll Menschen, die er für die Expedition angeheuert hatte, standen mit betretener Miene um oder auf dem Karren und ließen die Schimpftirade von Lumithar über sich ergehen, der, auf einem Fuß hüpfend, während er sich den anderen mit der linken Hand hielt, mit hochgereckter, in Zorn geballter Faust Verwünschungen ausstieß. Unweit der Stelle, an der er seinen etwas ungeschickten Veitstanz aufführte, lag eine schwere, stark verwitterte Eisentruhe.

»Ihr Menschen seid doch wirklich Tölpel! Allesamt Tölpel«, rief er nahezu akzentfrei in deren Sprache und hüpfte nach rechts, dann wieder nach links. »Du!« Er stieß den Finger auf einen Burschen mit langem Gesicht. »Du bist ein Hundsfott, ein Zeckenschiss! Was ist schwierig daran, eine Truhe zu tragen, ohne sie jemanden auf den Fuß fallen zu lassen?«

Der Mann murmelte etwas, eingeschüchtert und schuldbewusst, wohingegen sich die Elfen, die das Treiben amüsiert verfolgten, ein Grinsen nicht verbeißen konnten.

Lumithar setzte den verletzten Fuß sachte auf und humpelte umher. »Ihr braucht gar nicht so blöd lachen!«, spie er auf Elfisch. »Haltet lieber Ausschau nach diesen Galgenstricken von Goblins, die uns nur zu gern in ihren Suppentöpfen schmurgeln ließen!«

Iridon gluckerte ebenfalls, doch als Lumithar zu ihm hochschaute, wischte er jede Form von Erheiterung schnell aus seinem Gesicht: Sein treuer Freund wäre arg gekränkt. Mit hochrotem Kopf und bei jedem Schritt zusammenzuckend, erklomm dieser den mehr als mannshohen Felsen. Als er innehielt, um sich den Fuß zu reiben, gab Iridon einen raschen Wink mit der Hand, woraufhin die Menschen ihre Arbeit wieder aufnahmen und die Elfenkrieger ausschwärmten. Zwar stand zu bezweifeln, dass einer dieser stinkenden Goblins sich auch nur in die Nähe eines elfischen Bogens wagte, aber sicher war sicher.

»Es ist ein Graus, diese ganze Sache«, schnaufte Lumithar, stellte sich neben Iridon und untersuchte sein lindgrünes, fein gewebtes Gewand auf Schmutzflecke oder Beschädigungen. Offensichtlich zufrieden, rückte er die Brosche zurecht, die den schwarzen Umhang vor seinem Hals zusammenhielt, und durchbohrte das Tal der tausend Schädel mit feindseligen Blicken. »Und obendrein ist es ein schlechtes Omen, sage ich dir.«

Iridon hob die Brauen und sah seinem Freund in das ebenmäßige Gesicht mit den hellgrünen Augen, in denen bernsteinfarbene Einsprengsel funkelten. »Was denn?«

»Na, dass mir die Kiste auf den Fuß gefallen ist natürlich! Die dunklen Legenden, die man sich über diesen Ort erzählt, müssen wahr sein.«

Iridon prustete ein Lachen. »Das ist nicht dein Ernst!«

»Du nimmst alles immer auf die leichte Schulter. An diesem unheiligen Ort fand der, der alles Unglück heraufbeschwor, den Tod. Wahrscheinlich schwirrt seine verderbte Seele hier immer noch herum und bringt Unglück über alle Lebenden, die so töricht sind, auch nur einen Fuß auf die entweihte Erde zu setzen.«

Iridon legte den Kopf schief und sagte: »Du meinst Molgrash, oder?«

Lumithars Augen weiteten sich und er stampfte auf den Boden, eine

Geste zur Abwehr des Bösen. Dann zuckte Schmerz über sein Gesicht. »Hätte den anderen Fuß nehmen sollen …«, stöhnte er gequält.

Iridon lachte.

»Irgendwann wird dich dein frivoler Leichtsinn den Kopf kosten«, keuchte Lumithar, setzte sich auf den Boden und massierte seinen Fuß.

»Gesetzt den Verlust meines Hauptes, könnte ich zumindest behaupten, ich hatte ein erfülltes Leben, in dem ich mich nicht wegen jeder Kräuterweiblegende eingenässt habe.«

Lumithar seufzte. »Dein Freund zu sein, verlangt einem einiges ab.« Er stand auf und blickte zum Wagen. »Ich meine, schau dir an, was wir bis jetzt gefunden haben. Lauter Tand: Schwertgriffe, verwitterte Lanzenspitzen, ein paar Knochen, die bei der leisesten Berührung zerbröckeln, den eisernen Ring eines Schildes ohne Holz darin, diese vermaledeite Kiste, die zwar randvoll ist – aber nur mit Staub und Dreck!«

»Seit gestern erst sind wir hier. Ich finde, das ist keine schlechte Ausbeute.«

Lumithar sah ihn an, wie man einen Geistesschwachen anschaute. »Ja, und was willst du damit anstellen?«

Iridon zuckte die Schultern. »Wird sich zeigen.«

Sein Freund quittierte das mit einem abfälligen Schnauben. »Schön, dass diese Expedition wenigstens sinnvoll ist und Erkenntnisse zutage fördert.«

»Der Hohe Rat hat zugestimmt«, entgegnete Iridon gleichmütig.

»Moment!« Lumithar hob den Zeigefinger. »Der hat zugestimmt, weil deine Frau sich – wie immer – für deine Belange eingesetzt hat. Ohne sie wäre dein Begehr abgeschmettert worden.«

»Ja, sie ist wahrlich ein Schatz.«

»Ich verstehe nicht, warum Ajuna, die sonst mit ihrer Besonnenheit und Klugheit brilliert, jeden Mist unterstützt, mit dem du ihr kommst.«

»Sie bewundert meinen Forscherdrang – und andere Qualitäten.« Iridon wackelte mit den Augenbrauen. »Du verstehst …«

»Pfff!«, machte Lumithar und verschränkte die Arme vor der Brust. Die metallenen Schnörkelmuster, die in die Lederarmschienen eingewirkt waren, glitzerten im Sonnenlicht. »Du bist leichtsinnig, unverschämt, starrsinnig und bildest dir zu viel auf deine Bettkünste ein.«

»Ach, Lumithar«, sagte Iridon sanft, legte seinem Freund den Arm um die Schulter und drehte ihn so, dass sie beide über die Ebene blickten, an deren Ende sich die ersten Höhenrücken des Morrigur-Gebirges erstreckten. »Genießt du es denn nicht? Diese Freiheit, ja, dieses Privileg, fort zu sein von den erstickenden Regeln und Verhaltensmustern unserer Gesellschaft? Hier zu sein, frei zu atmen, auf den Spuren der Vergangenheit zu wandeln?«

»Nein«, erwiderte Lumithar trotzig.

Iridon schüttelte den Kopf. »Du bist ein hoffnungsloser Fall.«

»Wieso sind wir hier?«, fragte sein Freund unvermittelt.

»Vieles aus den Zeiten der Totenkriege liegt im Dunkel der Vergessenheit, weswegen ...«

»Halte mich nicht zum Besten!« Lumithar streifte Iridons Arm ab und funkelte ihn an. »Dir geht es doch gar nicht um diesen«, er deutete zu dem Wagen, »ganzen Plunder! Das Tuch kaufe ich dir nicht ab!«

Iridon presste die Lippen zusammen. Er hatte sich zu sehr darauf verlassen, Lumithar ohne größere Probleme in das Geschirr seines Plans zu spannen, hoffend, sein Freund möge die Expedition klaglos – und vor allem ohne Fragen – begleiten. Zu sehr hatte er auf seine Ausstrahlung vertraut, sein Charisma, das ihn auch beim Hohen Rat oft aus der Klemme half, wenn er sich dessen Weisungen widersetzte und auf eigene Faust handelte.

Lumithar war sein Freund. Einer seiner engsten. Er verdiente die Wahrheit – keine Ausflüchte.

»Molgrashs Leichnam wurde nie gefunden ...«

Fassungslos stierte Lumithar ihn an und sein Gesicht verlor an Farbe, was die Haut in der Sonne schillern ließ wie Marmor. »Du ... du meinst das wirklich ernst!«

Iridon nickte. »Legenden existieren zuhauf, man erzählt sie sich in klirrenden Winternächten. Und doch hat bislang niemand den Mut aufgebracht, diesen Geschichten nachzuspüren. Wahrscheinlich sind wir die ersten Lebewesen, die dieses Gebiet nach tausend Jahren betreten. Welche Wissensschätze hier wohl unserer harren? Es ist einfach nicht richtig, um alles einen Bogen zu machen, dem ein dunkler Odem anhaftet! Wir halten uns für das weiseste aller Völker, doch ein starres, einengendes Korsett von Regeln und verstaubten Verhaltensweisen verbietet es uns, neue Wege zu beschreiten.«

»Du bist nicht bei Sinnen!« Lumithar drehte sich ab, ging zur anderen Seite des Felsens und blickte in die Ferne.

Iridon seufzte. Und schalt sich einen Narren. Er hätte es nicht sagen sollen. Verärgert rieb er sich mit der Faust über die Stirn. Lumithar war genauso engstirnig wie der Rest seines Volkes! Was vor tausend Jahren verpönt gewesen war, war es immer noch; was man seinerzeit gut dünkte, empfand man weiterhin als der Sache der Elfen dienlich. Deswegen hatte Iridon ein wenig gemogelt, als er den Grund für seine Expedition vorgab: archäologische Ausgrabungen. Es war nur die halbe Wahrheit. Hätte er gesagt, er wolle Licht ins Dunkel der Zeit der Totenkriege bringen, hätte man ihn wahrscheinlich in Ketten gelegt, und hätte er gesagt, er wolle Molgrashs Grabstätte finden, dann sogar hingerichtet. Zumindest heftige Konsequenzen hätte es nach sich gezogen, möglicherweise sogar einen Ausschluss aus dem Äußeren Rat, dessen Mitglied er war. Nur, weshalb sollte man nicht versuchen, aus dem Bösen zu lernen, um das Gute zu verbessern? Erfand man einen besseren Bogen, musste man diesen ja nicht zwangsweise dafür verwenden, jemanden zu töten, sondern konnte ihn zur Jagd hernehmen. Das war Iridons Auffassung – nur teilte niemand sie. Ajuna war bemüht, seinen Wissensdurst zu verstehen, doch selbst sie scheiterte dabei, all seine Beweggründe zu akzeptieren, diese aus der Tiefe kommende, hell lodernde Glut seiner Seele, die ihn befeuerte, zu forschen, zu entdecken, zu verstehen.

Iridon atmete ein paarmal tief durch, erst dann trat er zu Lumithar, der ihn keines Blickes würdigte. Die Augen starr nach vorne gerichtet, sagte dieser mit Grabesstimme: »Ich sollte dem Rat mitteilen, was dich umtreibt.«

»Das wirst du nicht tun.«

Blitzenden Auges fuhr Lumithar herum. »Nein, verdammt! Aber ich *sollte* es! Ach, zu den Dämonen mit dir! Da würdest du gut hinpassen, denn dich reiten Legionen von ihnen!«

Iridon lächelte. »Warum nicht im Schmutz graben, wenn ein Edelstein darin liegt?«

»Oder ein Fluch?«

»Wie kannst du es wissen, wenn du nicht nachsiehst?«

»Frag die Zwerge, Iridon. Der, der Unglück über alle brachte, war einer von ihnen.«

Iridon warf frustriert die Hände in die Höhe. »Aber das habe ich doch getan! Ein offizielles Schreiben, gesiegelt mit dem Stempel des Rats. Das war vor einem Jahr. Und was geschah? Nichts!« Enttäuscht ließ er die Arme sinken. Zu gut erinnerte er sich, wie er gewartet hatte, den Sommer, Herbst, Winter. Sie hatten nicht geantwortet.

»Wieso gerade die Totenkriege?« Plötzlich glomm ein wissendes Leuchten in Lumithars Augen. »Ah, jetzt verstehe ich: Der talentierte Iridon neidet seinem berühmten Vorfahren den Ruhm, den, der Unglück über alle brachte, erschlagen zu haben. Und nun will der kühne Iridon aus dessen Schatten treten und seinen Mut zur Schau stellen, indem er hier, beäugt von Goblins, umweht vom Schrecken der Vergangenheit, in der Erde herumbuddelt!«

»Blödsinn!«

»Wieso dann?«

»Weil Molgrash mächtig war wie kein anderer Magier vor oder jemals nach ihm!«

Wieder stampfte Lumithar die Ferse auf den Boden. Immerhin verwendete er diesmal den gesunden Fuß. »Sprich diesen Namen nicht aus, Narr!«

»Narr nennst du mich?« Iridons Stimme schwankte vor plötzlicher Wut. »Narren sind jene, die sich aus Angst vor dem Wissen dieser Welt verschließen!« Versöhnlicher fügte er hinzu: »Du bist Magier, genau wie ich. Hast du dich nicht gefragt, was es noch gibt außer dem, was man uns lehrte? Hier draußen vielleicht, in den unendlichen Weiten dieser Welt? Es gibt immer Neues zu entdecken.«

»Nein«, erwiderte Lumithar gedankenschwer, »niemals. Ich bin zufrieden mit dem, was ich bin, was ich weiß, was ich kann.«

Ernüchterung machte sich in Iridon breit. War er der Einzige, der nach mehr strebte? Dennoch hielt er die Bitterkeit aus seiner Stimme, sondern garnierte sie mit einem Lächeln. »Du klingst wie die Weisesten von uns. Vielleicht hast du sogar recht.« Noch bevor die Worte über seine Lippen gelangten, revidierte er sie, doch wollte er Lumithar nicht noch mehr gegen sich aufbringen.

»Was ich nicht verstehe und niemals verstehen werde, ist deine Unzufriedenheit dem gegenüber, was du bereits erreicht hast.«

»Hier lodert ein Feuer.« Iridon drückte die Faust auf sein Herz. »Es lodert hell und klar und stark, und wenn ich mich ihm verschließe, verzehrt es mich.«

»Du bist ein Getriebener, mehr noch, ein Besessener. Und deswegen empfinde ich Mitleid für dich, Iridon. Mitleid, weil der samtene, gute Schein deines Lebens in den Reihen deines Volkes, mit einer atemberaubenden Frau an deiner Seite, im grellen Lodern dieses Flammenfraßes untergeht.«

Zum ersten Mal in diesem Disput verschlug es Iridon die Sprache. In Sachen Redekunst und Überzeugungskraft wähnte er sich den meisten anderen überlegen, desgleichen im Bereich der Magie, in der viele, die als Zauberwirker galten, seinem Empfinden nach lediglich herumdümpelten, statt die sagenhafte Kraft des Arkanen auch nur ansatzweise zu verstehen, geschweige denn zu kontrollieren. Lumithars Aussage jedoch hatte seinen Gemütspanzer durchschlagen. Dies geschah selten. Deshalb war der vereinzelte Treffer dann umso schmerzhafter.

Iridon stand da, mit geöffnetem Mund. Rückzug. Er musste sich sammeln und so machte er auf dem Absatz kehrt und verließ den Felsen. Er spürte Lumithars Blick, ging jedoch weiter zu einer Buschgruppe, bei der sich die Zelte der Gruppe befanden: klein, aus verblichenem, grau durchschossenem Leinen – viel Gold hatte der Rat ihm nicht gewährt –, dazu die Reittiere, angeleint an ein Seil, das zwischen zwei Bäumen hing. Iridon band sein Pferd los, einen stolzen Schecken, und hievte sich in den Sattel. Dort saß er einige Momente, ehe er mit einem Fluch wieder abstieg und Vorräte in einen Beutel raffte. Diesen sowie einen Bogen samt Köcher und ein Schwert laschte er am Sattel fest. Dann ritt er langsam aus dem Lager.

Lumithar, weiterhin unbewegt auf dem Felsen stehend, einen zupfenden Wind in Haar und Umhang, sah ihn an. Ihre Blicke kreuzten sich. Keiner schaute weg und keiner gab ein Zeichen von Verständnis oder Einsicht.

Iridon trieb sein Pferd voran. Sein Umhang blähte sich. So ritt er den Bergen entgegen, die mit jedem fliegenden Hufschlag vor seinen Augen wuchsen. So ließ er das Lager zurück, seine Mitbrüder, und die Bürde seines Daseins wog schwer auf seinen Schultern. So erkannte er, zwar nicht zum ersten Mal, doch mit schmerzender, tief in die Seele schneidender Schärfe, was er war: ein Außenseiter, einer, der mit den Regeln brach, der seinen Kopf durchsetzte und den Unwillen der Höheren auf sich zog.

Dann sollte es eben so sein.

Nach einiger Zeit grollenden Unmuts fiel ihm ein Vogel auf, der am Himmel seine einsamen Kreise zog. Würdevoll ritt er auf einer Thermik, die Schwingen ausgebreitet. Seine Größe war beeindruckend, die Flugbewegungen allerdings sahen anders aus als bei einem Falken oder Adler. Was war das für ein Tier? In diesem Augenblick änderte es seine Richtung, drehte ab.

Iridon versetzte sein Pferd in den Galopp und jagte dem Vogel nach, der nun zur Seite tauchte und eine Kurve beschrieb, die ihn auf Iridon zutrieb.

Fächerartig gespannte Flughäute und ein spitzes Maul.

Eine Fledermaus!

Und was für eine! Nun erschien Iridon die Größe der Kreatur noch beeindruckender. Die musste sich vor keinem Greifvogel fürchten. Und sie selbst schien das ebenfalls zu wissen: Anmutig, ja majestätisch zog sie ihre Bahnen, sichtbar für jeden Jagdvogel in der Umgebung, der nach Beute Ausschau hielt, fast so, als fordere sie einen etwaigen Gegner heraus, es mit ihr aufzunehmen und um das Territorium zu kämpfen, das sie überflog.

Iridon kannte Fledermäuse von daheim, wenn sie zur Abenddämmerung in Scharen aus hohlen Baumstämmen und Erdhöhlen hervorbrachen und einige Momente lang die Sonne verdunkelten, der Lärm ihrer schrillen Piepslaute und das hundertfache Flattern ihrer Flugarme lauter als das eigene Wort.

Hier über ihm jedoch flog der König. Keine Hast, kein Lärm, ein formvollendeter Anblick der Erhabenheit. Auf schwer zu greifende Weise spürte Iridon eine Verbindung zu dem Tier, eine Art Seelenverwandtschaft. Beide waren sie einsam und beide schwebten sie über den Dingen, den Blick auf das weit Entfernte gerichtet, nicht auf das Unmittelbare, was die Sicht auf wahre Größe verbaute.

Als hätte die Fledermaus seine Gedanken vernommen, schoss sie zu ihm herab und drehte einige enge Kreise über seinem Kopf; Iridon schwor Stein und Bein, dass sie ihn ansah, musterte.

»Hallo, mein Freund«, sagte Iridon.

Die Fledermaus krächzte; mit mächtigen Flügelschlägen, schwang sie sich erneut in die Höhe und entfernte sich in Richtung Berge.

Iridon ritt hinterher.

Erst als die Vorhügel des Gebirges ihn aufnahmen und er sich einen Weg durch Felsgruppen, zerzaustem Dornengestrüpp und kleinen Tümpeln bahnte, zügelte er sein Ross. Die Fledermaus war verschwunden. Über den Hügeln und Gipfeln des Bergmassivs wogten schlierige, vom Abend rot gefärbte Wolken und Kälte kroch aus den dunklen Nischen und Spalten.

Er seufzte und blickte zurück auf die Ebene. Sein Verhalten war eines Ratsmitglieds und hochrangigen Magiers unwürdig. Schmollen und trotzige, hitzige Wut, das stand einem Kleinkind zu, nicht ihm. Dennoch kehrte er nicht um. Warum zurück? Ihn erwartete eh nur Ärger; wenn auch nicht von Lumithar, dann bestimmt vom Hohen Rat. Einer der Elfenkrieger würde ausplaudern, was er hier trieb. Es würde Schelte geben, Bestrafung.

Diese weißbärtigen Feiglinge!

Er sollte besser fortgehen – für immer. Es auf eigene Faust versuchen.

Ajuna.

Ihr Gesicht kristallisierte sich in seinen Gedanken heraus, die saphirblauen Augen der Kronschmuck ihres Antlitzes, das wallende, helle Haar der sanfte Rahmen. Er könnte nie fort von seiner Heimat ohne sie. Dafür liebte er sie zu sehr. Sie stand ihm zur Seite, hielt sich wie er an den Schwur unverbrüchlicher Treue, den sie sich gegeben hatten.

Langsam und in Gedanken versunken ritt Iridon weiter.

Erst eine Bewegung zu seiner Rechten riss ihn zurück in die Gegenwart. Das schnelle Flattern kräftiger Flügel, nur ein Huschen.

Dann sah er die kniehohe Steintafel unter einem Felsüberhang. Er pfiff durch die Zähne und stieg ab, um die in die Oberfläche geritzten Schriftzeichen zu inspizieren. Die Inschrift war abgerieben von Regen und Wind und verfärbt, der Rand der Tafel brüchig. Daneben lagen zwei metallene Gegenstände.

Speerspitzen.

Iridon nickte. In Goblinmanier hatten einst zwei gekreuzte Speere vor der Tafel gestanden, doch die Witterung hatte das Holz über die Jahrhunderte aufgelöst. Es war eine Warnung:

Geht nicht weiter, es lauert Gefahr!

Ehrfürchtig tasteten seine Fingerkuppen über die raue Steinoberfläche. Wann hatte das letzte Mal jemand diesen Hinweis erblickt?

Sein Herz schlug schneller. Rechts ging eine schmale Klamm ab. Iridon überlegte, ehe er auf sein Pferd stieg und in den Einschnitt lenkte: Verbote zogen ihn seit jeher an. Angst empfand er nicht, höchstens Aufregung. Er war bewaffnet und in Gedanken ging er das Muster eines Kampfzaubers durch.

Der Hufschlag klang laut in seinen Ohren. Linker Hand ragte grauer, zerklüfteter Fels empor, rechter Hand türmten sich massive Brocken zu einer höher werdenden Wand. Er ritt im Schatten der Klamm, kühle Luft legte sich auf seine Wangen. Nach einiger Zeit vernahm er das Tröpfeln von Wasser. Es perlte über eine Abbruchkante nach unten und im Laufe der Zeit hatte sich ein schmieriger grüner Film auf dem Stein gebildet. Eine breite, aber flache Wasserfläche lag vor ihm. Ohne Zögern ritt er hindurch. Die Hufe platschten. Dahinter wurde der Hohlweg breiter. Eine natürliche Felsentreppe führte zu einem Plateau, das von unten nicht einsehbar war.

Zögernd sah er sich um. Sollte er da wirklich hinauf?

Ein Krächzen, und die Fledermaus erschien, scheinbar aus dem Nichts, und schwebte über dem Felsen. Dann hängte sie sich kopfüber an den dicken Zweig eines abgestorbenen Setzlings, der ganz oben aus dem Stein ragte, und beäugte den Elfen kühl, als wolle sie sagen: »Auf was wartest du?«

Iridon stieg ab, gürtete das Schwert um die Hüfte und tätschelte seinen Schecken. »Du wartest schön brav, hörst du?«

Der Aufstieg war leicht und gefahrlos. Zweimal lediglich musste er die Arme zu Hilfe nehmen, um die nächste Ebene zu erreichen. Trotzdem war ihm beklommen zumute, als er die steinerne Plattform erreichte. Der Wind hier oben war etwas stärker und hörte sich seltsam an, als bestünde er aus wehklagenden Stimmen, ein Geisterchor, der einem den Mut stahl. Von der Fledermaus keine Spur.

»Nun mach dir mal nicht ins Hemd«, murmelte Iridon und ging weiter. Etwas später bog der Felsgrat in einem scharfen Knick nach rechts. Dort, im Schatten eines gewaltigen natürlichen Steinbogens, lag eine

Höhle. Felsnadeln ragten davor empor, sahen aus wie überlange Zähne, die Höhle das dazugehörige Maul.

»Da also wohnst du«, sagte Iridon und ignorierte seine innere Stimme, die ihn zum Umkehren drängte. »Nett, wirklich nett ...« In Erwartung der Fledermaus sah er sich um, doch sie zeigte sich nicht. Vorsichtig schritt er an den Steinspitzen vorbei. Er wusste jetzt, warum die Goblins eine Warnung aufgestellt hatten: Eine unsichtbare, bedrohliche Aura umgab diesen Ort. Ein Kribbeln rieselte Iridons Rücken hinab, als er vor der schwarzen Öffnung stand, die so breit war, dass zehn Mann nebeneinander hindurchmarschieren könnten, und hoch genug für einen Belagerungsturm. Einer Eingebung folgend, blickte er noch einmal zurück – und erstarrte. In einer Ecke, begrenzt durch einen der Felskeile und der Felswand, die sich ein paar Meter weiter zum Eingang der Höhle öffnete, lag ein mannshoher Haufen ... Unrat?

Iridon leckte sich über die Lippen und näherte sich.

Verblüfft blieb er davor stehen.

Zerfallene Rüstungen, Schilde, vermodertes Holz, rostige Schwertblätter, Lanzenspitzen, ein spröder Lederköcher, dazu eine Unzahl Helme, ebenfalls stark verwittert. Ein Windstoß wehte Iridons Umhang nach oben und blies sein durch einen Stirnreif an Ort und Stelle gehaltenes Haar nach vorne. Ein leises Knirschen und Quietschen, als der Luftzug die verrottete Waffenansammlung erreichte. Aus der Spitze löste sich ein Helm und zerbrach auf dem Boden. Die Bruchstücke wehte der Wind zurück in den Trümmerberg, gleich einem auf Ordnung bedachten Hüter, der den Eingang der Höhle frei hielt. Iridon überwand sich und trat noch weiter heran. Dann bückte er sich und klaubte ein kleines, gelbliches Stück auf.

Ein Knochen.

Er warf es auf den Boden. Sofort kümmerte sich der Wind darum und trieb es an seinen angestammten Platz zurück.

Vormals hatte hier ein Kampf stattgefunden. Nur eine Fehde zwischen Goblins? Oder mehr? Überbleibsel aus der Zeit der Totenkriege?

Er fasste sich ein Herz, wirkte einen Lichtzauber – eine apfelgroße, grün schimmernde Kugel entsprang über seinem Kopf – und betrat die Höhle. Mit klopfendem Herzen drang er Schritt um Schritt vor. Das Licht verlor sich in der Dunkelheit. Es war eine große Halle natürlichen Ursprungs, mit rauem, schroffem Gestein und unzähligen Nischen und Rissen. Der Boden war übersät von weiteren Zeugnissen eines gewaltigen Kampfes, nur dass diese noch an jenem Platz lagen, an dem ihre einstigen Besitzer gefallen waren. Ein stummes Grab – und doch meinte Iridon, die Schreie von damals zu hören, im Nachhall seiner knirschenden Schritte, im Wind, dessen Ausläufer durch die Halle säuselten, in seinem eigenen Atem.

Er schüttelte den Kopf.

Alles war gut. Ihm konnte nichts passieren. Es war nur seine Einbildung.

Trotzdem, jeder weitere Meter bedeutete Überwindung sowie Anstrengung, als wäre die Luft mit einem Mal zäh wie Sirup.

Sich auf das Wesentliche konzentrierend, ging er die Höhle ab. Sie war noch größer, als der Eingang vermuten ließ, und kaum eine Stelle war nicht bedeckt von einer Rüstung, einer Waffe – oder einem Skelett.

Beinahe wäre er auf einen Rippenkasten getreten, doch hob er rechtzeitig das Bein. Unvermittelt gähnte ein Durchgang vor ihm. Er trat ein, hörte, wie schwer er atmete. Eine Sackgasse. Noch dreimal passierte ihm dies, ehe er einen breiteren Durchbruch erreichte, in dem weitere Leichen lagen. Wo der Tod war, schien der richtige Weg zu sein.

Er ging weiter. Der Druck auf seine Brust nahm zu, die Luft war so schwer, dass er sie zu trinken meinte, und das Gefühl von Bedrohung steigerte sich. Mehrmals hielt er inne, um sich zu erholen, obwohl er nichts weiter tat, als langsam zu gehen.

Der Korridor, dreifach mannsbreit, wand sich eine Weile voran, ehe er Iridon in eine weitere hallenartige Kaverne entließ. Das grünliche Zauberlicht beleuchtete eine natürliche Brücke, die sich über einen Abgrund spannte. Auch auf dem schmalen Steinsteg befanden sich Spuren des einstigen Kampfes. Nein, nicht des Kampfes, sondern der einstigen Schlacht. In dieser Höhle hatte nicht irgendein Nebenscharmützel stattgefunden.

Auf der anderen Seite meinte er ein schwaches Licht zu erkennen. Sein Herz machte einen dumpfen Schlag. War noch jemand hier?

Er trat an die Brücke heran. Lediglich ein paar Meter weit reichte der Schein seines Zaubers, als weigere sich die Finsternis, vor ihm zurückzuweichen.

Jede Faser seines Körpers begehrte dagegen auf, diese schmale Steinzunge zu betreten. Würde sie sein Gewicht tragen? Es gab keinen Handlauf. Obwohl sie fast genauso breit war wie der vorige Korridor, schrumpfte sie in Iridons Fantasie zusammen.

Er durfte jetzt kein Angsthase sein.

Aus einer Laune heraus hatte er das Lager verlassen. Und das Schicksal – oder die Fledermaus – hatte ihn hierher geführt. Tief in sich spürte er, dass es einen Grund dafür gab. Er war der Richtige für diesen Ort! Ein Entdecker, ein Forscher, einer, der, statt vor lauter Furcht das Weite zu suchen, die Bedeutung dieser Wallstadt verstand.

Seit tausend Jahren war er der Erste! Ein Vorreiter der Wissenschaft!

Er ballte entschlossen die Fäuste und schritt aus, jeden Moment einer Gefahr gewärtig, gleichzeitig stolz, sich nicht ins Bockshorn jagen zu lassen. Achtsam stieg er über ein Skelett, das erstaunlich gut erhalten war, desgleichen die Brünne, die den Torso umschloss, zwar angedunkelt, ansonsten jedoch intakt. Die Luft an diesem Ort hatte offenbar eine konservierende Wirkung. Oder war der Grund ein anderer?

Er verscheuchte diesen Gedanken, blieb in der Mitte stehen und spähte zu dem Licht jenseits der Brücke. Es hatte eine dunkelviolette Färbung und schien zu pulsieren. Von banger Neugier getrieben, setzte er seinen Weg fort und erreichte das Ende unbehelligt.

Der Bereich hatte die Form eines aufgebogenen Hufeisens, steiler Stein ragte in die Höhe, keine weiteren Gänge zweigten ab. Eine Sackgasse. Auch hier lagen Leichen, diese sogar noch besser erhalten als jene auf der Brücke, an manch Schädel klebten sogar Haar- und Hautfetzen.

Ein Steinquader zu seiner Linken zog seinen Blick.

Dieser ähnelte einer Grablege.

Daneben, auf einem Dreibein, ruhte eine Kugel, von der das schwache pulsierende Licht ausging. Iridons Hände wurden feucht. Was hatte er vor Kurzem erst zu Lumithar gesagt?

Molgrashs Leichnam wurde nie gefunden …

Lag der Fürst der lebenden Toten, der in seinem Wahnsinn eine Armee dieser Kreaturen erweckt hatte, hier? Nur ein paar Meter entfernt?

Diese Entdeckung wäre …

Ja, was? Bahnbrechend? Grauenhaft?

Gefährlich?

Vor lauter Aufregung spürte er erst jetzt das feine Prickeln auf seiner Haut, als würde eine Daunenfeder ganz sanft darüberstreichen.

Magie.

Ein Zauber war aktiv. Die Kugel, das Licht … Was ging hier nur vor sich? Iridons Mund wurde trocken, als er seine magischen Fühler nach der Quelle ausstreckte. Kein Zweifel, von der Kugel ging ein Permazauber aus. Zum einen führten die arkanen Ströme zum Steinquader, zum anderen … dem Anschein nach überallhin, ungerichtet, ohne Ziel. Ins Nichts.

Verschwendung.

Hätte ein Magier wie Molgrash Magie vergeudet?

Als Iridon den Quader in Augenschein nahm, überlief es ihn eiskalt. Ein Quader, ja, doch nicht aus Stein, sondern einer Art Kristall. Und auch nicht unversehrt. Am Fußende war ein großes Stück weggebrochen, und da das Material durchsichtig war, sah er, dass die Füße der Leiche darin ebenfalls abgetrennt worden waren. Zudem zog sich ein Wirrwarr aus Rissen durch den Kristall und der Kadaver darunter zeigte starke Verwesung, nicht so stark allerdings, dass man nicht mehr erkannte, um was für ein Wesen es sich handelte.

Ein Zwerg.

»Alnitara!«, entfuhr es Iridon. Um ein Haar knickten seine Beine ein. Selbst das Nennen der Gottheit der Magie half kaum, seiner Überraschung Ausdruck zu verleihen.

Unfasslich!

Als er sich wieder im Griff hatte, beugte er sich über das Grab und nahm Molgrash – oder welcher Zwerg dies auch immer war – genauer unter die Lupe. Der Tote trug eine Rüstung, ohne viel Prunk, ganz zweckmäßig. Unter seinen auf dem Bauch gefalteten Händen spitzten die Ecken eines Buches heraus.

Donnerwetter!

Iridon schwindelte vor Aufregung.

Das *musste* er haben!

Trotzdem ließ er Vorsicht walten. Erneut analysierte er den Zauber der Kugel, nahm sich Zeit. Zwar vermochte er nicht zu ergründen, was dieser Zauber bewirkte, doch hatte er genug Erfahrung und Wissen, um die Möglichkeiten einzugrenzen. Ad eins: Der Zauber erfüllte nicht mehr die erwünschte Wirkung, nämlich entweder die Bewahrung des Kristalls samt Inhalt oder einen Schutzzauber – oder beides. Ad zwo: Selbst wenn Iridon sich bezüglich des Zwecks täuschte, war eines klar: Der Zauber war schwach und es grenzte schon an ein Wunder, dass er überhaupt noch funktionierte. Sollte er tatsächlich vor tausend Jahren gewirkt worden sein …

Tausend Jahre!

Nur ein Genie konnte so etwas bewerkstelligen – und Wahnsinn hin oder her: Ein Genie war Molgrash ohne Zweifel gewesen.

Iridon legte den Finger über die Lippen und dachte nach. Den Zauber nicht stören und den Kristall aufbrechen – was würde passieren? Schlimmstenfalls ein schwacher Abwehrzauber. Als Gegenmaßnahme könnte er einen Schutzzauber wirken.

Andererseits könnte er den Zauber der Kugel annihilieren – und dadurch riskieren, dass Kristallhülle und Inhalt noch weiter in Mitleidenschaft gezogen wurden. Nicht auszudenken, sollte das Buch plötzlich im gerafften Lauf der Jahre zu Staub zerfallen. Was natürlich auch passieren konnte, sobald er es herausnahm.

Egal.

Probieren ging über Studieren.

Er sprach einen Schutzzauber. Von blauem Leuchten eingehüllt, zog Iridon sein Schwert, steckte die Spitze in einen der Risse und drückte zaghaft nach unten. Ein paar kleine Stücke brachen heraus. Er hebelte von links nach rechts.

Ein helles Knacken.

Gerade noch rechtzeitig sprang er zur Seite, als sich ein größeres Stück löste und auf dem Boden zerplatzte. Er dachte an Lumithars Malheur mit der Truhe und unterdrückte ein Grinsen, einerseits, weil Schadenfreude die schönste Freude war, andererseits, da sein rabiates Vorgehen keinerlei Konsequenzen hatte. Ungerührt verströmte die Kugel ihr violettes Licht.

Iridon wiederholte die Prozedur.

Kinderleicht.

Der Oberkörper des Leichnams lag nun frei, bedeckt von Kristallsplittern – und zerfiel in Windeseile! Die Haut zerschrumpelte, verdorrte, die Knochen wurden porös, dunkel, fielen in sich zusammen.

Nein!

Iridon packte die zerfallenden Arme und drückte sie weg. Sie brachen ab, aber das Buch lag nun vor ihm. Unversehrt. Er ergriff es, ging einige Schritte zurück und hielt es vor seine Augen. Momente atemloser Anspannung gingen vorüber.

Es blieb, wie es war.

»Was für ein Glück!« Erleichtert aufseufzend ließ er den Schutzzauber fahren.

Das Buch war aus blauem, edlem Leder, die Ecken in Metall gefasst. In schwarzen Lettern zog sich ein Schriftzug über den Einband.

Zwergisch. Er konnte ein paar Happen, doch im Moment war er zu aufgeregt, um sich als Übersetzer zu versuchen.

Wahnsinn!

Unversehens grub sich etwas in seinen rechten Unterschenkel. Vor Schreck schrie er auf und machte einen Satz. Es gab ein Knirschen. Er sah nach unten. Eine verweste Hand umschloss seinen Stiefelschaft. Angewidert entfernte er das Anhängsel mit dem anderen Stiefelabsatz und blickte zu Boden. Die Leiche, der er durch seinen Sprung den Arm aus der Schulter gerissen hatte, zuckte.

Das Licht der Kugel pulste heller, im Takt eines rasenden Herzens. Die anderen Skelette erbebten ebenfalls. Eines richtete den Oberkörper auf, die Lederrüstung knirschte gepeinigt nach Jahrhunderten der Bewegungslosigkeit.

Leere Augenhöhlen richteten sich auf Iridon.

Seine Haut kribbelte, als rase eine Ameisenarmee darüber. Die Kugel entfesselte ihre Magie! In aufquellender Panik rannte er los. Auf der Brücke erhoben sich die gefallenen Krieger von einst.

Molgrashs Magie!

Zu keinem Zauber fähig – alles Einstudierte floh kreischend in die hintersten Winkel seines Bewusstseins –, riss Iridon sein Schwert aus der Scheide und steckte das Buch zwischen Hosenbund und Bauch. Schnell! Raus hier!

Im Laufen hackte er auf den ersten Skelettkrieger ein; der Hieb zersplitterte Rüstung wie Brustkorb. Den nächsten rammte er mit der Schulter von der Brücke. Der dritte schlug mit einer verrosteten Axt zu. Iridon wich aus und flitzte an ihm vorbei.

Nun kam der Gang. Wenig Raum zum Ausweichen. Obwohl ein Zauberer, hatte man ihm wie jedem Elf die Grundfertigkeiten des Waffenkampfes eingetrichtert und trotz seiner schmächtigen Statur hatte er sich alles andere als ungeschickt angestellt. Er war flink und gewandt, und das kam ihm gegen diese starren Gegner zugute. Um sie zu vernichten, brauchte man nicht mit aller Kraft zuhauen. Die morschen Knochen zerfielen auch bei leichten Treffern. Überdies waren die Skelette kaum in der Lage, sich zu bewegen, da der Verfall ihnen viel mehr zugesetzt hatte als denen auf der Brücke. Ohne große Mühe bezwang Iridon sie und erreichte die große Anfangshalle. Sein Zauberlicht beleuchtete zuckende Gestalten. Überall knackte und knirschte es, als platzten die Panzer von Käfern. Der Hauch von staubiger Fäule drang ihm in die Nase. Keuchend setzte er seinen Weg fort, ein Spießrutenlauf zwischen sich erhebenden Untoten hindurch. Er schlug nach links und rechts, um die Angreifer auf Abstand zu halten.

Dumpfer Schmerz jagte durch seinen Körper. Mit einem Aufschrei stürzte er, schrammte sich die Handflächen auf. Eine Sonne aus Schmerz wuchs zwischen seinen Rippen. Ein Skelett mit einem Kriegshammer pflanzte sich über ihm auf. Es stand auf nur einem Bein, das andere fehlte, und Fetzen hingen von den Knochen. Die Augenhöhlen schimmerten violett. Es holte aus.

Iridon rollte über den Boden.

Der Hammer schlug dicht neben seinem Gesicht auf, Steinsplitter spritzten gegen seine Wange. Sich die linke Seite haltend, richtete er sich auf und schlug zu. Seine Klinge durchtrennte das Bein. Das Skelett stürzte zu Boden – und krabbelte auf ihn zu! Japsend erhob Iridon sich. Ihn schwindelte, schwarze Punkte tanzten vor seinen Augen. Er verlor die Kontrolle über seinen Zauber. Das grüne Licht erlosch.

Nein!

Er blinzelte, taumelte einige Momente blindlings umher, ehe seine Augen graue Helligkeit ausmachten: der Ausgang!

Seine Schritte glichen einem Vorwärtsfallen; jede Bewegung peitschte Schmerzwogen durch seinen Körper. Mehrere Rippen mussten gebrochen sein!

Dunkle Silhouetten ragten im diffusen Gegenlicht auf, untote Krieger, die auf ihn warteten. Haken schlagend versuchte er auszuweichen, schwang seine Klinge. Plötzlich war der Weg frei. Er lief schneller, warf den Kopf in den Nacken, entließ einen Schmerzensschrei – und taumelte ins Freie.

Der Wind begrüßte ihn.

Er blieb stehen, hatte keine Kraft mehr, die Klinge entglitt seinen Fingern. Er sank auf die Knie, besah sich seine linke Seite. Keine Schnittwunde, kein Blut, eine stumpfe Verletzung. Diese vermaledeiten Skelette! Hoffentlich hatte sich der Aufwand gelohnt. Nach einigen Momenten stand er stöhnend auf. Der Himmel glühte dunkel im Abschiedsgruß des Tages. Die Felsnadeln warfen lange Schatten. Er sollte zusehen, dass er zurückkehrte!

Er nahm das Schwert, benutzte dieses als Stütze, um auf die Beine zu kommen, und ging gekrümmt weiter. Ab und an warf er einen Blick auf die Höhle: Niemand verfolgte ihn. Dann vernahm er ein seltsames Geräusch, ein Knistern und Rascheln. Er hielt inne. Sein Blick fiel auf den Berg aus Rüstungen und Waffen, der neben dem Höhleneingang in einer Ecke lag.

Er bewegte sich, setzte sich wie von Geisterhand zusammen!

Rüstungsteile, Waffen, sie wurden zu Beinen und vielen Armen, Helme türmten sich, Eisen und Leder und Knochen, alles umbraust von violetten Schlieren. Ein stampfender Schritt. Dieses … *Ding* kam auf ihn zu!

Ein neuer Schub von Adrenalin jagte durch Iridons Adern. Er begann zu laufen. Unversehens pfiffen Gegenstände auf ihn zu, geschleudert von dieser aus dunkler Magie zusammengeflickten Schauerkreatur. Er warf sich hinter eine der Felsnadeln, prallte hart auf. Ein Scheppern und Krachen übertönte seinen Schmerzensschrei.

Sein Schwert war nutzlos.

Ein Zauber!

Er brauchte Magie.

Vorhin hatte sein Wissen ihn verlassen und es drohte sich vor lauter Furcht schon wieder zurückzuziehen. Er versuchte, sich zu konzentrieren, und ballte, umnebelt von waberndem Schmerz, seine arkane Kraft.

Der Boden bebte unter stampfenden Schritten. Ein Schatten schob sich in sein Blickfeld. Die Kreatur umrundete den Felsen, stand vor ihm, hoch wie ein Turm, und schleuderte ihre Arme nach vorne. Klingen und Eisentrümmer lösten sich, rasten auf Iridon zu, würden ihn zerfetzen.

Im selben Moment schnellte er seine Faust nach vorne. Eine gewaltige Sturmbö erfasste die Geschosse und wirbelte sie zurück. Sie trafen die Kreatur, Stücke lösten sich. Dann riss die Windfaust das Monster auseinander. Die violetten Schlieren zerfaserten, Bruchstücke segelten in alle Richtungen und polterten auf den Steinboden.

Iridon kroch auf allen vieren davon, völlig verausgabt und der Ohnmacht nah.

Als er den Abstieg erreichte, der ihn zurück zu seinem Pferd führte, erwachte neue Kraft in ihm. Er würde überleben!

Stück für Stück arbeitete er sich nach unten, es dauerte seine Zeit, die Nacht brach herein, der Mond eine helle Sichel am Himmel.

Das Echo von Hufschlägen hallte von den Steilwänden wider. Im nächsten Moment erschien eine Reiterschar in der Klamm.

Elfen.

»Bei Alnitara!«, keuchte Iridon und richtete sich auf. Er brachte es sogar fertig zu winken, wenn auch schwach und vor Schmerz gebeugt.

Wenig später kletterte Lumithar die letzten Meter zu ihm hoch und fasste ihn unter, was Iridon ein Stöhnen entriss.

»Wer ist jetzt der Narr?«, fragte sein Freund erzürnt, doch unter dem Zorn lag Erleichterung.

»Das bin ich«, entgegnete Iridon.

»Du bist völlig verrückt!«

»Auch das stimmt. Ich bin froh, dass du hier bist.«

»Was ist passiert?«

»Eine Höhle. Darin waren ein paar Windelementare, die nicht sonderlich erfreut waren über mein Auftauchen.«

Lumithar schüttelte den Kopf. »Als ich die Steintafel erblickte, wusste ich, wo du bist. Überlege das nächste Mal, bevor du eine Warnung in den Wind schlägst.«

Iridon nickte schwach.

Mit Lumithars Hilfe meisterte er den Abstieg. Unten angelangt, unter den Augen der Elfenkrieger, legte er sich auf den Boden.

Lumithar kniete sich neben ihn. »Entspann dich. Ich werde dich heilen.«

Iridon raffte den Umhang eng um seinen Körper, damit er das Buch verbarg, das in seinem Hosenbund steckte.

Als Lumithars Heilmagie in seinen geschundenen Körper floss wie ein Springquell, kreisten seine Gedanken bereits um das, was in dem Buch stand.

Bald würde er es erfahren.

Iridon lächelte – und erblickte die Fledermaus, die kopfüber im Schatten eines Felsspaltes hing und ihn aus glitzernden Augen musterte.

Kapitel 5

Avi hielt den Dolch an Lormaks Kehle. »Was für eine Vergangenheit meinst du?«

»Meine. Ich erinnere mich nicht.«

»Und was habe *ich* damit zu tun?«, zischte sie in sein Ohr. »Du bist ein Dämon, ich spüre es! Deine Hand ist die eines Dämons! Wieso sollte ich dir glauben?«

Statt eine Antwort zu geben, drehte sich Lormak, blitzschnell und heftig. Die Klinge fuhr in sein Fleisch, es dampfte und roch verbrannt. Avi wurde abgeworfen. Sofort sprang sie auf die Füße.

Sie hatte es gewusst! Ein verdammter Dämon, genau wie Kjala! Ein Manipulator, der ihren Geist mit Zweifeln lähmen wollte! Lormak war ebenfalls auf den Beinen. Er hielt sich den Hals, Blut floss zwischen seinen Fingern hinab und sickerte in den Kragen seines Hemdes. Die anderen Wunden bluteten nicht mehr, weder die in der Schulter noch die am Bein, und schienen ihn auch nicht mehr zu beeinträchtigen.

Avi stieß zu, zielte auf Lormaks Brust. Er musste sterben!

Geschickt wich er aus. Die Klinge zerteilte lediglich Luft. Dann befand sich plötzlich ein Knie in ihrem Bauch. Die Wucht der Attacke schleuderte sie auf den Rücken. Sie drehte sich, wollte aufstehen. Wühlender Schmerz zwang sie zurück auf den Holzboden. Sie krümmte sich, rollte sich zusammen, dann stützte sie sich auf einen Ellenbogen – und übergab sich.

Jemand packte sie am Kragen und riss sie in die Höhe.

Dunkle Augen musterten sie aufmerksam. Das Gesicht wies breite Backenknochen auf, eine ebenmäßige Nase, darunter ein Strich von Lippen, kaum zu erkennen in dem dichten Bart, der Wangen und Hals bedeckte. Trotz ihres Schwindels und der Schmerzen beschlich sie die Vermutung, dass Lormak um einiges jünger war, als sie anfangs geschätzt hatte. Nicht über vierzig, sondern eher Anfang dreißig, vielleicht sogar darunter. Aber der Bart, seine Größe und die finsteren Augen leiteten in die Irre.

Eine Hand umschloss ihren Hals und drückte leicht zu. Sie spürte die animalische Kraft in den Fingern, die ihr mit Leichtigkeit das Genick brechen könnten. Das war das Ende. Erneut hatte sie gezögert. Bei Kjala war es glimpflich ausgegangen; jetzt war es ihr Ende.

»Was würde ein Dämon jetzt tun?«, fragte Lormak mühsam beherrscht, ein gefährliches Funkeln in den dunklen Augen. Er hob die freie rechte Hand: lange, in blitzenden Nägeln endende Finger, die Haut bis zum Ellenbogen tiefschwarz wie Pech, die des Oberarms heller, menschlich, doch überzogen von schwarzen, tentakelartigen Mustern – eindeutige Zeichen, dass ein Dämon in ihm wohnte.

Sie antwortete nicht auf seine Frage, sondern sah ihm in die Augen, blinzelte nicht, kratzte trotz ihrer Todesangst das letzte bisschen Stolz und Würde aus sich heraus. Sie würde nicht um ihr Leben betteln, ihm nicht die Genugtuung geben, sich an ihrem Gewinsel zu ergötzen!

»Tu es einfach«, sagte sie.

Er ließ sie los.

»Ich brauche deine Hilfe«, meinte er, dann drehte er sich herum, sein Blick schweifte durch den verwüsteten Raum.

Blauwange war nicht mehr da, genauso wenig die Gäste. Bis auf die Leichen, Krax und Lormak waren es nur zwei Männer, die noch hier waren: der Wirt, der in diesem Moment hinter dem Tresen hervorspähte, und Erro, der sich unter einem der Toten hervorarbeitete, aufstand, blinzelte und sich den Kopf hielt.

Als er Lormak erblickte, der nun vor ihn trat, erbleichte er und ein dunkler Fleck breitete sich in seinem Schritt aus.

»Bi... bitte nicht«, stammelte er und wich mit erhobenen Händen zurück, »ich habe es nicht ... nicht so gemeint.«

»Ich werde dir nichts tun«, sagte Lormak ruhig und fügte mit einer milden Note, die Avi für Genugtuung hielt, hinzu: »Das Schicksal hat das bereits erledigt.«

Erro schluckte, behielt Lormak im Blick, als wittere er eine List, während er seitwärts wie ein Krebs Richtung Ausgang krabbelte. Dann schnellte er herum und lief hinaus in die Nacht.

»Wer ... wer bezahlt mir den ganzen Schaden?«, piepste der Wirt.

»Die da.« Lormak deutete auf die Toten. »Ich nehme mir, was ich brauche, der Rest gehört dir.«

Weder auf Avi noch Krax achtend, der sich nun stumm und etwas wackelig auf den Beinen zu ihr gesellte, legte Lormak seinen rechten Handschuh an und kümmerte sich anschließend darum, die Waffen und Rüstungen der Toten zusammenzutragen.

Avi war konsterniert, gelähmt, nicht durch den Magentreffer – der Bauch zwickte nur noch, und immerhin war der Wein draußen –, sondern durch Lormaks Gebaren: Erst metzelte er die Männer nieder wie ein tollwütiges Tier, jetzt inspizierte er seelenruhig sein Beutegut. Gerade schwang er ein Langschwert vor sich, nickte zufrieden, steckte es zurück in die Scheide und legte es auf einen anderen Tisch. Danach begutachtete er die Rüstungen. Er hielt ein Kettenhemd vor den Körper – zu klein für ihn – und blickte daran vorbei zu Avi.

»Sollte passen«, brummte er – und warf es ihr zu.

Sie stand wie angewurzelt, zu überrascht, sodass es sie an der Brust traf und zurückwarf.

»Für deinen Zwergenfreund ist nichts dabei«, setzte Lormak hinzu. »Obwohl ...« Er zog ein Halbkettenhemd aus dem Haufen. Krax war geistesgegenwärtiger und fing es. Als Nächstes segelten ein Schulterpanzer und zwei lederne Oberschenkelschützer heran. Sie platschten auf das Kettenhemd zu Avis Füßen.

Sie stemmte die Hände in die Hüften. »Was soll das werden?«

»Anziehen!«, befahl Lormak, ohne sie anzublicken.

Sprachlos sah sie zu Krax, der die Schultern zuckte und sich das Halbkettenhemd überstreifte, das ihm genau bis zur Hüfte reichte.

»Passt wie angegossen«, meinte er begeistert, verlor jedoch sein Lächeln, als Avi ihn böse anblickte.

Lormak entledigte sich seines blutbespritzten Wamses und abgetragenen Hemdes. Er hatte Avi den Rücken zugewandt. Ein breiter Nacken, starke, dicke Rückenmuskeln, die Arme ebenso muskulös: der Körper eines Kriegers.

Und überall die Dämonenmale.

Hätte sie jetzt ihren Bogen, Avi wüsste nicht, was sie tun sollte. Ihn erschießen? Am Leben lassen? Es gab keine Mischwesen, die halb Mensch waren und halb Dämon. Bezwang die dämonische Seele das Menschliche, war dies allumfassend: Das Gewesene wurde getilgt und die leere Hülle wurde aufgefüllt mit der Lust am Töten, mit der Gier nach Leid. Nie zuvor hatte sie von einer Ausnahme gehört.

»Du bist ein Gezeichneter«, sagte sie. »Ein Dämon wohnt in dir. Seit wann ist das so?«

Lormak legte einen wattierten Wappenrock an und darüber einen Lederpanzer, den er nun zuschnürte. »Vier Jahre. An die Zeit davor habe ich keine Erinnerung.«

Avi sah ihren Dolch unter einem umgefallenen Stuhl. Langsam trippelte sie zur Seite. Nur noch ein Meter.

Eine Hand umfasste die ihre.

Krax sah sie an, ernst, und schüttelte den Kopf.

Sie kniff die Lippen zusammen, ließ jedoch von ihrem Vorhaben ab.

»Letzte Nacht träumte ich zum ersten Mal von meinem Leben davor.« Lormak sah hoch, direkt in ihre Augen. »Es hat mit dir zu tun.«

Finster erwiderte sie den Blick. »Schwachsinn!«

»Ich spüre es«, sagte er ungerührt. »Ich spürte dich bereits, als ich fast eine Tagesreise von Quelon entfernt war.«

Avi durchlief es heiß und kalt. Beinahe versagte ihre Stimme, als sie fragte: »Das Dämonische in dir hat dich zu mir geführt?«

Eine Zornesfalte erschien auf Lormaks Stirn. »Ja, verdammt!«

Schwindel erfasste sie. Ihre Befürchtungen hatten sich bestätigt! Das Amulett hatte sie geschützt. Jetzt, ohne den Zauber oder die Aura oder was auch immer, war ihr Vorteil dahin: Sie konnte Dämonen weiterhin finden – aber die Dämonen auch sie!

»Scheiße …«, wisperte sie.

»Ich hätte mir auch jemand anderes gewünscht«, grollte Lormak, »als eine bärbeißige, übellaunige Metze!«

Krax sog die Luft ein. »In Anwesenheit einer Dame bitte ich Euch, solche Ausdrücke …«

»Halt dein Maul, Zwerg, oder ich reiße dir die Zunge raus und nagele sie an den Tresen.«

Krax' Kiefer schnappten augenblicklich zu und er wich einige Schritte zurück und schloss hastig sein Metallkästchen ab.

»Und du«, knurrte Lormak und stach den Zeigefinger nach vorne, als wolle er Avi aufspießen, »merk dir eins: Behaupte noch einmal, dass ich nichts weiter bin als ein verschissener Dämon, und ich leg dich übers Knie und klopf dich weich!«

»Versuch es doch!«, schoss sie zurück.

Wie von der Sehne abgefeuert schnellte Lormak auf sie zu, eine gerüstete Wand aus Muskeln, seine Augen weit aufgerissen vor pulsender Wut.

Avi hechtete nach ihrem Dolch. Ihre Finger schlossen sich um den Griff.

Lormak stieg auf ihr Handgelenk. Sie unterdrückte einen Aufschrei. Er bückte sich – und im nächsten Moment spiegelte sich ihr rechtes Auge in der Klinge des Dolches, bevor ihr Atem das Metall beschlug. Er hatte die Waffe weniger als einen Fingerbreit vor ihrem Gesicht in den Boden gehämmert!

An den Haaren riss er sie in die Höhe.

Ziehender Schmerz trieb ihr die Tränen in die Augen. Sie keilte aus und erwischte ihn mit dem Stiefelabsatz am Schienbein.

»Mach das noch einmal und ich binde dich die ganze Zeit im Sattel fest, so lange, bis ich meine Vergangenheit wiederhabe. Hast du gehört?«

Sie knurrte, trat zu und erwischte ihn erneut.

Er drehte sie herum. Dann, eigentlich langsam und doch unglaublich schnell, jedenfalls sah sie die Bewegung, konnte jedoch nicht ausweichen, fuhr ihr Lormaks Hand ins Gesicht. Der Schlag drehte sie einmal um die eigene Achse, sie prallte gegen die Sitzbank, überschlug sich fast und rutschte kopfüber in den Spalt zwischen Tischkante und Sitzfläche. Ihr Schädel klingelte, ihr Blick schwamm. Irgendjemand holte sie unter dem Tisch raus, lehnte sie gegen irgendetwas. Ein verschwommenes Gesicht vor ihr, rotes Ringelhaar …

»Krax?«, murmelte sie, ihre Lippen taub.

Das Rauschen in ihren Ohren ließ allmählich nach und sie erhob sich wackelig auf die Beine.

Entgeistert sah Krax sie an. »Wieso reizt du diesen Berserker?«

»Ich?« Erzürnt wuchtete sie sich nach oben und fasste sich an die Oberlippe. Blut.

»Ja, du!«

»Er hat mich geschlagen!«

»Du hast ihn zuerst getreten. Und davor bis aufs Blut gereizt!«

Sie traute ihren Ohren nicht! Jetzt sollte *sie* Schuld haben, dass Lormak ihr eine Maulschelle verpasst hatte? »Sag mal, du hast wohl ...«

»Leise!«, zischte Krax und zum ersten Mal sah sie ihn wütend, rote Punkte in seinem Gesicht, die Augen blitzten. »Merkst du denn nicht, was hier passiert?«

»Ein gewalttätiger Hüne verprügelt eine wehrlose junge Frau?«

Krax' Züge glätteten sich und er prustete ein kurzes Lachen. »So ähnlich. Nein, im Ernst, hör mir zu: Die Hüterin und ein von einem Dämon beseelter Krieger, der mit ihrer Unterstützung seine Vergangenheit zu finden hofft, treffen durch das Schicksal bestimmt an diesem Ort zusammen. Und ich, Kraxangartl, Sohn des Drulgashanvartux von der Sippe der Steinmalmer des Roshgontraxlaskl, bin von ebendiesem Schicksal erwählt, die Geschichte niederzuschreiben für die Nachwelt. Deswegen«, er sah sie flehend an und tupfte mit einem Tuch ihre aufgeplatzte Lippe ab, »solltet ihr beide euch vertragen. Die vier Silber, die ich dir versprochen habe, wenn du mich zu Halron Fallas eskortierst, bekommst du gleich jetzt – vorausgesetzt, du lenkst ein. In Ordnung?«

Bevor sie erwidern konnte, dass sie eher ihre eigene Kotze aufschlürfen würde, erscholl vom Eingang ein Kreischen.

Lantyria.

Die Priesterin krallte sich am Türsturz fest und erfasste mit geweiteten Augen das Blutbad, in dem Lormak umherstapfte und Ausrüstung sichtete, als wäre er auf einem Basar.

»Das Chaos«, stammelte die Priesterin, »es ist in Quelon angekommen. Belzuurs dunkler Hauch, ich spüre ihn ...«

Lormak bedachte sie mit einem genervten Blick, dann klaubte er einen Anderthalbhänder auf, eine wuchtige, schwere Waffe, die er ohne Mühe mit einem Arm vor seinem Körper kreisen ließ. Einen Moment fixierte er das Langschwert auf dem Tisch, ehe er es auf einen der Toten warf.

Mit der Ausbeute offensichtlich zufrieden, ging er, das neue Bastardschwert in der Hand, zu Lantyria und redete leise mit ihr. Avi hörte nur die Worte »Dämon« und »Bär«, alles andere ging in dem Rauschen in ihren Ohren unter. Für die Ohrfeige würde sie sich beizeiten revanchieren!

Obwohl eigentlich unmöglich, wurde Lantyrias Gesicht noch weißer und binnen eines Herzschlags schien sie um Jahre gealtert.

»Ich habe recht«, sagte sie mit schwankender Stimme, »das Unheil ist in Quelon angekommen.«

»Ich werde Avi mitnehmen«, sagte Lormak entschlossen. »Den Zwerg meinetwegen auch. Da Ihr gut zu mir wart, biete ich Euch an, Euch hier wegzuschaffen.«

Lantyria knabberte an ihrer Unterlippe herum und ihr Blick flog wirr durch den Schankraum, bis er schließlich auf Avi zu ruhen kam. »Ich ... ich kann die Menschen nicht im Stich lassen. Andererseits ist es meine Pflicht, bei Avi zu bleiben.«

Avi runzelte die Stirn, da sich ihr der Grund dieser Behauptung nicht erschloss. Sie erinnerte sich an Lantyrias Verhalten im Tempel, nachdem sie sich berührt hatten: Was zum Henker war mit der Priesterin los?

»Also?«, hakte Lormak nach.

Lantyria nickte schwach, wie um sich selbst zu überzeugen, dass sie das Richtige tat. »Wartet vor dem Tempel auf mich. Ich brauche nicht lange.«

»Beeilt Euch«, schickte Lormak ihr nach, ehe er sich zu Avi und Krax umwandte. Das Lodern der dunklen Augen unter den gefalteten Brauen machte Avi klar, dass er keinen Widerspruch mehr duldete. Auffordernd machte er mit dem Kopf eine Geste auf die Rüstung zu Avis Füßen.

Sie hatte zwei Möglichkeiten: Entweder sie widersetzte sich weiterhin – und er verpasste ihr noch eine Backpfeife – oder sie fügte sich. Beides lief auf dasselbe hinaus: Sie würde die Rüstung anlegen und er würde sie zwingen, ihn zu begleiten. Für sie war der Kerl irre und unberechenbar. Und leider viel stärker als sie. Im Nahkampf war sie ihm hoffnungslos unterlegen, nicht mehr als eine Puppe, die er von einer Ecke in die andere schleudern konnte, wenn ihn danach gelüstete. Da er ihre Präsenz spürte, konnte sie ihm nicht davonlaufen, zumindest nicht so leicht. Sie müsste sich zwei Tagesmärsche von ihm entfernen. Schlafgift? Fesseln? Beides wäre gut. Vorerst würde sie mitspielen; dann, wenn er es nicht erwartete und dachte, er hätte ihren Willen gebrochen, würde sie zuschlagen.

Avi bückte sich und schnürte sich erst die gehärteten Lederplatten um die Oberschenkel, danach zwängte sie sich in das nach Öl stinkende Kettenhemd, das unerhört schwer war.

»Kannst du kämpfen, Zwerg?«, fragte Lormak.

Krax räusperte sich verlegen. »In der Kampfkunst wurde ich nie geschult. Man erachtete mich als zu schmächtig …«

»Herz und Mut sind die wichtigsten Tugenden eines Kämpfers, merk dir das«, entgegnete Lormak. »Sieh zu, dass du alle wertvollen Gegenstände von diesen Halsabschneidern einsammelst. Gold, Schmuck, was auch immer. Die Hälfte davon gibst du dem Wirt, den Rest nimmst du mit. Anschließend kommst du nach draußen zu den Pferden.«

»In Ordnung«, schluckte Krax, obgleich sein angewiderter Blick, der auf den Leichen ruhte, Bände sprach, was er von dieser Aufgabe hielt.

»Du bleibst bei mir«, sagte Lormak zu Avi und ging nach draußen.

Das süße Pochen der Wut in den Adern, holte sie ihren Dolch und folgte ihm.

Am Tag war der Marktplatz menschenleer gewesen. Jetzt, mitten in der Nacht, schien ganz Quelon hier zu sein. Eine Blase aus Lärm – Stimmgewirr, Schreie, aufgeregte Rufe, Weinen – lag über dem Platz und drückte in ihre Ohren.

Etwas musste geschehen sein. Etwas Schlimmes.

Lormak nahm die vor der Taverne angeleinten Pferde der Söldner in Augenschein, ehe er die Satteltaschen prüfte und begann, einige Dinge umzuverteilen. Avi wartete und beobachtete das Treiben auf dem Platz. Ihr Zorn war verraucht. An seine Stelle trat ein sich steigerndes Gefühl von Furcht.

Rechts passierte gerade irgendetwas und das Ereignis pflanzte sich in Form einer Bugwelle von Bewegung fort, sodass die Menge nach links schwappte. Avi erhaschte einen Blick auf zwei Menschen, einen Jungen von vielleicht zwölf Jahren und ein etwas älteres Mädchen, die kreischend über den Platz torkelten. Sie kratzten sich Körper und Gesichter blutig – und lachten dabei. Ihnen stolperten ein Mann und eine Frau hinterher, aufgelöst vor Entsetzen.

Unwillkürlich ballte Avi die Fäuste. Sie kannte Szenen wie diese: Es hatte eine Verwandlung gegeben – zwei Kinder, die nun der dämonischen Macht anheimfielen. Sie waren nicht mehr zu retten. Avi unternahm nichts, war zu durcheinander, um einzuschreiten. Statt ihrer kümmerte sich eine Schar Männer darum. Bewaffnet mit Dreschflegeln, Mistgabeln und Sensen, attackierten sie die Kinder, was den Eltern ein unmenschliches Heulen entlockte. Ein frenetisches Schlagen und Hacken, dann lagen die Kinder still. Zweimal sauste die Sense hinab, die sichelförmige Klinge blitzte im Licht der Fackeln und des Mondes. Zwei kleine Köpfe rollten. Die Eltern warfen sich auf die entstellten Leichname, umarmten sie, scherten sich nicht um das frische Blut, das ihre Körper nun wie eine zweite Haut überzog.

Avi ließ ihren Atem in einem langen Seufzen entweichen, wischte die Hände an der Hose trocken. Quelon war dem Untergang geweiht, genau wie Kralivat. Die Plage hatte den südlichsten Zipfel Vandurs erreicht. Das Land war verloren. Schon jetzt, wenn man sich umblickte, gewahrte man Reiter, Karren, Menschentrauben, die, das Nötigste in Truhen verwahrt oder in Bündeln und Beuteln am Leib tragend, Quelon gen Süden verließen.

Verflucht noch eins! Wieso ging das plötzlich so abrupt? Landaskan war langsam untergegangen, wie ein stolzes Schiff, das Schöpfkelle für Schöpfkelle mit Wasser vollllief, bis es schließlich nach mehrmaligem Aufbäumen kenterte. Danach war es in Vandur losgegangen, doch die vandurische Armee hatte das Heer der Dämonen geschlagen, wenn auch unter schrecklichen Verlusten. Nach diesem Sieg war es still geworden um die Dämonen. Vor vier Jahren, kurz bevor Avi zur Dämonenjägerin wurde, ging es wieder los. Heute war Vandur so gut wie bezwungen. Würde Lantra noch rascher untergehen?

»Ich gehe zum Tempel und hole mein Pferd«, sagte sie.

Lormaks Blick schickte eine eindeutige Warnung: *Versuch es erst gar nicht …*

Sie hatte nicht vor abzuhauen, denn die einzige Möglichkeit, Reißaus zu nehmen, war in Richtung Süden. Lormak würde sie finden. Wenn sie sich dereinst absetzte, dann mit einem Plan. Und der würde auf der Reise nach Lantra in ihr reifen.

Sie schob sich durch die Menschen, die erleuchtete Tempelkuppel vor Augen.

Festos war noch da. Er blickte sich panisch um, und als sie an ihn herantrat, stierte er sie einen Moment lang an – und biss ihr in die Schulter.

Ein empörtes Schnauben folgte, da das ölige Kettenhemd seine Rache zunichtemachte.

»Mahlzeit!«, grinste Avi und band ihn los. In diesem Moment hastete Lantyria die Stufen hinab, einige Haare hingen aus ihrem hastig gebundenen Nackenknoten, die Schweißperlen auf der Stirn glommen im Mondschein wie Wachstropfen. Sie schleppte einen Sack mit sich, den sie ächzend vor Avi abstellte.

»Etwas Proviant«, erklärte sie, »und auch ein bisschen Zierrat und Schmuck, den wir eintauschen können.«

»Warte hier«, sagte Avi und eilte in den Tempel, um ihre Waffen zu holen. Als sie herauskam, trafen Lormak und Krax ein. Sie führten fünf Pferde mit sich.

»Steigt auf«, befahl Lormak. »Mit Avis Gaul haben wir sechs, vier zum Reiten, zwei für Proviant und Waff…«

Das Wort ging im Hufgedonner unter, das urplötzlich auf dem Platz erscholl und eine Kakofonie von Rufen und Angstschreien auslöste.

In einem Abertausende Male eingeschliffenen Bewegungsablauf legte Avi einen Pfeil auf die Sehne, hob den Bogen – und schoss den ersten Mann um ein Haar aus dem Sattel, ehe sie begriff, dass es sich nicht um Kjalas dunkle Reiter handelte, sondern um Soldaten. Mit zitternden Armen ließ sie den Bogen sinken und beobachtete die Reiterschar, die in der Mitte des Platzes ihre Rösser zügelten und Staub in die Höhe wirbelten.

Die meisten von ihnen trugen den roten Adler auf der Brust, das vandurische Wappen. Einer von ihnen nahm den Helm ab – blondes Haar sprang ungebändigt hervor –, klemmte ihn unter den Arm und brüllte: »Bewohner von Quelon! Die dämonische Brut ist uns auf den Fersen! In Kürze wird sie hier eintreffen! Es sind zu viele, deswegen flieht!«

Die Menschen standen da wie versteinert.

»Halron Fallas«, sagte Krax. »Er ist es!«

»Flieht, in aller Götter Namen!«, donnerte Halron.

Sein Schrei zersplitterte die Starre.

In wildem Durcheinander stoben die Menschen davon.

Eine ältere Frau stolperte und verschwand im Gewühl stampfender Beine. Avi war bestürzt. Nur gut, dass sie sich abseits des Getümmels befanden.

Die hintersten von Halrons Reitern – insgesamt waren es nicht mehr hundert, sondern höchstens die Hälfte – wendeten plötzlich ihre Pferde und zogen Waffen. Einen Herzschlag später, als würde die Dunkelheit sie ausspeien, schossen dunkle Schemen heran und warfen sich auf die

Kämpfer. Rösser stiegen, Klingen blitzten. Eine Horde Dämonen ergoss sich auf den Platz: zwanzig, dreißig, fünfzig, achtzig …

Halron riss sein Schwert aus der Scheide und stürzte sich ins Schlachtgetümmel.

Avis Bogen sang. Pfeil um Pfeil schickte sie auf eine kurze Reise in Dämonenleiber. Sie konnte gar nicht vorbeischießen; dennoch schien es ihr, als mache es keinen Unterschied, egal wie viele dieser Bestien sie erledigte. Die Dämonen verdichteten den Ring um die Reiter. Die ersten wurden bereits aus dem Sattel gerissen und versanken in der schwarzen Flut.

»So hilf ihnen doch!«, schrie Avi zu Lormak, der das Geschehen mit gezückter Klinge verfolgte, sein Pferd jedoch in die andere Richtung drehte.

»Nein«, erwiderte er kalt. »Und jetzt steigt endlich in die Sättel!«

Krax mühte sich, in den Sattel zu klettern. Lantyria drückte mit den Händen gegen seinen Hintern und endlich saß er auf der Kruppe des großen Rapphengstes. Die Priesterin stellte sich geschickter an, als sie aufstieg, obgleich ihr der Schreck über den Angriff das Gesicht milchfarben eingepinselt hatte.

Halrons Mannen hielten sich wacker, obwohl inzwischen gut ein Dutzend reiterlose Pferde zu sehen waren.

Plötzlich lösten sich einige Dämonen aus dem Pulk und rannten auf Avi zu. Im selben Moment erschienen Dämonenreiter, die sich nicht um Halrons Kampfgruppe scherten, sondern ebenfalls auf sie zuhielten. Es waren fünf.

Entsetzen kroch durch Avis Körper. Ihr erster Schuss ging fehl. Mit steifen Fingern zog sie den nächsten Pfeil. Sie presste die Lippen zusammen und feuerte, erwischte einen der Reiter am Hals. Das Pferd stieg und warf ihn ab.

Neben Avi erklang ein Kampfschrei. Lormak gab seinem Hengst die Sporen, hielt das mächtige Schwert in der Hand und schlug mit unglaublicher Geschwindigkeit und Kraft auf einen der Reiter ein. Der Dämon flog aus dem Sattel und gesellte sich zu seinem toten Kameraden. Der Schwung war noch gar nicht beendet, da lenkte Lormak die Klinge auf die andere Seite. Ein Krachen, Rüstungsteile lösten sich und der dritte Dämonenreiter fiel zu Boden. Lormak sprang ab und stellte sich den anderen Dämonen entgegen, aber nicht, bevor er einen besorgten Blick über die Schulter auf die beiden Reiter warf, die jetzt auf Avi zujagten. Dreißig Meter, zwanzig ...

Sie schoss. Der Pfeil traf, glitt jedoch an der Brustpanzerung ihres Gegners ab.

Verdammt!

Sie warf den Bogen weg und riss ihr Schwert aus der Sattelscheide.

Eine tönerne Kugel segelte durch die Luft und zerplatzte nahe der Delle in der Rüstung, die ihr Pfeil verursacht hatte. Helle Flüssigkeit spritzte. Dem Dämon entglitt seine Lanze, ein gutturales, heiseres Krächzen kam aus dem Helm, metallen und verzerrt, zusammen mit aufsteigendem Rauch und blubbernden Zischgeräuschen.

Noch ein Reiter übrig. Er schwang sein Schwert. Avi tauchte darunter hinweg und stürzte auf die Knie.

Der Dämon riss sein Pferd herum.

Da warf Lantyria die zweite Kugel. Unglücklicherweise zersplitterte sie an der Flanke des Pferdes. Die Wirkung jedoch war beachtlich. Wie Säure ätzte sich das geweihte Wasser durch die dämonische Haut, Muskeln wie Knochen lösten sich auf. Das Pferd knickte nach vorne, es verlor das linke Bein, krachte mit Hals und Kopf auf den Boden und katapultierte den Dämon aus dem Sattel. Er schlug auf, rollte sich jedoch ab und kam auf die Beine. Mit einem Knurren griff er Avi an. Kräftige Hiebe prasselten auf sie nieder, die sie mit Müh und Not blockte. Ein Tritt gegen den rechten Oberschenkel schickte sie in den Staub. Der Dämon holte aus.

Ein Schatten rauschte an ihm vorbei. Im nächsten Moment besaß er keinen Kopf mehr. Sein Arm zuckte, die Beine, dann schlug er hin.

»So sieht man sich wieder!«, rief Halron und wendete sein Ross.

»Danke«, keuchte sie und stand auf. Jetzt verdankte sie dem verwegenen Hauptmann zum zweiten Mal ihr Leben.

Und Lormak zum ersten Mal! Zum Haareausraufen ...

Sie sah nach vorne. Lormak kämpfte – wie ein Dämon, anders ließ es sich nicht ausdrücken. Auf und nieder fuhr seine Klinge, unermüdlich, in immer gleichem Rhythmus, wie Wellenbrandung an der Küste. Tote Dämonen stapelten sich vor und neben ihm, und jeden, der ihn anfiel, ereilte ein schnelles und grausames Schicksal. Ein paar von Halrons Männern unterstützten ihn, blieben jedoch außerhalb der Reichweite seiner tödlichen Klinge, kümmerten sich einzig und allein darum, dass kein Dämon in Lormaks Rücken gelangte.

Leichen bedeckten den Marktplatz, Menschen und Dämonen gleichermaßen. Es war das erste Mal, dass Avi in eine richtige Schlacht geraten war. Und leider war es ein Bild, an das sie sich gewöhnen musste. Schauerszenarios wie diese würden sich in Zukunft häufen. Das Böse hatte seinen Mantel der Verstohlenheit und lauernden Zurückhaltung abgeworfen.

Derselbe Gedanke wie schon zuvor nistete sich in ihrem Kopf ein: Wieso krochen die Dämonen erst jetzt in größerer Zahl aus ihren Löchern?

Das Amulett war zerstört; die konnten sie jetzt aufspüren!

Sie verdrängte diesen irrationalen Gedanken. Es lag nicht an ihr – *konnte* und *durfte* nicht an ihr liegen! Ein Zufall.

»Ich bin froh, dich wohlauf zu sehen.«

Avi drehte sich herum und blickte Halron in die Augen. »Das Dankesagen wird allmählich zur Gewohnheit, wenn ich dich sehe«, sagte sie mit einem erschöpften Lächeln.

»Immer wieder gerne.« Halron deutete eine Verbeugung an, da gab es einen dumpfen Schlag.

Erschrocken blickte Avi nach rechts.

Krax lag auf dem Rücken, die Augen geschlossen, das Gesicht käsig.

Halron kniete sich neben den Zwerg und tastete am Hals nach einem Puls. »Nur ohnmächtig«, grinste er. »War wohl etwas zu viel für unseren wackeren Chronisten.« Dann verschwand sein Lächeln, als seine verbliebenen Männer zu ihm kamen.

Ein knappes Dutzend.

Er schluckte, sah sie fragend an.

Einer von ihnen, ein bulliger Kerl mit einem vierkantigen Kinn, schüttelte kurz den Kopf.

Halron war geschockt, seine Augen verrieten es, doch seine Stimme war kräftig und entschlossen, als er sagte: »Wir müssen aufbrechen. Es war lediglich eine Vorhut.«

»Nur eine Vorhut?«, echote Lantyria, die wangenfahl auf ihrem Pferd hockte.

Avi ging zu ihr. Die Nächste, der sie zu Dank verpflichtet war. »Das war sehr mutig von Euch, Priesterin.«

»Nein«, erwiderte sie sanft und schöpfte einmal tief Atem. »Es gibt Dinge, die muss man tun, um die Macht der Ordnung zu wahren. Diese Kreaturen sind Ausgeburten des Chaos, Belzuurs Diener, und sie müssen bekämpft werden.« Trotz der Umstände brachte sie ein warmes Lächeln zustande. »Und nenn mich Lantyria. Bei Priesterin fühle ich mich noch älter, als ich es tatsächlich bin.«

Avi nickte, dann sah sie Lormak, der, sein besudeltes Schwert in der Rechten, zu ihnen kam. Getrocknetes Blut verunzierte seine Kleidung, sein Gesicht, klebte im Bart. Ohne Halron oder den anderen Beachtung zu schenken, schwang er sich in den Sattel seines Pferdes. »Wir reiten.«

Die Blicke der Soldaten hingen an Lormak. Was in ihren Augen spielte, vermochte Avi nicht zu deuten: Ehrfurcht? Unbehagen? Gar Angst? Möglicherweise von allem etwas.

»Holt eure Pferde«, wies Halron seine Männer an.

Breitkinn fragte: »Was ist mit den Reittieren, die nun ... frei sind?«

»Nimm ein paar mit, den Rest lass hier.«

»Die Rüstungen und Waffen?«

»Keine Zeit.«

Breitkinn nickte und entfernte sich mit den anderen.

Krax blinzelte, stöhnte und richtete sich auf. »Bin ich tot?«

»Noch nicht«, sagte Lormak, »aber wenn du erneut während eines Kampfes in Ohnmacht fällst und somit nutzlos wirst, werde ich dafür sorgen, dass du es bist!«

Krax schien noch kleiner zu werden und in die Blässe seines Gesichts floss das Rot von Scham.

»Scheiß dir lieber in die Hose, vielleicht wehrt das die Dämonen ab.«

Gedemütigt senkte der Zwerg den Blick.

Von Wut befeuert, sprang Avi auf Festos' Rücken und blaffte: »Das war nicht nötig!«

Mit kühlem Blick erwiderte Lormak: »Er hat versagt. Wärst du auf seinen Schutz angewiesen gewesen, wärst du jetzt tot.«

»Er hat gesagt, dass er kein Kämpfer ist!«

»Und ich habe ihm gesagt, dass Herz und Mut darüber entscheiden, wer ein Krieger ist. *Er* ist mit Sicherheit keiner.«

»Der Kampf hat uns alle aufgewühlt«, sagte Halron da, »die Gemüter sind erhitzt. Am besten, wir beruhigen uns.« An Lormak gerichtet, fügte er hinzu: »Mein Name ist Halron Fallas, Hauptmann dieser nun auf eine Handvoll Männer geschrumpften Kampfgruppe. Wer seid Ihr, wenn ich fragen darf?«

Lormak sah ihn an, sagte: »Das weiß ich nicht«, und setzte sein Pferd in Bewegung.

Als Halrons Männer sich zu ihnen gesellten, sagte der Hauptmann: »Ich würde vorschlagen, wir begeben uns nach Birramor. Die Stadt hat starke Mauern und eine große Garnison. Dort sollten wir vorerst sicher sein.«

Lormak sah über die Schulter. »Wenn Ihr das meint, Hauptmann, dann viel Glück.« Damit ritt er in Richtung des Weges, der vom Marktplatz nach Süden abzweigte.

»Ihr wollt nach Lantra?«, fragte Halron.

»Ja.«

Hin und her gerissen blickte Halron sich um, bis seine Augen auf Avi zu ruhen kamen. »Wohin reitest du?«

»Ich habe keine Wahl«, erwiderte sie und klopfte Festos sachte die Stiefel in die Weichen. »Allerdings bin ich sicher, dass Birramor nicht lange standhält. Wenn du und deine Männer leben wollen, kommt mit.«

Halron biss sich auf die Unterlippe, zog die Stirn kraus. Schließlich sagte er seinen Männern, dass Lantra ihr nächstes Ziel sei. Ohne Widerworte reihten sie sich hinter ihm ein, ihre Gesichter düster.

Lormak ritt voraus, allein, dahinter Krax und Lantyria, die ein paar aufmunternde Worte für den Zwerg fand, der wie ein Häufchen Elend auf seinem Pferd umherschaukelte und den Tränen nahe schien. Avi folgte ihnen dichtauf. Halron gesellte sich zu ihr.

Fortwährend passierten sie Flüchtlinge, die meisten zu Fuß unterwegs oder auf Karren, das Mondlicht holte die Schatten des gerade Erlebten aus den Augen der Menschen. Es herrschte Schweigen, nur das Quietschen von Wagendeichseln, ab und an das Weinen von Kindern.

Ein dichter Tannenwald nahm sie auf, es wurde kühler, Atemwölkchen pufften aus schnaufenden Mündern.

»Woher kennst du ihn?«, fragte Halron leise.

Avi wusste, wen er meinte; aber sie wusste nicht, wie viel sie dem

Hauptmann über die Umstände erzählen sollte, die dazu geführt hatten, dass sie Lormak begleitete.

»Er wurde von Kopfgeldjägern verfolgt«, sagte sie schließlich. »Allerdings fand er sie, nicht umgekehrt. Die meisten von ihnen brachte er um.«

In diesem Moment gesellte sich Breitkinn zu ihnen. »Das kann ich mir denken«, sagte er und pfiff leise durch die Zähne. »Ich war dabei, als er die Dämonen erschlug. Hättest du sehen sollen, Halron. War eine Augenweide.«

Halron grummelte etwas Unmissverständliches, dann, deutlicher, sagte er: »Boras, hab ein Auge auf die Männer. Wir haben viele Kameraden verloren diese Nacht. Rede mit ihnen, muntere sie auf – und schau ab und an über deine Schulter, nicht dass die Nacht noch weitere unangenehme Überraschungen für uns bereithält.«

Boras wirkte ein wenig verdutzt; er sah Halron an, danach Avi, ehe er »Mach ich, Hauptmann« murmelte und sich zurückfallen ließ.

Als Boras außer Hörweite war, seufzte Halron und richtete seine Augen auf den Mond, der zwischen den Tannenzweigen leuchtete. Über dem Gestirn schwebte eine Wolke, die ihm eine bauschige Braue anheftete.

»Heute mehr als dreißig, gestern im Morgengrauen fünfzig«, sagte er leise und traurig. »Fielen über uns her, ein Hinterhalt. Uns blieb nur die Flucht. Kralivat war menschenleer. Wir peitschten unsere Pferde voran, aber diese Biester sind zäh und ausdauernd. Kurz vor Quelon waren wir sicher, wir hätten sie abgeschüttelt.« Seine Stimme sank zu einem Flüstern herab. »Ein Trugschluss.«

»Tut mir leid um deine Männer«, sagte Avi, obschon sie müde war und keine Lust verspürte, ein Gespräch zu führen: Zu sehr gingen ihr die Ereignisse der jüngsten Vergangenheit durch den Kopf. Auf der anderen Seite war es das Mindeste, ihm etwas Aufmerksamkeit und wenn nötig ein paar tröstende Worte zu spenden. Dafür stand sie viel zu tief in seiner Schuld. »Bestimmt wird Krax ihre Namen aufschreiben, sodass sie in den Chroniken der Zwerge, vielleicht sogar in den Balladen der Minnesänger weiterleben.«

Ein sanftes Lächeln stahl sich auf Halrons Züge, was ihm die Anspannung und Erschöpfung nahm. »Verdient hätten sie es.«

»Ich hoffe, irgendwann gibt es wieder Abende, an denen man befreit und aller Sorgen ledig um ein Lagerfeuer sitzen kann«, sagte Avi. In Wahrheit hatte sie noch nie an einem großen Lagerfeuer mit vielen Menschen gesessen, nur mit Furdas, ein paarmal mit Nurok, seltener mit ihren Zieheltern. Nach ihrem Weggang hatte ihr lediglich Festos stumme Gesellschaft geleistet. Es war ein Traumbild, das sie manchmal in Gedanken erschuf, wenn sie einsam war; am Feuer sitzend, eine Decke über den Knien, ein guter Erzähler und Musikanten, die einen Klangteppich schufen, auf dem man in der Zeit zurückging und in die strahlende Welt der Legenden eintauchte.

»Eine schöne Vorstellung«, meinte Halron und schaute ihr in die Augen.

Verlegen richtete sie den Blick nach vorne; Hitze legte sich über ihre Wangen.

Er räusperte sich, was nicht minder verlegen klang. »Darf ich fragen, weshalb du Lormak begleitest? Er scheint mir nicht gerade ein ... geselliger und sonderlich gesprächiger Zeitgenosse zu sein. Gelinde gesagt.«

Avi sah auf den breiten Rücken des allein reitenden Kriegers, und obwohl sie nicht wusste, wieso, empfand sie eine Spur Mitleid für ihn. Es war das letzte aller Gefühle, das sie in Verbindung mit diesem Grobklotz erwartet hätte.

Wer oder was war er?

Ich bin der, dem du helfen musst, die Vergangenheit wiederzufinden.

Die ersten Worte, die Lormak und sie gewechselt hatten, während sie ihm geweihten Stahl an den Hals hielt.

Er suchte seine Vergangenheit, und anhand eines Traums und der Tatsache, dass das Dämonische ihn zu ihr gelenkt hatte, sah er in ihr die Erlösung.

Er war Dämon und Mensch.

Jetzt, da das Adrenalin weg war und Lormak ebenfalls – zumindest ein paar Meter –, fiel es ihr leichter, über ihn nachzudenken, ohne Wut und den Hasswunsch, er möge tot aus dem Sattel kippen.

Dämon und Mensch ...

Nüchtern betrachtet war es unglaublich. Entweder, seine Seele war so stark, dass sie nicht wich und sich den Körper gleichsam mit dem Dämon teilte, oder die Verwandlung war anders vonstattengegangen.

Dämon und Mensch …

Wahrscheinlich war es eine grandiose, von unbeugsamem Willen zeugende Leistung, vier Jahre gegen einen Dämon in seinem Innersten anzukämpfen und Herr seiner Sinne zu bleiben.

Zumindest halbwegs.

Jedoch änderte das nichts an der Tatsache, dass er ein galliger, zu Gewaltausbrüchen neigender Kotzbrocken war!

Sie musste aufhören, in jedem Menschen das Gute zu sehen! So, wie er sich gebärdete und sie behandelte, verdiente er den Dämon eigentlich.

»Avi?«, drängte Halrons Stimme in ihr Ohr.

»Wie bitte? Ach herrje, entschuldige … Der Kampf, die vielen Toten …«

Er nickte verständnisvoll. »Wenn du nicht reden möchtest, kein Problem.«

»Nein, nein«, wiegelte Avi ab, »ist schon in Ordnung. Was war deine Frage?«

»Wieso du Lormak begleitest?« Halron schluckte, rang offensichtlich nach Worten. »Ist er dein …?«

Das Unausgesprochene sengte wie ein Blitz in ihren Kopf.

»Bitte?« Empört sah sie ihn an. »Glaubst du, Lormak und ich … wir wären …«

»Könnte ja sein.«

»Du traust mir ja einiges zu!«

Halron lächelte und die Erleichterung in seinem Gesicht war nicht zu übersehen. »Also?«, fragte er trotzdem.

»Er ist ein mächtiger Kämpfer. Als ich mitbekam, mit welcher Leichtigkeit er die Kopfgeldjäger erledigte, hielt ich es für eine gute Idee, in seiner Nähe zu bleiben. Mein Bogen und sein Schwert, eine gute Kombination. Sah Lormak auch so.«

»Ah, verstehe«, meinte Halron. »Und wie kommt es, dass du Krax kennst?«

Sie erzählte ihm, wie sie den Zwerg im Tempel getroffen hatte. Wenig später erreichten sie eine Brachfläche, frei von Bäumen, dafür mit Felsgrüppchen gespickt. Dahinter ging der Wald weiter, doch zahlreiche Flüchtlinge nutzten den Ort als Lagerplatz. Lormak wählte eine freie Fläche zwischen zwei zerfurchten Steinblöcken und stieg ab.

»Nachtlager«, brummte er, führte sein Pferd zu einem verkümmerten Baum, der verzweifelt versuchte, irgendwo seine Wurzeln unterzubringen, und band es fest.

»Sollten wir nicht weiterreiten?«, fragte Lantyria.

»Nein«, erwiderte Lormak, ohne sich umzudrehen. »Es ging stetig bergan. Die Pferde sind müde und müssen sich erholen. Sonst sind sie im Notfall nicht schnell und ausdauernd genug.«

Avi erinnerte sich an ihre Flucht vor den schwarzen Reitern und stimmte ihm – widerwillig – zu.

Während man das behelfsmäßige Lager vorbereitete, kam Halron zu ihr und sagte: »Auch wir können dich beschützen, Avi. Sowohl vor den Dämonen«, seine Stimme sank zu einem Flüstern, »als auch vor ihm.« Offenbar ahnte er, dass die Zweisamkeit weitaus weniger freiwillig war als von ihr verlautbart.

Sie nickte dankbar.

Halron ging zu Boras und redete mit ihm.

Avi legte sich auf ihre Decke. Die Hände hinter dem Kopf verschränkt, schloss sie die Augen.

Im nächsten Moment fuhr sie in die Höhe, weil sich jemand an ihren Füßen zu schaffen machte!

»He! Was soll das?«

Lormak ignorierte sie und band sie oberhalb der Knöchel mit einem Seil zusammen.

»Spinnst du jetzt völlig?«

Er hob die Augen. »Ich stehe zu meinen Versprechen – und auch zu meinen Drohungen.«

»Du kannst mich mal!«, zischte sie, bockte und schlug gegen seine Arme.

»Wehr dich ruhig, es macht keinen Unterschied«, brummte er.

»Arschloch!«

»Angenehm, ich heiße Lormak«, erwiderte er kühl, packte ihre Hände, zwang sie nebeneinander auf ihren Bauch und drapierte flugs einen weiteren Strick darum, sodass sie in Kürze ordentlich verschnürt auf dem Boden lag.

»Ich hasse dich!«

»So, das passt.«

Er stand auf und machte Anstalten zu gehen, da kamen Halron, Boras und drei weitere Männer und stellten sich zwischen Lormak und Avi.

»So geht man nicht mit einer Dame um«, sagte Halron mit düsterer Miene.

Langsam drehte sich Lormak um. Obwohl er nichts erwiderte, ging eine Woge der Bedrohung von ihm aus, die nun die Männer erreichte.

Einer warf einen Senkblick zu Halron und Boras' Kehlkopf hüpfte ein paarmal.

»Sie bleibt gefesselt«, sagte Lormak.

Halron schüttelte den Kopf. »Die Pferde sollen ausgeruht sein – doch was ist mit ihr? Derart verschnürt kann sie nicht schlafen und sie wird uns aufhalten, wenn sie vor Erschöpfung aus dem Sattel kippt.«

Die anfängliche Empörung über Halrons Aussage wich schnell, da Avi erkannte, dass er sie nicht wirklich als Bürde erachtete, wie er nun vorgab, sondern auf dem einzig sinnvollen Weg an Lormak appellierte. Eine Tirade über Anstand und ehrenvolles Handeln einer Frau gegenüber würde dieser Murrkopf nicht gelten lassen; einen Grund, der ihr Vorankommen verlangsamte, schon eher.

Lormaks Augen verengten sich. Nach einiger Zeit, die im Duell der Blicke keinen Sieger fing, grollte er: »Also gut, meinetwegen. Aber wenn sie sich davonstiehlt, werdet Ihr dafür geradestehen, Hauptmann.«

»Sie ist nicht Eure Gefangene«, entgegnete Halron.

»Ihr nehmt die Fesseln ab – Ihr werdet mir Rechenschaft ablegen. Ganz einfach.«

»Hör mal zu, Arschgesicht«, sagte plötzlich ein breitschultriger Mann mit einer Narbe, die wie ein gezackter Halbmond vom rechten Mundwinkel über den Hals bis zum Schlüsselbein lief. Die Hände in die Hüften gestemmt, pflanzte er sich vor Lormak auf und funkelte ihn an. »Du hast hier überhaupt nichts zu sagen. Und zoll dem Hauptmann etwas mehr Respekt, sonst klopfen wir dir das letzte bisschen Hirn in deinem hässlichen Schädel zu Brei.«

Das Feuer in Lormaks Augen, bei Halrons Worten dem Verlöschen nahe, loderte nun wieder hell und gefräßig. »Ihr und welche Armee?«

»Was?«

Lormaks Lächeln verendete auf halber Strecke, eine schauerliche Grimasse durch das getrocknete Blut, das seinen Bart stachelig erscheinen ließ. »Wer von euch lumpigen Strauchdieben will mich denn verprügeln? Hol dir noch ein paar Hundert Mann und dann komm wieder, du Witzfigur.«

Ansatzlos feuerte der Mann einen Haken ab. Ein gezielter, blitzschneller und gut ausbalancierter Schlag …

… der ins Leere rauschte.

Lormak war zur Seite gependelt.

Nun kam seine Antwort.

Eine krachende Rechte.

Der Mann drehte eine Pirouette und platschte der Länge nach hin wie ein Wasserschlauch.

Eine Schlägerei sollte im Normalfall zu Ende sein, wenn einer der Kontrahenten am Boden lag und nicht mehr in der Lage war, sich zu verteidigen.

Doch Lormak war wieder der Raserei anheimgefallen.

Er warf sich auf den Mann – und schlug ihm nochmals ins Gesicht.

Halrons Männer zogen ihre Waffen.

Lormak sprang auf und schnell wie ein Blitzstrahl aus dem Nichts hielt er seinen Anderthalbhänder kampfbereit. Die Männer zögerten.

Lormak näherte sich, Mordlust in den Augen.

»Haltet ein!«, schnitt eine Stimme durch den Nebel aus Kampflust und Tötungsgier, den man zwar nicht sehen, aber spüren konnte.

Lantyria stapfte direkt auf Lormak zu, scherte sich nicht um die zum Schlag erhobene Klinge. »Es reicht!«

Beachtlich, welch Stimmkraft in dieser ältlichen Frau steckte! Avi vergaß für einen Augenblick den Schrecken über die Entwicklung dieser Konfrontation sowie den Schmerz, der durch die viel zu straffen Fesseln durch ihre Hände pochte.

Lormak blinzelte. Langsam senkte er das Schwert und man sah in seinen Augen, wie die Bestie mit seinem Verstand rang; eine Stimme lechzte nach Tod, die andere nach Besonnenheit und Vernunft.

»Vergesst nicht, Hauptmann«, sagte Lormak, seine Stimme ein grollendes Zittern von Selbstbeherrschung, »dass *Ihr* die Verantwortung tragt!« Mit diesen Worten wandte er sich ab und ließ die Männer zurück, deren hasserfüllte Blicke sich in seinen Rücken bohrten, ehe sie sich um ihren bewusstlosen Kameraden kümmerten.

Boras kniete sich neben Avi und löste die Fesseln, sein Gesicht straff vor Anspannung und unterdrückter Wut.

»Danke«, sagte Avi, rieb sich die Handgelenke und schaute Lormak nach, der einen Umhang aus einem Rucksack holte, ihn umwarf und sich gegen einen der Steine lehnte. Die Kapuze zog er sich tief ins Gesicht, sodass seine Augen im Schatten lagen und man nicht wusste, ob er schlief oder nicht.

Avi rollte sich in ihre Decke und drehte ihm den Rücken zu. Plötzlich tropften heiße Tränen aus ihren Augen.

Sie musste sich zusammenreißen! Sie durfte diesem Dreckskerl nicht zeigen, wie sehr er sie verletzte! Das verlieh ihm nur noch mehr Gewalt über sie.

Sie schluckte ihre Schluchzlaute herunter und krallte die Finger in den Stoff der Decke.

Es dauerte lang, bis der Schlaf sie in die Zuflucht des Vergessens führte.

Kapitel 6

In stummer Wut saß Lormak gegen den Stein gelehnt; heiß floss das Blut durch seinen Körper und pochte in den Schläfen, ein Lodern, das nach ungerichteter, willkürlicher Vernichtung verlangte. Das Kämpfen in Quelon hatte diesen Durst gestillt, doch nur kurz. Durch die jüngste Auseinandersetzung war er frisch entfacht. Am liebsten wäre er aufgestanden, hätte den Zwerg für dessen Feigheit verprügelt, Avi für ihren Starrsinn und ihre Ablehnung, Lantyria für ihre scheinbar unerschöpfliche Güte und Hilfsbereitschaft und Dreistigkeit, sich einfach vor ihn zu stellen, Halron dafür, dass er sich in Belange einmischte, die ihn nichts angingen. Halron war geradezu ekelerregend aufrichtig, ein rechter Recke, der für sein Land kämpfte, die Menschen, vor allem für Avi, auf die er ganz offensichtlich ein Auge hatte. Insgesamt handelte er aufgrund hehrer Motive, stellte seine Wünsche nicht in den Vordergrund, sondern ordnete die Pflicht, das Gute zu wahren, allem anderen unter. Obwohl diese Ehrenhaftigkeit Lormak abstieß, ja regelrecht eine schwelende Verachtung in ihm auslöste, war dies lediglich ein Ausdruck seines Neids. Sich diesen Umstand einzugestehen, steigerte seine Wut aber noch weiter. Neben dem Hauptmann sah er geradezu aus wie ein Barbar, ein Wilder.

Sein eigenes Streben stützte sich einzig und allein auf die Hoffnung, dass Avi ihm auf irgendeine unerklärliche Weise half, die Tür zu seiner Vergangenheit zu öffnen, indem er träumte. Es war einmal passiert, als sie noch weit voneinander entfernt gewesen waren. Was würde diese Nacht geschehen, da sie nur ein paar Meter neben ihm lag? Lormak hoffte auf einen klaren Traum, der ihm zeigte, wer er war. Wie hatte sein einstiges Leben ausgesehen? Wer waren seine Eltern? Hatte er eine Frau gehabt, Kinder? Diese Fragen stellte er sich oft und er konnte sie nicht beantworten, was seine Wut aufs Neue schürte, dieser scheinbar dem Nichts entspringende Hass auf alles Gute und Redliche und Schöne.

Dämon hatte Avi ihn genannt, das Wort ein Stich, der ihn weit mehr geschmerzt hatte als die geweihte Klinge, die seine Haut verbrannte.

Er hatte es geahnt, eigentlich gewusst, jedoch beharrlich verdrängt: Dunkelheit wohnte in seiner Seele, die sich Bahn brach, wenn er sein Verhalten nicht der eisernen Kontrolle seines Willens unterwarf. Ein ermüdender Kampf; jedes Mal, wenn er in diese Schwärze stürzte, in der nur die dunkle Wut pulste, flüsterte eine Stimme, er solle doch nachgeben, sich fallen lassen, im Rausch seines Hasses aufgehen, damit verschmelzen.

Es war so verlockend, so unendlich verlockend ...

Würde er auf diese Stimme hören, wäre er verloren. Das Menschliche wäre ausgelöscht, das Tier, der Dämon oder wie immer man es nannte, würde die Herrschaft übernehmen.

Er sollte schlafen, träumen – aber konnte es nicht. Zu viele Menschen, zu viel Lärm, zu viel Ablenkung, die ihn reizten. Die Stimmen von Halrons Männern, das Wimmern und Wehklagen der Flüchtlinge, die die Lichtung bevölkerten, das Schreien von Kindern. Diese Geräusche und Empfindungen waren ein Leuchtfeuer für die Dämonen, es würde sie anziehen wie Licht die Motten. Lange sollten sie hier nicht bleiben.

Lormak drehte den Kopf und blickte nach Süden und ganz weit entfernt, lediglich zackige Schwärze im mondhellen Himmel, zeichneten sich die Berge des Korashzuges ab. Dort lag die Radashklamm, ihr Ziel. Jenseits davon befand sich die Grenze zu Lantra. Wären sie dort in Sicherheit?

Nein, beantwortete er die Frage selbst. Etwas hatte den Stein ins Rollen gebracht, sodass die Dämonen sich urplötzlich und mit beängstigender Geschwindigkeit über das Land ergossen, als hätte jemand den Korken aus einer Flasche gezogen, an dem zuvor nur ein paar Tropfen vorbeigelangt waren. Der Grund?

Lormak fixierte Avi, die mit dem Rücken zu ihm lag.

Hing es mit dieser Frau zusammen?

Eine Bewegung, Dämon, und ich schlitze dich auf!

Die ersten Worte, die sie ihm ins Ohr gezischt hatte.

Lormak schluckte. Ein unangenehmes Gefühl stieg in ihm empor, erreichte seinen Hals, machte ihn eng, erreichte die Augen und verursachte ein Brennen.

Eine einzelne Träne rann aus seinem rechten Auge über die Wange. Er wischte sie fort – und bemerkte den Blutschmierer an seiner Hand. Nicht einmal das Gesicht hatte er vom Dämonenblut gereinigt.

Wann hatte er das letzte Mal geweint?

Es war einige Zeit her. Ja, er erinnerte sich, es war, nachdem er den Sohn des Fürsten von Caldruk umgebracht hatte, als ihn die Erkenntnis traf, eine tödliche Gefahr für andere Menschen zu sein, dass er in einer leeren Ödnis zwischen Menschsein und Dunkelheit stand, ganz allein.

Ganz allein?

Einen einzigen Zwischenfall hatte es in diesen vier Jahren gegeben, bei dem sich sein Weg mit dem seiner Vergangenheit womöglich gekreuzt hatte. Ganz sicher war Lormak nicht gewesen, obwohl ihm sein Gefühl sagte, dass es eine Verbindung zwischen ihm und jenem Mann gab, den er am selben Abend kennenlernte, an dem er später zum Mörder wurde …

Er schlenderte durch Calsinthars Gassen, die Hauptstadt Jendars, die überquoll vor Menschen. Alle waren sie gekommen, um dem Silberturnier beizuwohnen, dem Wettkampf der Schwertmeister aus aller Herren Länder zur Huldigung des Frühlings, des Erwachen neuen Lebens, ausgetragen in einer gewaltigen, überdachten Arena.

Die Stadt war ein Fass, das längst übergelaufen war. Kaufleute, Söldner, Tagelöhner, Handwerker, Adelige: Alles durchmischte sich in den verstopften Gassen zu einem bunten Brei, der Lormak zu ersticken drohte. Viel zu viele Menschen, zu wenig Platz, ein Schieben und Rempeln. Um nicht in eine unliebsame Richtung geschwappt zu werden, musste man sich gegen die Leiberflut stemmen. Und nicht zu sprechen von dem Gestank. Schweiß, Unschlitt und noch üblere Gerüche formten sich zu einer unerträglichen Wolke, die eklig wie Schwertöl in Mund und Rachen haftete.

Es schien, als huldige die Stadt Belzuur, dem Gott der Dämonen und des Chaos. Zu seiner Bestürzung spürte Lormak, dass ihn der brodelnde Tumult ansprach, dass die Dunkelheit in seinem Inneren frohlockte und ihre Schwingen ausbreitete. Eine Frau, die ihn aus Versehen auf den Fuß trat, packte er an den Schultern und schleuderte sie in das Wogen. Jemand wollte ihn fassen. Er wischte die Hand einfach beiseite und pflügte zu einem Gebäude, einer Taverne, und trat ein. Drinnen war es noch lauter, Stimmen, Rufe, Gelächter, eine Dissonanz, die einem den Kopf pochen machte. Verzweifelt suchte er nach einem freien Platz und das Glück war ihm hold: Die Schwaden aus Tabakrauch lichteten sich einen Moment und enthüllten einen Tisch, von dem sich gerade eine Gruppe Männer erhob. Lormak nahm Platz, rutschte ans äußerste Eck und presste die Hände auf die Ohren. Dann schloss er die Augen, atmete gleichmäßig.

Die Schwingen des Bösen falteten sich wieder zusammen, sein Geist tauchte aus der Benommenheit des roten Schleiers auf.

Er öffnete die Augen, drehte den Kopf. Ein dichter, undurchdringlicher Klumpen aus Körpern bündelte sich in der Mitte des Raumes um einen Tisch. Gerade ging ein Raunen durch die Menge, dann ertönte Applaus und diesem wiederum folgte ein dröhnendes Lachen aus einer einzelnen Kehle, so laut jedoch, dass es durch das ganze Wirtshaus brandete.

Ein Kartenspiel war im Gange und Lormak fragte die Schankmaid, ein zierliches Ding mit einem koketten Lächeln, weshalb so viele Menschen zuschauten.

Sie riss die Augen auf, als hätte er die Götter beleidigt. »Ist das Euer Ernst?« Sie rang nach Worten, beugte sich dann hinab, was Lormak einen Blick in ihren Ausschnitt kredenzte, und flüsterte, als wolle sie ihm die Schande ersparen, dass jemand seine Unwissenheit bemerkte: »Hier spielen die Besten der Besten, Herr. Die gewieftesten und erfahrensten Kartenmeister aus ganz Yur finden sich alljährlich zum Silberturnier hier in Calsinthar ein, um sich zu messen. Und das erste Aufeinandertreffen findet traditionell bei uns statt«, ihre Augen leuchteten förmlich, »im *Pockenturm.* Diese Ehre gebührt uns, da wir das älteste Gasthaus der Stadt sind.«

»Und das beste sicherlich auch, oder?«

»Selbstredend«, lächelte sie.

Nur unter Mühe gelang es Lormak, die Augen von ihrem Mieder abzuwenden. »Danke für Eure Hilfe. Und bringt mir doch das beste Bier, das Ihr anzubieten habt, damit ich mich selbst davon überzeugen kann.«

Sie machte einen Knicks und mit einem Grinsen, das zwischen mildem Spott und kokettierendem Schalk lag, sagte sie: »Ihr werdet nicht enttäuscht sein.«

Das war er schon zu dem Zeitpunkt nicht. Er ließ die Augen von ihrem langen, schwarzen Haar zu dem knackigen Po gleiten, während sie sich elegant an den Zuschauern vorbeidrückte und verschwand.

Die attraktivsten Schankfrauen hatten sie auf jeden Fall.

Eine Zunft hatte er vorab neben den Kaufleuten und allen anderen vergessen: Huren. Sie wimmelten an jeder Kehre und Biegung, und manche von ihnen waren alles andere als hässlich – doch er konnte ihnen nichts abgewinnen. Die verspachtelten Gesichter, ihre grelle, besoffene Lache und an Belästigung grenzende Aufdringlichkeit, das alles war nichts für ihn. Er brauchte den Nervenkitzel des Ungewissen und der Jagd.

Leider servierte ihm eine andere Frau das Bier, eine alte Vettel mit furchigem Gesicht. Immerhin schmeckte es vorzüglich. Lormak reckte den Kopf, um einen Blick auf die Schwarzhaarige zu erhaschen. Vergeblich. Sie schien wie vom Erdboden verschluckt.

Abermals erschallten Rufe und Applaus.

Den Krug in der Hand, erhob Lormak sich. Nichts zu sehen. Zu viele Leute.

Kurzerhand zog er sich einen Stuhl heran und stellte sich darauf. Er stieß mit dem Kopf fast an die Decke, hatte jetzt aber einen unverstellten Blick auf den Kartentisch: sieben Männer, alt wie jung, ernst oder heiter, ganz unterschiedlich gekleidet, von extravaganter Gala bis hin zu einem Mann, der in Lederrüstung am Tisch saß, breitschultrig, mit dickem Nacken und blondem Bürstenschnitt. Gerade strich er einen satten Gewinn ein, schob den Münzhaufen zu sich heran und ließ dieses unverkennbare, dröhnende Lachen vernehmen, das den anderen Spielern eine sauertöpfische Miene entlockte. Neue Karten wurden ausgegeben, die Spieler begutachteten ihr Blatt, legten ihre Einsätze in die Tischmitte. Bald stapelten sich die Münzen zu einer Summe, die jeden Normalsterblichen vor Neid erblassen lassen würde. Damit niemand auf falsche Gedanken kam, befanden sich einige mit Knüppeln bewaffnete Männer in der Menge und beäugten diese.

»So eine Glückssträhne hatte ich noch nie«, vermeldete der Blonde und lehnte sich grinsend in seinem Stuhl zurück, verschränkte die Arme hinter dem Kopf und blickte scheinbar teilnahmslos, fast gelangweilt in die Runde. Vier stiegen aus, indem sie ihre Karten in die Tischmitte legten.

»Du bist und bleibst ein alter Sprücheklopfer, Xurodas«, sagte ein älterer Mann mit perfekt getrimmtem Spitzbart und seine mit kostbaren Ringen besetzten Finger schoben zwei Goldmünzen zu den anderen.

Der Blonde, Xurodas, lächelte, doch die straffe Haut um seine Augen verriet, dass er angestrengt nachdachte. Dann, immer noch vorspiegelnd, gelangweilt zu sein, warf er zwei Goldstücke, die sich klimpernd zu den anderen gesellten. Nach einiger Zeit stieg der nächste Spieler aus, sodass sich nun Spitzbart und der Blonde einen Zweikampf lieferten.

Als Spitzbart gerade überlegte und eine Münze gekonnt über die Fingerknöchel wandern ließ, hob der Blonde den Blick.

Lormak sah ihm in die Augen – und erschrak.

Irgendetwas in ihm regte sich. Es war wie ein in den See des Vergessens geworfener Stein, dessen Wellenringe seine Erinnerungen kitzelten. Ihn ereilte das untrügliche Gefühl, dass er Xurodas kennen sollte. Sein Verdacht sah sich bestätigt, als dieser den Blick ebenfalls nicht abwenden konnte und Lormak unverwandt anstierte.

Konnte es die Möglichkeit sein?

Der erste Mensch, der aus dem verschmierten Gemälde der Vergangenheit trat?

»Was ist, Xurodas? Hat dich gerade eine Vision deiner unabwendbaren Niederlage ereilt?«, fragte Spitzbart mokant.

Xurodas löste den Blickkontakt und schien für einen Moment nicht zu wissen, wo er war.

Ohne zu antworten, erhöhte er den Einsatz. Danach kratzte er sich am Kopf, schielte auf seine Karten – und dann erneut zu Lormak.

Lormak nickte knapp.

Xurodas ging nicht darauf ein, sondern konzentrierte sich auf das Spiel. Oder versuchte es zumindest. Unruhig rutschte er auf dem Stuhl umher, fuhr sich mit der Hand durch das kurze Haar und räusperte sich ein paarmal.

Ein Lächeln stahl sich auf Spitzbarts Gesicht, aber nur, bis ihn Xurodas ins Auge fasste. Rasch wischte er es aus seinem Gesicht und verdoppelte den Einsatz.

Ein Raunen ging durch die Menge.

Xurodas rieb Daumen und die Kuppe seines Zeigefingers aneinander – und ging mit.

Nun war alles still, selbst der Tabakrauch schien langsamer durch den Raum zu schweben.

Spitzbart schob all seine Münzen in die Mitte des Tisches und blickte Xurodas auffordernd an.

Dieser presste die Kiefer aufeinander, die Muskeln spannten sich, dann, ruckartig, beförderte er ebenfalls seine gesamte Barschaft nach vorne.

Wieder Raunen, ungläubiges Keuchen, gedämpfte Ausrufe.

»Dann ist es wohl an der Zeit«, meinte Spitzbart mit vor Anspannung belegter Stimme, »die Hosen herunterzulassen.« Er deckte seine Karten auf.

Den Wert des Blatts sah zwar Lormak nicht, dafür aber Xurodas' Gesicht.

Es wurde eine Spur bleicher.

Dann schnellte er aus dem Stuhl und verließ den Tisch.

Spitzbart ballte die Faust und ein erleichtert-triumphales Lächeln tröpfelte über sein Gesicht, als er den Gewinn einstrich. Die Münzen vor ihm türmten sich bis zur Spitze seines Kinnbarts.

»Die nächste Runde!«, verkündete jemand, aber der Aufruhr, der die Zuschauer ergriffen hatte, wollte sich nicht legen.

Plötzlich und so geschwind wie ein abgeschossener Pfeil schnellte ein Schatten auf Lormak zu und im nächsten Moment knallte er mit dem Rücken auf den Tisch. Er verlor seinen Krug, bunte Blitze explodierten vor seinen Augen. Eine Hand umfasste seinen Hals und presste unbarmherzig zu.

»Du verdammter Bastard!«, zischte Xurodas. »Wieso hast du mich abgelenkt?«

Lormak blinzelte, und statt zu antworten, krallte er seine Finger um Xurodas' Handgelenk und drückte ihn weg. Endlich bekam er wieder Luft.

»Weißt du, wie viel Geld ich verloren habe?«

Im nächsten Moment drehte sich alles vor Lormaks Augen. Sein Kopf brummte. Er lag am Boden, sah nur Xurodas' Stiefel aus schwarzem Leder hinter dem Flimmern, das sich über sein Blickfeld zog.

Dieser Dreckskerl hatte ihn geschlagen!

Xurodas holte mit dem Stiefel aus.

Lormak rollte zur Seite, der Tritt ging ins Leere. Wutentbrannt sprang er auf die Beine, die Fäuste erhoben. »Komm her und ich zerfetz dich in der Luft!«, knurrte er.

»Liebend gern!«

Xurodas warf sich auf ihn.

Lormaks Haken erwischte den Spieler an der Schläfe. Er taumelte nach rechts gegen den Tisch, fing sich jedoch und brachte die Fäuste vor sein Gesicht, nun wachsamer und vorsichtiger.

Unbändiger Zorn wühlte in Lormaks Brust. Er kämpfte ihn nieder, denn obschon dieses Treffen alles andere als erfreulich verlief, war es noch nicht zu spät, um die Situation unter Kontrolle zu bringen. Hoffte er. »Halt ein«, sagte er deshalb und wich zurück. »Wir kennen uns, oder nicht?«

»Ist mir scheißegal!«, grollte Xurodas und verkürzte die Distanz.

»Du hast tentakelartige Male auf deinem Körper, wie Tätowierungen?«

Xurodas zögerte, blickte ihn erstaunt an.

»Und an deine Vergangenheit kannst du dich gar nicht erinnern!«, preschte Lormak weiter.

»Doch«, erwiderte Xurodas und sein Gesicht verzerrte sich wieder vor Wut. »Und zwar an die jüngste Vergangenheit, als ich ein Vermögen deinetwegen verlor!«

Er griff an.

Da jedoch wurden sie von den Knüppelträgern ergriffen. Während man Xurodas die Treppe hinaufbugsierte, verwies man Lormak der Taverne.

Am selben Abend tötete er, vor Frust und Wut über die schiefgelaufene Begegnung mit Xurodas fast um den Verstand gebracht, den Sohn des Fürsten von Caldruk. Bis heute wusste Lormak nicht einmal den Namen des Toten. Er wusste nur, dass jener Tag einer der schwärzesten seines Lebens war.

Sich nähernde Schritte rissen ihn aus seinen Erinnerungen.

Lantyria setzte sich neben ihn und reichte ihm eine dampfende Schale. »Etwas zu essen?«

Er nahm die Suppenschüssel entgegen. »Danke.«

»Gerne«, sagte sie mit einem müden Lächeln. »Ihr wart sehr mutig, als die Dämonen kamen.«

Ohne zu antworten, tauchte er den Löffel ein, blies über die wässrige Brühe und schluckte sie runter. Sie schmeckte noch beschissener, als sie aussah.

Ein Schweigen wuchs, was Lantyria mehr auszumachen schien als ihm. Sie sah ein paarmal zur Seite, während er aß, und tändelte mit den Falten ihres Umhangs.

Lormak setzte den Löffel ab und stellte die Schale auf den Boden. »Was liegt Euch am Herzen?«

»Ich fürchte um Avis Sicherheit.«

»Nicht nur sie ist in Gefahr«, gab er zu bedenken.

»Das stimmt natürlich. Aber ich«, ihr Blick verklärte sich, und sie suchte offenbar nach den richtigen Worten, »spüre, dass Avi, nun ja ...« Ihre Stimme verlor sich. Ein Kopfschütteln, dann: »Sie ist etwas Besonderes. Mein Leben lang diente ich Jaminara ergeben und ich war zufrieden. Nun ändert sich alles, die Welt fällt aus den Fugen. Wie soll ich es nennen? Schicksalsfäden? So etwas in der Art, ja. Als ich Avi flüchtig berührte, im Tempel, als sie darum bat, dass ich ihre Waffen weihe, ereilte mich so etwas wie eine Vision. Es war, als ...«

»Wieso erzählt Ihr gerade mir das?«

Sie verstummte, sah ihn unsicher an. »Das weiß ich selbst nicht. Es erscheint mir ... richtig.« Ihre Augen suchten Avi, die in ihre Decke eingerollt am Boden lag. »Es war, als bestünde sie aus reiner Helligkeit, pures Licht, ein ergreifendes Bild. Doch um sie her war nur Dunkelheit und diese Dunkelheit, sie fraß das Licht auf. Und dann fraß sich diese Schwärze auch in Avi und das Licht erlosch. Im nächsten Moment näherte sich ein seltsames Wesen, das sowohl aus Licht als auch Dunkelheit bestand, zwei unterschiedliche Essenzen und doch vereint in einem einzigen Körper, der gefangen schien zwischen Werden und Vergehen.«

Lormak ballte die Fäuste. »Ihr denkt, ich bin das.«

Mitleid floss in Lantyrias Blick, und sie streckte die Hand aus und berührte seinen Handschuh. »Ja«, hauchte sie dann, »denn es trifft zu. Dieses Wesen stellte sich der Dunkelheit und bekämpfte sie und einmal gleißte es hell, als wäre die Schwärze in ihm dahin, dann pulste es in abgründiger Finsternis, ein Hin und Her, das ...«

»Wie war es am Ende?«, fragte Lormak heiser. »Das Wesen, meine ich. War es hell – oder ganz schwarz?«

»Ich weiß es nicht. Die Vision erlosch.«

Er nahm die Schüssel und aß weiter, und er verfluchte sich dafür, dass der Löffel zitterte, wenn er ihn zum Mund führte. In jäher Wut schleuderte er die Holzschüssel auf den Boden. Es schepperte, und klappernd hüpfte und rollte sie über den Stein. Er spürte die Blicke: Halron, seine Männer, Krax und auch Avi, die durch den Lärm aufgeschreckt war, musterten ihn ausdruckslos.

Er wandte den Blick ab und sah in Lantyrias Augen, in denen weiterhin Mitleid schimmerte, keine Spur von Missbilligung oder gar Abneigung.

Er erinnerte sich an das Gespräch, als sie ihn aufgesucht hatte, um darum zu bitten, die kleine Jalis zu finden.

»War das die erste Vision, die Ihr jemals hattet?«, fragte er nach einer Weile.

Sie blickte ihn an, bevor sie bejahte. Er beobachtete ihre Augen, sie wischten kurz nach oben weg. Eine Lüge. Er ging nicht darauf ein, sondern fragte: »Was, wenn es nur ein Trugbild war? Ein Hirngespinst?«

Energisch schüttelte sie den Kopf. »Nein, das war mehr. Viel mehr.«

»Ich soll sie beschützen.«

»Das ist Eure Aufgabe.«

Er legte den Kopf schief und griff in seinen verklebten Bart, sodass sich ein paar Krümel erstarrten Blutes lösten. »Und Ihr seid die Auftraggeberin?«

»Ich? Nein, ich bin nur eine unbedeutende Priesterin.« Ehrfurcht drückte ihre Stimme zu einem Flüstern hinab. »Jaminara. Es ist der Wunsch der Göttin.«

»Ich bin niemandes Werkzeug«, erwiderte er. »Nicht einmal das einer Göttin.«

»Jeder Mensch hat eine Aufgabe.«

»Ich bin Herr über meine Entscheidungen.«

»Seid Ihr das?«

Finster blickte er sie an.

»Ihr müsst das Licht suchen, in welcher Form es Euch auch begegnet. Und am allerbesten sucht Ihr zuerst in Euch selbst.«

Da war nur Dunkelheit …

Lantyria erhob sich. »Und noch ein gut gemeinter Ratschlag: Wascht Euer Gesicht.«

»Darauf wäre ich auch selbst gekommen.«

Sie lachte kurz. »Gut, dann noch zwei weitere. Erstens: Rasiert Euch diesen scheußlichen Bart ab. Zweitens: Entschuldigt Euch bei Krax und vor allem bei Avi.«

»Für was denn?«

Ohne darauf einzugehen, entfernte sie sich.

»Er hat kein Herz und sie hat sich die Ohrfeige redlich verdient«, grummelte er und durchmaß das Flüchtlingslager, hielt seinen Blick jedoch auf die Bäume gerichtet, nicht auf das Elend zu seinen Füßen. Sähe er nach unten, würde er den Tod erblicken. Nur die wenigsten würden diese Reise überstehen.

Zielsicher bahnte er sich einen Weg durch den Wald, bis er jenen Bachlauf erreichte, an dem er sich vorgestern erfrischt hatte. Er zog sich aus und stieg bis zu den Knöcheln in das klare und eiskalte Wasser. Schmerz leckte durch seinen Körper und der Wind schien sich anzuschicken, dem Wasser nachzueifern, und blies in neckenden Böen durch Astwerk und Unterholz.

Die Zähne zusammengebissen, bückte Lormak sich, tauchte die Hände hinein und reinigte das Gesicht. Dunkle Schlieren trieben davon im nassen Klar. Trotz der Kälte war es belebend, sodass er sich nach kurzem Zögern der Länge nach ins Flussbett legte und es ein paar Herzschläge lang aushielt, ehe er, ein Brüllen unterdrückend, in die Höhe schnellte und aus dem Wasser sprang. Da er kein Tuch mitgebracht hatte, um sich abzutrocknen, überließ er dies dem Wind. Binnen Kurzem fror er erbärmlich, schlotterte, die Haut brannte.

Er genoss es.

Zum einen beanspruchte der Schmerz sein Denken, seine Konzentration, zum anderen zeigte er ihm, dass er am Leben war.

Nach einiger Zeit, steif gefroren und kaum in der Lage, die Füße zu heben, schälte er sich in seine Kleidung. Er rieb die Hände, bis Wärme in sie zurückfloss, griff seinen Dolch und setzte ihn an den Hals. Es war vielleicht nicht sonderlich intelligent, doch sollte er sich durch sein Gezitter aus Versehen die Kehle durschneiden, würde er es überleben.

Vorsichtig schabte er den Bart ab. Lantyrias Ratschlag beherzigte er nur deshalb, weil es ihm als sinnvoll erschien: Die Kopfgeldjäger kannten ihn nur mit Bart. Besser, er änderte sein Aussehen. Zuletzt knöpfte er sich sein verfilztes Haar vor und kürzte es um die Hälfte, sodass es ihm nur noch bis zu den Wangen reichte.

Besserer Laune, obwohl die gereizte Haut juckte wie Dämonenspeichel, kehrte er zurück und setzte sich wieder an den Stein. Die Kapuze tief in die Stirn gezogen, richtete er die Augen auf Avi. Nur ihr schwarzes Haar lugte aus der Decke und das Mondlicht zauberte silberne Strähnen hinein.

Oh ja, er würde sie beschützen – doch nicht, weil Lantyria oder irgendeine Göttin das wollte!

Warum musste es ausgerechnet so ein halsstarriges und arrogantes Weibsstück sein? Wieso nicht die kokette Bedienung aus dem *Pockenturm* in Calsinthar? Charakterlich waren die beiden Frauen so unterschiedlich wie Tag und Nacht, lediglich das Äußere ließ Vergleiche zu: beide schwarzhaarig, groß und schlank, nur dass die Bedienung in Sachen Oberweite die Nase vorne hatte, was Avi allerdings mit ihren grünen Augen wettmachte.

Lormak drehte den Kopf weg. Was dachte er da für einen Unsinn zusammen? Hier ging es nicht um feste Brüste und straffe Pobacken, sondern um seine Vergangenheit! Avi war der Schlüssel zu seinen Erinnerungen. Alles andere war nicht von Belang. Sollte sie ruhig zu Halron unter die Decke kriechen und sich vergnügen. Solange sie nicht versuchte abzuhauen, konnte sie machen, was sie wollte. Es scherte ihn nicht.

Noch einmal fasste er ihre Schlafstatt ins Auge, erwartete fast, dass sie den Kopf hinausschob und ihn böse anfunkelte. Die Vorstellung entlockte ihm ein Grinsen, dann schloss er die Augen.

Nach einiger Zeit öffnete er sie wieder.

»Verflucht noch eins!«, zischte er gedämpft und richtete sich auf. Diese vermaledeite Priesterin verstand es, einem die widersinnigsten Gedanken in den Kopf zu pflanzen! Ein Knurren unterdrückend, stapfte er zu den anderen und ließ den Blick über die schlafenden Gestalten gleiten. Mit der Stiefelspitze stupste er die Decke mit der kleinsten Auswölbung.

Erst ein verschlafenes Murmeln, dann ein in die Höhe schießender Zwerg. Als er Lormak erblickte, machte er eine entsetzte Grimasse, als stünde der Tod selbst vor ihm. Heftig atmend, mit großen Augen und die Decke am Kinn haltend, wartete er anscheinend auf den erlösenden Hieb auf den Kopf.

»Entschuldige meine Worte von heute Abend, Zwerg.«

Krax nickte ohne Sinn und Verstand, gleich mehrmals, als wäre er eine Marionette, deren Meister sich einen Spaß erlaubte.

Lormak ging zurück.

Dabei kam er an Avi vorbei.

Verdammte Priesterin!

Er verhielt seine Schritte. Gleichmäßige Atemgeräusche.

Er hob den Fuß, näherte die Spitze ihren Beinen, um sie aufzuwecken.

Sie würde auffahren und in lautes Zorngeschrei ausbrechen, ehe er auch nur eine Silbe herausgebracht hätte.

Sich bei diesem Wutbeutel entschuldigen? Pah!

Davon überzeugt, das Richtige getan zu haben, langte er wieder beim Felsen an und lehnte sich dagegen.

Ihr müsst das Licht suchen, in welcher Form es Euch auch begegnet. Und am allerbesten suchst Ihr zuerst in Euch selbst.

Das nächste Mal, wenn die Priesterin den Mund aufmachte, würde er ihr den Hals umdrehen.

Er schloss die Augen und wartete mit einer Mischung aus Erwartung und Unbehagen auf den Schlaf.

Die breite Axt liegt schwer und unheilvoll in seiner linken Hand. Die Finger umklammern den Holm, so fest, dass die Knöchel weiß hervortreten. Sein Atem rast. Sein ganzer Körper rast. Vor Schmerz. Er ist überall, als reiße jemand von innen die Haut auseinander, die Organe, als würde etwas in seinem Schädel heranwachsen und …

»Du scheißt das Glück aus jedem Loch!«, bellt jemand und lacht dröhnend.

Etwas klimpert, gefolgt vom Schaben, als schiebe man Metall über Holz.

Grauer Nebel wabert vor seinen Augen, ein paar dunkle Schemen darin, sonst nichts, nur die Geräusche scharf.

»Noch eine Runde?«, fragt eine andere Stimme, so langsam und ruhig, wie das Licht bei Sonnenuntergang schwindet.

»Was für eine Frage!«

Das Knarzen eines Stuhls, Karten, die gemischt werden.

»Na also!« Wieder die dröhnende Stimme. »Das Glück ist mit dem, der was davon versteht? Her mit euren Kröten!«

Geklimper.

»Gib ihm Karten, lass ihn gewinnen und er freut sich wie ein kleines Kind, oder, Lormak?« Die bedächtige Stimme.

Nun die eigene: »Wir wollen ja nicht, dass er die ganze Woche schmollt.«

Die Geräusche verklingen, der Nebel gerät in Wallung.

Dunkelheit, nur das Mondauge leuchtet und umschmeichelt ein zackiges Gebilde vor ihm, das sich nach links und rechts erstreckt wie ein überlanger Kiefer mit klobigen Zähnen.

Die Zinnen einer Mauer?

»Hier stehen wir und blicken über unser stolzes Land«, sagt der Bedächtige.

»Ein schöner Anblick«, bestätigt der Dröhnende.

Er selbst nickt und spürt Zufriedenheit.

»So, wie wir unserem Land treu sind, sind wir auch unserer Freundschaft treu«, sagt der Bedächtige, »das wichtigste Gut, das es für einen Soldaten gibt. Der eine würde das Leben für den anderen geben.«

»Besiegeln wir es mit dem alten Schwur«, sagte der Dröhnende, diesmal ohne Überschwang oder Spott.

Ein Brennen auf der Handfläche, die Wärme von Blut, dann zwei weitere Hände, alle greifen sie ineinander, das Blut vermischt sich.

»Und so«, sagen drei Stimmen unisono, »soll unser Blut über das Leben hinaus besiegeln, dass wir Brüder sind, in Körper wie Geist, dass wir einstehen für Landaskan, für die Garde, für unsere Freundschaft!«

Der graue Schleier bildet Strudel und Wirbel …

Er steht in einem Raum, undeutlich die Konturen, nur drei entkörperte Köpfe schweben vor ihm, ernst blicken sie drein. »Wir müssen ihm das Handwerk legen«, sagt das rechte Gesicht, scharf geschnitten, hager fast, die Nase schmal wie ein Säbelrücken. Ein geflochtener Bart, umschnürt mit Silberdraht, hängt an dem schmalen Kinn. Die Stimme kennt er nicht.

Die nächste schon, es ist der Bedächtige, schwebend in der Mitte. »Es ist unsere Pflicht. Nur wir können ihn aufhalten.« Ein starkes Kinn, Bart-

stoppeln, schulterlanges Haar hängt über seine Wangen. Darüber ein feiner Mund und vor Tatendrang glühende, dunkle Augen.

»Dann«, sagt der Dröhnende ganz links, »treten wir diesem Vulodas mal ordentlich in den Arsch!«

Ein breiter Nacken wie ein Sockel, blaue, abenteuerlustig blitzende Augen und kurzes, helles Haupthaar …

In den Schleier kommt Aufregung, ein Gedanke von jenseits schießt heran wie ein Feuerball und sengt alles hinfort.

Nach Luft schnappend wachte Lormak auf und keuchte: »Xurodas!«

Kapitel 7

Vor 24 Jahren …

Seinen Herzschlag bändigend, indem er tief ein- und ausatmete, den Kragen seines Seidenhemdes in aller Ruhe zurechtrückte und kleine Fusseln von den Ärmeln zupfte, machte sich Iridon bereit für das, was ihn beim Hohen Rat erwartete. Sein Blick fand das gefaltete Papier, das auf der Kommode neben dem Spiegel lag.

> *Ihr habt morgen zur Mittagsstunde beim Hohen Rat vorstellig zu werden!*

Das war keine Bitte, auch keine wohlwollende Aufforderung, sondern ein barsch formulierter Befehl. Immerhin machten die alten Pfeffersäcke keinen Hehl daraus, dass er sich auf einiges gefasst machen durfte. Überraschend kam es nicht. Seit seiner Rückkehr von der Expedition hatte er tagein, tagaus auf eine Vorladung gewartet. Irgendeiner der Soldaten hatte geplaudert, womöglich sogar Lumithar. Das Mindeste, was ihm bevorstand, war eine Tirade, weshalb er nichts Brauchbares zutage gefördert hatte.

Was natürlicher vollkommener Blödsinn war. Sein Blick zuckte hinüber zu der verschlossenen und magisch geschützten Truhe neben seinem Bett. Darin lag das Buch. Nicht Molgrashs, wie er herausgefunden hatte, sondern das seines treuen Gehilfen, Berun mit Namen. Jedenfalls *hatte* er etwas Brauchbares mitgebracht, etwas *sehr* Brauchbares sogar – aber davon würde er nicht erzählen. Kein Sterbenswörtchen. Nicht einmal seine Frau Ajuna wusste Bescheid. Ihm blieb einzig und allein, mit gesenktem Haupt vor den Hohen Rat zu treten, die Schelte über sich ergehen zu lassen und darauf folgend den reumütigen Sünder zu mimen und Besserung zu geloben, damit man ihn in Ruhe ließ. Die letzten zwei

Wochen hatte er nichts anderes getan, als seine kümmerlichen Zwergischkenntnisse aufzubessern, da einerseits Beruns Handschrift miserabel war, dieser sich andererseits jedoch derart blumig und überschwänglich ausdrückte, dass Iridon oft keinen einzigen Satz verstand. Trotzdem, ein paar Happen hatte er zusammengekratzt und die allein waren schon unglaublich. Ließ man die Tatsache außer Acht, dass Berun sowie Molgrash durch und durch wahnsinnig gewesen sein mussten, um einen derartigen Zauber zu wagen, zollte Iridon ihnen Respekt, dass er ihnen gelungen war.

Wie genau sie es allerdings angestellt hatten, eine Armee von Untoten zu erschaffen, die ihrem Willen gehorchten, das hatte er bislang nicht herausgefunden. Und ob dieses Buch dazu ausreichte, wagte er zu bezweifeln.

Des Rätsels Lösung schlummerte bei den Zwergen. Wenn jemand Molgrashs Vermächtnis besaß, dann sie. Leider schienen sie nicht gewillt, es mit anderen zu teilen, diese elenden Sturschädel!

Es klopfte an der Tür, dann schwang sie leise auf und Ajuna betrat das Schlafgemach. Sie pflegte vor dem ersten Licht der Sonne aufzustehen, im Garten zu meditieren und den Kampftanz der Elfen zu üben, den *Kralat*.

Elegant, die Nacktheit ihres Körpers und ihre Bewegungen eine Huldigung an Grazie und Geschmeidigkeit, eilte sie zu ihm. Auf ihren Wangen lag sanfte Röte, das helle Haar war etwas zerzaust, die saphirblauen Augen glühten vor Leben.

»Liebster«, seufzte sie und schlang die Arme um seinen Hals. »Du bist schon wach?«

Er drückte sie fest an sich. »Ich konnte nicht mehr schlafen«, murmelte er in ihr nach Frühlingstau duftendes Haar.

»Das wird schon gut gehen. Aber viel mehr darfst du dir nicht mehr leisten, hörst du?«

»Diese Dummbeutel verstehen es einfach nicht.«

Sie beugte den Kopf zurück und sah ihn an. »Manchmal verstehe auch ich dich nicht. Wieso hast du das getan?«

»Die Wissenschaft ...«

Mit einem Kopfschütteln löste sie sich und trat einen Schritt zurück. »Was hast du dir davon erhofft? Und wie kann man derart naiv sein zu glauben, dass es nicht herauskommt? Gestern, noch bevor der Brief kam, traf mich manch sonderbarer Blick, von Leuten, die ich kaum oder gar nicht kenne. Ich wette, jeder weiß inzwischen, dass du im Tal der tausend Schädel warst.«

»Na und? Sollen diese Trottel sich das Maul zerreißen!«

»Ist es wegen deines Urgroßvaters? Bist du neidisch auf seinen Ruhm, weil er Molgr… weil er denjenigen erschlug, der alles Unglück heraufbeschwor?«

Wenn sie nur die Wahrheit wüsste …

Aber Iridon würde niemandem erzählen, was sein Vater ihm auf dem Sterbebett während seiner letzten Atemzüge zugeflüstert hatte: die Wahrheit über Iridons Urgroßvater Bjarnak, den angeblichen Bezwinger Molgrashs.

»Neidisch?«, erwiderte er stattdessen und blickte so bestürzt drein wie möglich. »Du kennst mich schlecht, wenn du so etwas von mir denkst. Im Gegenteil, ich bin stolz auf meinen Urgroßvater, stolz, sein Nachfahre zu sein.«

Ajuna seufzte und fuhr sich durchs Haar, was weitere Strähnen aus dem Zopf löste, der wie ein Garbenkranz um ihren Kopf lag. »Diesmal hast du den Bogen überspannt und ich weiß nicht, ob ich dich da rauskeilen kann.«

Er lächelte. »Bis jetzt hast du es immer geschafft.«

»Auch mein Einfluss hat Grenzen.«

»Deine Schönheit nicht.«

Halb empört, halb geschmeichelt, stemmte sie die Arme in die Hüften. Dann seufzte sie aus tiefstem Herzensgrund, legte ihm beide Hände auf die Schultern und sah ihn eindringlich an. »Versprich mir, dass du dich in Zukunft … dass du einfach mehr Wert legst auf … auf alles, was Elfisch ist, Iridon. Du musst nicht alles akzeptieren, doch respektieren kannst du es. Setze dich nicht über jedes Gebot und Verbot weg, das es gibt.«

»Ich werde mich bessern.« Die Worte, obwohl ohne Überzeugung gesprochen, gingen ihm schwer über die Lippen. Ajuna zu belügen, widerstrebte ihm, zumal sich dies in jüngster Zeit häufte.

Einen Herzschlag lang blickte sie ihm in die Augen, ehe sie sich abwandte. »Ich muss bald los. Du bist nicht der einzige Fall heute«, meinte

braune Wildlederhose, versehen mit Rankenverzierungen, schwarze Stulpenstiefel und um die Stirn einen mattgoldenen Reif, der sein pechschwarzes Haar bändigte. Zuletzt legte er sich die feine Goldkette mit dem Anhänger aus Jade um den Hals, die ihn als Mitglied des Äußeren Rates auswies, jenes Gremiums, das über Erziehung und Ausbildung gebot und kleinere Streitigkeiten schlichtete. Für schwerwiegende, das ganze Elfenreich betreffende Fragen zeichnete der Hohe Rat verantwortlich. Iridon hatte Zeit bis Mittag und so stromerte er durch sein Haus, nahm ein leichtes Mahl aus Früchten zu sich und setzte sich in einen Gartenstuhl, um der aufgehenden Sonne bei ihrem Aufstieg in den wolkigen Himmel zuzusehen. Von Tiefrot bis Orange veränderte sich das Farbspektrum des Horizonts, ehe das Leuchten der Wolken verlosch und das Gestirn seinen Platz hoch über Garyat bezog, der Hauptstadt des Elfenvolkes.

Lang jedoch hielt er es nicht aus und so verließ er seine Bleibe, ein in den Berghang gebautes Haus, dessen Seiten mit Efeu und wildem Wein überwachsen waren. Das Vordach, das eine Art Portikus bildete, unter das man Säulen gebaut hatte, war natürlicher, mit Moos überwachsener Granit.

Es war ein wunderbares Heim, das zum Verweilen einlud, und gut konnte man sich im Garten umhertollende Kinder vorstellen. Noch zwei Jahre, und Ajuna würde ihren Gebärzyklus erreichen, der bei Elfenfrauen alle zwanzig Jahre eintrat. Vielleicht würden Kinder sein hitziges, nach Ferne verlangendes Gemüt kühlen.

Die Zukunft würde diese Frage beantworten. Er schlenderte durch die Gassen Garyats. Außer dem frühen Krächzen eines Vogels und dem Schlappen seiner Stiefel war es ruhig. Heute war der Tag der Gottheit Fendras, die für Müßiggang und Erholung am heimischen Herdfeuer stand. Im Grunde genommen war es eine Frechheit, dass der Hohe Rat ihn ausgerechnet heute zu sich zitierte. In einem Garten, den er passierte, nahm eine Familie ihr Frühmahl unter einer Gartenlaube ein. Daneben gluckste ein Springbrunnen, Wasser lief über die mit Pfeil und Bogen bewehrte Kriegerstatue, die einen Spitzhelm trug, wie ihn die Armee vor mehr als zweihundert Jahren verwendet hatte.

Die Frau bemerkte Iridon, legte ihrem Mann die Hand auf die Schulter, flüsterte etwas, dann stierten sie Iridon an.

Er nickte einen Gruß – der nicht erwidert wurde. Nun sahen auch die beiden Kinder in seine Richtung, ihre Gesichter ein Spiegel derer ihrer Eltern. Verkniffen. Unterschwellige Verachtung.

Iridon überlief es heiß und er ging rascher. Es hatte sich wirklich schnell herumgesprochen. Gemerkt hatte er davon nichts, da er sich seit seiner Rückkehr ausschließlich mit Beruns Aufzeichnungen befasst hatte. Verdammt noch eins! War er jetzt ein Schwerverbrecher? Hatte er jemanden umgebracht? Kinder gehäutet und gefressen?

Unsicherheit wandelte sich zu Wut und stampfenden Schrittes suchte er Garyats prächtige Gartenanlagen auf, einen Götterfleck auf Erden, der Iridons inneres Brodeln im Nu abschwächte. Hier pflegte er oft zu spazieren, allein oder mit Ajuna oder Lumithar, in Gespräche vertieft oder gedankenversunken, während die überbordende Pracht die Sinne entzückte. Es roch lieblich, nach Blüten und frischer Erde, der herbe Duft des Grases. Uralte Baumriesen spendeten Schatten an heißen Tagen und Schutz an regnerischen und windigen. Seildicke Lianen wanden sich wie versteinerte Schlangen um dicke Äste, und zwischen den Büschen und Hecken schillerten Blumen in Rot, Gelb und Violett. Ganz nach elfischer Tradition hielt man nur die Wege frei von Bewuchs, ansonsten durften Flora und Fauna ihre Pracht frohgemut entfalten. Da man am Tag der Gottheit Fendras normalerweise im Kreis seiner Familie blieb, war der Park fast leer und den wenigen, die genau wie Iridon die Aura dieses Ortes genossen, wich er ohne Probleme aus.

Er begab sich zu einem seiner Lieblingsorte, zur Insel, wie er die baumbestandene Erhöhung nannte, um die sich ein Wassergraben zog, der in einen künstlich angelegten See mündete. Geschützt vor Blicken durch einen hufeisenförmigen Ring aus Büschen und Bäumen, der eine verwitterte Steinbank umschloss, ließ er sich darauf nieder und schwelgte einige Zeit im Anblick der auf dem Wasser schwebenden Seerosen und Schwäne, die im Sonnenschein am Ufer hockten. Die Kühle des Morgens wich langsam und der Himmel versprach dem Frühling, heute den Weg für einen strahlenden Sommertag frei zu machen.

Passender wäre ein Gewitter gewesen, gleißende Blitze, Hagelschlag und Sturmböen, die alles in Fetzen rissen. Nicht Wärme erwartete Iridon noch Verständnis oder Wertschätzung – sondern Ablehnung. Ajunas Beistand hätte er heute nötiger denn je, denn bislang waren seine

Vergehen von moderater Schwere gewesen, Zuwiderhandlungen, über die manch einer vielleicht sogar geschmunzelt hatte; mit dem Herumwühlen in einer Vergangenheit jedoch, die als dunkelste Epoche Yurs galt, hatte er eine Grenze überschritten. Würde es lediglich bei einer Ermahnung bleiben? Oder würde man ihn bestrafen?

Er musste sich beruhigen. Er entstammte einer berühmten Ahnenreihe, war ein verdientes Mitglied des Äußeren Rates und galt zudem als Koryphäe auf dem Gebiet der Zauberkünste. Wer konnte ihm schon etwas anhaben?

»Ihr alle könnt mir nicht einmal annähernd das Wasser reichen«, brummte er, nickte, zupfte eine Frucht aus einem Weißdornstrauch und warf sie ins Wasser. Ein Schwan schreckte auf und lief quäkend und flügelschlagend ein paar Kreise, ehe er stehen blieb und sich argwöhnisch umsah.

Iridon grinste schief, schüttelte den Kopf und ging weiter, obwohl er es hier gewöhnlich stundenlang aushielt. Heute jedoch nicht. Wäre er wirklich so unbekümmert und unbesorgt, wie er sich vorhin eingeredet hatte, würde er nicht den Drang verspüren, herumlaufen zu müssen, und sein Kopf wäre kein Hornissennest.

Er gestand sich ein, wenn auch widerwillig, dass die drohenden Implikationen ihm mehr zusetzten als befürchtet. Natürlich bangte er um seinen eigenen Ruf, um seine Arbeit an der Universität der Arkanen Künste, an der er dozierte; vor allem jedoch hatte er Angst davor, Ajuna zu schaden. Sie besaß einen makellosen Leumund und oftmals fungierte *sie* als Sprachrohr zu König Belfatis – nicht die altgedienten Weißbärte, sondern *sie*, die junge Blüte der Politik, deren Schönheit und Schläue sich niemand entziehen konnte.

Er war ein Glückspilz. Er sollte auf Knien herumrutschen, dass sie ihn zum Mann genommen hatte und nicht einen anderen.

Hin und her gerissen zwischen den eigenen Ambitionen und der Liebe zu Ajuna und der damit verbundenen Gefahr, Unglück über sie heraufzubeschwören, sollte er an seinem Vorhaben festhalten, Beruns Geheimnisse aufzudecken, trödelte er durch Garyats Gassen und Straßen, von seiner Nervosität dazu verdammt, in Bewegung zu bleiben.

Nach einem gut zwei Stunden dauernden Umweg, der ihn bis ans andere Ende der Stadt zu den Mangroven geführt hatte, langte er schließlich an der Ratshalle an, die sich ein paar Hundert Meter straßauf nahe den Gartenanlagen befand. Zusammen mit dem Königspalast war sie das älteste Gebäude der Stadt, gebaut in diesem einzigartigen Stil frühzeitlicher Symbiose aus Natur und toter Materie. Als Säulen fungierten altehrwürdige Bäume, die das steingerippte Deckengewölbe trugen, über das Lianen und anderes Klettergewächs krochen. Auch die zwischen die Holzstämme eingezogenen Wandelbögen waren überwuchert und bildeten ein urtümliches Naturgemälde aus Blättern, Zweigen und Blüten. Hier tagte der Hohe Rat, auch die *Sieben Weisen* genannt, und entschieden über die Geschicke des Elfenreiches. König Belfatis war ebenfalls Mitglied, auch wenn er von seinem Stimmrecht so gut wie nie Gebrauch machte. Wenn doch, zählte sein Wort wie zwei Stimmen. Dadurch wurde dem königlichen Status Rechnung getragen, doch konnte er eine einhellige Entscheidung des Rates nicht kippen. Die ungerade Zahl, sieben ohne, neun mit König, stellte sicher, dass es immer zu einem Beschluss kam und kein Thema durch Stimmengleichheit auf die lange Bank geschoben wurde.

Heute waren sich bestimmt alle einig. Betrübt erklomm Iridon die von unzähligen Füßen blank polierten Treppenstufen, die zum gewaltigen Eingang der Ratshalle führten, ein zehn Meter hohes Portal, das den Zweck hatte, den Eintretenden einzuschüchtern. Iridon wusste dies. Trotzdem funktionierte es. Seine Handflächen wurden feucht, als er von den Torwachen durchgewunken wurde und durch die Pforte in das Vestibül schritt, ein gewaltiges Kuppeldach mit einer kreisrunden Öffnung in der Decke. Die Empfangshalle war im Einklang mit der Natur errichtet worden. Dementsprechend hielt man den Regen nicht draußen, genauso wenig den Wind, denn wenn sie tobten, dann in den heiligsten Stätten, ging doch die Legende, dass die Elfen den Elementen entstammten, dass sie geformt waren aus Erde und Wasser, Luft und Feuer und dass sie die vollkommenste aller Rassen waren, da sie alles in sich vereinten.

Vollkommene Idioten vielleicht! Denn sie verschlossen sich vor dem Wissen der Vergangenheit, nur weil einiges davon *böse* sein könnte. Die Elfen, die vollkommenste und älteste Rasse Yurs – aber den besten Magier hatten die Zwerge. Na, passte da irgendetwas nicht zusammen?

Zorn überlagerte seine Nervosität und stampfenden Schrittes durchquerte er das große Auditorium, von feinen Wurzeln in Besitz genommene Bankreihen, die stufenweise nach oben anstiegen. Hier wurden den Standesvertretern des Volkes Gesetzesänderungen oder neue Erlasse unterbreitet und in Notzeiten trafen sich hier der Hohe Rat, der Äußere Rat, die Königsfamilie und die führenden Befehlshaber der elfischen Streitmächte.

Jetzt war das große Rund verlassen, nur oben an der Balustrade standen zwei Elfen und unterhielten sich gedämpft. Iridon strebte durch einen langen Korridor aus Luftwurzeln und durchbrochenem Mauerwerk, bis er zu einem weiteren Portal gelangte, dieses allerdings viel kleiner als das draußen, nicht mehr als doppelt mannshoch. Zwei Soldaten im leichten Lederharnisch und grauen Mantel der Wachmannschaften traten vor und versperrten ihm den Weg.

Iridon streckte die Brust raus, blieb stehen und musterte die Soldaten kühl. »Iridon Vulkola, Mitglied des Äußeren Rates, erbittet Einlass.«

»Man erwartet Euch.«

Die beiden Männer öffneten die Flügel. Iridon schritt hindurch und betrat eine runde Halle, die von einem gewaltigen Baum in der Mitte dominiert wurde, dessen Blätter im Sonnenlicht, das durch die Bogenfenster fiel, golden leuchteten. Eine Brise wehte, was architektonisch gewollt war, um der Blätterpracht ein fortwährendes Rascheln zu entlocken. Der Sage nach war dies Artalas – was auf Altelfisch *der Älteste* bedeutete –, der erste Baum Yurs, aus dessen Samen alle anderen entsprungen waren.

Man hielt Artalas in hohen Ehren, pflegte und hegte ihn und sammelte immer noch, genau wie in früheren Zeiten, jedes welke Blatt auf, das er abwarf. Zu Frühlingsanfang, am Fest zu Ehren der Göttin des Lebens, Iandra, wurden diese verdorrten Blätter vom Dach des Königspalastes in den Wind gestreut. Aus dem Flug der Blätter lasen die Priester die Zukunft für das bevorstehende Jahr: ein alter Brauch, und nur wenige maßen ihm eine reale Bedeutung zu, doch war es ein Ritual gemeinschaftlicher Freude, das in ein rauschendes Fest überging. Iridon hatte es verpasst, weil er Molgrashs Spuren gefolgt war. Nun stand er hier, vor Artalas, dem riesenhaften Baum, und wartete darauf, zum Hohen Rat vorgelassen zu werden. Er nahm auf einem der Sitze Platz, die man kunstvoll in die Stämme der umliegenden Bäume geschnitzt hatte, und hing seinen Gedanken nach. Üblicherweise saßen hier Gesandte und Boten, aber auf der anderen Seite auch Bittsteller oder die Beteiligten eines

Disputs, die einen Schiedsspruch erwarteten – oder, wie es bei Iridon der Fall war, Elfen, die sich etwas hatten zuschulden kommen lassen. Heute, am Ehrentag Fendras', war er der einzige Wartende. Das war mit Sicherheit Absicht.

Am jenseitigen Ende der Halle ertönte das Zurückziehen eines Riegels und langsam schwang eine Doppeltür auf, verziert mit schmiedeeisernen Efeutrieben, die sich um eine auf Hochglanz polierte stilisierte Sonne rankten, symbolisch für das Licht der Weisheit, das dem Hohen Rat leuchten sollte.

»Iridon Vulkola, tretet ein«, wehte eine brüchige Stimme an sein Ohr, die entkörpert aus dem Raum dahinter zu ihm schwebte.

Er erhob sich und verfluchte sich dafür, dass seine Knie wackelten, und die kurze Strecke an Artalas vorbei zur Ratskammer kam ihm lang und quälend vor, als hätte er einen Gewaltmarsch hinter sich, als schleife er unsichtbare Eisenkugeln hinter sich her.

Ein gerader, wuchtiger Eichentisch beherrschte den Raum; davor, kümmerlich und klein, stand ein einzelner, schlichter Stuhl. Sieben Elfen musterten Iridon unbewegt. Er schluckte trocken und setzte sich.

Er musste ruhig bleiben, durfte sich nicht unterkriegen lassen! Der gigantische Baum, der mickrige Stuhl – alles nur, um ihn einzuschüchtern. Sein Verstand musste wach und scharf sein!

Er atmete tief durch und seine Augen wanderten über die Mitglieder des Hohen Rats, sie suchten seinen Anker, der ihm Halt gäbe, seine Zuflucht: Ajuna.

Sie war nicht da!

Noch einmal huschten seine Augen über die ernsten Gesichter.

Wo war sie?

Hoffentlich stand Alnitara, die Gottheit der Magie, ihm bei! Er erblickte Belfatis, den König der Elfen, der genau in der Mitte saß, drei Mitglieder rechts von ihm, drei links. Er saß auf dem Stuhl des Wortführers, etwas – ganz und gar – Ungewöhnliches, und stierte ihn ausdruckslos an, steinern, aus grauen Augen, die leicht ins Blaue spielten. Eine schmale Nase und noch schmalere Lippen lagen über einem spitzen Kinn, von dem ein blonder Bart abging, der sich zu zwei durch Goldfäden zusammengehaltenen Zöpfen aufspaltete.

Was wollte der König hier?

Belfatis' Anwesenheit und schlimmer noch Ajunas Fehlen, zertrümmerten Iridons ohnehin schon brüchige Mauer aus Entschlossenheit und Selbstbewusstsein. Gut, dass er saß, sonst hätten ihm seine Beine den Dienst versagt, er wäre zu einem Häuflein Elend zusammengesunken zu Füßen jener, denen er sich überlegen fühlte.

»Der Grund Eures Hierseins«, erklang Belfatis' klare Stimme, »dürfte Euch bekannt sein.«

Nicht wissend, ob dies als Frage oder bloße Feststellung gemeint war, fühlte sich Iridon genötigt, etwas zu erwidern. Er öffnete den Mund – doch bevor ein Laut seine Lippen passierte, fuhr der König fort.

»Ihr habt den guten Willen, den man Euch entgegenbrachte, durch Euer arglistiges Verhalten schamlos ausgenutzt und Schande über unser Volk gebracht. Nicht nur habt Ihr das wahre Ziel Eurer Forschungsexpedition verschleiert« – Belfatis sagte *Forschungsexpedition*, als hätte er das Wort vorab zerbissen –, »nein, überdies habt Ihr auf eigene Faust eine Petition zu den Zwergen abgeschickt, in der Ihr darum batet, Einsicht in die Chroniken aus den Zeiten der Totenkriege zu erlangen.« Bebend schöpfte der König Atem und ein Hauch von Rot überzog seine Wangen. »Ich weiß nicht, was schwerer wiegt: Eure Verlogenheit oder Eure Dreistigkeit!«

»Mein König«, haspelte Iridon, »bitte glaubt mir, es liegt mir fern ...«

»Schweigt!«, donnerte Belfatis.

Iridon zuckte zusammen und selbst durch die Ratsmitglieder ging ein Ruck. Seine Wangen brannten in jäher Scham. Getroffen schlug er die Augen nieder.

»Man sollte Euch für alle Zeit den Mund verbieten! Ihr seid kein fehlgeleiteter Geist, kein Gossenjunge, dessen Worte man einfach abtun kann! Ihr seid Wissenschaftler, Ihr doziert an der Universität, Ihr seid Magier und Forscher und – noch schwerwiegender – ein Mitglied des Äußeren Rats! Wie konntet Ihr es wagen, diesen Brief zu schreiben?«

»Es ... es war nur aus dem Wunsch geboren, der Wissenschaft einen Dienst zu erweisen, die Vergangenheit sachte zu enträtseln, auf dass man daraus Schlüsse ziehen kann, die ...«

»Euch ist doch bewusst, dass die Totenkriege ein heikles Thema sind, gerade bei den Zwergen! Seit Langem schon pflegen wir ein äußerst freundschaftliches, einvernehmliches und ersprießliches Verhältnis zu ihnen. Das war nicht immer so – und Ihr setzt alles daran, diese Beziehungen zu zerrütten! Die Zwerge sind – gelinde gesagt – sehr verstimmt über Eure Bestrebungen. Ich weiß nicht, was ich tun soll, wenn Ihnen zu Ohren kommt, was Ihr im Tal der tausend Schädel getrieben habt! In Garyat wird über Euch an jeder Ecke gemunkelt und es würde mich nicht wundernehmen, sollte diese delikate Angelegenheit eines Tages die Ohren der Zwerge erreichen. Hofft, dass dies nicht geschieht, denn eines lasst Euch gesagt sein: Geradestehen werdet *Ihr* dafür. Wir werden *Euch* opfern, ein Exempel statuieren, um das Verhältnis zu den Zwergen geradezurücken. Durch Eure indiskutablen Handlungen habt Ihr Euch womöglich mehr eingebrockt, als Ihr im Moment ahnt.«

Iridon schluckte und ihn schwindelte, die Welt drehte sich wie aufgezogen vor seinen Augen und es bedurfte ungeheurer Konzentration, um einen klaren Gedanken zu fassen. »Ich hegte keinerlei böse Hintergedanken bei meinen Handlungen. Vielmehr galten meine Bemühungen dem Ziel, die Wissenschaft voranzubringen.«

Der König machte eine wegwerfende Handbewegung. »Unsere Wissenschaft ist weit genug und sie entwickelt sich ständig weiter.«

Sie drehte sich im Kreis! Iridons Trotz kehrte zurück und er umarmte ihn wie einen alten Freund. Der Schwindel ließ nach und er schöpfte tief Atem. Welchen Fortschritt gab es auf dem Gebiet der Magie in den letzten Jahrzehnten? Keinen!

»Wir gehen den Weg des Stillstands«, wagte Iridon zu sagen und hielt dem Blitzen aufleuchtender Augen stand. Belfatis faltete die Brauen und seine Lippen wurden noch schmaler.

Das Ratsmitglied neben ihm, Djarlak, ein ergrauter, hagerer Mann, beugte sich zum König und flüsterte etwas.

Dieser nickte und fixierte Iridon. »Eure Worte zeigen deutlich, wie wenig ernst Ihr die Angelegenheit nehmt. Statt zu reflektieren, inwieweit Eure Vergehen der Gemeinschaft schaden, geht Ihr den Weg der Konfrontation.« Er schüttelte den Kopf. »Euer Vater war ebenfalls von heißblütiger Natur, doch er wusste, was er sich erlauben konnte und was nicht. Im Gegensatz zu Euch wog er Nutzen und mögliche Konsequenzen ab. Diese Fähigkeit lasst Ihr vermissen. Vielleicht denkt Ihr, dass Euch allein Euer Name schützt, doch damit liegt Ihr falsch. Mag Euer Urgroßvater auch ein Held gewesen sein und Euer Vater ein verdientes Mitglied der Gesellschaft und ebenfalls von großem Charakter, so seid Ihr, Iridon Vulkola, ganz allein verantwortlich für Eure Taten, und diese unter dem Schutzmantel Eures Familiennamens auszuführen, rückt Euer Tun in ein noch düstereres Licht.«

Hier saßen sie, die Weisesten der Weisesten – und was taten sie? Tadeln, rügen, sich in ihrer eigenen Rechtschaffenheit und moralsauren Vollkommenheit suhlen wie Schweine im Dreck! Sie prangerten an, dass er nicht über seine Verfehlungen nachdachte. Und sie? Hatten sie auch nur einen Herzschlag lang darüber nachgesonnen, ob sein Beispiel vielleicht etwas Neues einläuten könnte, ein wissenschaftliches Umdenken vielleicht, dass man in Zukunft auch bis dato Unerforschtes erkundete, selbst wenn diesem der Hauch des Unheilvollen umwehte? Natürlich hatten sie das nicht!

Was er auf der Forschungsreise zu Lumithar gesagt hatte, sah sich in diesem lächerlichen Tribunal bestätigt.

Hier saß der siebenfache Beweis.

Iridon verzog das Gesicht. »Ihr alle seid von solcher Hoffart und Selbstüberhebung, dass Euch das wahrhaft Große verborgen bleibt. Wenn Ihr damit zufrieden seid, hinter Eurer Mauer aus Weltklugheit zu sitzen und in Selbstzufriedenheit zu schwelgen – dann nur zu!«

Stille, als fehle mit einem Schlag die Facette von Tönen, die man normalerweise hörte: das Rascheln von Papier, das Knarzen von Holz, wenn jemand den Sitz verlagerte, Husten, Räuspern, gedämpfte Geräusche aus anderen Teilen der Ratshalle.

Iridon vernahm den eigenen Atem. Schneller und schneller kam dieser, in heftigen Stößen; er krallte die Finger um die Stuhllehnen und spannte den Körper, als würde Belfatis jeden Moment in die Höhe schnellen, zu ihm stürzen und ihn ohrfeigen.

Jedoch, der König blinzelte nicht einmal, blieb im Gegensatz zu den anderen Ratsmitgliedern, auf deren Miene sich Bestürzung malte, ganz ruhig.

»Wir ziehen uns zur Beratung zurück«, ließ sich der König vernehmen. Nacheinander erhoben sich die Mitglieder und entschwanden durch eine Seitentür, ohne Iridon eines Blickes zu würdigen.

Er blieb zurück, allein und vor allem überrascht ob des raschen Rückzuges. Anscheinend hatten seine Worte einen Nerv getroffen oder aber diese Moralprediger hatten nicht damit gerechnet, dass ihnen jemand Kontra gab.

Ein Lächeln zupfte an Iridons Mundwinkeln. Beinahe hätte er sogar schallend gelacht – hätte sich in diesem Moment die Tür nicht schon wieder geöffnet. Rasch verbannte er jede Spur von Erheiterung aus seinem Gesicht. Tief in seinem Inneren flüsterte eine Stimme, dass er den Bogen weit, weit überspannt hatte ...

Sein Tribunal nahm wieder Platz. Diesmal jedoch beanspruchte Djarlak den Stuhl des Wortführers für sich, der König saß neben ihm.

»Der Hohe Rat fällt folgendes Urteil«, eröffnete der knittrige Djarlak mit seiner rostigen Stimme. »Mit sofortiger Wirkung wird Iridon Vulkola seines Amtes als Mitglied des Äußeren Rates enthoben. Darüber hinaus wird ihm bis auf Weiteres seine Lehrerlaubnis an der Universität entzogen, damit er mit seinem subversiven Gedankengut nicht die unbedarften Gemüter seiner Studenten infiziert.« Djarlak blickte an dieser Stelle von dem Zettel, von dem er ablas, einen Moment auf, wohl um sich an Iridons Schrecken zu weiden, dann fuhr er fort: »Zum Zeichen seiner Reue hat Iridon Vulkola ein Schreiben an Zwergenkönig Gomgrash von Mjallanor zu verfassen, in dem er sich für seine unerlaubte, da weder vom Rat noch vom König abgesegnete Bitte entschuldigt, ihm Einsicht in die Chroniken über die Totenkriege zu gewähren. Nebst einem Ausschluss aus dem wissenschaftlichen Plenum bis zum Ende des Jahres wird der *Jirnat* über ihn verhängt, beginnend mit dem morgigen Tag. Alle zwanzig Tage wird Iridon Vulkola vorgeladen, und erst wenn eine Abstimmung positiv verläuft, wird der *Jirnat* aufgehoben.« Djarlak ließ das Papier sinken und legte die Hände mit den Fingerkuppen aneinander.

Das Einzige, was sich in Iridon noch regte, war sein Herz, obwohl er sich wunderte, dass es noch schlug und nicht wie der Rest von ihm einfach erstarrt war.

Mit einem Schlag war er auf die soziale Stellung eines Beinaheverbrechers abgerutscht. Im Grunde war der *Jirnat* nichts anderes, als im Kerker eingesperrt zu sein, nur dass es dem Verurteilten erlaubt war, die Strafe in seinem Eigenheim abzusitzen. Dennoch durfte er sein Anwesen nicht verlassen, zu keiner Zeit, aus keinem Grund. Wagte er es dennoch und man sah ihn, stand es jedem Einwohner Garyats frei, ihn am Hauptplatz an den Pranger zu stellen, auf dass man ihn mit faulem Obst bewarf. Das wiederum verlängerte die zu verbüßende Strafe. Setzte er sich gar zur Wehr, wenn man ihn ergriff, würde der *Jirnat* in den *Torklash* übergehen, dem Einsitzen im Kerker.

»Habt Ihr noch etwas zu sagen, Iridon Vulkola?«, fragte Djarlak mit unverhohlener Häme.

Oh ja! Sehr viel sogar!

Er hob die Augen, atmete ein und sagte leise: »Ich akzeptiere die Entscheidung des Hohen Rates und gelobe Besserung.«

Djarlak wirkte enttäuscht, als er sich daraufhin erhob. »Damit ist das Urteil gefällt. Ihr dürft gehen.«

Iridon stand auf, verneigte sich vor Belfatis, machte auf dem Absatz kehrt und zog von dannen.

Draußen angelangt, beschirmte er seine Augen vor dem Sonnenglast, der von den weißen Fassaden der umliegenden Bauten abstrahlte und ihm nach dem matten Sickerlicht in der Ratshalle blendete. Er blickte nach rechts über die leichte Senke, in der die Dächer Garyats lagen, und versuchte, sich das Gefühl von Freiheit und Weite einzuprägen, das ihn überkam. So bald würde er das nicht mehr erleben. Ab morgen wüsste jeder seinen Namen, würde jeder sein Gesicht kennen. Noch schlimmer, als auf unbestimmte Zeit ein Gefangener zu sein, wog die Tatsache, dass der *Jirnat* einem Rufmord gleichkam. Sein gesellschaftliches Ansehen war auf lange Zeit unwiderruflich geschädigt.

Störte ihn das?

Er horchte in sich hinein. Im Moment konnte er es nicht sagen, war er doch wie betäubt von der Strafe, die er in dieser Härte nicht erwartet hatte.

Wäre es anders gelaufen, wenn er geschwiegen oder Belfatis gar nach dem Mund geredet hätte?

Iridon straffte seine Schultern und ging die Stufen hinab, seine Augen weiterhin in die Ferne gerichtet, wo die Wasserflächen der Mangrovensümpfe im Westen Garyats wie Spiegel schimmerten. Nein, so weit käme es noch, dass er sich aus Angst vor Strafe bei irgendjemandem anheischig machte – und sei es der König! Während er ziellos durch Garyat streifte, wälzte sein Gehirn unablässig die sich aus der Bestrafung ergebenden Implikationen hin und her.

Erstens, sein Ansehen hätte ab morgen einen gehörigen Knacks.

»Drauf geschissen«, knurrte er in das gutturale Krächzen eines Vogels über ihm. An sich vermied er Kraftausdrücke und Vulgärsprache, in diesem Fall aber passte es einfach. Tat sogar ganz gut, war irgendwie ... befreiend.

»Drauf geschissen!«, rief er nun, und einige Passanten schielten in seine Richtung.

Grinsend ging Iridon weiter.

Zweitens, er hatte seine beiden Posten verloren, sowohl den Magister an der Universität als auch den im Äußeren Rat: Das mit der Universität schmerzte unvermittelt, wie ein hauchfeiner Schnitt unter dem Fingernagel, und er schloss die Hände, wie um sie zu schützen. Ja, das hatte ihm Freude bereitet, weniger aus dem Grund, dass er anderen etwas beibringen konnte, sondern eher, weil man ihn anhimmelte. Auf den Sitz im Äußeren Rat und die damit verbundenen Zusammenkünfte, die oft mehrere Stunden dauerten, um über irgendwelche Banalitäten zu palavern, konnte er hingegen getrost verzichten.

Drittens, man hatte ihn daheim eingesperrt: Und dort lag Beruns Buch, das der Entschlüsselung seiner Mysterien harrte.

»Ihr wisst es nicht, aber damit habt ihr Euch einen Bärendienst erwiesen, ihr Idioten!«, gluckste Iridon. »Statt mich zu bestrafen, habt ihr mich belohnt!«

Zuversicht machte sich in ihm breit. Sein Hauptaugenmerk galt Beruns Buch – und nun zwang man ihn gleichsam dazu, hinter dessen Geheimnisse zu kommen; ihm blieb ja nichts anderes übrig, als sich damit zu befassen, wollte er vor Langeweile nicht überschnappen!

Er blieb stehen, mitten auf der Straße, und verneigte sich wie ein Höfling. »Besten Dank, Eure Durchlaucht!«

Erneut erntete er schiefe Blicke.

Völlig egal.

Ist der Ruf erst ruiniert, lebt es sich ganz ungeniert ...

Viertens – und das war der Punkt, der alle anderen beeinflusste, gut wie schlecht –: Was würde Ajuna sagen? Überhaupt, wo war sie im Moment? Aus Scham geflüchtet? Vom Rat wegen Befangenheit ausgegrenzt worden? Mit einer Aufgabe beschäftigt, die keinen Aufschub duldete, sodass Belfatis eingesprungen war?

»Lächerlich!«, schnaubte Iridon und ließ sich auf einer Bank nieder, die in einem kleinen Ziergarten unter einer Trauerweide stand, die angenehmen Schatten spendete. Einen Steinwurf entfernt plätscherte ein Brunnen in der Form einer geöffneten Blüte, und irgendwo krächzte ein Vogel.

Er würde seine rechte Hand darauf verwetten, die ganze Angelegenheit war ein abgekartetes Spiel gewesen. Sie hatten Ajuna durch Belfatis ersetzt, der durch das Aufgeben seiner Position des Redners seine zweite Stimme eingebüßt und somit nur eine zur Verfügung hatte, was die Summe wieder ungerade machte. Sieben Stimmen, alle gegen Iridon.

Und noch eines war – Iridon knirschte mit den Zähnen, da es ihm erst jetzt auffiel, viel zu spät, sonst hätte er noch etwas Gift verspritzen können – ganz klar, und zwar diese Farce einer Urteilsverkündigung. Das Aufsetzen der Anklageschrift hatte kaum Zeit in Anspruch genommen, was nur eine Schlussfolgerung zuließ: Sie war bereits vor seiner Anhörung fertig gewesen.

Sie meinten, ihn damit zu treffen. Da hatten sich die Herrschaften allerdings grundlegend getäuscht!

»Am Ende werde ich der lächelnde Sieger sein«, fauchte er und stand auf.

Abermals krächzte ein Vogel. Iridon sah zum Brunnen – und erstarrte. Kopfüber am Rand des steinernen Blütenkelchs hing die Fledermaus. Er blinzelte, dachte, er säße einem Trugbild auf. Die Kreatur verschwand nicht, sondern musterte ihn aus dunklen, wissenden Augen. Dieselbe Fledermaus, die ihn bei der Steppe der tausend Schädel zur Klamm und letztendlich zu Beruns Buch geleitet hatte.

Was geschah hier? Das war unmöglich! Sie war ihm gefolgt – oder war es eine andere Fledermaus? Nur ein Zufall?

Die Fledermaus streckte die ledrigen Flügel, stieß sich ab und kreiste über dem Brunnen. Dann schwenkte sie nach links in Richtung einer Gasse. Iridon schüttelte seinen Schreck ab und lief ihr nach. Ehe er sich versah, rannte er durch Garyat, den Blick in den Himmel gerichtet. Aus den Augenwinkeln bemerkte er, wie man ihn – das wurde allmählich zur Gewohnheit – schief anguckte. Manche Elfen richteten die Augen zu dem Punkt, wo die Fledermaus flog, doch entweder sahen sie das Tier nicht oder es war ihnen egal.

Er gelangte zurück zum Park, die Fledermaus aber hielt sich abseits, ihr Ziel eine Gruppe alter Bäume, die hinter einem steinernen Wall aufragten.

Iridon wurde langsamer – der Heldenfriedhof.

»Was soll das?«, flüsterte er, als die Fledermaus auf einem der Äste landete und ihn auffordernd anschaute.

Zögernd durchschritt er den Steinbogen, der zu den verwitterten Grabtafeln und rissigen Mausoleen führte. Es war, als betrete er nicht nur eine alte Grabstätte, sondern eine andere Welt. Lichtpunkte sprenkelten den Boden, wo die Kraft der Sonne einen Weg durch das dichte Blätterdach fand, und brachten Blütenstaub zum Leuchten, der träge in der Luft hing und durcheinanderwirbelte, als er an den Gräbern vorbeistreifte.

Hier ruhten die Großen und Mächtigen des Elfenvolkes: Könige, verdiente Mitglieder des Hohen Rats und furchtlose Krieger. Schon lange war er nicht mehr an diesem Ort gewesen. Vor einer mit Arabesken verzierten Steintafel hielt er an, zu seinen Füßen eine wuchtige Grabplatte, verfärbt von Wind und Wetter und an manchen Stellen leicht geborsten.

Sein Familienname schwang sich in schwungvollen und kunstvoll ziselierten Lettern über die Platte und auf der Steintafel stand die Geschichte seines Urgroßvaters Bjarnak, des großen Helden, der Molgrash tötete und seiner Familie somit eine Grablege im Kreis dieser illustren Runde verschaffte. Nicht nur er und seine Frau waren hier beigesetzt, sondern auch sein Sohn, Vjurnok, Iridons Großvater, und Malrakur, sein Vater, der vor zweiundzwanzig Jahren gestorben war. Ein frisches Blumengesteck zierte die Grabplatte, das Werk Ajunas. Sie kümmerte sich um die letzte Ruhestätte von Iridons Vater und Mutter, obwohl dies eigentlich Teil seiner, Iridons, Obliegenheiten war. Jedoch, er mied den Friedhof, wenngleich es niemals Unstimmigkeiten zwischen ihm und seinen Eltern gegeben hatte. Vielleicht lag es daran, dass er insgeheim fürchtete, die Fußstapfen seiner Vorfahren könnten zu groß für ihn sein – oder weil der grandiose und strahlende Ruf der Familie Vulkola auf einer Lüge fußte?

Es war ein Wintertag gewesen, an dem sein Vater starb. Eine dicke Schicht Neuschnee bedeckte Garyat an jenem Nachmittag. Die Sonne versteckte sich hinter bauschigem Gewölk, als wolle sie trotz der weißen Pracht nicht hinsehen. Ein kalter Wind pfiff durch die Straßen, griff in die just niedergegangenen Flocken, wirbelte sie hoch und heftete Bäumen und Bauwerken weiße Fahnen an. Schwarz hätten sie sein sollen. Iridon warf einen verstohlenen Blick in das abgezehrte, welke Gesicht seines Vaters. Die Krankheit hatte ihm das Fleisch von den Knochen gefressen und die Augen hockten übergroß im schmalen Gesicht. Sie waren auf dem kleinen Balkon und sein Vater blickte auf das Weichbild der Stadt. Er saß gegen das mit Kissen gepolsterte Kopfende des Bettes gelehnt, das man auf seinen Wunsch nach draußen geschafft hatte. Decken hüllten seinen ausgemergelten Körper ein, er sah dadurch aus wie ein dicker Wurm mit einem winzigen Kopf. Dass er noch lebte, verriet nur das Blinzeln seiner matten Augen. Iridon behagte das Schweigen, auch wenn er nicht wusste, weshalb sein Vater ihn an seiner Seite wünschte, hatte er doch geflüstert, er wolle seine letzten Momente allein verbringen. Alles war gesagt, sie hatten sich verabschiedet und deswegen fühlte er sich fehl am Platz, wie ein Eindringling, der den letzten Wunsch eines Sterbenden missachtete.

»Iridon«, erklang da die vertrocknete Stimme.

»Ich bin hier, Vater«, erwiderte er und sein Herz begann zu klopfen, einerseits, weil er sich davor fürchtete, seinen Vater zu verlieren, andererseits, weil er seinen Namen so schwermütig ausgesprochen hatte, als laste ein schreckliches Gewicht auf seiner Seele, das erst verschwinden musste, ehe sie emporsteigen konnte in die göttlichen Gefilde.

»Es gibt noch etwas«, keuchte sein Vater, »das ich dir sagen muss. Eigentlich wollte ich darüber nicht sprechen, doch schlimme Träume plagen mich.«

Iridon schluckte.

»Offenbar soll ich es nicht mit ins Grab nehmen, dieses Geheimnis, sondern an dich weitergeben. So zumindest deute ich die Träume. Die Wahrheit darf nicht mit mir begraben werden.« Er hustete, was seinen Körper so durchbeutelte, dass eine der Decken zu Boden rutschte.

Iridon hob sie auf und breitete sie über seinen Vater aus.

Da, wie ein verdorrter Kohlstrunk, schoss seines Vaters Hand hervor und umfasste Iridons Handgelenk.

»Hör zu, mein Sohn.«

Iridon setzte sich auf die Bettkante und strich seinem Vater über die kalte Stirn. »Deine Träume werden dir nicht folgen. Nichts wird deine Seele daran hindern, den Weg zu den Göttern zu finden.«

Sein Vater lächelte schwach. »Mag sein, aber ich will es loswerden, ehe ich gehe. Die Zeit drängt.« Er schöpfte Atem, doch schien es, als gelänge kaum Luft in seine Lungen. »Mein Vater sagte es mir, als es mit ihm zu Ende ging, und ihm davor sein Vater, unser erlauchter Vorfahr, der Held unseres Geschlechts.«

»Bjarnak«, sagte Iridon.

Sein Vater nickte. »Dein Urgroßvater war ein Held, ein großer Held sogar, der weder die Gefahr noch den Tod fürchtete. Er stellte sich gegen den, der Unglück über alle brachte, stellte sich ihm entgegen.«

»Er erschlug ihn.«

Der Griff der dünnen Finger wurde stärker und ein Zittern durchlief den hageren Körper. »Nein«, hauchte sein Vater. »Er traf ihn, doch ob er starb oder nicht ...«

»Ich verstehe nicht ...«, hauchte Iridon.

»Der, der Unglück über alle brachte, taumelte getroffen zurück, dann jedoch warfen sich seine Schergen auf Bjarnak und er musste zurückweichen. Er war der letzte Überlebende des Vorstoßes und so blieb ihm nichts anderes, als zurückzuweichen.«

»Die unheiligen Diener, sie sanken zu Boden und erhoben sich nicht mehr!«

»Ja«, bestätigte sein Vater, »die Totenkriege waren vorbei, das Verderben abgewendet. Endgültige Gewissheit jedoch«, der Griff wurde schlaffer, »erlangte Bjarnak nie. Als er heimlich zu der Stelle zurückkehrte, an der er den, der Unglück über alle brachte, glaubte erschlagen zu haben, fand er keinen Leichnam.«

»Seine Häscher werden ihn fortgeschafft haben.«

»Vielleicht«, schnaufte sein Vater, »vielleicht aber auch nicht ...«

Die Finger lockerten sich, die Hand sank herab und ein letzter Atemzug bebte auf spröden Lippen.

Übermannt von seinen Erinnerungen, setzte sich Iridon auf die Hacken und strich mit der Hand über die Grabplatte. Nach einiger Zeit erhob er sich und sah zum Baum.

Keine Fledermaus. Als wäre sie nie da gewesen.

Unsicher suchten seine Augen die Umgebung und den Himmel ab.

Nichts.

Er fuhr sich mit der Hand durchs Haar und schüttelte den Kopf. Er kannte Bjarnaks Geschichte, weil die Wahrheit seinen Vater bis zuletzt nicht losgelassen hatte, und er, Iridon, fand ein Buch, das ein Schlüssel zu jener Zeit war, fand diesen Schlüssel durch eine sonderbare Fledermaus, die ihn bis nach Garyat gefolgt war.

Ein Fingerzeig des Schicksals?

War *alles*, was in jüngster Vergangenheit geschehen war, ein Fingerzeig?

Iridon schüttelte den Kopf. Er glaubte nicht an Zufälle. Aber genauso wenig glaubte er an Schicksal oder beseelte Fledermäuse.

Er verließ den Friedhof und kehrte nach Hause zurück.

Ein Buch wartete darauf, gelesen zu werden.

sie, während sie sich aus dem schleierfeinen Gewand schälte, in dem sie ihre Morgenübungen beging. »Aber doch mit Abstand der heikelste.«

Iridon hörte nicht hin, sondern konzentrierte sich ganz und gar darauf, Ajunas Körper zu bewundern: die Brüste, den flachen Bauch, den Streifen Schamhaar, ihre langen Beine. Erregung wallte in ihm hoch. Er ging zu ihr, drückte sich von hinten an sie, sodass sie sein Glied spürte.

Sie zögerte. »Das ist jetzt nicht der ...«

Seine Hand wanderte über ihren Bauch, zum Nabel, tiefer nach unten, legte sich zwischen ihre Schenkel. Ein Beben durchlief ihren Körper.

»Iridon, du bist unmöglich ...«

Ihre Finger nestelten an seinem Gürtel herum, öffneten diesen und seine Hose rutschte hinab. Ihre Hand umschloss seinen Penis und massierte ihn.

Er stöhnte auf, dann drehte er sie zum Bett, drückte ihren Rücken nach unten, sodass sie in der Hüfte abknickte, und drang in sie ein. Er legte seine ganze Nervosität in den Akt, seine Anspannung, die linde Furcht vor den Repressalien, er packte sie bei den Hüften und stieß schnell und hart zu.

Ajuna krallte die Hände ins Laken und keuchte hinein.

Mit einem unterdrückten Schrei ergoss er sich in ihr. Schwer atmend löste er sich. Sie drehte sich herum, blickte ihn wie benebelt an, erfülltes Schmachten im schmalen Spalt ihrer Augen.

»Du bist unverbesserlich«, wisperte sie und lächelte.

»Ich liebe dich.«

Sie umarmte und küsste ihn inniglich. »Und ich dich.«

Wenig später legte sie ihre weite, weiße Robe an, der ein lederner, mit Silberfiligran verzierter Gürtel die Taille gab. Ein schmuckloser Stirnreif aus schwarzem Metall komplettierte die Amtstracht eines Mitglieds des Hohen Rates. Sie sah blendend aus, doch es war nicht ihre Schönheit, weswegen sie Eindruck machte beim Rat, sondern ihre Logik und Eloquenz, so ausgefeilt und überzeugend, dass sie fast jeden davon überzeugen könnte, dass Regen eigentlich nach oben fiel.

»Wir sehen uns später«, sagte sie leicht wehmütig, gab ihm einen letzten Kuss und ließ ihn allein.

Seufzend wandte Iridon sich dem Spiegel zu und prüfte seinen Habitus: cremefarbenes Seidenhemd mit einer schwarzen Weste darüber,

Kapitel 8

Aufgewühlt ließ Avi ihren Blick über die Toten schweifen, die das diesseitige Ufer des Radash säumten; Männer, Frauen, auch Kinder, von Pfeilen niedergestreckt, die die lantrischen Soldaten auf der anderen Seite der Brücke abgefeuert hatten, die den träge dahingleitenden Strom, den Radash, überspannte. Seit heute Morgen harrten sie inzwischen hier aus, an der Seite von Flüchtlingen, die zusehends in Panik verfielen, da die Lantrier allem Anschein nach klare Anweisungen hatten, keinen einzigen Flüchtling in ihr Land zu lassen. So steckten die Vertriebenen Vandurs hier fest; hinter ihnen Dämonen, die sie töten wollten, vor ihnen Menschen, die das Gleiche vorhatten. Sie alle waren Gefangene zwischen den Klötzen eines Schraubstocks, der sich langsam schloss. Sie hatte mit angesehen, wie ein Mann, dessen Sohn krank in den Armen seiner Frau lag, verzweifelt rufend und bittend die Brücke betreten hatte. Bis zur Mitte war er gekommen. Nun lag er, einen Pfeil in der Brust, neben einer toten Frau, die wohl bereits seit mehreren Tagen auf den Holzbohlen verweste.

Halron, seine Männer, Lantyria und Krax beratschlagten sich leise, was sie tun konnten. Avi stand abseits, ein paar Meter von Lormak entfernt, der brütend auf einem niedrigen Stein hockte und auf die Soldaten, Pferde und Zelte jenseits der Brücke stierte. Auf dem Weg hierher war er schweigsam gewesen und vorausgeritten, versunken in Gedanken, warf gelegentlich aber einen Blick in ihre Richtung. Was seine Augen dabei ausdrückten, konnte Avi nicht deuten. Immerhin hatte er weder versucht, sie zu fesseln, noch war er in Reibereien mit Halrons Mannen geraten. Verschlossen und distanziert, und doch trieb er die Gruppe in stummer Wut voran, als säße ihm etwas im Nacken – oder als jage er etwas hinterher. Seine Vergangenheit wolle er zurück, hatte er zu ihr in der Taverne gesagt – aber wie konnte man seine Erinnerungen jagen? Wohin zog es ihn? Er drehte den Kopf in ihre Richtung, ein Blick, kühl, emotionslos, wie immer eben. Avi kehrte ihm den Rücken zu und gesellte sich zu den anderen. Halron blickte auf und die Sorge in seinem Gesicht wich für einen Moment.

»Was sollen wir tun?«, fragte Avi.

»Wie es aussieht«, entgegnete Halron, sah fragend in die Runde und erntete nickende Zustimmung »werden wir dem Radash nach Süden folgen, darauf hoffend, dass die Dämonen sich an Birramor die Zähne ausbeißen und den Korashzug nicht so rasch überwinden. Nicht mehr lange, und sie sind hier – und dann sollten *wir* weg sein.«

»Und dann?«

Halron zuckte die Schultern. »Vielleicht finden wir eine Furt, warten bis zur Nacht und überqueren sie.«

Avi machte einen nachdenklichen Laut. »Eine Furt, die die lantrischen Soldaten nicht kennen?«

»Hast du eine bessere Idee?«, fragte Boras gereizt, der mit untergeschlagenen Beinen am Boden saß und Grashalme herausrupfte. Hitze schoss Avi in die Wangen.

Halron legte ihm beschwichtigend die Hand auf den Unterarm. »Wir alle sind derzeit angespannt. Statt uns gegenseitig zu zerfleischen, sollten wir besser nach Lösungen suchen. Hierbleiben dürfen wir jedenfalls nicht.«

»All dieses Leid«, sagte Lantyria traurig und seufzte. »Diese Menschen brauchen Hilfe. Ich verstehe die lantrischen Soldaten nicht.«

Halron nickte. »Vieles lässt sich nicht verstehen, wenn ein Krieg droht. Leider können wir ihnen nicht helfen.«

»Und wenn wir ein paar von ihnen mitnehmen?«

Der Hauptmann presste die Lippen zusammen. »Glaubt mir, nichts würde ich lieber tun. Aber sie würden uns nur aufhalten, so bitter das jetzt klingt.«

Schritte erklangen. Lormak trat an die Gruppe heran. Schweigen senkte sich herab.

»Gebt mir zwei Schilde«, sagte er.

Verdutzt sah Halron ihn an. »Was hast du vor?«

»Zwei Schilde«, wiederholte Lormak.

Ein Blick in sein Gesicht jagte Avi einen Schauder über den Rücken. Es sah entschlossen aus, doch das war es nicht, was sie den Atem anhalten ließ: Ein zweiter Ausdruck verbarg sich unter dem ersten, der die Entschlossenheit nur als Maske nutzte, etwas Wildes und Unberechenbares, fernab jeglicher Vernunft. Fernab allem Menschlichen?

Halron nickte und seine Männer schafften zwei schwere Eisenschilde heran.

»Deine Brünne«, sagte Lormak zu Halron, »brauche ich auch.«

»Sie wird dir nicht passen.« Halron war groß und kräftig, doch Lormak überragte ihn um mehr als einen halben Kopf, und Arme und Schultern schwollen vor Muskeln.

»Ich brauche sie nur kurz.«

Avi dämmerte, was er vorhatte. »Du bist verrückt, Lormak. Sie werden dich umbringen!«

Sein rechter Mundwinkel rutschte herab. Der Versuch eines Lächelns? »Sie werden es zumindest versuchen.«

Boras erhob sich und musterte Lormak kühl. »Wir werden dir nicht zu Hilfe eilen.«

Lormak sah ihn an. »Weiß ich.«

Jetzt hatte er komplett den Verstand verloren!

Lantyria trat an Lormak heran. »Wir werden einen anderen Weg finden.«

»Keine Zeit.«

»Woher willst du das wissen?«

Lormak schaute an ihr vorbei zu Avi. »Ich spüre es. Ich spüre *meinesgleichen*!«

Avi erschrak und wich einige Schritte zurück.

»Du wirst sterben«, sagte Lantyria.

»Möglich.«

Lormak hob die Arme, als Halron und zwei weitere ihm den Panzer anlegten. Sie vermochten ihn kaum zu schließen, weil sein Brustumfang so groß war. Schnaufend zogen und zerrten sie an den Arretierungen, drückten von vorne und hinten gegen den Stahl, Lormak atmete aus, hielt die Luft an. Mit fliegenden Fingern zog Halron die Lederriemen fest.

Lormak ließ die Arme sinken. »Verdammt noch eins«, brummte er, »ehe ich die andere Seite erreiche, bin ich erstickt. Die Schilde«, fügte er dann hinzu. Halron schob sie ihm über die Unterarme.

»Dein Helm«, sagte Lormak zu Boras.

»Ist ein Erbstück«, blaffte dieser zurück.

»Gib ihm den Helm«, befahl Halron.

Grummelnd nahm Boras den Helm ab und warf ihn Lormak vor die Füße. Aus einem Impuls heraus bückte Avi sich, hob ihn auf und setzte ihn auf Lormaks Haupt. Ihre Blicke trafen sich.

»Es tut mir leid«, sagte er, dann wandte er sich ab und ging auf die Brücke zu.

Sie war wach gewesen, vor drei Tagen, an jenem Abend, als er sich später bei Krax entschuldigte. Er stand neben ihr, sie stellte sich schlafend und wartete, dass er dies auch bei ihr tat. Stattdessen stapfte er davon und ließ sie enttäuscht zurück.

Konsterniert blieb sie stehen und sah ihm nach, bange Vorahnung im Herzen. Das würde er nicht überleben. Falls er starb, hätte sie im Grund ein Problem weniger. Dennoch wollte sie nicht, dass ihm etwas zustieß. Sie wusste einfach nicht, was sie von ihm halten sollte. Einerseits war er grob, ja brutal, andererseits ahnte sie, welche Überwindung es ihn kostete, jemanden um Verzeihung zu bitten. Mensch und Dämon, vereint in einem Wesen. Sehnte er sich insgeheim nach dem Tod, damit dieser ihn von seiner inneren Zerrissenheit erlöste?

»Hoffentlich verreckt dieser Bastard!«, zischte der Mann mit der Halbmondnarbe, den Lormak bewusstlos geschlagen hatte. Das Veilchen um sein linkes Auge schimmerte violett im frühmorgendlichen Licht und die ganze linke Gesichtshälfte war immer noch geschwollen.

»Halt die Klappe!«, blaffte sie ihn an.

Der Mann schnellte auf die Beine und näherte sich ihr, die Fäuste geballt.

»Pentrak!«, donnerte Halron. »Reiß dich am Riemen, verdammt noch mal!«

»Diese Schlampe soll aufpassen, was sie sagt!« Wutentbrannt stampfte Pentrak von dannen.

»Arschloch!«, wisperte Avi und richtete den Blick auf Lormak, der, einem menschlichen Belagerungsturm gleichend, die Brücke betrat.

Die Flüchtlinge hatten sich auf die Beine erhoben und starrten auf den offensichtlich Lebensmüden, der gerade den ersten Fuß auf das Holz setzte. Auch auf der anderen Seite hatte man Lormak bemerkt und es kam Bewegung in die Soldaten, während Lormak, beide Schilde vor den Körper haltend, den Kopf eingezogen, ohne Säumen voranstrebte.

Rufe erschollen aus Richtung der Soldaten, die überrascht waren, dass jemand auf diese Weise versuchte, die Brücke zu überqueren.

Ein Mann mit rotem Helmkamm und im Sonnenlicht glänzender Schulterrüstung brachte Ordnung in die umherwuselnden Soldaten und deutete auf Lormak, der nun die Mitte der Brücke erreichte, wo die verwesende Frau und der tote Familienvater lagen. Ohne innezuhalten, stieg er über die Leichname. Da sauste der erste Pfeil heran. Er verfehlte Lormak und versank in den Fluten. Der nächste bohrte sich eine Handbreit vor ihm ins Holz. Dann gab es ein metallenes Scheppern, als der dritte Todesbringer an einem der Schilde zersplitterte. Der gleiche Laut. Dieser Pfeil allerdings durchschlug den rechten Schild. Die Spitze ragte eine Fingerlänge nahe Lormaks Unterarm heraus.

Schmerz durchzuckte Avis Handflächen und sie bemerkte erst jetzt, dass sie die Fäuste so fest ballte, dass die Nägel sich in ihr Fleisch gruben. Ihr Herz schlug ihr bis in den Hals und bei jedem Treffer zuckte sie zusammen.

Aus den Reihen der Flüchtlinge wurden Rufe laut; die einen wollten Lormak zur Umkehr bewegen, die anderen feuerten ihn an. Frauen hielten ihren Kindern die Augen zu und sogar einige Männer wandten sich mit Schrecken ab, als mehr und mehr Pfeile auf Lormak einprasselten, ein dissonantes Konzert aus Blechtönen. Dennoch, er stampfte weiter voran, ein stahlbewehrter Koloss, ein Wesen aus den Legenden.

Noch ein paar Meter, aber Lormak wurde langsamer. War er getroffen? Avis Atem fing sich in der Kehle – er sank auf die Knie! Zwar hielt er die Schilde weiterhin vor sich, doch er kam nicht mehr voran. Der Offizier mit dem roten Helmkamm rief etwas und das Pfeilgewitter flaute ab.

»Komm, steh auf!«, flehte Avi.

Das Gegenteil geschah.

Lormak ließ die Schilde sinken – und kippte langsam nach vorne.

Avi hob die Hand vor den Mund.

Plötzlich schnellte Lormak in die Höhe und sprintete los, die Schilde wieder in Position.

Vor Schreck ließ einer der Soldaten seinen Bogen fallen und auch die anderen wirkten paralysiert.

Erst ein Schrei ihres Vorgesetzten riss sie aus ihrer Starre. Da jedoch war Lormak heran. Ein hastig abgefeuerter Pfeil, der an ihm vorbeipfiff, dann knallte er, beide Schilde nach vorne schiebend, in den Ring aus Bogenschützen, sprengte ihn auseinander und pflügte hindurch. Soldaten stürzten zu Boden und Lormak benutzte die Schilde als Waffen, hieb damit um sich.

Die Flüchtlinge waren schier außer sich. Sie brüllten und frohlockten, und die Ersten rannten bereits auf die Brücke.

»Der Kerl ist mehr als nur ein Mensch«, murmelte Halron, kaum dass er sich zu Avi gesellt hatte. Er schüttelte den Kopf, sein Gesicht eine Mischung aus Bewunderung und Unglauben, dann wies er seine Männer an, Lormak zu Hilfe zu eilen.

Avi versuchte, einen Blick auf ihn zu erhaschen, doch zu viele Leute waren auf der Brücke und verstellten die Sicht auf das Geschehen.

Ihr war ganz leicht im Kopf, als sie sich Halrons Männern anschloss, Adrenalin rauschte durch ihren Körper.

Vor ihr schrie jemand auf und stürzte. Es war ein älterer Mann, der sich am Handlauf festhielt, weil ein Pfeil in seinem Bein steckte.

Kurz darauf warfen die Soldaten ihre Bögen fort und rannten davon oder schwangen sich auf Pferde. Nur einige wenige blieben, doch Knüppelschläge, Tritte und Messerstiche bescherten ihnen einen schnellen Tod. Ein Hieb mit einem Dreschflegel verwandelte ein vor Entsetzen verzerrtes Gesicht in einen grauroten Brei, Hirn spritzte auf den Boden. Angewidert warf Avi den Kopf zur Seite und sah den Kommandanten, der stocksteif dastand und mit großen Augen nach unten auf die Klinge schielte, die Lormak gegen seinen Hals drückte. Es war ein junger Kerl, höchstens Mitte zwanzig, mit Sommersprossen und einer Knubbelnase. Nachdem auch der letzte Soldat tot oder geflohen war, richteten die Flüchtlinge ihre hasslodernden Blicke auf den Offizier, dessen Beine zu zittern begannen, doch Lormak hielt ihn aufrecht, sein Gesicht unbewegt, die Augen kalt unter der Stirnwulst des Helms.

»Du verdammter Bastard!«, kreischte da eine Frau. Sie drückte ihr krankes Kind einer anderen Frau in die Arme, schnappte sich einen Dolch, der in schlaffen Soldatenfingern ruhte, und näherte sich dem jungen Mann. Er versuchte, sich freizuwinden, aber genauso gut hätte er versuchen können, die Glieder einer Eisenkette aufzusprengen.

Da trat Lantyria vor und stellte sich in den Weg der Frau. »Haltet ein! Zu viel Blut ist bereits geflossen.«

»Nein!«, schrie die Frau. »Sterben soll er! Er hat meinen Mann auf dem Gewissen. Unser Kind ist krank, mein Mann wollte nur, dass sie uns vorbeilassen. Und nun ist er tot!« Ihre Stimme schnappte über und Speichel tropfte ihr von der Unterlippe. Sie tat einen Schritt nach vorn. Halron sprang herbei und entriss der Frau die Waffe.

»Genug!«, brüllte er. »Der Mann ist unbewaffnet! Wir sind nun in Lantra. Da wollten wir hin. Jeden Moment, den wir vergeuden, ist ein Gewinn für die Dämonen. Holt Eure Habseligkeiten und verschwindet!«

Ungläubig sah die Frau sich um. Nach und nach gingen die Menschen zurück auf die andere Seite.

»Ihr wollt ihn am Leben lassen?«

Da drückte ihr die andere Frau das kranke Kind in die Arme und entfernte sich. Entgeistert starrte sie auf ihren Sohn. Sie blinzelte, dann rollten Tränen über ihre schmutzigen Wangen und sie sank auf die Knie. Lantyria legte ihr die Hand auf die Schulter und sprach leise zu ihr, während Halron und seine Männer zu Lormak gingen, der die Klinge sinken ließ und »Hau ab!« zu dem Offizier sagte. Der stolperte ein paar Schritte, ehe er seine Trittsicherheit wiederfand und zur Rückseite einer alten Kate lief. Einen Moment später erklang ein Wiehern. In vollem Galopp peitschte der Offizier sein Pferd zu einem nahen Hügel und überquerte die Kuppe.

»Das wäre geschafft«, sagte Halron erleichtert.

Avi seufzte und bedachte Lormak mit einem kurzen Blick. Sie war froh, dass er noch lebte, obwohl sie ihm mehr als einmal den Tod gewünscht hatte.

Plötzlich taumelte Lormak zur Seite, fing sich jedoch und schleppte sich zu einem Stapel Holzkisten, auf dem er sich niederließ. Erst jetzt sah Avi die abgebrochenen Pfeile, die in der Brustpanzerung steckten. Drei Stück, einer im Bauch, einer links in der Schulter, der letzte nahe dem Herzen. Lormak hustete. Blut perlte über seine Lippen.

Halron und seine Männer zögerten, tauschten Blicke. Pentrak zog sein Schwert und fasste Lormak ins Auge.

»Entledigen wir uns einer Bürde«, sagte er, ein hasserfülltes Glitzern in den Augen.

Avi erwartete, dass Halron einschritt. Der Hauptmann jedoch schien unentschlossen und sah lediglich zu, wie Pentrak losstapfte.

Lormak sah ihn, wollte aufstehen, sank jedoch zurück. Sein ganzer Leib zitterte, er atmete heftiger, sodass weitere Blutfäden von seinem Kinn tropften.

Nein!

Avi sammelte ihren Mut und wollte Lormak beschützen – da bekam sie Hilfe von unerwarteter Seite: Erst dachte sie, ein Kind sprang Lormak bei. Aber es war Krax, der sich, ein Kurzschwert in den feinen Händen, vor Lormak stellte. Unter zusammengeschobenen Brauen blitzten zornige Augen und seine Stimme schwankte keinen Deut, als er rief: »Wenn du ihn umbringen willst, musst du auch mich töten!«

Pentrak verhielt seine Schritte und schaute den Zwerg halb staunend, halb belustigt an. »Geh beiseite, du Gnitze.«

»Er hat sein Leben für uns alle riskiert. Ist das dein Dank?«

Hinsichtlich der Vermutung, dass Lormak diesen todesverachtenden Sturmlauf aus reiner Sorge um die anderen Gruppenmitglieder gemacht hatte, hegte Avi Zweifel: Er tat, was seiner Sache dienlich war. Dass andere hieraus ebenfalls Nutzen zogen, interessiert ihn, wenn überhaupt, nur am Rande. Trotzdem hatte er Dutzende Menschenleben gerettet. Sonderbar, dass gerade er sich einen matten Schimmer Heldenglanz verdient hatte.

Drohend hob Pentrak seine Klinge. »Aus dem Weg!«

Krax schluckte. Etwas Maskerade war anscheinend doch im Spiel, denn seine Furchtlosigkeit bekam Risse.

Avi gab sich einen Ruck und lief zu Krax, legte ihm die Hand auf die Schulter und reckte das Kinn vor. »Hör auf, Pentrak!«

Er spuckte ihr vor die Füße. »Lormaks Fickschlampe setzt sich für ihn ein – wie nett!«

»Lormak hätte fester zuschlagen und dir deine hässliche Visage ganz zertrümmern sollen!«, zischte sie zurück und riss ihr Schwert heraus.

»Na warte, du …« Pentrak holte aus.

Da tauchte Halron hinter ihm auf, umfasste den Arm, bog ihn zur Seite und fegte ihm die Beine weg. Pentrak knallte auf den Rücken und einen Wimpernschlag später touchierte die Spitze seines eigenen Schwertes seinen Hals.

»Das reicht, Pentrak. Ein Krieger Vandurs gebärdet sich nicht auf diese Weise!«

»Vandur gibt es nicht mehr!«, knurrte Pentrak, wischte die Klinge mit der Hand weg, sprang auf und stapfte von dannen.

Avi steckte das Schwert zurück. Dieses Mal bedankte sie sich nicht bei Halron. Dafür hatte er zu lange gezögert.

Sie befreiten Lormak von Rüstung und Wams, und Lantyria erhitzte Wasser. Inzwischen waren die Flüchtlinge fort und viele hatten sich bei Lormak bedankt, der das jedoch kaum wahrgenommen hatte, da Schmerz und Schwäche ihn zwischen Wachsein und Ohnmacht pendeln ließen.

»Schneidet sie heraus«, murmelte Lormak, als er kurz die Kraft fand zu sprechen.

»Ich weiß nicht, ob er das überlebt«, wisperte Halron zu Avi und Lantyria.

Lormak öffnete die Augen. »Das werde ich.«

Halron zuckte die Schultern, stand auf, ging zu dem Feuer, zog einen Dolch und glühte ihn in den Flammen aus. Er wartete einige Momente, bis die Klinge nicht mehr bläulich schimmerte, und schnitt den Pfeil in der Brust heraus.

Avi schluckte bittere Galle zurück, als die Haut auseinanderklaffte und ein Schwall Blut sich über Brust und Bauch ergoss. Die Pfeilspitze kam frei. Sofort drückte Lantyria feuchte Tücher darauf, die sich in Kürze rot färbten.

»Er ist in der Tat ein verdammt zäher Kerl«, meinte Halron, nachdem er den letzten Pfeil entfernt hatte. »Ein normaler Mensch hätte diese Verletzungen nicht überlebt – und schon gar nicht damit gekämpft.« Beeindruckt musterte er Lormak, der erneut in eine Ohnmacht abgedriftet war, und erhob sich. »Dennoch ist mit der Bursche nicht geheuer. Die Male auf seinem Körper. Sie sehen aus wie ...« Er ließ den Satz verklingen, sein Blick jedoch sagte alles. »Selbst wenn ich ihm Respekt für den Mut zolle, den er heute bewiesen hat, würde ich uns allen raten, sich so bald wie möglich von ihm zu trennen.« Dabei ruhten seine Augen auf Avi, die Lantyria beim Anlegen der Verbände half. Offenbar erwartete er, dass sie ihm zustimmte.

Avi aber schwieg. Nichts anderes hatte sie die ganze Zeit vorgehabt, ihr Gefühl jedoch sagte ihr, dass sie Lormak nicht verlassen durfte. Sollten Kjala und seine schwarzen Reiter sie eines Tages aufspüren, würden weder Halron und seine Männer noch jemand anderes sie beschützen können.

Halrons Züge verhärteten sich und er wandte sich ab.

»Der Hauptmann hat sein Herz an dich verloren«, murmelte Lantyria nach einiger Zeit.

»In diesen Zeiten ist kein Platz für derlei.«

»Gerade in düsteren Stunden sollte die Stimme des Herzens nicht ungehört verhallen.«

Avi entgegnete nichts. Nachdem der letzte Verband festgezogen war, schafften sie Lormak mit Krax' Hilfe und der zweier von Halrons Männern in die baufällige Kate. Ein Tisch und zwei Stühle standen darin sowie ein notdürftiges Strohlager, auf das sie Lormak legten.

»Nun müssen wir warten«, sagte Lantyria und verließ die Hütte. Krax ließ sich an dem Tisch nieder, öffnete das Metallkästchen und holte Buch, Tintenfass und Gänsekiel hervor. Avi setzte sich zu ihm, das Kinn auf den Kelch ihrer Handflächen gestützt.

Krax gähnte geräuschvoll und wischte sich über die Augen. »Zwar bin ich das Reisen gewohnt, aber nicht, wenn mir eine Dämonenarmee auf den Fersen ist.«

»Du warst sehr mutig.«

Krax lächelte verlegen. »Ehrlich gesagt habe ich mir vor Angst fast die Beinlinge eingenässt.«

»Herz und Mut sind die wichtigsten Tugenden eines Kämpfers«, wiederholte Avi Lormaks Worte.

Krax wrang die Finger ineinander und schaute auf die Tischplatte. »Es war kein Mut, sondern Angst; Angst, Lormak zu verlieren, sodass er uns nicht mehr beschützen kann. Ohne ihn sind wir verloren, sollten die Dämonen uns einholen.«

Sie nickte.

»Vorhin habe ich Pentrak und Boras tuscheln hören. Sie wollen ohne Lormak weiterziehen. Seine Dämonenmale jagen ihnen Angst ein.«

»Sollen sie. Um Pentrak ist es nicht schade.«

Sie versanken in Schweigen und Krax begann zu schreiben. Das Kratzen der Feder empfand sie als angenehm und beruhigend, und nach einer

Weile döste sie vor sich hin. Bilder aus vergangenen Tagen erhoben sich aus den Tiefen ihrer Gedanken und paradierten an ihrem inneren Auge vorbei: ihre Zieheltern, Furdas, Nurok, ihre richtigen Eltern, an deren Gesichter sie sich nicht erinnern konnte.

Eine tiefe Stimme zerriss das Erinnerungsgeflecht.

»Ich habe Hunger.«

Erstaunt drehte Avi sich herum.

Auf die Ellenbogen gestützt, lag Lormak im Bett und blickte Avi und Krax mit schief gelegtem Kopf an. »Was ist?«

»Äh? Was soll es denn sein?«, fragte sie, weil ihr nichts Besseres einfiel.

Lormak grinste, was die Aura der Düsterkeit, die ihn sonst zu umgeben pflegte, im Nu zerstreute. »Hauptsache, es ist viel …«

Von der Anhöhe aus hatten sie einen Blick auf Fjalkraag, die erste Stadt hinter der Grenze. Regenfahnen wischten aus düsteren Wolkenbergen über die Landschaft und schienen die Farben aus der Natur zu waschen, sodass alles in dreckigem Braun und Grau lag. Es war eine alte Stadt, deren Schutzwall nicht von Menschenhand geschaffen schien, sondern wie eine zu Stein erstarrte Ausstülpung der Erde, aus einer Zeit, da noch kein Mensch auf Yur gewandelt war. Vor der wuchtigen Mauer lag ein Meer aus Zelten, ähnlich einer Pilzkolonie, die unkontrolliert wucherte. Zwischen ihnen stemmten sich unzählige kleine Lagerfeuer gegen den Regen. Avi dämmerte, weshalb das Militär Order hatte, keine weiteren Flüchtlinge über die Grenze zu lassen: So, wie das Land im Regen ertrank, so ertrank Lantra in Menschen. Wer sollte so viele hungrige Mäuler stopfen? Die Stadttore waren geschlossen, und das am Nachmittag, was wohl hieß, dass die Stadt eine ähnliche Doktrin verfolgte wie die Grenzsoldaten: Bloß niemanden mehr hereinlassen! Die Hoffnung, wenigstens für eine oder zwei Nächte ein Dach über dem Kopf zu haben, schien dahin.

»So eine verdammte Kacke!«, fluchte Boras und schlug mit der Faust auf seinen Oberschenkel. »Wo soll das noch enden?«

Die verbliebenen Männer aus Halrons einst stolzer Schar von Lanzenreitern stimmten ein. Einige von ihnen hatten die Gruppe eh schon verlassen, um auf eigene Faust nach ihren Familien zu suchen. Halron eingerechnet, waren es noch acht Mann; dazu kamen Krax, Lantyria, Lormak und sie selbst, Avi.

Halron wischte sich mit der Hand über das nasse Gesicht. Regentropfen platschten vom Rand seiner durchtränkten Kapuze. »Was bleibt uns anderes, als unser Glück zu versuchen? Schlimmstenfalls lassen sie uns nicht hinein.«

»Unsere Vorräte halten nicht mehr lang«, sagte jemand.

Halron zuckte die Schultern. »Wenn wir beteuern, unsere Schwerter in ihren Dienst zu stellen, haben wir vielleicht etwas in der Hand, um reinzukommen. Ich denke, die können jede Klinge brauchen, die sie kriegen.«

»Na dann los«, brummelte Boras und ritt voran, »bevor uns vor lauter Gequassel noch mehr Regen in den Mund läuft ...«

»Wartet«, unterbrach einer von Halrons Männern. »Ich werde nicht mit euch reiten und Jakbar auch nicht.« Die beiden Krieger verabschiedeten sich von Halron und den anderen, ein paar verhuschte Worte, traurige Mienen, dann wandten sie ihre Pferde und ritten gen Osten davon. Die Gruppe schaute ihnen nach, bis die Wasserwände sie verschluckten. Schweigend führten sie ihre Rösser nach Fjalkraag. Bald erreichten sie eine Straße, aufgeweicht und von Rädern zerwühlt, eine einzige Schlammpfütze, sodass sie abseits ritten.

Avi war bis auf die Knochen nass; seit Stunden regnete es schon und sie zitterte wie Espenlaub, die Finger waren trotz Handschuhen kalt, die Füße eisige Klumpen. Ihre Kraft reichte gerade noch aus, sich im Sattel zu halten. Selbst die Pferde schienen am Ende, trotteten mit gebeugtem Kopf und schüttelten ab und an ihre wassertriefende Mähne. Das Prasseln des Regens dröhnte in den Ohren, das dumpfe Platschen zerplatzender Tropfen auf der Kapuze würde sie bald in den Wahnsinn treiben. Überall auf der Straße waren riesige Lachen, deren Oberflächen blubberten und Blasen warfen. Wenig später erreichten sie die ersten Ausläufer der behelfsmäßigen Zeltstadt. Hohlwangige Gestalten tauchten aus dem rauschenden Grau auf und verschwanden wieder, darunter viele Frauen und Kinder. Sie waren die Opfer eines Krieges, den es schon seit zwanzig Jahren gab, und dennoch schien dieser Lantra völlig unvorbereitet zu treffen. Falls die paar Soldaten, die die Grenze abriegelten, das ganze Aufgebot Lantras darstellten, war es nur eine Frage der Zeit, bis auch dessen Einwohner zu Flüchtlingen wurden. Wer würde der Gefahr Paroli bieten? Oder würde die Dämonenwelle ungehindert durch alle Menschenreiche schwappen und sie einfach niederreißen?

»Was ist eigentlich mit deinem Volk?«, fragte sie Krax, der zusammengekauert neben ihr ritt.

Langsam drehte er den Kopf und sah sie erschöpft an. »Wie meinst du das?«

»Nun ja, erkennen die Zwerge die Gefahr, die von den Dämonen ausgeht?«

»Wir wissen Bescheid.«

»Das kann alles und nichts heißen.«

Er zuckte die Schultern. »Ich bin schon eine Weile fort aus Mjallanor, und was die Weisen entscheiden, werden sie einem bloßen Chronisten nicht unterbreiten.«

»Merkst du denn wirklich nicht, was geschieht? Das Schicksal Yurs steht auf dem Spiel! Erst Landaskan, nun Vandur – und Lantra wird auch fallen.«

»Die Menschen haben schon einmal gegen die Dämonen gewonnen«, gab Krax zu bedenken.

»Das ist mehr als zehn Jahre her.«

»Na und? Sieg ist Sieg.«

»Damals wurde die Bedrohung ernst genommen. Vandur und Lantra taten sich zusammen und – wenn ich mich recht entsinne – auch ein Zwergen-Kontingent beteiligte sich. Denkt plötzlich jeder, nur weil die Dämonen ein paar Jahre die Füße stillgehalten haben, dass sie faul und träge geworden sind? Sie haben die Zeit genutzt, um stärker zu werden denn je!«

Krax strich sich das Wasser von seinem Backenflaum. »Mag sein, Avi. Aber was können wir unternehmen?«

»Nichts«, antwortete sie niedergeschlagen, »das ist es ja.«

Inzwischen war das Stadttor in Sicht. Avi hatte erwartet, es von Menschen belagert zu sehen, doch das war nicht der Fall. Kaum jemand war dort, als hätten die Flüchtlinge eingesehen, dass man sie nicht hereinließ.

Eine Hand krallte sich in Avis Hose.

Ein offener Mund, verfaulende Zahnhälse in schwärendem Fleisch, darüber glasige Augen und wirre, verfilzte Haarsträhnen.

»Eine Münze für eine alte Frau«, bat die rostige Stimme.

Avi griff zu ihrem Beutel und fischte eine Kupfermünze heraus, die sie in eine vertrocknete Hand fallen ließ.

Die Alte neigte den Kopf in Dankbarkeit: »Möge Iandra, Göttin des Lebens, über dich wachen.«

»Und über dich«, erwiderte Avi, immer noch erschrocken, und sah der Frau nach, wie sie humpelnd zwischen den Zelten verschwand.

Dann ragte das Stadttor vor ihr auf, viel höher als aus der Ferne vermutet und flankiert von zwei wuchtigen Ecktürmen, über deren Zinnen die Wurfarme von Katapulten ragten.

Halron stieg vom Pferd, seine Stiefel versanken in dem Matsch und schmatzten bei jedem Schritt. Entschlossen klopfte er gegen das schwere Tor, über dem eine Steinfratze mit krausem Haar und herausgestreckter Zunge hing. Sie diente dazu, böse Geister von der Stadt fernzuhalten: Lantrier waren berüchtigt für ihren Aberglauben und verstanden diesbezüglich keinen Spaß. Scherze über Geisterwesen sollte man sich in ihrer Gegenwart verkneifen.

Nach einer Weile öffnete sich ein Sehschlitz. »Wir lassen keine Flüchtlinge herein. Anordnung des Präfekten.«

»Mein Name ist Halron Fallas. Ich bekleide den Rang eines Hauptmannes in der vandurischen Armee und bringe Nachrichten über die Geschehnisse in meinem Heimatland.«

»Wir wissen, was vor sich geht.«

»Mit Verlaub, das jedoch bezweifle ich.«

Ein zögernder Laut, dann: »Meine Befehle sind eindeutig. Niemand darf die Stadt betreten.«

»Meine Krieger und ich wären bereit, unsere Schwerter in den Dienst Lantras zu stellen. Und glaubt mir, angesichts dessen, was ich gesehen habe, könnt ihr jede Klinge gebrauchen.«

Kurzes Schweigen. »Verflixt noch eins …«, kam es einen Moment später.

Das rasselnde Zurückziehen eines Riegels, ein Poltern, das das Tor erbeben ließ, und einer der beiden Flügel schwang bis zur Hälfte auf. Sofort schoben sich einige Lanzenträger hindurch und bildeten einen Ring um den Eingang.

Halron, die Zügel seines Pferdes in der Hand haltend, trat geduckt hindurch, gefolgt von seinen Männern, dahinter ritten Krax, Lantyria und Lormak.

»Von zwei Weibern war nicht die Rede«, brummte die Wache, ein struppbärtiger, breitschultriger Kerl.

»Sie«, Halron deutete auf Avi, »ist einer der besten Bogenschützen Vandurs, bekannt als die Hüterin, und sie«, diesmal wies sein Finger auf Lantyria, »die Hohepriesterin von Birramor.«

»Wie auch immer«, winkte der Lantrier ab und musterte die Gruppe. »Mit was füttern sie euch«, fragte er an Lormak gewandt, »dass ihr so groß werdet?«

»Mit Dämonenfleisch«, erwiderte Lormak ohne jeden Anflug von Humor.

Die Wache hob die Augenbrauen, kratzte sich am Bart und brummelte: »Folgt mir.« Sie stieg auf ein kleines Pferd, das sichtlich unter dem Gewicht litt, und führte sie in die Stadt. Wimmelte es draußen vor Menschen, war Fjalkraag regelrecht ausgestorben. Den Schwanz eingezogen, kreuzte ein Hund ihren Weg, ehe er in eine enge Gasse huschte. Erst als sie einen Marktflecken erreichten, sah Avi zwei Männer, die gegen den Regen geduckt zu einer Taverne strebten. Allerdings trugen sie Rüstungen und waren bewaffnet. Einen normalen Bürger entdeckte sie nirgends. Noch sonderbarer mutete an, dass aus kaum einem Schornstein Rauch stieg, und das bei diesem Wetter. Bevor sie den Burghügel erreichten, passierten sie ein großes Lagerhaus, vor dem sich ein Dutzend bis an die Zähne bewaffnete Soldaten aufhielten. Ungeachtet ihrer Armierung wirkten sie verängstigt oder zumindest tief besorgt. Was sie wohl bewachten?

Hier stimmte etwas nicht! Avi ignorierte den Druck in ihrer Brust, der stärker wurde, als sie die Burg erreichten, gedrungen und genauso alt und abstoßend wie die Stadtmauer: kleine Fenster, kaum größer als die Schießscharten, hohe Zinnen, der Stein von schleimigem Flechtbewuchs überzogen.

Ihr Führer redete mit den Torwachen, die froh schienen, wieder in ihr Wachhaus zu fliehen, dann ritten sie in den Burghof, das Klopfen der Hufe vom Regenrauschen gedämpft.

Sie stiegen ab, banden ihre Pferde fest und betraten die Haupthalle. An der Wand blakten Fackeln in schwarz gerußten Eisenhalterungen neben verblichenen Gobelins, und obwohl es wärmer war als draußen und allein die Abwesenheit von Regen ein Labsal war, haftete Avi sofort ein muffiger Geruch in der Nase.

»Nur zwei dürfen mit«, sagte ihr Führer, »der Rest wartet hier.«

Halron blickte in die Runde, dachte nach. »Ich gehe mit Avi. Sie kennt sich über die Vorkommnisse am besten aus. Ist das in Ordnung?«

Sie nickte.

Es ging erst eine Treppe hinauf, danach einen Korridor entlang bis zu einer schweren Eichentür, vor der zwei Soldaten standen. Im Gegensatz zu ihren Kameraden, die die Grenze abgeriegelt hatten, und jenen in der Stadt strahlten ihre Wappenröcke frisch und sauber in den Farben Lantras, Gelb und Blau, und das Wildschweinemblem auf der Brust wirkte so kunstvoll, als würde der Eber jeden Moment grunzend herunterspringen.

»Ich habe Gäste für den Präfekten«, sagte die Torwache.

Die Männer traten beiseite und öffneten die Tür.

Ein großer Mann mit grausilbernen Strähnen im Haar stand an einem Tisch über eine Karte gebeugt, den Zeigefinger an die dünnen Lippen gelegt.

Ohne aufzuschauen, fragte er: »Was gibt es?«

»Verzeiht die Störung. Dies ist Halron Fallas, ein Hauptmann der vandurischen Armee. Er sagt, er habe wichtige Informationen.«

Mit einem Halblächeln sah der Präfekt zu Halron und Avi. Seine Nase war lang und schmal, darüber glühten die wachen Augen eines Habichts. »Vandurische Armee. Die gibt es nicht mehr, seit König Gorn von Landaskan sie vor mehr als dreißig Jahren vernichtend schlug.«

Halron straffte sich und seine Augen blitzten verärgert.

Der Präfekt winkte ab. »Verzeiht, Hauptmann. Das war eine Beleidigung, ausgesprochen von einem Mann, den im Moment zu viele Sorgen plagen. Mein Name ist Klarvas, Statthalter von Fjalkraag, nachdem der Fürst aufgrund der jüngsten Ereignisse …« Er räusperte sich. »Nochmals, Verzeihung.«

Halron nickte knapp.

»Welche Neuigkeiten bringt Ihr aus Vandur? Keine guten, nehme ich an, wenn ich an die Flüchtlingsmassen vor den Toren denke.« Klarvas zerbiss ein Lachen zwischen den Zähnen.

»Mit dieser Einschätzung liegt Ihr leider richtig. Vandur«, Halron schöpfte Atem, seine Stimme quittierte ihm fast den Dienst, sodass er den Rest nur noch herauspressen konnte, »ist gefallen. Bis zum Radash ist alles in Dämonenhand und es ist nur eine Frage der Zeit, ehe Birramor und die anderen Städte nahe der Grenze überrannt werden – so dies nicht bereits geschehen ist.«

»Du kannst gehen, Fulgor«, sagte Klarvas zu dem Wachsoldaten, der sie hergeführt hatte. Dieser verneigte sich, verließ den Raum und schloss die Tür. Nun tunkte Klarvas eine Schreibfeder in ein Tintenfass auf dem Beistelltisch und zeichnete etwas in die Karte. Zuletzt zog er eine dicke Linie, die, so glaubte Avi von ihrem Standpunkt aus zu erkennen, den Radash symbolisierte.

»Das ist wirklich beunruhigend«, schloss er und legte die Feder beiseite. Die Hände auf die Tischplatte gestützt, fasste er wieder Halron ins Auge. »An sich wähnte ich die Gefahr dieser Brut nach dem Sieg unserer Truppen gebannt. Anscheinend liege ich da falsch – und alle anderen Befehlshaber auch. Zu lange haben wir nicht in den Norden geschaut, haben vergessen, wenn sie Landaskan und Vandur in die Knie zwingen können, dass auch jedes andere Land in Gefahr ist.«

»Lantra und die anderen Reiche müssen ihre Streitmächte vereinen«, meldete sich Avi zu Wort, »andernfalls wird dieser Plage niemand Herr.«

Klarvas' Augenbrauen hoben sich. »Wer ist diese hübsche Frau an Eurer Seite, Hauptmann?«

»Ihr Name ist Avi. Sie kämpfte ganz zuvorderst gegen die Brut, ehe sie sich meiner Einheit anschloss. Nicht nur ist sie eine begnadete Bogenschützin, auch ist ihr Wissen über die Dämonen sehr fundiert, weswegen sie mir eine große Hilfe ist. In den Grenzlanden nennt man sie auch die Hüterin.«

»Was heißt zuvorderst?«

»Ich kämpfte allein«, erwiderte Avi. »Diese Biester zu töten, ist meine Aufgabe.«

Klarvas blinzelte, als argwöhnte er, dass man ihm gerade einen Bären aufband. »Wie auch immer … Nun, was bleibt uns denn anderes übrig, als dieser Bedrohung die Zähne zu zeigen?« Er ballte die Faust, doch die Geste konnte die fehlende Überzeugung in seiner Stimme nicht wettmachen.

»Erlaubt mir eine Frage«, bat Avi.
»Natürlich.«
»Wo sind die Bewohner Fjalkraags? Die Stadt erscheint mir seltsam leer.«
»Oh das«, lächelte Klarvas und rieb Daumen und Zeigefinger der rechten Hand gegeneinander, »das ist ganz einfach zu erklären. Ja«, sagte er dann gedehnt, »die Nahrungsknappheit eben. Wir haben die Stadt evakuiert, da mehr und mehr Flüchtlinge auftauchten. Unsere Vorräte schwinden rasch, reichen gerade so für die Soldaten. Deswegen haben wir die Bevölkerung ... in Sicherheit gebracht.«
Avi runzelte die Stirn. »Sie sind ohne Murren gegangen?«
»Etwas Nachdruck war natürlich vonnöten«, gab Klarvas zu, »doch angesichts der nahenden Bedrohung war dies der einzig richtige Schritt. Panik wäre ausgebrochen, hätte man die Dämonen vor den Stadtmauern gesichtet. Nun können meine Männer und ich die Stadt halten, solange wir wollen. Selbst Gorn hätte sich seinerzeit an unseren Mauern die Zähne ausgebissen.«
»Normalerweise ...«, begann Avi, überlegte es sich jedoch anders.
»Ja?«, hakte Klarvas nach.
»Nun, normalerweise kündigen sich die Dämonen nicht dadurch an, dass sie johlend auf Stadtmauern zulaufen.«
Ein Muskelstrang zuckte an Klarvas' Hals. »Was meint Ihr damit?«
»Ist nicht so wichtig«, wiegelte Avi ab, »nicht in diesem Fall.«
Die Dämonengeburten läuteten den Niedergang ein. Erst entsprangen sie den Bäuchen von Frauen, manchmal gleich nach der Geburt, oftmals erst Jahre später, eine Saat, die, so glaubte Avi, gepflanzt worden war, als vor zwanzig Jahren alles begann. Erst wenn die Geburten die Moral der Menschen zerstörten, kamen die Bestien, um ihnen auch das Leben zu nehmen. Hier in Fjalkraag mochte sich das Fortschicken der Bevölkerung tatsächlich als Vorteil erweisen: Erstens würden die Bewohner nicht sterben, zweitens würde die Moral der Truppen nicht leiden. Insgesamt sprach einiges dafür, dass, so Fjalkraag durch weitere Truppen aufgestockt wurde, die Stadt zu einem Bollwerk gegen die dunklen Horden werden könnte.
»Eines allerdings«, nahm sie wieder das Wort, »ist wichtig: Entsendet ein Gesuch nach Verstärkung.«

»Mögt Ihr auch geschickt sein mit Pfeil und Bogen«, erwiderte Klarvas mit ein wenig Geringschätzung garniert, »so überlasst die Kunst der Kriegsführung jenen, die etwas davon verstehen. Fjalkraags Verteidigung obliegt nun mir und ich werde diese Aufgabe bewältigen. Ein Teil meiner Truppen bewacht den Radash, der Rest ist hier und in Hurgat, einer stolzen Feste weiter südlich. Das ist, im Fall der Fälle – der nicht eintreten wird – unser Rückzugsort. Ihr seht, es ist an alles gedacht.«

Avi erwiderte nichts darauf und aus den Augenwinkeln sah sie Halrons verkrampfte Lippen.

Truppen am Radash … Wenn sie nicht mal einen einzelnen Mann davon abhalten konnten, die Brücke einzunehmen, wie sollte ihnen das bei Hunderten Dämonen gelingen?

Zu gern hätte sie ihre Gedanken laut ausgesprochen, aber das hätte nichts genützt. Leider schien Klarvas' Verstand nicht so wach, wie seine Augen es andeuteten. Zudem war er eingebildet und von sich überzeugt. Seinen Worten zufolge bekleidete er den Rang des Präfekten erst seit Kurzem und wollte zeigen, dass er der richtige Mann war, um diese Krise zu meistern. Womöglich hoffte er auf weitere Beförderungen. Lantra stand vor einer Invasion – und dieser Großkotz hatte nur seine Karriere im Sinn! Mit möglichst geringer Truppenstärke die Stadt retten und anschließend die Lorbeeren ernten. Bedauerlicherweise war dieser Plan zum Scheitern verurteilt. Schweiß sammelte sich auf Avis Stirn, als sie an Kjala dachte.

Sie mussten hier weg. Diese Stadt war dem Untergang geweiht.

Sie blickte zu Halron. Er deutete ein Nicken mit den Augen an, verstand offensichtlich, was sie meinte.

»Nun denn«, sagte Klarvas, der die Konversation wohl ebenfalls für beendet hielt, »ich danke Euch, Hauptmann, für Eure Informationen. Natürlich würde ich mich freuen, wenn Ihr und Eure Männer …«

Auf einmal wurde die Tür aufgerissen und eine Handvoll Wachen stürmte in den Raum. Im Nu waren mehrere Speerspitzen auf Halron und Avi gerichtet.

»Was soll das?«, fragte Klarvas und wich vom Tisch zurück, bis er den Kamin erreichte und zwei gekreuzte Zierschwerter herabnahm, die über dem Sims hingen.

Unter den Soldaten war auch Fulgor und jetzt betrat ein junger Mann den Raum, den Avi kannte: der junge Offizier von der Brücke, den sie verschont hatten.

»Scheiße!«, wisperte sie und schluckte, als sein Blick von Halron zu ihr glitt. Er war verschwitzt und wirkte erschöpft, seine Knubbelnase jedoch leuchtete rot vor Wut. Hinter ihm kam noch jemand in den Raum und stellte sich neben den jungen Offizier.

Pentrak!

Er warf Avi ein triumphales Hohnlächeln zu.

Dieser dreimal verfluchte Bastard!

In knappen Worten schilderte der Offizier seinem Präfekten, was an der Brücke vorgefallen war.

Als er endete, fragte Klarvas: »Ein einzelner Mann?«

Der Offizier nickte und nun leuchteten nicht nur die Nase, sondern auch die Wangen. »Diese Tatsache beschämt mich, Präfekt, aber zu meiner Entschuldigung muss ich sagen, dass dieser Mann über dämonische Kräfte verfügt.«

»Wie bitte?«

»Begleitet mich in den Saal«, sagte der Offizier, »und überzeugt Euch selbst davon. Selbst mit der Verstärkung, die ich holte, wäre es uns wohl nicht gelungen, ihn zu überwältigen. Nur durch das beherzte Einschreiten dieses Mannes«, er klopfte Pentrak auf die Schulter, der daraufhin vor Klarvas einen Kratzfuß machte, »konnten wir ihn schließlich niederringen.«

Klarvas' Augen wurden schmal. »Ist dieser Kerl einer Eurer Männer?«

»Er bat darum, uns zu begleiten«, sagte Halron und hielt Klarvas' Blick stand. »Die Brücke im Alleingang zu stürmen, war seine Idee, nicht meine.«

Klarvas schaute den Offizier an. »Stimmt das, Radwan?«

»Ich denke schon«, erwiderte dieser, allerdings etwas unsicher. »Jedenfalls griff er allein an. Niemand sonst beteiligte sich. Und ich muss eingestehen, dass dieser vandurische Offizier mir das Leben rettete. Sonst hätten mich die aufgebrachten Flüchtlinge getötet.«

»Hm«, machte Klarvas und wusste offenbar nicht so recht, was er als Nächstes tun sollte. »Nun, zeigt mir erst einmal diese Einmannarmee.«

Nachdem man Halron und Avi die Hände hinter dem Rücken zusammengebunden hatte, führte man sie zurück in die Eingangshalle. Linker

Hand, in einem Chaos aus umgefallenen Bänken und Tischen, saßen einige Männer gegen Säulen gelehnt. Ein paar davon waren wach, andere bewusstlos. Soldaten kümmerten sich um sie, indem sie ihnen kalte Tücher gegen die Blessuren drückten. Lormak lag mit dem Bauch auf dem Boden, der Oberkörper war entkleidet, Hände und Füße mit Seilen verschnürt. Geronnenes Blut klebte an seiner geschwollenen Schläfe, die Wunde selbst war bereits versiegelt.

Avi warf Pentrak einen hasserfüllten Blick zu. Ihn hatte man nicht gefesselt.

Er grinste sie an und leckte sich anzüglich über die Lippen.

Klarvas begutachtete die Zerstörung und die angeschlagenen Soldaten. »Der hat ja ganz schön gewütet.« Er kniete sich zu Lormak und fixierte die Dämonenmale, wobei er einen Deut bleicher um die schmale Nase herum wurde. »Kein Zweifel, sie sehen genauso aus wie …«, murmelte er, brach den Satz jedoch ab.

Genauso wie was?

»Schlagt ihm den Kopf ab und verbrennt den Leichnam«, wies Klarvas an. »Solche Biester kann ich in meiner Stadt nicht brauchen. Und wenn seine finsteren Vasallen folgen, werden wir sie ebenfalls in Stücke hauen!« Er ballte die Faust und seine Soldaten stimmten einen kurzen Jubel an. »Wer will es tun?«

Pentrak trat vor.

»Gebt dem Mann ein Schwert«, befahl Klarvas.

Mit einem Schleifen zog Radwan seine Klinge und reichte sie Pentrak.

Avi schnürte es die Kehle zu.

»Haltet ein!«, erscholl Lantyrias Stimme. Selbstsicher trat sie zu Lormak und fasste Klarvas ins Auge. »Ich bin eine Priesterin der Göttin Jaminara aus Birramor in Vandur und ich wage zu behaupten, mich mit den Gefahren durch Dämonen auszukennen. Meiner Meinung nach ist dieser Mann von einem höheren Dämon befallen, vielleicht sogar einem Wächter.«

Entsetztes Gemurmel sprang auf.

»Umso mehr ein Grund, ihn zu töten!«, rief Pentrak und trat, das Schwert fest umschlossen, einen Schritt auf Lormak zu.

Lantyria warf ihm einen Blick zu, als wolle sie ihn festbannen, und sagte laut: »Es besteht die Gefahr, dass der Dämon den Körper verlässt und sich zu einer gefährlichen Wesenheit manifestiert, nicht mehr an das Fleisch gebunden, sondern wie Luft, nicht zu fangen, nicht zu töten – aber durch und durch böse. Niemand wäre davor sicher. Ein Wächter, der den Weg in unsere Welt findet, wäre eine Katastrophe!«

»Sie lügt doch!«, rief Pentrak.

»Haltet Ihr das für möglich, Priesterin?«, fragte Klarvas verunsichert und stampfte auf den Boden, das Zeichen zur Abwehr des Bösen. Um ihn her folgten die Männer seinem Beispiel, ein dutzendfaches dumpfes Knallen von Stiefelabsätzen.

Avi, vor Schreck immer noch erstarrt, schöpfte Hoffnung. Lantyrias Einfall war genial: Sie machte sich den tief verwurzelten Aberglauben der lantrischen Bevölkerung zunutze, etwas, das Pentrak offensichtlich unterschätzte.

»Das sind doch Ammenmärchen!«, preschte Pentrak weiter voran – und erntete darob erzürnte Blicke.

»Durchaus«, beantwortete sie Klarvas' Frage, ohne Pentrak zu beachten, »sogar für sehr wahrscheinlich. Gebt mir etwas Zeit und ich bereite ein Ritual vor, dass den Dämon nach der Hinrichtung zurück in seine Sphäre schleudert. Ich bin darin geübt, habe es bereits einige Male vollzogen.«

Klarvas rieb sich das Kinn und bekam einen nachdenklichen Blick.

Pentrak indes versprühte neues Gift. »Sie steckt mit Lormak unter einer Decke! Ich weiß es!« Er drehte sich einmal im Kreis und schwenkte seinen Blick über die Anwesenden. »Ich bin sicher, dieser Lormak ist überhaupt kein Dämon«, fügte er hinzu und lächelte siegesgewiss.

Lantyria seufzte lediglich, förderte ein Fläschchen zutage, entkorkte es und träufelte etwas davon auf Lormaks Rücken. Er keuchte auf, Dampf stieg in die Höhe und trug den Geruch verbrannten Fleisches. Die Flüssigkeit ätzte sich in die Haut und hinterließ grellrote Male.

»Seht genau hin!« Lantyria deutete auf die Verletzungen.

Vor den Augen aller begannen sich die Wunden zu schließen und nach einigen Momenten atemlosen Staunens und Schreckens zeigte sich den Betrachtern unversehrte Haut.

»Das ist bloß Augenwischerei!«, begehrte Pentrak auf, doch ein erzürnter Blick Klarvas' brachte ihn endgültig zum Schweigen. An Lantyria gewandt, fragte der Präfekt: »Wie lange dauern die Vorbereitungen?«

Lantyria legte den Finger ans Kinn. »Ein Wächter ... da darf man nichts dem Zufall überlassen. Morgen früh?«

»Wunderbar!«, sagte Klarvas, trat näher zu Lantyria und flüsterte ihr etwas zu, sodass niemand es hörte. Unauffällig vollführte Avi einen Gleitschritt in die Richtung der beiden und spitzte die Ohren.

»Würde es Euch große Umstände bereiten, das Ritual, sagen wir, auszuweiten?«

»Was meint Ihr damit?«

Klarvas schaute sich um, kratzte sich am Hals. »Reden wir später darüber. Nur so viel: Ich habe bereits nach einer Priesterin sowie einem Magus schicken lassen, doch kann es dauern, bis diese eintreffen. Deswegen wäre es mir ein inniger Wunsch, diese Angelegenheit schnellstmöglich – und diskret – zu Ende zu bringen. Kommt in einer Stunde zu mir, dort erfahrt Ihr alles Weitere.«

»Wenn ich Euch helfe, bitte ich darum«, sagte Lantyria bestimmt, »dass meinen Gefährten nichts geschieht und sie sich frei bewegen dürfen. Des Weiteren brauche ich für meine Vorbereitungen die Möglichkeit, Lormak aufzusuchen.«

»Natürlich«, murmelte Klarvas, wandte sich ab, um zu gehen, unterbrach die Bewegung jedoch und beugte sich noch einmal zu Lantyria. »Eines würde mich noch interessieren: Wenn Ihr schon um die Gefahr durch diesen Dämonenbesessenen wisst, weshalb seid Ihr mit ihm gereist? Das halte ich für waghalsig.«

»Ich wollte ihn studieren, um mehr über das Wesen von Dämonen in unserer Welt zu erfahren. Ich hatte vor, ihn zu vernichten, doch die Eroberung Vandurs durch seinesgleichen machte diesen Plan obsolet, weswegen ich Euch sehr dankbar bin, dass Ihr so viel Umsicht und Tatkraft beweist.«

Lächelnd verneigte sich Klarvas und erteilte seinen Leuten, die immer noch Lormak angafften und aufgeregt tuschelten, verschiedene Befehle. Die Verletzten wurden fortgeschafft, das Mobiliar, das nicht beschädigt wurde, an seinen alten Platz gestellt, und Halron und seine Männer brachte man, wie Fulgor sagte, zu einem Wachhaus nahe dem Nordtor, durch das sie gekommen waren.

Fulgor fasste Avi am Arm, doch Lantyria ging dazwischen. »Verzeiht, sie ist meine Assistentin.«

Der Wachmann kniff die Augen zusammen. »Und?«

»Ich brauche sie an meiner Seite.«

Fulgor blickte zu Klarvas. Dieser stimmte mit einem Nicken zu.

»Fein«, sagte Fulgor und ließ Avis Arm los. »Aber ich bleibe bei euch.«

Lantyria zuckte die Schultern. »Wie Ihr meint.«

Aus den Augenwinkeln bekam Avi mit, wie man Lormak hochhob und aus der Burg trug. »Wo schafft man ihn hin?«

Fulgor lächelte und entblößte einen schwarzen Schneidezahn, der sich vom Gelb der übrigen Zähne abhob. »Dort, wo man seinesgleichen eben ... aufbewahrt.«

Einen Moment wusste Avi mit dieser Aussage nicht viel anzufangen; dann jedoch erinnerte sie sich an das von vielen Soldaten bewachte Gebäude am Fuß des Burghügels. Ihr wurde flau im Magen, als sie eine Ahnung bekam, was Klarvas mit Lantyria später besprechen wollte.

Sie fing den Blick der Priesterin auf. Das Flackern verriet die gleiche Bestürzung: Es gab einen viel triftigeren Grund als Nahrungsmittelknappheit für die Evakuierung der Bevölkerung.

Die Dämonen waren bereits hier.

Kapitel 9

Der Regen hatte den Tag in die Nacht begleitet. Unablässig prasselte er auf das mit Holzschindeln gedeckte Dach und seine winzigen Vasallen fanden Risse, durch die sie auf den Boden des Wachhauses tropften und Lachen bildeten. Halron saß mit seinen Männern an einem wackeligen Tisch, Pentrak allein in einer Ecke auf einem Stuhl und brütete vor sich hin. Neben ihm standen zwei Pritschen. Auf einer schlief Krax und schnarchte leise. Avi und Lantyria hockten sich gegenüber auf Schemeln dicht neben der Tür, durch die es kalt zog, Holzschüsseln mit Graupensuppe in den Händen, die sie stumm in sich hineinlöffelten.

Die Tür war nicht verschlossen, draußen jedoch waren Fulgor und seine Mannen: Offiziell waren sie keine Gefangenen, in Wahrheit schon. Wenn sie Lantyria zu Lormak begleitete, um bei den Vorbereitungen für das »Ritual« zu helfen, folgten ihr zwei Soldaten auf Schritt und Tritt. Ungestört reden konnten sie nur hier.

Lantyria tauchte den Löffel ein und kaute, ihrem Gesichtsausdruck zufolge nicht nur die Mahlzeit, sondern auch ihre Gedanken. Düster und ausweglos erachtete sie die Situation und inzwischen bereute sie es, wie sie nicht müde wurde zu wiederholen, Klarvas ihre Unterstützung angeboten zu haben. Wie befürchtet befanden sich in dem schwer bewachten Lagerhaus am Burghügel jene Familien, die ein Dämonenkind zur Welt gebracht hatten. Die Besessenen waren im hinteren Teil der Lagerhalle eingesperrt und ihr Zischen, Fauchen, Heulen und Brüllen, in das sie beizeiten verfielen, ließ einem regelrecht die Haare zu Berge stehen. Anders als in Vandur hatte man die Dämonen nicht erschlagen, sondern überwältigt, weil man offensichtlich damit nicht richtig umzugehen wusste, obwohl Gerüchte über die Plage die Grenze zu Lantra schon vor Längerem passiert hatten. Klarvas hatte nach einer Priesterin sowie einem Magier geschickt, um sich des Problems anzunehmen. Nun war die Rolle, über das Schicksal der Unglücklichen zu entscheiden, Lantyria zugefallen. An sich gab es nur eine Konsequenz: Über kurz oder lang mussten die Dämonen sterben. Die Frage war nur, ob es Lantyria gelänge, Klarvas davon zu überzeugen, dass die Familien frei von jedweder dämonischen Manifestation waren. Falls nicht, blühte ihnen das gleiche Schicksal wie den Besessenen oder Lormak: Hinrichtung. Im Moment konnte Lantyria ihnen lediglich Zeit erkaufen, bevor das Unausweichliche seinen Lauf nahm.

Lantyria stellte die Schüssel auf den Boden, seufzte, stützte die Ellenbogen auf die Knie und legte das Kinn in die zu einer Schale geformten Finger. »Hätte ich nur nichts gesagt ...«

Avi setzte den Löffel ab. »Dann wäre Lormak jetzt tot. So zumindest besteht die Möglichkeit, dass wir irgendwie aus dieser Situation herauskommen.«

»Und wie?«

Avi zuckte die Schultern. »Uns wird schon etwas einfallen.«

»Den morgigen Tag kann ich Klarvas noch hinhalten. Danach wird die Luft dünn.« Das Widerspiel der Tischkerzen glomm matt in ihren müden Augen und die Falten in Stirn und Wangen schienen mit jeder Stunde größer zu werden, tiefe Furchen, in denen sich die Schatten sammelten und ihr Gesicht zu zerschneiden schienen. »Nicht nur für Lormak und die anderen – auch für uns. Solange Klarvas meint, sein Handeln zeitige Erfolge, ist er höflich und wohlmeinend. Aber wehe, er hat das Gefühl, die Dinge entziehen sich seiner Kontrolle ... Das will ich nicht erleben. Er ist gefährlich.«

»Im Notfall müssen wir Lormak befreien.«

Lantyria schnaubte ein Lachen. »Komm mir jetzt nicht wieder mit dem Verbindungstunnel.«

»Das wäre die beste Möglichkeit«, beharrte Avi, da sie mit Halron gesprochen hatte. Er meinte, dass die von Klarvas erwähnte Feste, Hurgat, eine Fluchtburg sei, zu erreichen durch einen unterirdischen Gang. Gerade alte Wehranlagen wie hier in Fjalkraag wiesen dieses Merkmal häufig auf. Es wäre perfekt. Nur, wie sollten sie das anstellen? Sie waren zu wenige, um Lormak zu befreien – so sich überhaupt jemand von Halrons Leuten dazu bereit erklärte –, und überdies unbewaffnet. Ungesehen an Waffen zu kommen, war unmöglich, außer man überwältigte die Wachen vor der Tür. Das würde nicht ohne Blutvergießen vonstattengehen und danach säßen ihnen Klarvas' Männer im Genick. Die Wachen besiegen, Lormak befreien – im Idealfall die Familien gleich mit –, hoch zur Burg, Klarvas nötigen, ihnen den Gang zu zeigen, womöglich sogar die Soldaten in Hurgat bezwingen und dann das Weite suchen. Das als Plan zu bezeichnen, war gewagt – der viel treffendere Begriff war Selbstmord. Auf der anderen Seite lief ihnen die Zeit davon.

Lantyria entwich ein Seufzen aus tiefstem Herzensgrund. »Das ist völlig abwegig. Außerdem wird Halron es ablehnen, das Leben seiner Männer für Lormak zu riskieren. Ohne seine Hilfe brauchen wir diesen Gedanken gar nicht weiterspinnen.«

»Ach, verflucht!«, zischte Avi und hätte die Holzschüssel am liebsten gegen die Holzwand gefeuert. »Wie konnten wir nur so dumm sein, Radwan laufen zu lassen? Es war doch nur logisch, dass er nach Fjalkraag zurückkehren würde.«

»Hätten wir ihn töten sollen?«

Ja! Dann wäre ihnen diese missliche Lage erspart geblieben!

»Nein!«, erwiderte sie stattdessen, wenn auch hitzig. »Es wäre falsch gewesen. Aber«, sie schaute Lantyria an, »was ist heute noch gut oder falsch? Hält man sich an Moral, an die Weisungen Jaminaras und Iandras, bleibt man irgendwann auf der Strecke. Es ist schlimm, aber um zu überleben, muss man sein Gewissen unterdrücken.«

»So denken die Schwachen, Avi«, sagte Lantyria sanft. »Der einfache Weg ist der leichte, natürlich, doch ihn zu gehen, ist nichts anderes als ein Rückschritt. Das Böse lässt die Seele verkümmern, merk dir das. Irgendwann ist nichts mehr übrig: keine Gefühle, keine Freude, nur eine leere Hülle, ähnlich einem ausgehöhlten Baum, der dessen Form zwar nachzeichnet, aber nur noch Rinde ist.«

Avi ließ den Kopf sinken. »Wieso fällt das Gute so schwer? Es ist ungerecht. Ein Haus zu bauen, dauert lang – um es niederzubrennen, genügt eine Berührung mit der Fackel. Was sagt Jaminara dazu?« Trotzig blickte sie wieder hoch.

Lantyria lächelte. »Gerade du sagst so etwas. Das wundert mich ja nun doch.«

Fragend blickte sie die Priesterin an.

»Diese Worte von einer Frau, die ein karges Leben in der Wildnis führt, um die Schwachen zu schützen, indem sie die Bösen bekämpft. Es hätte bestimmt andere Schicksalspfade für dich gegeben, die einfacher gewesen wären. Trotzdem wandelst du auf einem der schwersten.«

Plötzlich grinste Avi. »Hast du jemals im Maulfechten den Kürzeren gezogen?«

Lantyria lachte auf, und die Furchen veränderten ihre Gestalt, von vergrämt zu freudvoll. »Nie!«

»Dachte ich mir.«

Das Schleifen eines Stuhls, und im nächsten Moment saß Krax neben Lantyria und gähnte.

»Festos' Gebiss ist schöner«, sagte Avi.

»Verzeihung«, murmelte Krax und hielt sich die Hand vor den Mund.

»Gut geschlafen?«, fragte Lantyria.

Er schüttelte den Kopf. »Nein. Ich träumte von Mjallanor, meinem Zuhause. Überall waren Schatten. Näherten sie sich, wurden sie zu Dämonen. Nennt man landläufig Albtraum, glaube ich.«

Lantyria legte ihm die Hand auf den Arm. »Du machst dir Sorgen.«

»Natürlich. Seit nunmehr acht Monaten bin ich auf Reisen. Mein Buch ist voll, mein Herz aber leer. Ich habe das ungute Gefühl, dass die von Norden aufziehende Dunkelheit ganz Yur in ewige Schwärze tauchen wird.«

»So weit ist es noch nicht«, sagte Avi. »Wenn alle zusammenstehen, Menschen, Zwerge und Elfen, gibt es Hoffnung.«

»Ein kühner Gedanke«, meinte Krax und unterdrückte ein neuerliches Gähnen. »Viel mehr allerdings interessiert mich im Moment, wie wir es anstellen sollen, unseren Hals aus der Schlinge zu ziehen.«

Bei dieser Aussage verflog die Heiterkeit, die sich einen Lidschlag lang in Avi ausgebreitet hatte. »Das liegt, wie es aussieht, nicht in unserer Hand.«

»Ich habe darüber nachgedacht«, sagte Krax und blickte unsicher in die Runde. »Nun, angenommen, wir ließen Lormak hier zurück … Klarvas würde uns vielleicht sogar gehen lassen.«

Lantyria schüttelte den Kopf. »Mich sicher nicht – außer die angeforderte Gesandtschaft trifft ein und eine Schwester nimmt sich meiner Aufgabe an.«

»Kommt nicht infrage!«, sagte Avi. »Wir überlassen ihn nicht dem sicheren Tod.«

»Dein Mut in allen Ehren«, brummelte Krax, »aber woher kommt dieser plötzliche Sinneswandel?«

Avi wusste, auf was er anspielte: Lormak hatte sie gezwungen, ihn zu begleiten, ihrer Gegenwehr ungeachtet, und wäre Halron nicht gewesen, hätte sie den Weg hierher im Sattel festgebunden zurückgelegt. Der Grund für ihre veränderte Haltung zu Lormak war einfach.

Angst.

Es war nicht so, dass sie unaufhörlich an Kjala und seine dämonischen Mitstreiter dachte, wie sich Klauen und Zähne in ihr Fleisch rissen; eher wie eine eisige Hand, die dicht hinter ihrem Nacken schwebte, sie auf Schritt und Tritt begleitete und deren Kälte sie spürte. Aber nicht immer, nur manchmal, und dann kribbelte ihre Haut, begann ihr Herz zu rasen. Sie hatte Lormak gesehen, wie er die Kopfgeldjäger besiegte, die Dämonen in Quelon, wie er allein eine von Soldaten bewachte Brücke stürmte. Er war kaltherzig, brutal, ohne Gewissen – aber auch der einzige Schutz. Er spürte sie, sie spürte ihn, auch jetzt, wenn sie in sich hineinhorchte: eine Verbindung, nicht greifbar und doch existent, ein Zupfen und Ziehen, das sie zu ihm führen würde.

Avi erstarrte, krallte die Hände um die Armlehnen des Stuhls. Etwas war anders, nur um eine Nuance, doch inzwischen kannte sie das Geflecht, das sie mit Lormak verband.

Es hatte sich verändert. Nein, das war es auch nicht. Eher, als wären neue Fäden hinzugekommen.

»Was ist mit dir?«, fragte Lantyria besorgt. »Du bist auf einmal ganz blass.«

Krax indes sog die Luft ein, als ahne er, was kommen würde.

»Sie sind nah«, keuchte Avi entsetzt.

Krax' Lippen bewegten sich, doch das Gesagte wurde von dem Lärm zerschlagen, als die Tür aufschwang und gegen die Wand krachte.

Fulgor erschien unter dem Türsturz, armiert in einen Lederpanzer und Arm- und Beinschienen. In der Hand hielt er ein Schwert. »Ich frage Euch nur einmal«, knurrte er und blickte jedem ins Gesicht. »Gelobt Ihr, mit uns Seite an Seite zu kämpfen? Falls nicht, schließen wir Euch hier ein und legen Euer Schicksal in die Hände der Götter.«

Halron sprang auf. »Was ist passiert?«

»Scheint, als ginge es los«, entgegnete Fulgor. »Also?«

»Ich bin dabei«, sagte Halron ohne Zögern. Nacheinander erhoben sich seine Streiter und schlossen sich ihm an. Selbst Pentrak erhob sich und sagte: »Ich auch.«

»Und Ihr?«, fragte Fulgor.

Auffordernd blickte Avi zu den anderen beiden, dann stand sie auf und funkelte Fulgor an. »Gebt mir meinen Bogen zurück und ich zeige Euch, wie man Dämonen tötet!«

Fulgors Lachen ähnelte dem Bellen eines Hundes. »Und du, Zwerg?«

Krax nickte verängstigt und flüsterte, sodass nur Avi es hörte: »Gebt mir ein Schild und ich zeige Euch, wie man sich dahinter versteckt ...«

»Ich werde Fjalkraag beistehen«, sagte Lantyria entschlossen.

»Wohlan«, rief Fulgor, »dann raus mit Euch!«

Sie liefen in die Kälte der Nacht, wurden begrüßt von Eisregen, der Avis Gesichtsmuskeln lähmte, alles war in Blitzesschnelle taub, Wangen, Ohren, ihre Lippen, als sie Fulgor zu einem kleinen Schuppen an der Mauer folgte. Die Tür stand offen und ein Soldat mit Fackel leuchtete hinein. Die Ausrüstung der Gruppe war dort verstaut und nach einigem Suchen fand sie ihre Sachen. Hastig streifte sie das Kettenhemd über, befestigte mit Krax' Hilfe den Schulterpanzer, band den ledernen Oberschenkelschutz fest und streifte sich zuletzt ihre Armschienen über. Dann griff sie nach Bogen und Köcher, seufzte ob der vertrauten Form des Eibenholzes, das sich begierig in ihre Hand schmiegte. Besser. Viel besser sogar.

Nach Krax trat sie als eine der Ersten aus dem Verschlag und blickte sich um. Unweit davon befanden sich Stallungen. Dort sollte Festos sein. Sie prägte sich alles ein, dann machte sie kehrt und gesellte sich zu Halrons Männern.

»Vandur konnten wir nicht vor diesen Biestern verteidigen«, sagte er finster, »also lasst uns hier helfen. Wir haben gelobt zu kämpfen. Also tun wir genau das!«

Seine Männer johlten, dann erklommen sie über eine eng an den Stein geschmiegte Treppe die Burgmauer. Im Laufen vernahm Avi lautes Poltern. Es kam vom Haupttor, dessen Zwillingstürme links neben ihr aufragten. Faustschläge. Sie stürzte an die Zinnen und blickte nach unten. Fahles Mondlicht beleuchtete die Gesichter der Ausgeschlossenen, die sich verzweifelt an die Burgmauer drängten und flehende Blicke nach oben warfen. Es waren erheblich weniger als am Vortag. Viele waren schon weitergezogen, der bitteren Erkenntnis nachgebend, dass man sie hier nicht aufnahm. Einige Soldaten befanden sich unter den Flüchtlingen, blieben in Gruppen zusammen und kämpften sich erbarmungslos Schritt um Schritt voran. Nicht selten stießen sie dabei mit Speer oder Schwert zu. Schließlich gelangten die einzelnen waffenstrotzenden Trauben zur Mauer und bildeten Abwehrringe aus Stahl. Von oben ließ man Strickleitern hinab, der einzige Weg, sie hinter die Mauer zu bringen. Wäre das Tor erst einmal geöffnet, würde keine Kraft dieser Welt dem Ansturm der Menschen trotzen können, um es wieder zu schließen.

Kaum war die erste Strickleiter unten, brach das Chaos aus. Was vorhin die Soldaten mit ihren Waffen getan hatten, verrichteten nun Fäuste, Knüppel und Dreschflegel. Wahllos wurde um sich geprügelt, um zur Mauer zu kommen. Fassungslos stand Avi da, die Hände auf die Zinnen rechts und links neben sich gestützt. Sie wollte zurück, weg von dem grausigen Anblick, doch der Sog des Geschehens war zu stark, sodass sie mit ansah, wie die Menschen zu jenen Dämonen wurden, die sie so fürchteten. Es war ein Massaker.

»Bögen!«, rief jemand.

Die Verteidiger legten Pfeile auf und spannten die Sehnen.

»Bei Jaminara«, keuchte Fulgor neben ihr, »das darf alles nicht sein!« In den Gesichtern der Soldaten spiegelte sich das gleiche Entsetzen wie in den Augen der Menschen ein paar Meter unter ihnen.

»Es geht nicht anders!«, rief der Befehlshabende. »Eine Salve, und sie werden damit aufhören!« Kurze Stille.

»Feuer!«

Dutzendfaches Sirren, dutzendfache gefiederte Blitze, die in die Menschenmenge fuhren.

Schreie, zu Boden sinkende Gestalten. Tatsächlich erlahmte das gegenseitige Schädeleinschlagen.

Die ersten Soldaten kletterten die Leitern hinauf.

»Hört zu!«, donnerte wieder die Stimme und nun sah Avi den Kommandanten. Es war Radwan, der Offizier, dem sie das Leben gerettet hatten.

»Wir werden euch nicht hineinlassen! Geht fort, sucht woanders Schutz!«

»Aber wir haben nichts!«, rief jemand aus der Menge. »Kein Essen, kein Zuhause!«

»Doch!«, brüllte Radwan zurück. »Ihr habt euer Leben! Und ihr setzt es leichtfertig aufs Spiel!«

Seine Worte zeigten Wirkung, und wenn es nur der Fortschritt war, dass nun ein jeder zu Radwan blickte – und somit nicht mehr um sich schlug.

»Weg mit euch!«

Da die Menschen nicht reagierten, befahl er: »Bögen!«

Die Bogenschützen legten ihre Pfeile auf und zielten.

Endlich erwachten die Flüchtlinge aus ihrer Starre und begannen zu laufen. Zurück blieben viele, reglos oder im Todeskampf, gehobene Arme, wimmerndes Elend.

Avi wurde schlecht und sie atmete tief ein, konzentrierte sich auf die Kälte des Regens im Gesicht. Ein Keuchen, und der erste Soldat raffte sich, unterstützt von seinen Kameraden, über die Mauer. Erschöpft sank er darnieder, den Rücken gegen eine Zinne gelehnt, dem Tode anscheinend fast so nahe wie viele auf der zerwühlten Wiese vor Fjalkraag. Erst nach einigen Momenten kämpfte er sich auf die Beine, schwankte. Man hielt ihn fest.

»Zu viele«, japste er.

»Was ist hier los?«, scholl es über die Mauer und Klarvas, gerüstet in schimmernde Wehr, erschien hinter Avi auf der Burgmauer.

»Zu viele …«

»Was ist passiert?«, verlangte Klarvas mit herrischem Gestus zu wissen.

Der Soldat neigte das Haupt und sagte verlegen: »Wir wurden überrannt. Sie fielen über uns her, durch den Fluss, Hunderte von ihnen, auf ganzer Breite des Radash, soweit ich sehen konnte.«

Klarvas erbleichte unter seinem schweren Helm. »Fabulierst du dir da nicht etwas zusammen?«

»Nein. Es war eine Armee.«

Der Präfekt leckte sich über die Lippen und warf einen verlorenen Blick über die Stadtmauer, doch Dunkelheit und Regenwände beeinträchtigten die Sicht. Die Fackeln zwischen den Zinnen leuchteten das Feld nur einen Steinwurf aus, dahinter regierte Schwärze. Als wäre dem

Mond ob der Worte des Soldaten ebenfalls das Grausen gekommen, hatte er sich hinter dichtem Gewölk versteckt.

»Radwan!«, keifte Klarvas plötzlich.

Der Offizier kam zu ihm gerannt, sein Kopf hochrot.

»Ihr habt mir doch versichert, dass Ihr, nachdem dieser Besessene Euren Posten gestürmt hat, sofort zum nächsten geritten seid, um Meldung zu machen und Verstärkung zu holen.«

»So war es.«

»Waren die Männer dort einsatzbereit?«

»Ja.«

Klarvas wandte sich wieder dem anderen Soldaten zu. »Bei Eurem Kontingent verhielt es sich ähnlich?«

»Natürlich. Wir waren bereit.«

»Wieso habt Ihr diese Brut nicht mit Pfeilen gespickt? Bis sie den Fluss überquert hatten, muss doch derart viel Zeit vergangen sein, dass man einen Pfeilhagel nach dem anderen auf sie hätte niedergehen lassen können!«

»Grundsätzlich wohl. Aber es waren einfach zu viele, mein Gebieter.«

»Pah!«, schnaubte Klarvas und ballte die Fäuste. »Bin ich denn nur von Feiglingen umgeben, die beim geringsten Anzeichen von Gefahr die Beine in die Hand nehmen und nach der Mutter schreien?« Funkelnden Auges blickte er sich um und ein jeder senkte den Kopf.

Nur Halron und seine Männer blieben aufrecht stehen, Halron, als hätte er eine Ohrfeige bekommen, seine Züge eine Mischung aus Verwunderung und Zorn.

Avi trippelte zu ihm. »Was ist?«

»Dieser Mann«, wisperte er, »ist ein Narr! Man kann seine Männer nicht als Feiglinge bezeichnen und einen Atemzug später erwarten, dass sie ihr Leben für einen riskieren. Moral ist alles in einer Schlacht.« Er nickte, wie um sich selbst zu bestätigen. »Moral und volle Mägen – diese beiden Faktoren entscheiden über den Ausgang.«

»Du hast den Mann gehört«, wechselte Avi flüsternd das Thema. »Eine Armee von Dämonen. Diese Stadt ist verloren!«

»Das ist nicht unbedingt gesagt. Die Mauern sind stark, die Vorräte offenbar ausreichend. Ich habe schon Geschichten gehört von ...«

»Halron!« Sie ergriff seinen Arm. »Dieser Gegner ist anders. Moral ist ihm fremd, die Angst vor dem Tod ebenso. Er wird so lange gegen diese Mauern anrennen, bis er gesiegt hat oder vollständig vernichtet wurde.«

Er zuckte die Schultern.

»Fjalkraag ist dem Untergang geweiht!«, beharrte sie und ließ nicht ab von ihm. »Hilf mir, Lormak zu befreien. Danach verschwinden wir!«

Er dachte kurz nach, schüttelte jedoch den Kopf. »Ich habe gelobt, mein Schwert in den Dienst der Verteidiger zu stellen.«

»Vergiss diesen Schwur, er ist nicht wichtig!«

»Für einen Krieger schon. Was wäre die Welt, wenn jeder sein Wort bräche?«

»Das ist ein sinnloser Tod.«

»Gibt es einen sinnvollen?«, hielt er dagegen.

»Ich brauche dich.« Sie umfasste seine Hand.

Er presste die Lippen zusammen, sah dann weg und löste die Berührung. »Ich habe mein Wort gegeben.«

In hilflosem Zorn ballte Avi die Fäuste und sah sich um. Lantyria war damit beschäftigt, geheiligtes Wasser auf Pfeilspitzen und Schwertblätter zu träufeln, Krax, angetan in sein Halbkettenhemd, stand unter dem Dach eines Wehrgangs und kritzelte in sein Buch. Ansonsten spähte jedes Augenpaar in das Dunkel der Nacht.

Plötzlich ein Ausruf.

Avi drängte sich nach vorne gegen die Zinnen, strengte die Augen an.

Ein Schatten schoss heran, dann noch einer, unglaublich schnell. Schon waren die ersten an der Mauer. Hassverzerrte Fratzen starrten den Verteidigern entgegen. Flink kletterten die Dämonen mit ihren Krallen die rissige Mauer empor.

»Schießt sie herunter!«, schrie Radwan. Das Schnalzen von Bogensehnen, dumpfe Aufschläge.

»Für Lantra!«, rief Klarvas. »Kämpft, Männer, kämpft!«

Die Nacht spie weitere Dämonen ins Licht der Mauerfackeln. Pfeile flitzten auf sie zu. Von der ersten Welle erreichte kaum ein Dämon die Mauer, doch viele, die im Dreck lagen, erhoben sich wieder, da die meisten Pfeile nicht geweiht waren. Um Dämonen mit normalen Waffen zu töten, musste man sie am Kopf treffen, am besten enthaupten, mindestens jedoch das Herz durchbohren. Alles andere schwächte sie zwar, aber tötete nicht.

In ihrem Rücken hörte Avi schauerliches Geheul. Es klang entfernt und dennoch beängstigend laut. Es waren die eingesperrten Dämonen, durch die Ankunft ihrer dunklen Brüder in die Raserei getrieben.

»Verflucht!«, zischte sie, dann begann auch sie, ihre Pfeile auf die Reise zu schicken. Allerdings schoss sie nur, wenn ihr Opfer schon an der Mauer war. Geweihte Pfeile zu verschwenden, konnte sie sich nicht leisten und genauso wenig wollte sie ihren Vorrat komplett aufbrauchen. Sollte die Verteidigung zusammenbrechen, würde sie das Weite suchen und sicherlich nicht warten, bis ihr ein Dämon die Kehle aufriss.

Den ersten Dämon erwischte sie von oben im Kopf. Nur die Fiederung des Pfeils ragte noch aus der Schädeldecke wie eine groteske Verzierung. Ohne einen Laut ging er zu Boden, doch der nächste war schon da, um dessen Platz einzunehmen. Rechts von ihr schaffte es ein Dämon über die Mauer. Ein Schwerthieb hackte ihm die gesamte rechte Schulterpartie ab; trotzdem wuchtete sich das Biest über die Zinnen und grub seine Fangzähne in den Hals eines Bogenschützen. Wie in einem seltsamen Paartanz gefangen, torkelten sie umher, bis sie in die Tiefe stürzten, direkt auf das Dach des Schuppens, in dem Avi und die anderen gesessen hatten. Der Aufprall sprengte die Dachschindeln auseinander.

Weitere Dämonen schafften es bis zu den Verteidigern und sie wüteten unter ihnen. Zeitweilig sorgte siedendes Öl, das man durch die Pechnasen am Boden der Zinnen nach unten goss, für Linderung. Wirklich ins Stocken geriet der Angriff dadurch nicht.

Die Schlacht nahm genau den Verlauf, den Avi befürchtet hatte: Für jeden Dämon, den man erschlug, tauchten zwei neue auf; bei jedem Verteidiger aber, der sich nicht mehr regte, entstand eine Lücke. Zunehmend mischten sich menschliche Schmerzens- und Angstschreie unter das gutturale Brüllen der Dämonen. Ein Soldat prallte gegen Avi, drehte sich, ihre Augen trafen sich. Seine Kehle war einfach weg, statt ihrer nur ein feuchtes, rotschwarzes Loch, aus dem Blut sprudelte und ihr Kettenhemd besudelte. Ein taumelnder Schritt, dann stürzte der Mann von der Mauer auf die Treppe und von dort mit schlackernden Armen und Beinen zur Erde.

Der Kopf eines Dämons erschien zwischen zwei Zinnen. Lange, verfärbte Zähne, glühend rote Augen, schwarze Ranken im Gesicht, die ein schauerliches Muster zeichneten. In einer fließenden Bewegung legte

Avi an und schoss. Der Pfeil verschwand im Maul. Die Bestie erstarrte, ihr Kopf begann sich aufzulösen, die Haut blätterte ab, Knochen schimmerte, ehe sie nach hinten wegkippte.

Geschosse pfiffen über die Mauer. Avi spürte einen Luftzug an der rechten Wange. Pfeile! Sie linste über die Mauer.

Bogenschützen!

Sie standen aufgereiht vor Fjalkraag und ließen Salve um Salve auf die Verteidiger einprasseln. Es zischte und pfiff in der Luft. Mehrere Soldaten sackten zusammen. Avi duckte sich. Viele Pfeile zerbarsten an den Zinnen, Splitter peitschten umher. Alle suchten nun Deckung. So blieb den Dämonen Zeit, sich über die Mauer zu arbeiten. Im Nu entbrannte ein heftiger Nahkampf. Alles wirkte surreal im Nachtregen, ein verwischtes Tosen, ein Mahlstrom, aus dem Klingen herausragten, Arme, Beine, unbekannte Gesichter und dämonische Fratzen.

Ein Dämon stürzte sich auf sie. Avi wich zurück und glitschte in einer Blutlache aus. Schon war die Bestie heran, holte aus. Dann trennten sich Kopf und Torso, eine Fontäne dunklen Blutes sprudelte aus dem Hals und der Körper ging in der Brandung unzähliger Leiber unter.

Eine Hand packte sie und zog sie in die Höhe.

»Alles in Ordnung?«, fragte Halron.

Avi nickte betäubt. »Ich verschwinde jetzt«, murmelte sie und ihre Augen suchten Lantyria und Krax. Die Priesterin spritzte geweihtes Wasser auf die Dämonen und erzielte damit bessere Erfolge als die ungesegneten Klingen der Verteidiger; Krax stand auf der Treppe und warf Avi flehende Blicke zu.

Sie nickte, eilte zu Lantyria, packte sie und zerrte sie mit sich.

»Zu den Pferden!«, keuchte sie und zusammen hasteten sie die Treppe nach unten. Ein Toter schlug mit einem widerlichen Knacken auf einer der Stufen auf und rutschte hinunter. Avi sprang über den Leichnam, erreichte festen Boden und schwenkte zu den Stallungen.

Ein Teil ihrer Seele war noch bei Halron, der andere auf der Flucht. Scham wallte in ihr hoch, doch sie rannte weiter durch den Regen, an Toten vorbei, die genau wie die Tropfen von oben herabrieselten. Es wurden immer mehr.

Was wäre die Welt, wenn jeder sein Wort bräche? Anklagend hallten Halrons Worte in ihrem Kopf.

»Es tut mir leid«, flüsterte sie, als sie die Stallungen erreichte.

Festos war noch gesattelt.

»Hallo, mein Bester!«

Er erwiderte den Gruß, indem er ihr fest in den Arm biss. Gutes Kettenhemd …

Sie schwang sich hinauf. Krax und Lantyria folgten ihrem Beispiel. Jemand stürzte in den Stall.

Pentrak!

»Das habe ich mir gedacht!«, kreischte er und hob sein Schwert.

Avi riss Festos herum, löste den linken Fuß aus dem Steigbügel und trat zu. Sie erwischte Pentrak an der Schulter. Die Klinge prallte hinter ihrem Gesäß auf den Sattel.

Festos machte einen Satz und kollidierte mit Pentrak, der wie ein abgefeuertes Katapultgeschoss durch die Luft segelte, eine hölzerne Trennwand durchbrach und dahinter im Stroh landete. Er hob den Kopf, wollte aufstehen. Dann jedoch sank er zurück und blieb stöhnend liegen.

»Zu Lormak!«, sagte Avi und gab Festos die Sporen. Es ging wieder hinaus in den Regen. Sie lenkte ihn nach links, hinein in eine breite Straße, dieselbe, die sie mit Fulgor genommen hatten, als er sie zur Burg führte. Wie gut es tat, wieder mit Festos vereint zu sein. Neue Zuversicht blühte in ihr. Warum der Fluchttunnel? Jetzt hatten sie Pferde.

Lormak befreien und ab durch das Südtor!

Ein Blick zurück zeigte ihr, dass Lantyria sogar so geistesgegenwärtig gewesen war, das Packpferd mitzunehmen, auf dem der Proviant festgezurrt war. Hinter ihr kam Krax, ein im Sattel hin und her hüpfendes Bündel.

Das Gebäude schälte sich aus Schatten und Regen, Fackeln blakten unter dem Vordach und beleuchteten zwei Soldaten, die ihnen entgegenblickten, Bögen in der Hand.

Sie entspannten sich, als sie erkannten, um wen es sich handelte.

»Lasst mich hinein!«, sagte Lantyria, während sie vom Pferd stieg. »Die Zeit brennt uns unter den Nägeln.«

»Was geht vor sich?«, fragte einer der Männer.

»Die Dämonen stürmen die Stadt, und wie es aussieht, wird ihnen das auf kurz oder lang gelingen. An Eurer Stelle würde ich mich zur Burg zurückziehen.«

»Unser Befehl lautet …«, begann der andere, doch Lantyria kanzelte ihn mit einer unwirschen Handbewegung ab.

»Haltet Euch daran und sterbt oder geht zur Burg und wahrt Euch die Möglichkeit, mit dem Leben davonzukommen.«

»Wir werden uns um die Dämonen kümmern«, versprach Avi und ging zur verschlossenen Tür.

»Was … was ist mit den Familien?«

»Das Ritual wird jene vernichten, die besessen sind«, sagte Lantyria, »aber die verschonen, die keinen Makel in sich tragen. Sperrt die Tür auf und geht. Das Ritual ist gefährlich.«

Unschlüssig blickten sich die Soldaten an. Es war gut, dass sie nur noch zu zweit waren, da Klarvas den Rest offensichtlich zur Verteidigung abgezogen hatte.

»Nun macht schon!«, drängte Avi. Ein spitzer Schrei schnitt durch die Nacht, viel näher als der Schlachtlärm auf der Mauer.

Hastig fummelte einer der Soldaten am Schloss herum, die Kette sauste rasselnd zu Boden. Dann schnellte er herum und rannte in Richtung Burg. Sein Kamerad tat es ihm gleich.

»Du bleibst hier«, meinte Lantyria zu Krax, der erleichtert nickte. »Sollte etwas passieren, rufst du uns.«

»In Ordnung. Viel Glück!«

»Danke.« Avi legte den Bogen ab, zog ihr Schwert und riss die Tür auf. Dunkelheit beherrschte das Innere des Gebäudes. Sie nahm eine der Fackeln und trat mit pochendem Herzen ein. Dadurch dass sie Lantyria am Nachmittag begleitet hatte, wusste sie, was sie erwartete. Dennoch raubte ihr der Gestank den Atem und sie musste sich zwingen, tiefer in das Lagerhaus vorzudringen. Ausgemergelte Gesichter reckten sich ihr entgegen, das Licht der Fackel brach sich matt in leeren Augen.

»Lauft zum Südtor und verschwindet!«, sagte Lantyria.

Trappelnde Schritte. Gestalten huschten zum Ausgang.

Aber nicht alle – einige waren bereits tot und andere dermaßen schwach, dass sie ebenfalls nicht lange überleben würden. Avi krampfte es das Herz zusammen, doch unglücklicherweise konnte sie ihnen nicht helfen.

Ein markerschütterndes Brüllen erscholl. Vor Schreck ließ sie die Fackel fallen. Stroh entzündete sich, Rauch stieg auf.

Lantyria griff nach einer schmutzigen Decke und warf sie über die erstarkenden Flammen. Trotzdem breitete sich das Feuer aus. »Wir müssen schnell machen!«

Avi griff nach der Fackel.

Erneut fraß sich das schauerliche Geheul in ihre Ohren. Es kam von jenseits der Eisenverstrebungen, die im Licht aufglommen. Klauen schabten am Metall, hasserfüllte Augen leuchteten gierig.

»Wir spüren dich!«, zischelte eine Stimme.

»Komm zu uns!«

Avi begann zu zittern, doch Lantyria fasste ihren Arm und führte sie zu Lormak, der unweit der Gitterstäbe an eine Wand gekettet war. Klarvas hätte ihn einfach zu den restlichen Dämonen gesperrt, doch Lantyria hatte ihn davon abbringen können mit der Lüge, er würde, umgeben von seinesgleichen, nur noch stärker werden. So hing er da, Eisenmanschetten um seine Handgelenke, von denen dicke Ketten abgingen, die an noch dickeren Ösen befestigt waren. Die Füße waren lediglich mit Stricken zusammengebunden. Das stellte kein Problem dar. Aber wie bei den Göttern sollten sie ihn von den Ketten befreien, ehe alles abbrannte? Mit jedem Atemzug verdichtete sich der Rauch und stieg nach oben, hing als fahler Schleier im Raum.

Ein Problem nach dem anderen. Zuerst durchtrennte Avi die Stricke um seine Fußgelenke.

Lormak hob den Kopf, schaute sie aus ausdruckslosen Augen an. Nur langsam stieg ein schwaches Leuchten in seine Pupillen.

»Dich hätte ich am wenigsten erwartet«, sagte er heiser, »obwohl ich gespürt habe, dass du kommst.« Er hustete. »Hast du Wasser?«

»Spar dir deine Kraft«, mahnte Lantyria und suchte die Umgebung ab.

Avi indes rüttelte und riss an den Ketten herum. Sie schepperten und klirrten und schwangen, mehr geschah nicht. Vergebens.

»Hast du es schon versucht?«, fragte sie ihn.

»Mehrmals«, raunte er und ließ den Kopf hängen.

»Verdammt!« In ihrer Verzweiflung schlug sie mit dem Schwert mehrmals auf die Eisenglieder ein. Es krachte, die Ketten bewegten sich wie Schlangenleiber, fast fröhlich, schienen ihre Bemühungen zu verspotten.

Lantyria kehrte zurück. »Kein Wasser.«

»Draußen ist genug«, sagte Avi. »Nur müssen wir ihn eben erst nach *draußen* schaffen!« Ihre Angst wuchs, die Augen tränten und ihre Kehle kratzte, wenn sie atmete. Lantyria hustete und hielt sich den Ärmel vor den Mund. Avi warf die Fackel in die Flammen, packte das Schwert mit beiden Händen und versuchte erneut, das Eisen zu durchschlagen.

Zwecklos.

Lormak hob den Kopf.

Seine Lippen waren blutleere Striche zwischen den schwarzen Bartstoppeln und seine Augen hatten sich verändert, waren ... ja, offener. Zum ersten Mal, seit sie ihn kannte, sah sie das, was hinter der Schicht aus Eis lag. Sie erhaschte einen Blick auf sein Innerstes. Und das war die pure Angst. Es traf sie unvermittelt, sie konnte den Kopf nicht abwenden, musste hinsehen, um zu glauben, dass dieser Mann, dieses Mischwesen aus Dämon und Mensch, zu einem derartigen Gefühl fähig war.

Angst. Diese urtümliche, kreatürliche Regung dominierte ihn im Moment, ihn, den Krieger, der sonst dem Tod ins Gesicht spuckte.

»Schlag zu«, raunte er mit schwankender Stimme.

Sie zog die Brauen kraus, verstand nicht.

Er schöpfte tief Atem und sein Körper spannte sich. Die Muskelstränge am Hals traten hervor, Brust- und Armmuskeln wölbten sich, die Dämonenmale schienen sich ineinanderzuwinden.

»Schlag mir die Hände ab.«

Fassungslos wanderte ihr Blick zu den eisernen Manschetten um seine Handgelenke. Die linke Hand war menschlich, die rechte die eines Dämons, eine schwarze Klaue, die zur Faust geballt war.

»Das ... kann ich nicht«, keuchte Avi und wischte sich die Tränen aus dem Gesicht, die der Rauch hervorquellen ließ.

»Dann werde ich verbrennen.«

»Nein«, sie schüttelte den Kopf, »nein ...«

Lantyria krümmte sich, hustete, als würde sie erbrechen. Sie taumelte zurück, richtete sich auf.

»Geh, Lantyria!«, sagte Avi.

Die Priesterin zögerte.

»Geh!«

Mehr taumelnd als laufend verschwand sie in Richtung Ausgang.

»Keine Zeit mehr«, krächzte Lormak. Dann donnerte er: »Los, mach es!«

Avi hatte das Gefühl, ihr Kopf schwebe eine Handbreit über ihrem Hals, er wirkte losgelöst, und ein Dröhnen hallte durch ihren Körper, als hätte man in ihrem Magen eine Glocke angeschlagen, deren Vibrationen sich in jede Faser fortpflanzten.

»Mach es!«

Mit einem Schrei riss sie das Schwert nach oben, verharrte einen Moment, fixierte die schwarze Klaue – und schlug zu. Kettenrasseln, Lormaks rechter Arm fiel nach unten. Blut schoss aus dem Stumpf, Dampf stieg hoch. Die geweihte Klinge war ohne Mühe hindurchgeglitten.

Lormak schrie. Seine Knie gaben nach, er sackte nach unten, hing am linken Arm. Den rechten presste er gegen seine Brust, die sich in Herzschlagschnelle rot färbte.

»Bring es zu Ende«, keuchte er und sah sie aus schmerzgetrübten Augen an.

Avi wimmerte, klammerte die Hände um den Schwertgriff, doch ihr Wille versagte. Die Spitze sank ins Heu, durch das sich Rauchfäden kräuselten.

»Verdammt noch mal, Avi!«, schrie Lormak und hustete, sodass er die nächsten Worte nur noch würgte: »Lass mich nicht hier hängen. Tu es!«

Sie sah kaum mehr etwas, dichter Rauch waberte vor ihren Augen. Ihre Kehle brannte, die Augen und mit einem Mal fühlte sie sich schwach und müde.

»Ich habe es selbst schon getan, vor vier Jahren!«, rief Lormak. »Ich kenne den Schmerz. Mach!«

In einem Aufbäumen letzter Kraft und einem lauten Schrei schlug Avi zu. Die Klinge traf auf Widerstand, ein Krachen und Knirschen, dann stoben Funken auf, als das Schwertblatt die Mauer traf, über die sich rote Spritzer zogen. Lormak fiel nach vorne auf Bauch und Gesicht. Blut lief aus den Stümpfen, wo einst seine Hände gewesen waren, die als grausige, klumpige Stücke in den hin und her pendelnden Manschetten hingen. Avi steckte das Schwert in die Scheide, stolperte zu Lormak und griff unter seine Achseln. Er erhob sich auf die Unterarme, dann, sein Körper geschüttelt wie von einem Erdbeben, richtete er sich auf und legte den rechten Arm um ihre Schultern. Der Stumpf lag neben ihrem Gesicht, Blut troff auf ihren Hals, auf das Kettenhemd.

Keuchend bahnten sie sich einen Weg durch die Flammen. Avis Füße wurden so heiß, dass sie jeden Moment schmelzen müssten. Ihre Kleidung begann zu schwelen, dann fraß sich Hitze in ihre Haut.

Sie brüllte vor Schmerz, lief dennoch weiter. Ein Glück, dass Lormak nicht bewusstlos wurde, sonst wäre es vorbei. Er würde sie mit in das Inferno reißen.

Avi stolperte über etwas Weiches, wahrscheinlich ein Körper, fing sich jedoch, um sie her das Fauchen und Zischen gieriger Flammen.

Plötzlich ertönte ein lauter Ruf. Der Schall war ein Wegweiser, sie lenkte ihre Schritte in Richtung der Stimme. Eine Flammenwand ragte vor ihnen auf. Den Kopf nach vorne gebeugt, stieß sie hindurch. Der Geruch nach verbranntem Haar sengte in ihre Nase. Die Kontur eines Türstocks, umschlungen von Rauch und leckenden Feuerzungen.

Kalte Luft.

Nässe.

Sie stürzte nach vorne, neben ihr schlug Lormak auf. Gierig schlang sie die herrlich klare Regenluft in ihre gemarterten Lungen. Ihre Brust verkrampfte sich, sie hustete, würgte und keuchte, dann, endlich, konnte sie frei atmen.

Sie hob ihren pochenden Kopf, blickte auf. Krax stand rechts von ihr, sein Gesicht vor Schreck weiß. In seinen zitternden Händen hielt er ein Kurzschwert. Etwas hinter ihm befand sich Lantyria, die nicht minder entsetzt zu einem Punkt links von Avi blickte.

Bevor Avi die Zeit hatte, den Kopf dorthin zu drehen, grub sich etwas Hartes in ihren Bauch und entriss ihr die gerade erst eingesogene Luft. Sie rauschte aus ihrem Mund, ihr blieb nicht genug für einen Schrei. Stumm fiel sie zur Seite, direkt auf Lormak.

Schwärze flackerte am Rand ihres Blickfelds. Ein grässliches Ziehen auf der Kopfhaut ließ sie keuchen. Jemand riss sie an den Haaren nach oben.

Ein Gesicht schwebte vor ihr.

Pentrak.

»Hat die kleine Metze also ihren Fickhengst gerettet …« Er grinste. »Wie süß.«

Seine Hand traf sie im Gesicht und warf sie zurück. Ihre Ferse verhakte sich an Lormak und sie stürzte auf den Rücken und blieb benommen liegen.

»Hau ab!«, rief Krax, seine Stimme verzerrt und dröhnend in Avis Ohren. »Was hast du gegen sie?«

»Niemand«, knurrte Pentrak, »schlägt mich nieder und kommt ungeschoren davon. Niemand!«, wiederholte er wie ein Hammer, der einen Nagel in ein dickes Holzbrett trieb. »Und nun sterbt!« Er pflanzte sich vor Lormak auf, hob sein Schwert.

Ein rhythmisches Donnern erklang, und gerade als Avi sich fragte, ob es vielleicht ihr Herz war, das ihr in den Ohren hämmerte, erschien ein Schatten hinter Pentrak.

Ein Ruck ging durch Pentrak. Etwas Helles sprang aus seinem Hals, mehrmals, ebenso rhythmisch wie das Trampeln kurz zuvor. Erst war es dick und kompakt, dann jedoch zersetzte es sich in kleine Punkte, die auf den Boden regneten.

Pentraks Knie wackelten, er kippte zur Seite und entschwand Avis Blickfeld. Sein Schwert fiel herunter und blieb auf Lormaks Rücken liegen.

Lantyria kniete sich neben sie und hob ihren Kopf an. »Bist du verletzt?«

Avi tastete mit der Zunge über ihre vom Schlag pelzigen Lippen, horchte in sich, wobei sie den pochenden Schmerz in ihrem Kopf auszublenden versuchte. »Glaube nicht«, murmelte sie. Man half ihr auf die Beine und zu ihrer Verwunderung blieb sie aufrecht stehen.

Jemand ging zu Pentrak.

»Elender, rachsüchtiger Narr.«

Es war Halron. Hinter ihm standen Boras und ein weiterer Mann, beide mit grimmigem Gesicht.

Halron seufzte und nahm Lormak in Augenschein. Sein Gesicht verzerrte sich in blankem Entsetzen. »Was bei den Göttern …«

»Er war festgekettet«, sagte Avi. »Es gab keinen anderen Weg, sonst wäre er verbrannt.«

Halron sah zu dem Gebäude, aus der Tür fauchten die Flammen und der Rauch wand sich in Spiralen in den mit Schneeflocken gesprenkelten Nachthimmel.

»Das wird er nicht überleben.«

Avi erwiderte nichts und schaute auf Lormaks Armstümpfe. Der Blutfluss war bereits versiegt. Das allerdings konnte auch heißen, dass …

Sie bückte sich, wollte seinen Puls fühlen, da knickten ihre Beine ein und sie ging zu Boden.

Im Auge des schwarzen Orkans der Ohnmacht, das sich rasch zusammenzog, erschien Lantyrias Gesicht. Die Lippen der Priesterin bewegten sich, doch das Tosen in Avis Kopf übertönte die Worte. Dann riss die Schwärze sie in den Abgrund.

Kapitel 10

Die breite Axt liegt schwer und unheilvoll in seiner linken Hand. Die Finger umklammern den Holm, so fest, dass die Knöchel weiß hervortreten. Sein Atem rast. Sein ganzer Körper rast. Vor Schmerz. Er ist überall, als reiße jemand von innen die Haut auseinander, die Organe, als würde etwas in seinem Schädel heranwachsen und ihn zerfetzen.

Aber er sieht nur die weißen Knöchel seiner linken Hand und seine rechte Hand, die auf dem Steinboden liegt. Sie verformt sich. Von ihr rauscht die Pein durch ihn hindurch, von ihr, die nun ganz schwarz ist und nach Fäulnis stinkt, von ihr verfärbt sich langsam der ganze Arm, schwarze Tentakeln, die immer weiter wandern.

»Wir kämpfen für einen König, der den Verstand verloren hat!«, sagt Xurodas. »Das Blut Unschuldiger klebt an unseren Händen.«

»Das stimmt.« Der Bedächtige seufzt und fährt sich mit der Hand durch sein schwarzes, schulterlanges Haar. »Freiheit und Gerechtigkeit wollten wir verteidigen, Schrecken und Vernichtung haben wir gebracht.«

»Inkarth und Vandur waren nie unsere Feinde – und sind es auch jetzt nicht«, sagt er selbst, Lormak, Hauptmann der Ehernen Garde, ein Streiter für das Gute. Zumindest sollte er das sein. Doch was hatten sie getan? Auf Geheiß eines machtgierigen Königs ritten sie in den Krieg und dieser Krieg wusch alles an Moral und Ritterlichkeit aus ihnen heraus. Ihre Taten waren dunkel.

Xurodas knibbelt an der Lippe herum und schlägt plötzlich mit der Faust auf den Tisch, dass die Krüge hüpfen. »Wie konnte es so weit kommen? Gorn hat uns geblendet. Seine Reden haben uns aufgepeitscht wie alle anderen auch. Johlend und mit blitzenden Klingen stürzten wir uns in die Schlacht. Ich schäme mich.«

Ernst blickt der Bedächtige in die Runde. »Inkarth war keineswegs das Schlimmste, Vandur ebenso wenig …«

Lormak und Xurodas senken den Kopf, er ist schwer von den grausamen Bildern. Da kämpften sie wenigstens gegen bewaffnete Soldaten, immerhin, doch was sie mit den Elfen taten! Er drückt die Fäuste gegen seine Schläfen, um die Bilder zu zerquetschen. Aber sie bleiben, bleiben dort für immer, das weiß er.

»Was können wir tun?«, fragt Xurodas verzweifelt.

»Nichts«, erwidert der Bedächtige. »Es sei denn, wir verraten unseren König.«

»Wir haben einen Schwur geleistet«, sagt Xurodas.

Lormak nickt. »Unser Wort bindet uns.«

Jemand setzt sich zu ihnen, rutscht heran und beugt den unter einer Kapuze verborgenen Kopf zu ihnen herüber. Eine feingliedrige Hand streift die Kapuze zurück. Der Silberdraht um den geflochtenen Bart schimmert im Kerzenlicht. »Wie es aussieht, ist Gorn nicht das einzige Problem«, flüstert er.

Der Bedächtige stutzt. »Hast du etwas über Vulodas herausgefunden, Tynn?«

Der Magier nickt und sein Blick verheißt nichts Gutes. »Es ist weitaus verheerender, als ich bisher annahm.«

»Was heißt das?«, fragt Xurodas atemlos.

»Das heißt«, Tynn Bradas' Stimme schwankt, »dass er alles Leben in Landaskan auslöschen wird.«

Er schreit, brüllt, kreischt, als die Schmerzen sich einer Spitze aus reinem Kristall nähern, ein Aufstieg aus den Vorhügeln der Pein zum Gipfel. Wenn er ihn erreicht, ist das sein Ende. Er wird vergehen. Verbrennen. Er wird sich auflösen in unmenschlichen Qualen.

Schweiß tropft auf den Boden, er kniet gekrümmt, hat kaum noch die Kraft, die Axt zu heben.

Das Verderbte muss ihn verlassen!

»Wir müssen ihm das Handwerk legen«, sagt Tynn Bradas.

»Es ist unsere Pflicht«, sagt der Bedächtige. »Nur wir können ihn aufhalten.«

»Dann«, sagt Xurodas, »treten wir diesem Vulodas mal ordentlich in den Arsch!«

Mit einem donnernden Schrei, der sich in einem letzten Aufbäumen seiner heiseren Kehle entreißt, wuchtet er die Axt in die Höhe. Er hält sie, starrt auf die rechte Hand, auf das Böse.

Jetzt saust das Axtblatt herab, direkt auf den Ellenbogen zu …

Lormak saugte Luft in seine Lungen und riss die Augen auf. Das Mondauge starrte bösartig von einem kälteklirrenden Himmel, in dem die Sterne wie Eiskristalle hingen, die jemand in schwarzen Stoff genäht hatte.

Alles gut, nur ein Traum … Derselbe Traum wie immer, die Eindrücke dazwischen aber, sie wurden mit jedem Mal deutlicher. Ein neuer Name: der Mann mit dem spitzen Gesicht, von dessen Kinn ein mit Silberdraht umflochtener Bart abging, Tynn Bradas, ein Magier. Aber wer war Vulodas? Und wie lautete der Name des Bedächtigen? Hoffentlich verrieten es die nächsten Träume.

Ein schmerzhaftes Pochen vibrierte in seinem Körper. War er verletzt? Was war geschehen?

Er verdrängte das Bild des hinabsausenden Axtblattes, das seinen rechten Unterarm abhackte. Damals, als er erwacht war in der Hütte in den Bergen, gepeinigt von unsäglicher Qual, gab es keine andere Möglichkeit, sein Leben zu retten, als das dunkle, dämonische Anhängsel abzuschlagen. Die Seuche hätte ihn sonst getötet.

Lormak schüttelte leicht den Kopf, ein Pochen war da in seinem Hinterkopf, direkt über dem Nacken. Zudem schwindelte ihn. Das musste die Müdigkeit sein. Kein Wunder, es war ja mitten in der Nacht. Wo war er? Mit einem Keuchen wollte er sich aufrichten.

Mehr als eine Handbreit brachte er den Kopf nicht hoch, bevor er zurücksank. Eine nie gekannte Schwäche lähmte ihn. Das Pochen, es kam von seinen beiden Händen.

Panik überkam ihn, er unterdrückte einen Schrei, bewegte hastig die Finger. Gut.

Oder doch nicht?

Er meinte, sie zu spüren, nur fehlte die Reibung mit Stoff oder irgendetwas anderem, genauso die Enge des Handschuhes, den er an der rechten Hand trug, um die schwarze Klaue zu verbergen.

Er biss die Zähne aufeinander und hob den Kopf erneut, dazu seine

Arme, die in Flammen zu stehen schienen, so schrecklich brannte der Schmerz.

Zwei blutfleckige Lumpen erhoben sich links und rechts von ihm.

Atemlos starrte er darauf. Seine Arme! Viel zu kurz waren sie!

»Nein!«

Die jüngsten Geschehnisse fluteten seinen Kopf wie Wasser nach einem Dammbruch: Er hing an der Wand, gefesselt durch Ketten; Feuer und Rauch, Avi, die mit dem Schwert ausholte; ein Schlag am Unterarm, er sackte nach unten, dann noch einer, diesmal links; er stürzte nach vorne, wollte sich abfangen – nur gab es nichts außer den blutsprudelnden Stümpfen.

»Nein!«, schrie er nun.

Er führte den linken Arm zum Mund, grub die Zähne in den Verband, um ihn zu lösen. Die leichte Berührung ließ eine Sonne aus Schmerz im Armstumpf explodieren. Röchelnd blickte er in den Himmel, der Mond verschwamm zu einem breiigen Klecks.

»Nein ...«, krächzte er.

Trotz der Schmerzen versuchte er es noch einmal. Bevor seine Zähne den grobleinenen Stoff erreichten, legte ihm jemand die Hand auf die Stirn und drückte seinen Kopf mit sanfter Gewalt zurück.

»Bei Iandra!«, entsetzte sich eine vertraute Stimme. »Er glüht!«

Schritte, von rechts, ein Rascheln, wieder eine Hand auf seiner Stirn, weicher diesmal und angenehm kühl.

»Es ist nicht besser geworden«, sagte die neue Stimme beklommen. Auch sie war ihm bekannt, allerdings ohne diese Koloratur aufrichtiger Sorge.

»Avi?«, fragte er.

»Sei still und spar dir deine Kraft!«, blaffte sie ihn an.

Na also – jetzt sprach sie wieder so zu ihm, wie er es gewohnt war.

»Es grenzt an ein Wunder, dass er überhaupt bei Verstand ist«, sagte die andere Stimme. Wem gehörte sie noch mal? Genau, Lantyria, die Priesterin aus Quelon.

»Soweit man in seinem Fall von Verstand reden kann«, sagte Avi gallig und sah ihn an. Unter dieser Maske des Zorns jedoch, genau wie bei ihrem ersten Satz, in dem Sorge mitgeschwungen hatte, lag ein anderer Ausdruck.

Lormak brachte ein schwaches Lächeln zustande. »Jetzt kannst du mir die Kehle durschneiden. Das wolltest du ja von Anfang an.« Wieder hob er seine Arme. »Wehren kann ich mich ja nicht.«

Ihre Augen blitzten. »Halt die Klappe, du Idiot!« Sie drehte sich kurz weg, dann zwang sie mit einem forschen Handgriff seine Kiefer auseinander. »Trink das!«

Im nächsten Moment schüttete sie ihm eine Flüssigkeit in den Mund, die schmeckte wie mit Rattenkot verquirlter Eiter.

Er würgte, wollte ausspucken.

Avi hielt ihm Mund und Nase zu.

Wollte er nicht ersticken, blieb ihm schlicht nichts anderes übrig: Er schluckte.

Sie nahm die Hand weg.

»Das wirst du mir büßen!«

Ohne darauf einzugehen, stand sie auf.

»Wir müssen weiter«, sagte sie zu Lantyria.

»Ich weiß«, erwiderte diese und seufzte. »Hoffentlich übersteht er diese Strapazen.«

So leicht kriegten sie ihn nicht los! Lormak wollte erneut den linken Arm heben, um den Verband zu lösen. Es durfte einfach nicht sein, dass auch seine gute Hand fehlte! Plötzlich füllte ein Rauschen seinen Kopf und das Pochen des Schmerzes versank in Watte.

Vor ihm gleißt Helligkeit. Das ist sein Ziel. Die Rettung. Hinter ihm tosen Schreie, verzerrt, boshaft, es zischt und gurgelt, etwas ist ihm auf den Fersen.

Schmerz.

Während des Laufens sieht er auf seine rechte Hand. Trotz des leuchtend weißen Panzers, der den gesamten Arm umschließt, hat irgendetwas diese makellose Rüstung durchdrungen. Mehrere schwarze Löcher prangen im Stahl. Schwarzer Rauch kräuselt sich daraus und zersetzt ihn. Der Schmerz wird schlimmer, seine Schritte unsteter. Neben ihm laufen zwei Männer, gerüstet wie er selbst in schimmernder Wehr, mit Flügelhelm und einer Schwertklinge aus Licht. Auch sie sind verletzt, einer humpelt, ein anderer hält sich den Hals.

Da erreicht Lormak die Helligkeit, taumelt hindurch …

Hinweg sind sein Harnisch, seine Klinge – der Schmerz jedoch ist ihm geblieben. Ihn schwindelt, der Raum dreht sich. Lormak blinzelt, sieht sich um.

Xurodas liegt am Boden, hält sich schreiend das rechte Bein. Der Bedächtige kniet röchelnd, beide Hände umfassen den Hals. Die Helligkeit ist fort, sie sind in einem großen Raum, den mit Büchern vollgestopfte Wandregale beherrschen. Zeichen sind auf den Boden gemalt, Kreise und andere geometrische Figuren, darunter scheinbar wirre Linien und Gebilde, die Lormak noch nie gesehen hat. Kerzen brennen und auf Eisenständern gepflanzte hässliche Steinfratzen mit überlangen Zungen und Hörnern stieren in stummer Bösartigkeit auf die Anwesenden.

Lormak hebt den Kopf und sieht Tynn Bradas, den Magier, wie er in aufkeimender Panik auf die Männer blickt und den Stoff seiner Robe mit den Fingern knüllt. Er leckt sich über die Lippen, flüstert etwas, dann bewegt er die Hände in komplexen Mustern vor seinem Körper. Ein Prickeln rieselt über Lormaks Haut …

Lormak öffnete die Augen. Klopfender Schmerz, kommend von seinen verstümmelten Armen, begrüßte ihn höhnisch. Unter großer Anstrengung schaffte er es, sich auf die Ellenbogen zu stützen und den Oberkörper aufzurichten. Glühende Schmerzwellen umschlangen ihn, er keuchte, presste die Kiefer zusammen, gab jedoch nicht nach. Langsam wurde es besser, doch er spürte, seine Verletzungen waren noch nicht verheilt. Verglichen mit der raschen Erholung, die er nach seinen sonstigen zahlreichen – und zum Teil nicht minder heftigen – Verwundungen erfahren hatte, verwirrte ihn das – und ängstigte ihn. Was, wenn die verlorenen Hände nicht nachwachsen würden, er auf immer ein Krüppel blieb?

Er schluckte trocken und verscheuchte diesen Gedanken. Solange das Dämonische in ihm lauerte, besaß er die damit einhergehenden Fähigkeiten. Gerade mochte die Bestie schlafen, doch verschwunden war sie nicht. Das schwarze Feuer schwelte weiterhin in ihm.

Ein rotes Leuchten zog seinen Blick: Kohlestücke, die in der Asche eines fast verloschenen Lagerfeuers glommen. Feine Rauchfäden schlängelten sich nach oben und verquirlten sich mit dem Nebel ringsum, der durch Dorngestrüpp und Steppengras krauchte. Vom Himmel drang fahles Streulicht und brach sich matt auf den taunassen Blättern der Bäume, doch dort, wohin kein Sonnenstrahl gelangte, überzog Raureif Pflanzen und Stämme.

Schritte kamen aus dem Unterholz hinter ihm und im nächsten Moment kniete sich Avi neben ihn und legte ihren Bogen beiseite. Ein dicker Umhang lag auf ihren Schultern. Sie streifte die Kapuze ab und sagte: »Guten Morgen.« Ihr aufmunterndes Lächeln jedoch misslang gründlich. Blass ihr Gesicht, müde ihre Augen, ein tiefes Seufzen, als sie sich neben ihn setzte.

»Er könnte etwas schöner sein«, brummte Lormak. Dann wusste er nicht mehr, was er sagen sollte, und schwieg deshalb.

»Wie geht es dir?«

Er zuckte leicht mit den Schultern. »Wie lange habe ich geschlafen?«

»Geschlafen ist etwas untertrieben. Vier Tage lang schwebtest du zwischen Leben und Tod. Du hattest starkes Fieber.« Sie legte ihm die Hand auf die Stirn. »Das zumindest ist vorbei.«

»Vier Tage ...«, echote er.

Sie nickte. »Deine Wunden verheilen schlecht.«

»Lass es mich sehen.«

Sie rang einen Moment mit sich, ehe sie nickte. »In Ordnung. Erst aber trinkst du etwas.« Sie stand auf und holte einen Wasserschlauch, dem sie ihm an die Lippen hielt.

Gierig schluckte er das Wasser, das sich kalt wie ein Gletscher in seinen Magen ausbreitete. Er hatte gar nicht gemerkt, wie durstig er war. »Mehr«, sagte er, als Avi den Schlauch wegnahm.

»Das ist vorerst genug. Später bekommst du Tee. Essen musst du auch etwas. Es gibt Suppe, dazu Brot und Stockfisch.«

»Klingt nach purer Gaumenfreude ...«

»Es muss reichen«, erwiderte sie, ohne auf seine Ironie einzugehen. Mit der flachen Hand stieß sie den Stopfen in den Ausgießer des Wasserschlauchs und entfernte sich.

Wenig später kehrte sie zurück, ein paar Stofffetzen in der Hand. »Tut mir leid, besseres Wundzeug haben wir nicht mehr.«

Lormaks Atem beschleunigte sich, da er nun mit eigenen Augen sehen würde, dass auch die linke Hand fehlte. Frei von Fieber und Herr über seine Sinne, war die Angst davor so groß, so schmerzhaft, als würden Klauenhände in seinen Bauch stoßen und die Eingeweide nach außen stülpen. Er schluckte trocken, atmete heftig und seine Nasenflügel blähten sich, als Avi seinen linken Arm behutsam anhob und begann, den Verband zu lösen. Lage um Lage entfernte sie den Stoff. Die leichten Berührungen genügten, um ihn vor Schmerz fast um den Verstand zu bringen. Als sich das letzte Stück, das an der offenen Wunde klebte, löste, mahlte er mit den Kiefern und schnob durch die Nase, um nicht loszubrüllen.

Dann raubte ihm das, was er sah, jeglichen Atem, den er zum Schreien oder Keuchen oder Wimmern benötigte.

Ein gelber Fluss quoll aus dem Stumpf, losgebrochen vom Abnehmen des Verbandes. In seine Nase drang ein übler Geruch. Wortlos und mit festem Blick wischte Avi den Eiter fort. Bestürzung über den Zustand seines Armes sowie Scham brannten in Lormak. Er war ein Krüppel, musste gefüttert werden, und nicht einmal seine Verletzungen konnte er selbst behandeln. In diesem Moment wünschte er sich, dass er in Fjalkraag verbrannt wäre. Jede Spur von seinem unseligen Dasein wäre getilgt gewesen und vielleicht hätte er den Frieden gefunden, dem er seit mehr als vier Jahren hinterherhechelte. Jedoch, würde Iandra ihn überhaupt in ihr Paradies aufnehmen, ihn, den Gezeichneten, den Dämonenmann?

Er konnte den Blick nicht losreißen von dem Stumpf, dem schwärenden, dunklen Fleisch, aus dem fauliges Blut sickerte. Ein Zischen entwich ihm, als Avi das frische Tuch um seine Wunde drapierte. Anschließend kümmerte sie sich um den rechten Arm und er erkannte, dass er den Gipfel des Entsetzens erst jetzt erreichte.

Auch hier Eiter, aber dunkler. Er schwappte aus daumenkopfgroßen Pusteln, die den ganzen Arm übersäten und nacheinander mit leisem Knacken und Zischen aufplatzten, als wäre sein Blick das Signal, alle Register des Widerlichen zu ziehen. Der Gestank ließ ihn würgen; Avis Gesicht hatte die Farbe des Raureifs ringsum und sie atmete kurz und flach. Rasch legte sie den Verband an, stand auf und tauchte die Hände in den Schnee, der sich zwischen den Luftwurzeln eines halb ausgerissenen Baumes einen Fingerbreit aufgetürmt hatte.

In Lormaks Ohren brauste das Blut und sein Herzschlag drückte ihm den Hals ab; am liebsten wäre er aufgesprungen und blindlings in den Wald gerannt. Jetzt ein Dolch, und er hätte seinem Leben ein Ende gesetzt.

Ein schmerzhaftes Lachen riss an seiner Kehle. Er konnte nicht anders, ein Glucksen nach dem anderen kullerte aus seinem Mund. »Wie soll ich das denn machen – ohne Hände!«

Doch das Lachen verebbte schnell, an seiner statt ein plötzlicher Druck in den Augen. Heiß rann es seine Wangen hinab. Er drehte den Kopf zur Seite und schloss die Augen wie im Krampf, damit ihm keine weiteren Tränen entschlüpften. Er hasste sich für seine Schwäche.

Einige Zeit lag er reglos und befand über nichts, ehe er ein Schnaufen hörte, das Rascheln von Stoff.

Er drehte den Kopf.

Neben ihm auf einer Decke hockte Krax mit untergeschlagenen Beinen und blickte ihn unsicher an.

»Hallo, tapferer Zwerg.«

Krax spannte sich, unsicher. »Bitte, verspotte mich nicht.«

»Ich meine es, wie ich es sage. An der Brücke, als ich geschwächt war und mich nicht verteidigen konnte, hast du mich beschützt, als wäre ich dein Waffenbruder. Ich habe mich in dir getäuscht, Zwerg. Das werde ich dir nicht vergessen.«

Zumindest würde er das so lange nicht, bis die Raserei ihn wieder packte …

Krax errötete und strich sich über seinen Backenflaum, als wäre dieser der Pelz eines Schoßtierchens. »Danke.«

»Was ist eigentlich mit Pentrak? Mich wundert, dass er mir nicht schon längst die Kehle durchgeschnitten hat.«

»Er ist tot«, antwortete Krax.

»Sehr schön. Eine Sorge weniger.«

»Und auch ein Kämpfer. Es gibt nur noch Halron, Boras, Fjendor, Lantyria, Avi und mich. Und dich natürlich«, haspelte Krax.

Lormak grinste schief. »Ja sicher, einen Krüppel, der sich nicht einmal den Arsch abwischen kann. Sicher bin ich euch eine große Hilfe gewesen.«

»Das wird schon wieder …«

»Die Wunden verheilen nicht«, sagte Lormak. Düster und voll Bitterkeit schlug ihm die eigene Stimme in die Ohren. »Während der Jahre, an die ich mich erinnern kann, erlitt ich Verletzungen, die einen normalen Menschen umgebracht hätten. Als ich erwachte, damals vor vier

Jahren, ohne Erinnerung an meine Vergangenheit, schlug ich mir die rechte Hand ab, sonst wäre ich gestorben. Aber das Dämonische … es ist noch in mir.«

»Eine schreckliche Bürde«, sagte Krax.

»Meine Hand wuchs nach, wurde zur schwarzen Klaue. Nun ist es anders. Die Wunden eitern und stinken. Nichts wächst nach …«

»Lantyria meint, es wäre der geweihten Klinge wegen.«

Lormak runzelte die Stirn.

»Sie segnete Avis Waffen, in Quelon, bevor du kamst.«

Lormak hätte sich am liebsten an die Stirn gefasst – es blieb beim Zucken seines rechten Arms.

Natürlich! In der Taverne, als ihre Klinge ihn am Hals ritzte, schon da tat der geheiligte Stahl sein Werk!

»Sie hat mir die Arme mit einer gesegneten Klinge abgeschlagen! Das ist es!«

Krax nickte. »Eine andere Erklärung gibt es nach meinem Dafürhalten nicht.«

»Was kann ich tun, um die Wirkung aufzuheben?«

»Das wissen wir nicht«, erklärte Krax kleinlaut.

»Es muss eine Lösung geben!«

»Mit Sicherheit«, sagte Krax aufmunternd.

Seine Worte jedoch verfehlten ihre Wirkung und eine erstickende Decke aus Düsterkeit und Abscheu sich selbst gegenüber sank auf Lormak herab, da ihm in diesem Wimpernschlag gewahr wurde, was das Wirken des von Lantyria geweihten Stahls bedeutete: Der Segen der Göttin sollte das Böse bekämpfen. Und es bekämpfte ihn, Lormak: Die Essenz der Göttin der Rechtschaffenheit und Ordnung stigmatisierte ihn als Wesen der Dunkelheit, das es zu vernichten galt.

Er räusperte den Druck in seiner Kehle weg und atmete ein paarmal durch die Nase ein und aus. Schließlich seufzte er und sah Krax an.

»Alles in Ordnung?«, fragte der Zwerg zögerlich.

Klar! Was sollte schon fehlen? Er war ein depressiver Krüppel, dem die Arme abfaulten, mehr nicht. Kein Grund, die Fassung zu verlieren!

»Geht schon.«

»Was geschah danach?«

Lormak stutzte. »Nach was?«

»Nachdem du dir selbst den Arm abgeschlagen hattest?« Krax leckte sich über die Lippen. »Verzeih, ich verstehe, wenn du nicht darüber red…«

»Kein Problem«, wiegelte Lormak ab, obschon ihn seine Reaktion verwirrte: Er wollte tatsächlich reden. Bislang hatte er Gespräche genauso gescheut wie andere Menschen und sich in Situationen, die ein Miteinander erforderten, höchst unwohl gefühlt – was ihn in letzter Konsequenz in eine Spirale der Wut getrieben hatte. Wieso war das jetzt anders? War es eine weitere Wirkung des geheiligten Stahls? Bekriegte dieser nicht allein sein Fleisch, sondern darüber hinaus die dämonische Seite seiner Seele? War dies gerade der Lormak, der er einst gewesen? Er erinnerte sich an das Traumsegment, in dem sich er, Xurodas und der Bedächtige durch ihr Blut gemeinsame Freundschaft und Treue schworen. Erzählten die Träume tatsächlich seine wahre Geschichte? Hatte er Freunde gehabt, Kampfgefährten, Männer, die einer für den anderen gestorben wären?

Er unterdrückte ein Seufzen und erzählte, wie er unter rasenden Schmerzen in einer Hütte erwachte und sich die Hand abschlug, da dies der Körperteil war, von dem aus das Dämonische den Rest befiel.

Plötzlich blitzte ein anderes Traumbild vor seinen Augen auf …

Während des Laufens sieht er auf seine rechte Hand. Trotz des leuchtend weißen Panzers, der den gesamten Arm umschließt, hat irgendetwas diese makellose Rüstung durchdrungen. Mehrere schwarze Löcher prangen im Stahl. Schwarzer Rauch kräuselt sich daraus und zersetzt ihn …

Das Traumbild zerfaserte. Eine Erkenntnis jedoch blieb: Es hing mit dem Fluch zusammen.

Was würde er dafür geben, um zu sehen, was sich davor ereignet hatte, vor der Beschädigung der Rüstung und dem Rauch!

»Was geschah dann?«

»Die Schmerzen waren unerträglich und Todesangst lenkte meine Schritte hinaus aus der Kate in den Wald. Ich weiß nicht, wie lange ich lief, und ebenso wenig, wohin. Wohl mehr als drei Tage irrte ich umher.«

»Mit abgeschlagener Hand?«

Lormak nickte.

Krax hatte inzwischen sein Buch in der Hand und notierte fleißig mit. »In der Hütte, da war sonst niemand?«

Lormak schüttelte den Kopf.

»Hast du jemals versucht, dorthin zurückzukehren?«

»Ja. Jedoch fand ich nicht mehr zurück.«

»Trotzdem weißt du inzwischen mehr«, sagte Krax vorsichtig.

»Was meinst du damit?«

»Du träumst von deiner Vergangenheit. Von der Vergangenheit vor deiner Vergangenheit, meine ich.«

»Woher weißt du davon?«, fragte Lormak schärfer, als er beabsichtigt hatte.

Das Kratzen der Feder verstummte abrupt; Angst flackerte in Krax' Blick. »Ich ... ich habe dich murmeln hören. Es war keine Absicht, wirklich nicht! Ehrlich gesagt war es ein ganz schönes Durcheinander, was du da zusammengebrabbelt hast. Aber wenn man auf einem Pferd sitzt und einem die Zeit lang wird und man friert, versucht man sich eben abzulenken und deswegen habe ich zugehört, tja, und da ...«

»Rede dich nicht um den Verstand, Zwerg!«, knurrte Lormak. »Raus mit der Sprache! Wovor hast du Angst? Dass ich dir auf den Kopf springe und dich mein Arschloch verschlingt?«

Krax' Augen wurden groß. »Nein, ähm, natürlich nicht!«

»Was habe ich im Schlaf gesagt?«

»Mir fielen lediglich zwei Namen auf. Der eine ist Tynn Bradas, der andere Vulodas.«

Lormaks Herz begann laut zu schlagen. »Was ist mit Xurodas?«

»Ja, den hast du auch genannt. Allerdings sagt er mir nichts. Die anderen beiden jedoch ...« Krax klappte das Büchlein zu, verstaute es in dem Metallkästchen und legte die Fingerkuppen der Finger und Daumen zu einem Dreieck zusammen. »Tynn Bradas ist recht bekannt. Er war der Erste Magus Landaskans und somit König Gorns Leibmagier. Und Vulodas war sein engster Berater.«

Lormak dachte an seine Träume.

Alle drei hatte er gekannt, König, Magier und Berater. Irgendetwas war vorgefallen, und Lormak, Xurodas und der Bedächtige steckten mit drin. Aber was?

»Weißt du, was aus ihnen geworden ist?«, fragte Lormak nach einer Weile.

»König Gorn ist aller Wahrscheinlichkeit nach tot. Wie er umkam, weiß man nicht. Ob Vulodas sein Schicksal teilte, ist ungewiss, aber denkbar. Von Tynn Bradas fehlt jede Spur.«

»In meinen Träumen redeten wir von einem wahnsinnig gewordenen König. Das muss Gorn sein.«

Krax nickte. »Gut möglich. Ob er wirklich wahnsinnig war, weiß ich nicht, machthungrig und skrupellos aber auf jeden Fall. Er war es, der die Lande der Menschen nach Jahrzehnten des Friedens in den Krieg stürzte. Er nahm Inkarth sowie Vandur und er streckte seine gierigen Hände bereits nach Lantra aus, als unversehens die Dämonenplage begann.«

»Was war mit Gorn und den Elfen?«

»Das ist eine grausame Geschichte«, sagte Krax. »Da Gorn sein Imperium ausweitete und anscheinend nicht willens war, damit aufzuhören, trafen sich Elfen und Zwerge in unserer Hauptstadt Mjallanor, um sich zu beraten. Sie trennten sich uneins: Die Zwerge griffen nicht ein, die Elfen jedoch entsandten eine Delegation zu Gorn, um ihn von seiner Machtlüsternheit abzubringen.« Krax seufzte. »Ein sinnloses Unterfangen.«

»Was geschah?«

»Man traf sich in Yelion, der Grenzstadt, in der sowohl Menschen als auch Elfen leben. Kurz zuvor hatte Gorn herausgefunden, dass die Elfen in Form von Proviant und Waffen heimlich Vandur unterstützten. Außer sich vor Wut, schickte er seine Elite, die Eherne Garde. Die Stadt wurde besetzt und alle Elfen – einschließlich Gesandtschaft – gefangen genommen. Postwendend ließ er die Elfen hinrichten. Lediglich einige Frauen verschonte er, damit die Soldaten ihren Spaß mit ihnen haben konnten.«

In Vandur kämpften sie gegen bewaffnete Soldaten, immerhin, doch was sie mit den Elfen taten! Er drückt die Fäuste gegen seine Schläfen, um die Bilder zu zerquetschen. Aber sie bleiben, bleiben dort für immer, das weiß er.

Lormak suchte diese Bilder vergebens. Vielleicht war es besser so. Wie es schien, klebte das Blut Unschuldiger an seinen Händen, mehr noch, er hatte einem machtgierigen Despoten geholfen, die Welt ins Verderben zu stürzen.

Seine innig gehegte Hoffnung war zerplatzt, die Hoffnung, dass er in seinem früheren Leben etwas Besseres gewesen war, als er nun darstellte. Schlimmer noch, diese Hoffnung hatte sich ins Gegenteil verkehrt: In diesem Leben hatte er einen Mann grundlos umgebracht; in seinem früheren, wie es aussah, gleich mehrere, Dutzende vielleicht. Hunderte? Nicht nur Männer, sondern auch Frauen und Kinder?

»Was ist?«, fragte Krax.

Lormak schluckte, schüttelte den Kopf und sagte mit brüchiger Stimme: »Ich … bin müde. Lass uns später weiterreden.«

»Natürlich.« Krax stand auf.

Ziellos irrte Lormaks Blick von den Bäumen und Sträuchern zu den schneebestäubten Wipfeln und dem grauen Winterhimmel über Avi und Lantyria, die das Frühmal vorbereiteten, hin zu drei Männern – Halron, Boras und Fjendor –, die aus dem Schneegestöber jenseits der Bäume in den Schutz des Lagers traten.

Er war ein Mörder; ein Schlächter!

Die Männer gesellten sich zu den Frauen, sagten etwas und Halron deutete in Richtung Süden. Wahrscheinlich würden sie bald aufbrechen. Süden war gut. Dort lag Calsinthar. So sie rechtzeitig zum Silberturnier eintrafen, standen die Sterne günstig, Xurodas wieder im *Pockenturm* anzutreffen.

Anstatt beflügelt zu sein, dass die Queste, seine Vergangenheit zu enträtseln, weiterging, spuckte er geräuschvoll auf den Boden: Mit jedem Traum, jedem Gespräch und jedem Gedanken, in dem er die losen Erinnerungsfäden zu einem Strang verband, artete sein früheres Leben in etwas Grässliches aus. War sein jetziger Körper vielleicht ein Spiegel seiner früheren Taten? War es eine Strafe durch die Götter?

Wie viel Schuld hatte er auf sich geladen?

Erneut überkam ihn der Wunsch zu sterben. Es wäre das Beste. Bevor er diesen Albtraum mit jeder neuen Erkenntnis noch dunkler und hässlicher machte, sollte er aufhören und es dabei bewenden lassen. Ein rascher Stoß ins Herz mit einer geweihten Klinge, und es wäre vorbei.

Das Schicksal aber hatte ihm nicht einmal diese Entscheidungsfreiheit gelassen. Verbittert starrte er auf seine verstümmelten Arme.

Avi kam zu ihm, setzte sich auf die Hacken und tauchte einen Holzlöffel in eine irdene Schale.

Er blickte sie an.

Sie verharrte in der Bewegung, legte die Schale beiseite und sah ihm in die Augen. »Sie werden nachwachsen.«

Er presste die Kiefer aufeinander, dass die Zähne knirschten, und zischte: »Darum geht es nicht.«

»Um was dann?«

»Ich bin eine Bürde für euch. Lasst mich hier.«

»Nein.«

»Erfüll mir einen Wunsch.«

»Wenn es in meiner Macht steht.«

»Nimm dein Schwert und ramm es mir in die Brust. Oder schlag mir den Kopf ab. Irgendetwas, das schnell geht.«

»Hast du jetzt den Verstand verloren?«

»Im Gegenteil«, antwortete er, »er arbeitet besser denn je. Ich meine es ernst.«

Sie lachte auf.

»Was?«, grollte er.

»Vom großen Krieger zu einem jammernden, in Selbstmitleid zerfließenden Häufchen Elend. Ganz ehrlich«, sie wischte sich eine Lachträne aus dem linken Auge, »ich hätte nie gedacht, das zu sagen, doch gefiel mir der alte Lormak tatsächlich besser als der neue.«

»Mir gefällt keiner von beiden.«

»Und was dann?«, fragte sie, nun wieder in ihrer gewohnten Kühle.

»Was meinst du?«

»Ich töte dich. Was dann?«

Er zuckte die Schultern. »Siehst du zu, dass du das Weite suchst und dich in Sicherheit bringst?«

»Das ist unmöglich, Lormak.«

»Angle dir Halron, der passt schon auf dich auf.«

Zorn blitzte in ihren Augen. »Du verstehst nicht!«

»Was denn?«, blaffte er zurück.

»Die Dämonen sind hinter mir her.«

»Hinter wem nicht?«

»Es ist anders. Meine Gabe … sie führt die Bestien zu mir. Ich kann ihnen nicht entrinnen. So, wie du mich gefunden hast, werden auch sie mich finden.«

»Daran kann ich nichts ändern.«

»Nein, daran nicht. Mit dir allerdings komme ich vielleicht mit dem Leben davon.«

»Denkst du, ich kann sie alle erledigen, jeden Einzelnen, der dir an den Kragen will?« Zornig hob er die Arme. »Soll ich ihnen mit meinen Stummeln die Köpfe einschlagen oder was?«

»Solange sie nur sterben ...«

Er verstummte. Dann schüttelte er den Kopf, lachte bitter.

Avi sah ihn fest an. »Du wirst wieder gesund.«

»Ich will nicht mehr herausfinden, wer ich einst war!«

»Haben deine Träume Dinge gezeigt, die dir missfallen?«

Er gab keine Antwort.

Avi nickte wissend. »Zeigt sich vielleicht, dass Lormak kein strahlender Held, sondern ein ganz normaler Mensch war?«

»Schlimmer«, hauchte er.

»Also läufst du davon.«

»Nein!«

»Natürlich tust du das. Du scheust keine Gefahr, keinen Gegner, stellst dich im Kampf, egal wie groß die Übermacht ist. Vor dir selbst aber ziehst du den Schwanz ein. Wie war er noch, dein hochtrabender Satz, den du Krax vorgesungen hast? Des Kriegers Herz und so weiter? Ich sage dir, Krax hat mehr Mumm als du!« Sie machte ein verächtliches Gesicht. »Du bist einfach nur erbärmlich.«

»Verschwinde!«

»Nein«, erwiderte sie gelassen. »Erst isst du etwas.«

»Leck mich!«

»Trotziges Balg!«

»Nimm deinen Fraß und hau ab!«

Sie hob das Kinn, bedachte ihn mit einem hämischen Blick und stand auf. »Feigling!« Ohne seine Reaktion abzuwarten, kehrte sie zu den anderen zurück.

In schwelender Wut sah Lormak ihr nach.

Feigling hatte ihn noch nie jemand genannt! Das würde sie ihm büßen!

Plötzlich jedoch grinste er.

Schneid – das musste man ihr lassen – hatte dieses Weib jedenfalls!

Er legte den Kopf zurück und stierte in den Himmel.

Einen Moment später rumorte sein Magen und er spürte, wie hungrig er war.

Eher würde er sich die Zunge abbeißen, als dieses Weibsstück zu fragen.

Trotzdem musste er lächeln.

Kapitel 11

Vor 23 Jahren …

Vom Balkon aus, auf dem sein Vater gestorben war, blickte Iridon dem Boten nach, der gerade das Anwesen verließ. Nachdem der Wipfel der Robe um die Seite gewischt war und der Garten so vor ihm lag, wie er ihn kannte – verlassen und einsam –, hob er zum wiederholten Mal das Pergament vor seine Augen und las schmunzelnd.

Durch die Ereignisse in jüngster Vergangenheit sehen wir uns veranlasst, eine Delegation zu König Gomgrash nach Mjallanor zu entsenden, um mit dem König und seinen Beratern Schritte in Erwägung zu ziehen, die das Gleichgewicht der Kräfte auf Yur sichern.

Ihr werdet Teil dieser Delegation sein, um Euch persönlich bei Gomgrash für Euer Verhalten zu entschuldigen, auf das wir in diesem Schreiben nicht mehr eingehen möchten. Dies wird Euer Bittgesuch um Vergebung abrunden, das der König bereits erhielt. Für die Dauer der Reise werdet Ihr wieder in den Stand eines Mitglieds des Äußeren Rats erhoben. Verhaltet Ihr Euch dergestalt, wie es sich für diese Stellung geziemt, wird diese Amtserhebung von Dauer sein. Wir hoffen inständig, dass Ihr Euren Schwur nach Besserung nun mit Worten und Taten untermauert, die dem Volk der Elfen, dem Hohen Rat und natürlich unserem geschätzten König zur Ehre gereichen.

Iridon knüllte das Pergament zu einer Kugel zusammen und schleuderte sie vom Balkon. Dann lachte er schallend und stützte beide Hände auf die Brüstung, damit er nicht zusammensank. Er hielt sich den Bauch, lachte sich die Kehle heiser und wund.

Nach einiger Zeit richtete er sich auf, wischte sich Tränen aus den Augen und fixierte die Bäume und Dächer, hinter denen sich, im Moment verborgen durch einen Dunstschleier, die Kuppel des Ratsgebäudes in den Frühlingshimmel wölbte. Er meinte sie zu spüren, die Gedankenwindungen, Geister und Empfindungen der Ratsmitglieder unter jener Kuppel, wie sie umherwuselten und sich für wichtig hielten, wie sie disputierten, schwadronierten, Pläne schmiedeten, sich gegeneinander ausspielten, beratschlagten und ihr eigenes Vorankommen nicht vergaßen, wie sie heuchelten, Blickpfeile verschossen und giftige Saat in naive Ohren pflanzten, wie sie von sich überzeugt waren, alles unter Kontrolle zu haben. Ach, diese Narren!

Glucksend schüttelte Iridon den Kopf. Völlig verblödet. Er sagte auf, was sie zu hören erwarteten, als würde er ein auswendig gelerntes Gedicht herunterleiern, neigte den Kopf, kleidete sich in Beschämung und etwas Anbiederei, und schon senkte sich das Zepter der Vergebung auf sein Haupt und erlöste ihn von seiner Schuld. Im Herbst noch eine Sündengestalt gewesen, die man verachtete; jetzt, ein halbes Jahr später, im düsteren Licht eines aufziehenden Krieges im Osten, war er vergessen, einfach getilgt. Vage erinnerte man sich noch an ihn, den Abweichler und Querulanten – wirkliches Interesse zeigte niemand mehr. Es war ihm geschehen, wie es mit allen Ungeheuerlichkeiten geschah: Sie begannen zu verblassen, wurden bleicher, farbloser und durchscheinender wie zu oft abgekratztes Pergament und gerieten schließlich in Vergessenheit. Ein halbes Jahr zuvor hatte man ihn in Schimpf und Schande von der Bühne der Wichtigen geworfen: Nun schubste man ihn quasi wieder hinauf.

Und dann – Iridon schnalzte mit der Zunge, halb belustigt, halb bestürzt über so viel Beschränktheit – rollte man ihm sogar den Teppich aus, den samtenen, den flauschigen, auf dem er, gestärkt durch Amt und Königssiegel, zu genau jenem Ort gelangte, nach dem es ihn dürstete.

Mjallanor.

Natürlich war es nicht ein plötzlicher, aus dem Äther kommender Sinneswandel allein, der diesen Brief erschaffen hatte. Nein, es war Ajuna. Das letzte halbe Jahr, in dem er zum Räuber papierener Geheimnisse aus dunklen Zeiten geworden war, zum Troglodyten, hatte sie sich für ihn eingesetzt, für ihren Mann, den sie liebte – und der sie im Gegenzug schamlos ausnutzte und manipulierte.

Den Hohen Rat hatte Iridon alle zwanzig Tage belogen, wenn er dort erscheinen musste. Ajuna jedoch belog er jeden Tag. Und sie merkte es nicht. Vielleicht war er noch ein besserer Lügner, als er ein Wissenschaftler und Zauberer war, obwohl er sich auf letzteren Gebieten bewusst verbessert hatte. Er hatte nichts anderes getan, als Zwergisch zu lernen, Beruns Mysterien zu enthüllen und seine eigene Zauberkraft zu neuen Ufern zu treiben.

Er atmete die Frühlingsluft ein, die nach Blüten und Leben roch, alles dampfte aus dem Garten nach oben, schwängerte Garyat.

Er war ein mieser, abgefeimter Lügner.

Man hatte ihn erwählt, die Delegation nach Mjallanor zu begleiten, da er inzwischen das Zwergische beherrschte wie sonst fast niemand, in Wort wie in Schrift. Ajuna und die anderen dachten, sein Lernen gründe auf dem Bestreben nach Buße. Wie sie sich alle irrten ...

Und nun ebneten sie ihm den Weg.

Er würde ihn gehen, würde alles daransetzen, hinter Molgrashs dunkles Geheimnis zu kommen. Um jetzt aufzuhören, dafür hatte er zu viel investiert.

Machtgier, nichts anderes peitschte ihn voran! Es war das Verlangen, mehr zu wissen, mehr zu können als jeder andere.

»Es ist für die Wissenschaft«, konterte Iridon die Stimme seines Gewissens. »Auch aus schlechter Erde kann ein schöner Baum sprießen.«

Das schale Gefühl jedoch blieb, der Geschmack von Verrat an dem, was er am meisten liebte. Was, wenn Ajuna eines Tages dahinterkam? Wie würde sie reagieren?

Iridon verließ den Balkon, betrat das Schlafgemach und setzte sich auf das Bett. Die Ellenbogen auf die Knie gestützt, die Hände gegen die Wangen gelegt, dachte er eine Weile nach. Zu einer Lösung gelangte er nicht. Was sollte er tun, falls er Erfolg hätte? Es für sich behalten? Oder immer weitermachen, so lange, bis er entweder mächtiger war als jeder andere Mensch, Elf und Zwerg – oder stürzte?

Aus den Augenwinkeln sah er ein Huschen und um nächsten Moment sauste ein Hase um den Bettpfosten, stellte sich auf die Hinterbeine und vollführte kratzende Bewegungen an Iridons rechtem Hosenbein. Er kraulte dem Hasen den Kopf, worauf dieser auf das Laken sprang und dort herumwühlte. Lachend wickelte er ihn darin ein, sodass sich eine Beule unter dem Stoff wölbte, die sich hin und her bewegte, bis sie das Ende erreichte. Der Hase warf einen argwöhnischen Blick zu Iridon.

Er schnellte die Arme nach vorne, als wolle er ihn packen: Der Hase schoss vom Bett und jagte aus dem Zimmer. Abgelöst wurde er von einem wunderschön gemaserten Luchs, der sich vorsichtig unter den Türsturz setzte. Seine Nase zuckte, als er die Luft witterte. Dann hoppelte er ungelenk über den Boden, setzte sich und glotzte Iridon mit großen Augen an. Er stand auf, nahm den Luchs auf die Arme und ging nach unten. Das Tier wehrte sich nicht, blieb ganz ruhig. Am Ende der Treppe wartete der Hase. Er sah Iridon, wirbelte herum und schoss davon.

Iridon setzte den Luchs ab, der blieb, wo er war, ehe er langsam und scheinbar ziellos im Haus umherhüpfte. Dann jagte wieder der Hase heran, fuhr die Pfote aus, erwischte den Luchs an der Wange und flitzte weiter.

Iridon lächelte.

Berun sprach die Wahrheit.

Und nach langer Zeit des stillen Experimentierens hatte Iridon einen Weg gefunden, dessen Aufzeichnungen in Brauchbares umzumünzen. Natürlich gab es noch viel, was er nicht verstand, doch arbeitete er weiterhin so beharrlich wie im Moment, würde er irgendwann hinter das ganze Mysterium gelangen – vorausgesetzt, er könnte Molgrashs Schriften in Augenschein nehmen.

Freilich war er nicht darauf aus, eine zweite Totenarmee zu erschaffen, nein, warum auch? Er wollte kein neues Zeitalter der Finsternis einläuten, sondern eines der Erleuchtung! Eines fernen Tages würde man ihm, Iridon, huldigen, dem Wegbereiter in eine blühende Epoche der Wissenschaft und Magie. Molgrash und Berun hatten das Arkane beherrscht wie niemand vor oder je wieder nach ihnen. Selbst einige der absolut grundlegenden Thesen und Experimente, auf die sie ihre Forschungen gestützt hatten, überstiegen den Horizont der meisten heutigen Zauberwirker. Nicht jedoch seinen. Iridon war dankbar, dass ihn das Schicksal zu jener verlassenen Berghöhle geführt hatte.

Unsere Wissenschaft ist weit genug und sie entwickelt sich ständig weiter, hatte König Belfatis vor mehr als einem halben Jahr gesagt.

Iridon warf einen Blick zu den beiden Tieren. Könnte der König mit eigenen Augen sehen, was Iridon hier vollbracht hatte, wäre er sofort eines Besseren belehrt. Er atmete tief durch. Noch war es zu früh, um irgendjemanden einzuweihen.

Der Tag würde kommen, an dem sie ihre Kleingeistigkeit erkannten und seine Größe akzeptierten, an dem sie vor ihm, als Größten aller Elfen, das Haupt beugten. Vergessen sein würden seine Verfehlungen, seine Bestrafung und sein Name würde selbst den seines Urgroßvaters überflügeln.

Schritte.

Ein Ruck ging durch ihn. Er packte den Luchs, brachte ihn zum Keller, setzte ihn auf den Stufen ab und stieß ihn mit dem Fuß hinunter. Glücklicherweise bekam er den Hasen ebenfalls zu fassen, wiederholte das Prozedere und ließ die Tür zuknallen. Einen Herzschlag später schwang die Eingangstür auf und Ajuna betrat das Haus.

Iridon atmete durch, setzte ein Lächeln auf und eilte ihr mit ausgebreiteten Armen entgegen. Es war fahrlässig gewesen, die Tiere im Haus umherstreifen zu lassen. Hätte Ajuna deren sonderbares Verhalten registriert, hätte sie mit Sicherheit unangenehme Fragen gestellt. Auch so allerdings blickte sie ihn alles andere als erfreut an.

Konsterniert ließ er die Arme sinken. »Ein schlechter Tag?«

Sie warf den Kopf in den Nacken, dass ihr blondes Haar wippte, und ihre Augen blitzten, als sie ein Pergamentknäuel auf ihn schleuderte. Es traf seine Brust, purzelte nach unten und blieb raschelnd liegen.

»So also wertschätzt du deine Begnadigung!«

»Das ... das war vor lauter Freude!«

»Lügner!«, zischte sie. »Keinerlei Mühen habe ich gescheut, um dein Ansehen geradezurücken. Habe Zugeständnisse gemacht und meine Ideale verkauft, um dich möglichst schnell zu rehabilitieren! Und das«, sie deutete mit dem Zeigefinger auf das Pergament, als wäre es eine Pestbeule, und ihr Gesicht wurde bleich vor Zorn, »ist dein Dank?«

Iridon knetete die Hände ineinander. »Es geschah aus Übermut, Überschwang, nicht aus ...«

Sie trat an ihn heran. »Hör mir gut zu, Iridon.« Unerwarteterweise fasste sie ihn an den Händen, ihre wutstraffen Züge glätteten sich und in ihre reinblauen Augen legte sich ein Anhauch jenes Schmelzes, dem er jedes Mal aufs Neue erlag. »Du bist mein Mann. Ich liebe dich und ich stehe zu dir. Ich würde alles für dich tun.« Der Schmelz wich und die vorige Härte kam zurück. »Aber nur, solange ich das Gefühl habe, dass du dies würdigst.« Ihre Hände lösten sich, wanderten über seine Brust und legten sich kühl auf seine Wangen. »Solltest du diese Gelegenheit, die dir nun gegeben wird, nicht nutzen, sondern genauso behandeln wie das Schriftstück, werde ich sehr ungehalten. Hast du gehört?«

Er nickte.

»Denn ich sehe es nicht ein«, fuhr sie fort, ihre Stimme anmutig und zugleich schneidend, ähnlich einem wunderschönen, aber tödlich scharfen Dolch, »dass du meine Karriere mit deinen Launen zerstörst. Schon jetzt wird hier und dort getuschelt, ich müsse bettlüstern sein und mein Schmachten nach dir umneble meinen ach so hochgelobten Verstand. Ich sei dir verfallen, geradezu untertan. Falls ich nicht das täte, was du forderst, würdest du mich nicht mehr stößeln und das triebe mich dann in den Wahnsinn ...« Sie legte den Zeigefinger unter sein Kinn und fuhr mit der Kuppe langsam nach oben bis zu seinen Lippen. »Diese Gerüchte stören mich, sie beflecken meinen Ruf. Und noch mehr stört mich, dass vielleicht sogar etwas dran ist an ihnen.« Langsam glitt ihre Hand wieder nach unten, vom Kinn den Hals hinab und die Brust und den Bauch bis zu seinem Schritt.

Er reagierte darauf; ihr Verhalten erregte ihn, ihre Dominanz und plötzliche Stärke, und er stöhnte auf, als sie sein Glied befreite und streichelte, dabei süffisant lächelte. Er fasste sie an den Hüften.

Sie schlug seine Hände beiseite.

»Du bist nicht in der Position, Forderungen zu stellen, mein lieber Gemahl«, raunte sie und drückte ihn rückwärts, bis er die Treppe erreichte. Halb sitzend, halb liegend rutschte er auf die Stufen, lag da wie hingegossen. Ajuna sank auf die Knie und beugte sich herab. Ihre Zungenspitze umspielte seine Eichel. Iridon wurde halb wahnsinnig vor Lust, als sich ihre warmen Lippen über sein Glied stülpten. Ein Regenbogen aus Farben wuchs vor seinen Augen; zwischen seinen Lenden ballte sich seine Lust, er begann, zu keuchen und sich unter ihren Zuwendungen zu winden. Ein fast schmerzhafter Höhepunkt kündigte sich an.

Unvermittelt ließ sie ab von ihm und stand auf, ihr Lächeln das eines Generals, der eine Schlacht gewonnen hatte.

Hingestreckt lag er da, mit heruntergelassener Hose, sein Glied steil aufgerichtet. Er blickte sie an, verstört, fassungslos.

Sie lachte glockenhell und sagte: »Ich nehme an, dass klar ist, wer wem verfallen ist ...«

Erfolglos versuchte er, seinen Atem zu beruhigen, und keuchte: »Du bist grausam.«

»Anders scheinst du nicht zu verstehen, dass es mir ernst ist.«

Er erhob sich und zog sich wieder an. »Es tut mir leid.«

»Das sollte es auch. Du wirst zu den Zwergen gehen und du wirst deine Pflichten zur vollkommenen Zufriedenheit des Hohen Rates sowie des Königs erfüllen. Und natürlich ganz zuvorderst«, setzte sie hinzu, ihre Stimme wie Eiswind, »zu *meiner* vollkommenen Zufriedenheit.«

Er nickte, bass erstaunt über ihr Gebaren – und auch etwas eingeschüchtert. Diese Seite an Ajuna hatte er bislang nicht gekannt. »Ich werde dich nicht enttäuschen.«

»Kannst du gar nicht«, grinste sie plötzlich, »denn ich werde dich begleiten.«

»Das ... das freut mich«, stammelte er.

»Überbordende Begeisterung zu zeigen, ist seit jeher deine Stärke.« Auf ein tiefes Seufzen folgte immerhin ein warmes Lächeln, das keine lauernde Anspannung mehr verströmte. »Komm, gehen wir in den Garten. Ich habe einiges zu erzählen.«

Während Iridon am Gartentisch Platz nahm, der im Schatten des Felsüberhangs lag, und sich beruhigte, bereitete Ajuna ein schnelles Mahl aus Obst und Fruchtsaft zu, das sie auf einem Tablett vor ihm abstellte.

Nach einiger Zeit unbehaglichen Schweigens, das sonst nie zwischen ihnen herrschte, griff Ajuna nach seiner Hand. »Komm, alles wieder gut, in Ordnung?«

Erleichtert atmete er auf. »Klar.«

»Ohne drastische Maßnahmen kommt bei dir keine Botschaft an.«

»Gebe ich sogar zu.« Er schob sich eine Apfelscheibe in den Mund.

Ajuna trank Traubensaft. »Möchtest du wieder an die Universität?«, fragte sie zwischen zwei Schlucken.

Fragend hob er die Augenbrauen.

»Jandisvar ist erkrankt und sie haben nicht genug fähige Leute.«

»Eins nach dem anderen«, erwiderte er vorsichtig. »Ich möchte mich auf das Gespräch mit den Zwergen vorbereiten. Und ganz allgemein ins normale Leben zurückfinden.«

»Der *Jirnat* ist seit einem Monat aufgehoben. Vor die Tür bist du trotzdem nicht gegangen.«

»So leicht ist es für mich auch nicht.«

»Inzwischen redet kaum mehr jemand darüber. Es gibt andere Dinge, welche die Gemüter erhitzen.«

Iridon lehnte sich im Stuhl zurück. »Die Menschen.«

»Gorn, um genau zu sein. Ein Hitzkopf war er schon immer, doch dass er plötzlich – und vor allem ohne Grund – in den Krieg gegen Inkarth zieht, wundert mich.«

Iridon schnaubte. »Es sind Menschen, Ajuna.«

»Na und? Bis auf ein paar wirklich unbedeutende Zwischenfälle herrschte seit mehreren Jahrzehnten Frieden, und ehe man sich versah, wurden aus dahinvegetierenden Feldarbeitern, die von der Hand in den Mund lebten, Architekten, Ingenieure, Händler Künstler und Staatsmänner. Gerade Landaskan ist die schönste und kräftigste Blüte neben all den anderen. Ich verstehe nicht, weshalb Gorn seinen Verbündeten angegriffen hat.«

»Die schönste und kräftigste Blüte neben all den anderen. Vielleicht stößt sie seinem Ego *neben all den anderen* übel auf.«

»Machtgier«, sagte Ajuna geringschätzig.

Iridon durchlief ein leises Zittern, da er sich an die Worte erinnerte, die ihm sein Gewissen in gehässiger Manier zugeflüstert hatte.

»Ich verstehe es auch nicht«, pflichtete er ihr bei. »Kaum prosperieren sie, da gehen sie sich schon wieder an die Gurgel. Menschen ... triebgesteuert, mehr Tier als Geistwesen.«

Nachdenklich sah Ajuna eine Kirsche an, die sie zwischen Daumen und Zeigefinger hielt. »Ich weiß auch nicht ... An sich sehe ich Potenzial in ihnen.«

Iridon gab einen verächtlichen Laut von sich. »Tut mir leid, aber das sehe ich gänzlich anders: Auf meiner Expedition in die Ebene der tausend ... na, du weißt schon ... Jedenfalls heuerte ich eine Handvoll Menschen an, um die Fundstücke zu verladen und andere niedere Arbeiten zu tätigen. Erstens besudelten sie sich fast vor Angst, zweitens waren sie nicht imstande, selbstständig zu denken, und drittens, so sie denn tatsächlich einmal ihr Gehirn benutzten, dann nur, um über Brüste, Pobacken und Ähnliches zu palavern. Sie sind dumm, widerlich und durchweg unnütz.«

»Dennoch sind sie die stärkste Rasse auf Yur.«

»Weil sie sich vermehren wie die Karnickel!«

»Nicht alle sind so. Sie haben Magier, Gelehrte und ...«

Unwirsch kaute Iridon auf einem Apfelstück herum, so fest, dass er sich in die Zunge biss. »Verflucht!«, zischte er, spuckte den Apfel aus und befühlte seine Zunge.

Ajuna lachte auf. »Geschieht dir recht!«

»Ich verstehe nicht, was du an ihnen findest«, murmelte er beleidigt und beäugte feindselig das verbliebene Obst.

»Was ich an ihnen finde?«, wiederholte sie murmelnd und zuckte schließlich die Schultern. »Sie mögen etwas ungeschlacht sein, sicher, doch Potenzial sehe ich. Da kannst du sagen, was du willst.«

»Gemessen an ihrer Zahl und dem Auftreten von magischer Begabung oder Geistesgaben überhaupt erkennt man überdeutlich, dass Iandra sie aus den Resten höherer Rassen erschuf. Vielleicht war ihr auch langweilig oder sie hatte einfach einen schlechten Tag.«

Ajuna lutschte an einem Kirschkern herum und legte ihn auf das Tablett. »Anfeindung einer anderen Rasse, Gotteslästerung, Dickköpfigkeit ... ich weiß nicht, wohin das mit dir noch führen soll«, meinte sie spöttisch und grinste. »Nur gut, dass *ich* damit beauftragt bin, die Entwicklungen zu beobachten, nicht du.« Dann, ernster, fügte sie hinzu: »Ich hoffe, du siehst du Zwerge nicht als ebenso minderbemittelt.«

»Nicht ganz.«

Sie schüttelte den Kopf. »Bitte, nimm dich an die Kandare, wenn wir in Mjallanor sind.«

»Ich mach bloß Spaß.«

»Viel Raum für Spaß bleibt nicht mehr, Iridon.«

»Du brauchst keine Angst haben.« Lächelnd blickte er sie an. »Wann geht es los?«

»Nächsten Monat, schätze ich, wenn die Frühlingsschmelze vorbei ist und die Pässe passierbar sind.«

»Was zieht der Hohe Rat in Erwägung?«

Sie zuckte die Schultern. »Noch sind wir uneins. Die einen sagen, man solle sich heraushalten, die anderen fordern ein rasches Einschreiten, damit sich die Lage nicht verschlimmert.«

Erstaunt krauste Iridon die Brauen. »Heißt das, man will in den Krieg ziehen?«

»Nein. Jedoch grübelt man darüber nach, die bedrohten Reiche auf andere Weise zu unterstützen: Waffen, Nahrung, ein paar elfische Kundschafter ...«

»Mag schon stimmen, dass lange Zeit Frieden herrschte, nur darf man nicht vergessen, dass die Menschen sich früher mit großem Hurra die Köpfe eingeschlagen haben. Wird die Sache nicht etwas aufgebauscht?«

»Gute Frage. Allerdings geht es um mehr als ein bloßes Grenzscharmützel. Berichten zufolge steht Inkarth bereits am Rande der Niederlage.«

»Kein Wunder«, meinte Iridon. »Landaskan ist viermal so groß. Meinst du, Inkarth reicht Gorn?«

»Das weiß niemand. Hoffen wir es.«

»Und wenn nicht? Ist dann Vandur dran? Und danach Lantra?«

»Jaminara möge es verhüten! Ganz Yur würde im Chaos versinken.«

»Irgendeinen Grund muss es für Gorns Kriegslust geben.«

»Bei Machtgier waren wir bereits«, sagte sie.

»Für einen Mensch mag das genug sein.«

»Aber es ist so dumm, so unendlich dumm!« Verzweifelt schickte sie einen Blick in den Himmel, als läge die Antwort irgendwo zwischen den Wolken. Dann strich sie sich über die Stirn und langte nach der nächsten Kirsche. »Worin liegt der Sinn, seine Nachbarn anzugreifen? Nachbarn, die reichlich Gold in die Handelskassen spülen? Gorn beißt die Hand, die ihn füttert. Das wird nicht gut enden.«

»Was erhofft sich der Rat eigentlich bei den Zwergen?«

»Es wäre gut, sich auf ein gemeinsames Vorgehen zu einigen. Die Zwerge sind stark, haben hervorragende Rüstungen und Kriegsgerät und sind Meister im Verteidigen. Wir möchten Gomgrash überreden, einige seiner Experten freizustellen, die bei der Verteidigung gegen Gorn helfen.«

»Wieso versucht man nicht, die anderen Menschenreiche gegen Gorn aufzubringen, sie anzustacheln, um diesem Nieselprim den Garaus zu machen?«

»Wir verfolgen die Lehre des Gleichgewichts. Zu viel Einmischung birgt große Gefahren. Besser, man geht subtil vor.«

»Das sehe ich zwar anders, aber gut ...« Iridon kratzte sich am Kinn. »Und was ist, wenn sich Gomgrash querstellt? Sie mögen ja Meister im

Verteidigen sein, die Kurzen, doch sind sie auch meisterlich übellaunig und eigenbrötlerisch. Ich denke, sie werden lieber das Tor zusperren und es erst wieder aufmachen, wenn die Luft rein ist.« Er fasste Ajuna ins Auge. »Was dann?«

Sie räusperte sich, ehe sie sagte: »Falls es so kommen sollte, werden wir erst einmal versuchen, mit Gorn zu reden.«

»Lass mich mal kurz nachrechnen: In einem Monat brechen wir auf, die Reise dauert noch mal so lang, dann wieder einen Monat zurück, mindestens zwei weitere Wochen, bis man mit Gorn in Kontakt treten kann, noch mal zwei Wochen, bis das Treffen stattfindet …« Iridon kehrte die Handflächen nach oben und zuckte die Schultern. »Meiner Meinung nach kann man ihn dann nur noch fragen, ob es wirklich nötig war, ganz Yur zu erobern.«

»Spar dir deinen Spott«, gab Ajuna gereizt zurück. »Wir sind uns sehr wohl bewusst, dass die Zeit drängt. Morgen ist eine Versammlung mit Belfatis und den Generälen anberaumt. Eventuell beliefern wir die Menschen schon zeitiger mit Waffen und anderen Gütern.«

Iridon trank und schickte das Wasser von einer Backe in die andere, bevor er schluckte. »Alles zu kompliziert für meinen Geschmack. Wieso überhaupt das ganze Tamtam? Ein paar Menschen mehr oder weniger, das macht keinen Unterschied.«

»Du vergisst, dass auch wir vom Frieden profitieren. Der Handel mit den Menschen blüht.«

»Als sie noch im Dreck herumgewühlt haben, sind wir auch ganz gut ohne sie zurechtgekommen, oder etwa nicht?«

Ajuna ballte die Fäuste, presste sie auf den Tisch und beugte sich nach vorne. »Manchmal, da würde ich am liebsten einen großen Knüppel nehmen und dir den Scheitel nachziehen!« Sie schöpfte einmal tief Atem und setzte sich wieder. »Ich möchte einfach, dass mein Kind«, hierbei sah sie ihn durchdringend an, »von wem auch immer ich es bekommen werde …«

»Sehr witzig …«

»… in Zeiten des Friedens aufwächst.«

»Das wird es.«

»Wie kannst du so sicher sein?«

Er drehte sich im Stuhl herum und umfasste Garyats Silhouette mit einer ausgreifenden Armbewegung. »Niemals zuvor wurde Garyat angegriffen.«

»Da liegst du falsch«, konterte Ajuna. »Die Totenkriege.«

»Das feindliche Heer lag *vor* der Stadt, und ehe es angreifen konnte«, erwiderte Iridon, ohne sich zu Ajuna herumzudrehen, »nahte bereits Hilfe.« Er räusperte sich. »Nun, jedenfalls sind wir hier sicher, denn wir sind – betrachtet man die menschlichen Reiche einzeln und nicht als Verbund – das mächtigste Volk Yurs. Zahlreich sind wir nicht, zugegeben, doch verfügen wir über ausgezeichnete Krieger, Magier und Taktiker, und unser Kriegsgerät steht dem der Zwerge in nichts nach.« Er wandte sich wieder um und legte seine Hände auf Ajunas. »Keine Sorge. Unserem Kind wird nichts passieren.«

Sie nickte, doch urplötzlich schimmerten Tränen ihn ihren Augen.

Iridon stand auf und nahm sie in den Arm. Sie drückte sich gegen ihn und schluchzte leise. Nach einiger Zeit löste sie sich, blickte ihn an, ihre Augen gerötet, aber entschlossen. »Es ist wieder gut.« Sie atmete durch. »Wir müssen für Frieden sorgen, das ist unsere Pflicht, für uns, für unser Volk und vor allem für unsere Nachkommen.«

»Ich bewundere deine hehren Ideale«, sagte Iridon aufrichtig, fast ehrfürchtig. Woher nahm sie diesen Altruismus? Diese Kraft, sich so sehr um andere zu kümmern?

Ajuna fasste seine Worte falsch auf. »Spar dir deinen Spott!«

»Ich meinte es ernst ...«

Sie verzog die Lippen. »Dann beweise es, indem du deinen Pflichten nachkommst!« Damit räumte sie den Tisch ab und verschwand im Haus.

Iridon blieb noch eine Weile draußen, die Hände hinter dem Rücken verschränkt, und blickte zur Kuppel der Ratshalle, deren Spitze im Sonnenlicht glänzte wie mit lauterem Gold beschlagen, während sich der Rest der Stadt weiterhin unter schleierfeinem Dunstgewand versteckte.

Iridon stieg aus dem Sattel, leinte sein Pferd an und näherte sich der Waldkate, die so alt wirkte wie die Bäume ringsum, knorrig, überwuchert, wettergegerbt. Es war die Jagdhütte, die sich seit Generationen im Besitz seiner Familie befand, doch weder Iridon noch sein Vater hatte der Jagd je etwas abgewonnen; der Letzte, der sie benutzt hatte, war Vjurnok gewesen, sein Großvater. Dementsprechend heruntergekommen sah sie aus. Zwar widerstrebte dieser Verfall Iridons innerem Bestreben nach Vollendung und Meisterhaftigkeit, doch je unauffälliger und uninteressanter sie aussah, desto besser diente sie seinen Zwecken. Vor den Holzstufen, die zur Tür führten, hielt er an, schloss die Augen und schärfte sein magisches Gespür. Ihm war, als würden seine Finger über starke Seile gleiten, die sich, straff gespannt und glatt wie Glas, um die Kate zogen. Sollte jemand versuchen, sich unerlaubt Zutritt zu verschaffen, würde dieser Jemand sein blaues Wunder erleben.

Iridon bündelte seine arkane Kraft, vollführte eine schneidende Handbewegung und sagte den Namen seines Urgroßvaters, Bjarnak. Die magischen Schutzlinien waren gekappt. Nun holte er einen Eisenschlüssel aus der Tasche seiner Reitjacke und steckte ihn ins verrostete Schloss. Ein aufbegehrendes, schleifendes Knirschen, und die Tür schwang auf. Im Inneren roch es nach einem Potpourri aus abgestandener Luft, Staub und Verwesung. Bevor sich Iridon versah, trat er mitten auf den Kadaver einer Maus. Das Gefühl sich auflösender, glitschiger Masse unter seinem Stiefel entlockte ihm ein Schaudern.

Angewidert machte er kehrt und wischte sich die Sohle im Gras ab. Sein Pferd hielt in der Bewegung des Grasrupfens inne und musterte ihn neugierig. Dann jedoch legte es die Ohren an, tänzelte, bis das Seil sich spannte, und bekam große, angstweite Augen.

Iridon schaute sich um. War er in Gefahr?

Ein Flattern über seinem Kopf.

Über ihm flog die Fledermaus. Sie beschrieb einen engen Bogen, drehte sich und krallte die Beine in einen dicken Ast. Wie ein Pendel schwang sie kopfüber ein paarmal vor und zurück und musterte ihn aus diesen sonderbaren, roten Augen.

Inzwischen war das wundersame Erscheinen dieser Kreatur für ihn zu etwas Alltäglichem geworden. Nicht, dass sie wirklich jeden Tag auftauchte, doch in einer Regelmäßigkeit, auf die er sich keinen Reim machen konnte, fast so, als passe sie auf ihn auf oder als beobachte sie ihn.

Jedenfalls war es grotesk.

Trotzdem akzeptierte er das Wesen, denn ihm hatte er es schließlich zu verdanken, dass er auf Beruns Buch gestoßen war. Das Tier war so etwas wie ein Talisman aus Fleisch und Blut, zu dessen auffälligen Merkmalen seine beachtliche Größe zählte sowie die befremdliche Tatsache, dass es offenbar einen Narren an ihm gefressen hatte. So in dem ledrigen Vieh allerdings eine verborgene Intelligenz schlummerte, kaschierte es diese grandios: Weder reagierte es auf Geräusche noch auf Bewegungen; man konnte anstellen, was man wollte, es hing stupide irgendwo in der Gegend herum und glotzte einen die ganze Zeit an.

»Hast du kein eigenes Leben?«, fragte Iridon und stemmte die Arme in die Hüften.

Keinerlei Reaktion.

»So dankbar ich dir ja bin, deine beharrliche Einfältigkeit nervt mich bisweilen.«

Da! Ein Blinzeln!

Iridon klatschte in die Hände. »Bravo, Fledermaus, bravo! Welch mimische Heldentat!«

Er ging zu seinem Pferd hinüber, das sich inzwischen wieder beruhigt hatte, öffnete die Satteltasche, holte Beruns Buch heraus und betrat die Kate. Nach einem ausgreifenden Schritt über das zermatschte Etwas nahe der Türschwelle legte er das Buch auf eine breite Holzplatte, die auf zwei Böcken ruhte; mehr Tisch bekam man hier nicht. Als Sitzgelegenheit diente eine Truhe, über die eine raue Decke drapiert war. Er entfernte sie, was eine Staubwolke erzeugte, die ihn niesend zum Fenster stürzen ließ. Hastig entriegelte er die Fensterläden und stieß sie auf. Sonnenlicht flutete in einer dicken hellen Bahn in den Raum und beleuchtete Myriaden winziger Staubkörnchen, die im Luftstrom tanzten. Mit der Hand wedelnd lief Iridon durch die Kate und öffnete die anderen beiden Fenster. Bei jedem seiner Schritte wölkte ebenfalls Staub auf, sodass er neuerlich niesen musste.

Nachdem er sich – wofür er sich ein bisschen schämte – die Nase am Ärmel seiner teuren Jacke abgeputzt hatte, öffnete er mit einem anderen Schlüssel die Truhe. Der Inhalt: ein paar alte, mottenzerfressene Kleidungsstücke. Mit einem schicksalsergebenen Seufzen grub er darin herum, bis er fand, wonach er suchte: einen weiteren Schlüssel. Die rechte Hand an der Hose abklopfend, kniete er sich unter den Tisch, löste drei angesägte Bretter und griff in das Loch. Zutage förderte er eine weitere Truhe, diese etwas kleiner als die andere, dafür aber massiv. Ächzend stellte er sie neben sich ab und öffnete sie. Darin, gebettet auf sauberem Leinentuch, befanden sich zwei tellergroße schwarze Steine, die Oberflächen beider versehen mit sich nach innen windenden Linien wie bei einem Schneckenhaus. In Form und Aussehen unspektakulär, in ihrer Wirkung sagenhaft. Einziges Manko bisher: Seine magischen Fähigkeiten reichten nicht aus, sie zu aktivieren.

»Noch nicht«, murmelte er, halb entschlossen, halb ernüchtert, da es tatsächlich etwas gab, wofür seine Fähigkeiten nicht ausreichten.

»*Noch* nicht«, wiederholte er und nahm einen der Steine behutsam von seinem Polster. An seiner statt legte er Beruns Buch und versenkte die Truhe wieder unter dem Dielenboden.

Den Schlüssel vergrub er in dem moderigen Kleiderhaufen, versperrte die Truhe, drapierte die Decke wieder darüber, nieste, verriegelte schniefend die Fensterläden und die Hütte und reaktivierte den Schutzzauber.

Den Stein verstaute er in der Satteltasche, ehe er sich auf den Rücken seines Pferdes schwang, froh über die befreiende Frühlingsluft. Er atmete tief ein, nickte, nahm die Zügel – und hörte ein Geräusch von oben.

Die Fledermaus breitete die Flügel aus, schaute ihn an, blinzelte, was irgendwie zufrieden wirkte oder wohlwollend oder lobend, dann schwang sie sich in die Luft und verschwand mit langsamen Flügelschlägen zwischen den Baumwipfeln.

Iridon zuckte die Schultern und machte sich auf den Weg zurück nach Garyat. In zwei Tagen würden sie zu den Zwergen aufbrechen. Ajuna hatte es sich angelegen sein lassen, ihre Mitglieder beim Hohen Rat für einen rascheren Aufbruch zu gewinnen. Natürlich hatte sie Erfolg gehabt. Zwei Wochen früher als erwartet ging es los.

Iridon brannte darauf, Mjallanor zu sehen. Alles war erledigt, er war bereit für die Reise. Die beiden Tiere, mit denen er experimentiert hatte, hatte er in der Wildnis ausgesetzt. Fraglich, ob sie lange überleben würden, für einen Zauber jedoch, der die Tiere wieder so machte, wie sie sein sollten, war durch das frühere Datum der Abreise keine Zeit mehr gewesen. Das Wichtigste aber war erledigt: Iridon fasste zur Satteltasche und spürte die Härte des schwarzen Steins.

Gegen Abend traf er an seinem Haus ein.

Ajuna saß im großen Zimmer und studierte ein Schreiben. Als er eintrat, sprang sie auf und fiel ihm um den Hals. Sie küssten sich, dann erzählte sie ihm, wie ihr Tag gewesen war, was an ihm vorbeidriftete.

Trotzdem nickte er, lächelte und erfreute sich an der Schönheit seiner Frau.

»Und was hast du gemacht, werter Gemahl?«

»Ich bin ausgeritten, da mir die Übung fehlt und ich keine Lust verspüre, mir die Pobacken wund zu reiten, wenn ich nach über einem halben Jahr das erste Mal im Sattel sitze.«

Natürlich glaubte sie es. Sie glaubte es immer. Der Grund war plausibel, natürlich, doch die Leichtigkeit, mit der sie ihm seine Lügen abkaufte, traf ihn umso härter.

Später am Abend liebten sie sich. Danach, erschöpft und glühend in Schweiß und ausklingender Leidenschaft, kamen ihm die Tränen. Jaminara sei gedankt, dass es dunkel war im Zimmer. Er hielt die Luft an, um nicht zu schluchzen, und als Ajuna seine Brust kraulte, war es, als würde eine sengende Klinge Muster in seine Haut ritzen. Der Schmerz war die Ablehnung vor sich selbst, das spürte er, und in diesem Moment war er nahe dran, Ajuna alles zu erzählen. Ja, in diesem Moment schrie alles in ihm auf, dass er krank sei und Hilfe brauche, dass er eine starke Hand benötige, die ihn aus seiner Besessenheit führe.

Doch er schwieg und nach einiger Zeit vernahm er Ajunas gleichmäßige Atemzüge.

Ihm war unsäglich heiß. Er stahl sich aus den Laken, öffnete die Tür zum Balkon und stand einige Zeit nackt in der kühlen, dunstigen Nacht, ehe er sich niederlegte und verzweifelt versuchte einzuschlafen. Als der Schlaf schließlich kam, ritt auf seinen samtenen Schwingen der fürchterlichste Albtraum, den Iridon jemals erlebt hatte.

Aus seiner Brust bricht Feuer. Es verzehrt alles um ihn herum. Es sind austauschbare Gesichter mit leeren Augenhöhlen, die in den Flammen schwarz werden und zerplatzen. Ein orangerotes Meer aus Feuerzungen wogt vor ihm auf und ab, es verschlingt alles und jeden. Plötzlich schweben bekannte Gesichter vor ihm: König Belfatis, die Mitglieder des Rats, dann Lumithar, sein bester Freund.

»Hör auf!«, schreien sie im Chor.

Das Meer steigt höher. Sie verbrennen unter entsetzlichen Qualen, ihre Seelen werden regelrecht aufgefressen. Das Feuer jedoch, das aus Iridon herausbricht, wird nicht schwächer.

Dann teilen sich die Wellen und hindurch schreitet eine Gestalt in wehendem Gewand, anmutig und stolz.

Ajuna.

Sie breitet die Arme aus, will ihn umarmen. Sie lächelt und ihre Augen glühen vor Liebe, glühen tausendmal heller, als seine Flammen der Vernichtung es vermögen.

Ajuna kommt näher.

Ihr Bauch ist rund.

»Lass das Feuer gehen, mein Liebster«, sagt sie, nimmt seine Hand und legt sie auf ihren Bauch. »Spürst du es, unser Kind?«

»Ich spüre es«, erwidert er. Er weint vor Freude, streichelt ihre Haut, so weich und lindernd kühl, ganz anders als das Feuer.

Die Flammen sind beinahe verloschen, da öffnen sich, umweht von schwarzem Rauch, mit einem Mal zwei glosend rote Augen fern am Horizont, der in trüber Dunkelheit versunken liegt.

Ajunas Blick verändert sich, von freudig und verzückt zu nachdenklich, dann zu etwas anderem.

Schmerz.

Aus Iridons Hand schießt Feuer. Es sengt in Ajunas Bauch, verkohlt ihren Körper; die Flammen fauchen über ihr Gesicht, das Haar vergeht zischend, die Haut springt brandig, blättert ab. Ihre Augen schmelzen, die schwarzen Lippen öffnen sich zu einem letzten Schrei.

Ein Inferno bricht aus seiner Brust hervor und zerreißt das, was von Ajuna übrig ist. Nichts von ihr ist mehr da, alles haben die tosenden Flammen verschlungen.

Nur die roten Augen, sie strahlen am schwarzen Himmel …

Iridon schnellte in die Höhe. Schwer atmend griff er sich an die Brust, sein Herz raste, stolperte ein paarmal im Takt. Er war schweißgebadet. Keuchend streifte er die klamme Decke ab und zwinkerte Tränen zurück, die sich in seinen Augen gesammelt hatten. Ihn schwindelte, er hatte Durst.

Und er hörte ein Flattern – hier, im Zimmer!

Er sprang auf. Nichts bewegte sich im spärlichen Silberlicht des Mondes, das ins Schlafgemach rieselte. Panisch stürzte er zum Geländer des Balkons, schaute in die Nacht. Alles ruhig.

Keine Fledermaus. Keine roten Augen am Horizont. Nur sein Herz donnerte wie unter Hammerschlägen.

Kapitel 12

Das Rütteln des altersschwachen Fuhrwerks ging Lormak durch den ganzen Körper; die Wirbelsäule fühlte sich wie abgelöst vom Körper an, als vibrierten Knochen und Gelenke in einem anderen Takt als Blut und Organe. Als krönender Abschluss ballte sich jeder Ruck, wenn die eisenbeschlagenen Räder über eine Unebenheit hüpften oder in eine Auswaschung fielen, als glühende Schmerzspitze in seinen entzündeten Unterarmen. Dazu peitschten ihm, scharf wie winzige Klingen, Eiskristalle ins Gesicht, um die Haut von den Wangen zu schälen. Der Wind heulte wie ein hungriges Wolfsrudel, alles versank im weißen Chaos. Lormak wünschte sich an einen anderen Ort – oder in einen anderen Körper. Seit der Flucht aus Fjalkraag waren sechs Tage vergangen, vier in Ohnmacht, zwei – leider – wach.

Lantyria, die neben ihm auf dem Kutschbock kauerte und die Zügel mit dicken Fäustlingen umfasst hielt, löste einen davon, lehnte sich zu ihm und richtete seinen Schal, der Mund und Nase schützte.

»Danke«, brummelte er, doch der Wind stahl ihm die Worte, ehe sie ans Ohr der Priesterin gelangten. Wieder in sich zusammengesunken, stierte sie nach vorne auf die Ahnung einer Straße, nur kenntlich anhand der mit rötlichem Schlamm marmorierten Stellen im Weiß. Nicht nur sie war am Ende ihrer Kräfte, bei ihr aber schlugen die Strapazen besonders heftig zu Buche. Sie war zu alt fürs Reisen bei solch einer Witterung.

Weiter vorne, ein paar Pferdelängen entfernt, ritten Halron, Boras und Fjendor, drei graue Geister im flirrenden Eistanz. Avi bildete die Nachhut. Lormak drehte sich herum. Man ahnte sie mehr, als dass man sie sah, ein dunkler Fleck hinter dem Wagen.

Ein Rascheln von der Ladefläche. Eine eisverkrustete Wollmütze schob sich aus mehreren übereinandergelegten Decken. Rote Triefnase, rote Backen, roter Flaum.

»Wann hört das denn endlich auf?«, jammerte Krax.

»Ein verfrühter Wintereinbruch«, knurrte Lormak, die Augen zusammengekniffen gegen das stechende Schneegetöse. »Was erwartest du? Sonnenschein und Blütenduft?«

»Nicht umsonst lobpreisen wir Zwerge die stete Wärme unserer unterirdischen Siedlungen. Wenn es kalt ist, schließen wir die Tore und alles ist gut.«

»Niemand hat dich gezwungen, Chronist zu werden, oder?«

»Mir blieb fast nichts anderes übrig!«, ereiferte sich Krax.

»Dann ertrage es wie ein Mann.«

Der Zwerg sagte irgendetwas, das sich anhörte wie das Wehklagen einer verhungernden Katze, und tauchte wieder unter die Decke.

Ertrage es wie ein Mann … Ha!

»Fass dich erst einmal an die eigene Nase«, murmelte Lormak.

Nichts hatte sich verbessert. Die Wunden eiterten und stanken, keine frische Haut, nichts – außer Schmerz. Der Gedanke, dies könne von nun an sein Schicksal sein, begann sich langsam zu festigen. Grausame Kälte breitete sich in ihm aus, als hätte der Winter sein wahres Zentrum nicht hier draußen, sondern im innersten Kern seiner dämonisch-menschlichen Seele. So konnte er nicht weiterleben. Niemals. Schmerzhaft klar sah er jene Kriegsversehrten vor sich, denen er hier und da begegnet war, kauernd in den Hinterhöfen von Tavernen, an Marktplätzen oder vor Tempeln, angewiesen auf Almosen, vom Schicksal – oder dem Streben machthungriger Lehnsherren – darum gebracht, ihren Weg selbst zu wählen. Trotzdem klammerten sich diese Krüppel an das Leben, ein Leben, das *er* als nicht lebenswert empfand. Einerseits scheute er keinen Kampf, bewies Mut im Angesicht des Feindes; andererseits war er zu feige, sich dieser neuen Situation zu stellen. Gestern hatte er Lantyria sein Leid geklagt. Sie ermutigte ihn dazu, im Glauben Halt zu finden, Jaminaras Pfad der Rechtschaffenheit und Ordnung zu folgen. Früher hätte er über solch salbungsvolle Worte müde gelächelt. Das war jetzt anders. Jedoch, die Angst vor einem Dasein als Krüppel nagte zu sehr an ihm, als dass er unbefangen und mit offenem Geist über ihre Worte sinnieren konnte. Deshalb erbot sich derzeit einzig die Verzweiflung, sich seiner anzunehmen, und sie tat es aufopferungsvoll: Wie eine dunkle, hässliche Mutter schloss sie ihn in ihre trostlosen Arme und wiegte ihn in die schwärzesten Stunden seines Lebens. Dermaßen lang waren ihm zwei

Tage noch nie vorgekommen. So viele Gedanken und Ängste und Qualen, sie sollten in einem ganzen Menschenleben Platz finden, nicht in zwei lächerlichen *Tagen*!

Halron tauchte neben dem Kutschbock auf, hoch zu Pferd, und sah zu ihnen herunter. »Das ist genug«, rief er gegen den Wind. »Das Vorankommen ist zu schwierig und erschöpft die Zugtiere. Wir rasten. Dort hinüber!« Er schob den Schal wieder vor sein Gesicht und wies auf einen Schatten im Schneegestöber.

Lantyria erwachte aus ihrer Starre und lenkte den Wagen zu einem, wie sich erfreulicherweise herausstellte, schützenden Felsüberhang, der links und rechts umgeben war von hohem Altfarn und Buschgehölz, die Schnee und Wind abhielten.

Wenig später saßen sie dicht zusammen und beobachteten gespannt und erwartungsvoll die ersten sich aus dem trockenen Reisig kräuselnden Rauchfäden. Als kleine Flammen herausleckten, schichtete Halron trockenes Holz hinzu, das sie in einer mit Öltuch umspannten Kiste transportierten.

Die Wärme des Feuers im Gesicht, ließ sich Lormak gegen die Felswand sinken. Hinter den Flammen, im schmalen Spalt zwischen Fels und Gestrüpp, wirbelten Eis und Schnee, als wäre die Welt dort zu Ende, als gäbe es auf ganz Yur nur diesen einen behüteten Flecken Erde.

Avi bereitete eine Brühe über dem Feuer zu und verteilte Holzschalen und Löffel. Hunger macht schweigsam, hieß es: Geraume Zeit vernahm man nur das Klackern der Löffel sowie Schab- und Schlürfgeräusche, als man die letzten Reste herauskratzte.

Ein Löffel näherte sich Lormaks Mund. Er öffnete ihn und erduldete die Schmach, gefüttert zu werden. Was sollte er auch sonst tun? Zu hungern, wie er es gestern aus Trotz getan hatte, war einfach nur dumm. Nachdem er gegessen hatte, wischte Avi ihm die Lippen mit einem Tuch sauber und setzte sich zu ihm. Die anderen sanken umgehend auf ihre Decken und schliefen, selbst Halron, der sich bislang immer zu einer Wache erboten hatte. Bei diesem Wetter allerdings benötigten sie keine.

»Krax hat mir ein bisschen von dir erzählt«, begann Avi ohne Umschweife.

Forschend blickte er sie an und dachte nicht zum ersten Mal, dass sie hübsch war. Hübscher sogar als die Magd im *Pockenturm,* die er sich oft vor Augen gerufen hatte in den letzten beiden Tagen, um sich abzulenken. Bewirkt hatte das lediglich, dass er einen Ständer bekam – mit dem er ja nichts anfangen konnte ...

Nicht mal die eigene Faust konnte er mehr ficken!

»Du willst nicht darüber reden«, deutete sie seinen düsteren Blick falsch.

Er schüttelte den Kopf, seufzte. »Ich habe es dem Zwerg erzählt. Weshalb sollte ich es dir dann nicht erzählen?«

»Weil du mich nicht ausstehen kannst?«

»Das stimmt nicht. Für Halron und Boras bin ich bereits tot, Lantyria versucht alles, dass Jaminaras Weisungen mich aus der Verzweiflung leiten, Krax lenkt mich ab. Du wechselst meine Verbände, etwas, vor dem sich sogar die Priesterin scheut ...«

In diesem Augenblick hätte Lormak alles gegeben, um seine Hände wiederzuhaben, wirklich alles, er hätte seine Vergangenheit geopfert, ewige Schwärze in seinen Erinnerungen akzeptiert, wenn er jetzt Avis Hände hatte berühren dürfen.

Doch der Moment verstrich.

»Habe mir Gedanken gemacht, wie alles zusammenhängt«, sagte sie leise.

»Ich bin neugierig«, entgegnete Lormak, obgleich er es überhaupt nicht war; zu sehr schmerzte der vergeudete Moment, ein Moment, den er überhaupt nicht verstand und der doch so unendlich kostbar erschien. Nun war er verblasst und bedeutungslos.

Avi begann, an den Fingern abzuzählen, und lächelte dabei, offensichtlich stolz darauf, welche Schlüsse sie gezogen hatte. »Erstens geschah die Verschmelzung mit dem Dämon in dir auf anderem Wege als durch Geburt, so viel ist sicher. Du bist älter als zwanzig, wurdest geboren, als man die Plage noch gar nicht kannte. Zweitens warst du ein Kämpfer, mehr noch, ein Hauptmann der Ehernen Garde. Das erklärt deine Fertigkeiten im Kampf, teilweise zumindest. Den Rest erledigen deine dämonischen Kräfte.« Sie räusperte sich. »Das alles weißt du ja eigentlich selbst, jetzt aber kommt Punkt drei.« Sie zwinkerte und Lormak musste lachen, was auch ihr ein Lächeln entlockte. »Punkt drei ist die Verbindung, Lormak ...«

»Komm, spann mich nicht auf die Folter.«

»Du warst Hauptmann der Ehernen Garde, der militärischen Elite Landaskans, und in Landaskan nahm die Dämonenseuche ihren Ursprung. Auf was führt das hinaus?«

Ratlos zuckte er die Schultern.

»Du steckst ganz tief mit drin.«

»In was?«

»Na, in allem eben! Verstehst du nicht? Irgendetwas ist passiert und du warst dabei.«

»Reine Mutmaßung.«

»Teilweise, ja, nur bedenke: Dass der Dämon auf andere Art und Weise mit dir verschmolzen ist, ist der Haken. Irgendetwas ist passiert, etwas Wichtiges, und du bist der Schlüssel dazu. Du beziehungsweise deine Erinnerungen.«

Lormak nickte. »Ich gebe zu, es klingt halbwegs plausibel. Vielleicht kann uns dabei jemand helfen ... jemand, der so ist wie ich«, sagte er mit etwas Überwindung.

Avi zog die Brauen nach oben. »Ist das dein Ernst?«

Er nickte und erzählte ihr von seinem Treffen mit Xurodas.

»Calsinthar«, murmelte sie. »Darum also geht es. Du willst mich da hinschleppen, um zu sehen, welche Traumblockaden ich bei Xurodas löse.«

»Ja.«

Ein paar Lidschläge sah sie an ihm vorbei, ehe sie sich bewegte, als wolle sie etwas abschütteln. Schließlich sagte sie: »Also lautet unser Ziel Calsinthar.«

»Du kommst aus freien Stücken mit?«

»Frei oder nicht spielt doch gar keine Rolle. Ich kann nicht vor den Dämonen fliehen, deshalb ...« Sie hob die Achseln. »Welche Hoffnung bleibt sonst? Außerdem habe ich dann zwei von deiner Sorte, die auf mich aufpassen.«

Mit grimmiger Miene hob Lormak beide Arme.

»Das ist nicht von Dauer.«

»Gern würde ich deine Überzeugung teilen.«

Sie machte eine Geste, in die man alles hineinlesen konnte; eine Antwort jedoch blieb sie schuldig. Stattdessen sagte sie: »Ich habe das Gefühl, unser Treffen in Quelon war vorherbestimmt. Ob wir uns leiden können oder nicht, angewiesen sind wir aufeinander. Etwas geschieht, das sich meiner Vorstellungskraft entzieht. Etwas Großes, das mehr ist als Fleisch und Blut und etwas Magie.« Sie nickte, wie um sich selbst zu bestätigen, ehe sie sich erhob und zu ihrer Schlafstatt ging. Auf halbem Wege jedoch stöhnte sie unvermittelt und sank auf die Knie. Verwirrt schaute sie sich um, drehte sich im Kreis, ihr Mund offen, die Augen ganz anders als vorher, glanzlos, starr. Ein Zittern erfasste sie und ein Keuchen entwich ihren Lippen. Die Augen immer noch offen, der Blick ungerichtet, fiel sie auf die Seite.

»Avi!«, rief Lormak und wollte sich abdrücken. Der Schmerz in seinen Stümpfen raubte ihm fast die Sinne.

»Lantyria!«

Die Priesterin murmelte etwas und öffnete die müden, blutunterlaufenen Augen.

»Etwas ist mit Avi!«

Nun hellwach, richtete sie sich auf und krabbelte an Avis Seite, deren Stimme plötzlich so klar und laut erscholl, dass Lormak erschrak.

»Bestimmung und Schicksal, Vorhersehung und Zufall, all dies mag dem Quell der Willkür entsprungen anmuten. In Wahrheit jedoch ist alles der ewigen Ordnung unterworfen. Nichts geschieht aus reinem Belieben. Selbst der Flug eines Blattes, so erratisch und wild seine Drehungen und Sprünge aussehen mögen, unterliegt den Kräften des Windes, wird ganz und gar von ihm gesteuert. Dergestalt ist es auch mit dem Leben. Wohin es euch treibt, scheinbar wahllos und ohne Ziel, allüberall wirkt die Macht der Ordnung!«

Lantyria hob die Hand vor den Mund, blieb in dieser Haltung erstarrt und in ihren geweiteten Augen glitzerten Tränen der Ergriffenheit. »Die Worte der Göttin«, hauchte sie atemlos, streckte den Arm aus und legte Avi die Hand auf die Stirn. Ihre Lider flatterten kurz, ehe sie die Hand löste und Lormak schwer atmend anblickte. »Du musst sie beschützen!«

»Wie geht es ihr?«

»Du musst sie beschützen!«, wiederholte Lantyria vehement und starrte ihn so fest an, als wolle sie mit ihren Augen Löcher in seinen Kopf brennen.

»Wie denn?«, knurrte er zurück. »Verdammt, kümmere dich lieber um sie!«

Lantyria bedachte Avi mit unergründlichem Blick. »Sie braucht keine Hilfe. Lass sie einfach …«

Lediglich eine Decke breitete die Priesterin über Avi aus.

»Was ist passiert?«

»Erinnerst du dich an meine Vision, Lormak?«

»Ein Wesen aus Licht und Dunkelheit, das Avi beschützen muss …«

Sie nickte. »Vergiss das nicht.«

»Was hat sie gesagt?«

»Es ist eine Passage aus den geheiligten Schriften Jaminaras, Wort für Wort.«

»Du meinst, die Göttin hat aus ihr gesprochen?«

Lantyria erbebte kurz. »Das denke ich in der Tat.«

»Avi könnte die Textstelle kennen.«

»Das bezweifle ich, doch verstehe ich deine Skepsis. Du wirst sehen, dies ist erst der Anfang.«

»Was hast du gesehen, als du sie berührtest?«

»Die Dunkelheit, die das Licht frisst. Und ein Mischwesen aus beiden Essenzen. Der Beschützer, er muss gleichermaßen hell sein wie dunkel …«

Eine märchenhafte Szenerie aus dicken Schneewechten, weißen Bäumen und einem klaren, mit Schäfchenwolken gespicktem Himmel breitete sich vor ihnen aus. Kristalle funkelten im knietiefen Puder und eine Brise blies sanfte Schleier über den Boden, die um die Beine der Pferde und Wagenräder wirbelten. Zum Glück war der Schnee fein und noch nicht verklebt, sodass sie den Umständen entsprechend gut vorankamen. Trotzdem argwöhnte Lormak, dass die Dämonen aufholten. Bestätigen ließ sich dieser Verdacht nicht, weil Avi immer noch schlief. Sie lag neben Krax auf dem Fuhrwerk, sah friedlich und erholt aus. Nur aufwachen wollte sie nicht. Der kurze Moment der Entrückung schien sie unglaublich viel Kraft gekostet zu haben.

Der Wagen überquerte gerade die Kuppe eines niedrigen Hügels, als Halron die Hand hob. Lantyria zog an den Zügeln. Knirschend kam er zum Stillstand. Nachdem sie die Bremse eingelegt hatte, stand sie auf und Lormak tat es ihr gleich. Unter ihnen, in einer weitflächigen Talsohle, versehen mit einem halbmondförmigen Streifen Nadelwald, der sich gen Horizont zu einem dichten grünen Meer auswuchs, befanden sich einige Zelte im Gelb und Blau Lantras, und auf jedem leuchtete das Wildschweinemblem in der Morgensonne. Auch andere, schäbigere Zelte waren zu sehen, grau und braun und zerrüttet, wie faulige, halb zertrampelte Pilze. Bewaffnete bewachten das Lager, das bevölkert war von Frauen, Männern und Kindern. Daneben befand sich ein großer Holzstoß, durchsetzt mit Werg, und gerade senkte eine ganz in Weiß gewandete Gestalt mit schwarzem Bart eine Fackel. Binnen weniger Augenblicke wand sich grauschwarzer Rauch in den Himmel.

»Nicht sonderlich klug«, hörte Lormak Boras sagen. »Das ist weit zu sehen.«

»Wir sollten sie warnen«, entgegnete Halron, »dass Dämonen nah sein könnten. Sie müssen es sofort löschen.«

Sie ritten voran und Lantyria löste die Bremse. Lormak wollte sich am Kopf kratzen, fluchte stattdessen und fragte sich, während der Wagen auf das Lager zurollte, seit wann man in Lantra zu Feuerbestattungen übergegangen war.

Eine Aura der Bedrückung lag über den Zelten. Kaum jemand sprach, als fürchte man sich davor, die Stimme zu erheben. Unsicherheit stand in den Augen der Menschen.

Zwei Wachen hielten Halron, Boras und Fjendor auf. Ein Gespräch folgte, das Lormak nicht hörte, dann winkte man sie weiter. Lormak sprang vom Wagen.

»Ich bleibe bei Avi«, sagte Krax und somit gingen Halron, Boras und Lantyria in Richtung des lichterloh brennenden Holzstoßes. In einigem Abstand folgte Lormak, der die Blicke der Menschen spürte, wie sie über sein Gesicht tasteten, über seinen Körper und wie sie auf den leeren Ärmellöchern seines Umhangs verweilten.

Die Lippen zusammengepresst, stapfte er durch den zertrampelten, mit Schlamm vermischten Schnee und gelangte zu einer Gruppe Soldaten sowie einer Frau und jenem Mann, der immer noch die Fackel in der Hand hielt. Sein Gesicht war kantig, der schwarze Bart zog sich in einem Oval um seinen Mund und dunkle Augen lagen wie harte Murmeln in ihren Höhlen. Die Frau trug eine edle Robe, bestickt mit Goldfäden, die sich in anmutigen Mustern durch das Blau zogen. Eine lichthafte Kühle ging von ihr aus, wie von einer Schwertklinge, die man im ersten Glanz des Morgens aus einem Eisblock gezogen hatte. Ausdruckslos beobachtete sie die Neuankömmlinge, während das Gesicht des Mannes einen verkniffenen Zug bekam.

Lantyria trat nach vorne und entledigte sich ihres grauen Umhangs, sodass ihr Priestergewand zum Vorschein kam, das die Unbilden der Reise erstaunlich gut überstanden hatte.

Verwundert hob der Mann die Brauen. »Schwester«, sagte er, jedoch ohne Freude, und deutete eine Verbeugung an.

Lantyria erwiderte die knappe Geste. »Bruder«, entgegnete sie, »möge Jaminara ihre schützende Hand über dich ausbreiten.«

»Und über dich.« Er musterte die Gruppe. »Was führt Euch und Eure Gefährten hierher?«

Nachdem Lantyria ihre Begleiter vorgestellt hatte, entgegnete sie: »Die alles verschlingende Horde des Bösen hat uns aus unserer Heimat vertrieben. Seitdem sind wir auf der Flucht in Richtung Süden.«

»Dann zieht weiter«, sagte der Priester.

Halron stellte sich zu Lantyria, seine blauen Augen musterten den Priester genauso unfreundlich, wie dieser die Gruppe ansah. »Löscht dieses Feuer. Es zeigt den Dämonen, wo wir sind.«

Die Frau lachte klirrend, als rieselten Eiskristalle über Glas. »Sie waren bereits hier. Wen, meint Ihr, verbrennen wir in diesem Feuer?«

»Wie viele waren es?«, fragte Lantyria atemlos.

»Es handelte sich lediglich um eine Vorhut«, sagte die Frau und stemmte die Arme in die Hüften. »Wir haben sie ohne größere Probleme vernichtet.«

»Es werden schwierigere Aufgaben auf Euch warten als eine Vorhut, wenn Ihr gedenkt, nach Norden zu ziehen.«

»Danke für Eure Warnung, Söldner«, sagte die Frau zu Halron und lächelte überheblich, »aber meine magischen Fähigkeiten reichen aus, um jeder dieser Bestien das Handwerk zu legen. Ich bin Zuraja, Erzmagierin des Königs von Lantra, und meine Aufgabe besteht darin, Fjalkraag zurückzuerobern.«

»Das wird mit dieser Handvoll Soldaten kaum gelingen«, hielt Halron dagegen. »Wir waren in Fjalkraag und sind nur mit knapper Not entkommen. Kehrt um und informiert den König über die Gefahr, die von diesen Biestern ausgeht. Das wäre um einiges sinnvoller.«

»Ein dahergelaufener Schwertschwinger will mir Ratschläge erteilen?« Zuraja lachte verächtlich. »So weit ist es schon gekommen, nicht wahr, Radu?«

»In der Tat, Verehrteste«, erwiderte der Priester und ließ seinen geringschätzigen Blick abermals über die Gruppe wandern.

Halron ballte die Fäuste. »Ihr seid drauf und dran, einen schweren Fehler zu begehen, Magie hin oder her. Ich weiß, dass Klarvas, der Statthalter Fjalkraags, nach Euch geschickt hat, um sich dem Problem der Dämonengeburten anzunehmen.«

Die Überheblichkeit wich aus den Gesichtern, und Radu und Zuraja blickten sich an.

»Davon, die Stadt zurückzuerobern«, fuhr Halron fort, »war zu jenem Zeitpunkt logischerweise keine Rede, weil sie noch gar nicht gefallen war. Ihr habt zu wenig Soldaten«, wiederholte er.

Einen Moment stutzte die Magierin, ehe sie abwinkend die Hand hob. »Wir müssen uns beratschlagen.«

»Löscht erst das Feuer«, sagte Halron.

Zuraja verschränkte die Arme vor dem zierlichen Körper. »Allein das Feuer stellt sicher, dass sie nicht zurückkehren.«

»Den Kopf abschlagen reicht auch.«

»Nein, es bedarf der reinigenden Flammen«, sagte Radu.

Lantyria seufzte. »Verzeiht, dass ich Euch widerspreche, Bruder, doch Halron Fallas hat recht. Das Abtrennen des Hauptes zerstört sie, genauso das geheiligte Wasser unserer Göttin.«

»Löscht das Feuer!«, sagte Halron mit Nachdruck.

Mit grimmiger Miene und als Zeichen, dass die Konversation beendet war, steckte Radu die Fackel in den Schnee, die zischend verlosch. »Ihr seht, ich befolge Euren Rat.« Damit wandten er und Zuraja sich ab und zogen mit ihren Soldaten davon.

»Hochmut kommt vor dem Fall«, meinte Lantyria.

»Sollen diese überheblichen Großsprecher an ihrer Arroganz ersticken!«, knurrte Boras und spuckte aus.

Die Priesterin sah ihn an. »So kann man es auch sagen.« Dann seufzte sie. »Dass ein Bruder in derartige Selbstüberhebung abgleitet, stimmt mich bedrückt.«

Boras schnob durch die Nase. »Ob Priester oder nicht, letzten Endes ist kein Mensch ohne Fehl. So, ich habe Hunger.« Damit stapfte er von dannen.

Lantyria blickte ihm nach. »Weise Worte, die ich nicht von ihm erwartet hätte.«

Halron lachte. »Was ich jetzt sage, bleibt unter uns: Wenn Boras zu viel getrunken hat, fängt er an zu dichten. Manches davon schreibt er sogar auf. Und es ist alles andere als schlecht.«

»In vielen Menschen stecken Talente, die man ihnen nicht zutraut.«

»Das ist wahr.«

Lormak ließ die beiden allein und ging zum Fuhrwerk zurück. Worin bestand sein Talent?

Im Töten?

Aber selbst das konnte er nicht mehr, außer er biss jemandem die Gurgel heraus. Was hatte er gern getan? Womit sich die Zeit vertrieben? Er erinnerte sich an den Traum, in dem er mit Xurodas und dem Bedächtigen Karten spielte. Ein neugieriges Kribbeln glitt von seinem Nacken bis in den Rücken und ein Echo aus verlorenen Händen wehte zu ihm, Hände, die sich nach einem Spiel sehnten.

Er sah zu den leeren Ärmeln.

Das Schicksal schien Gefallen daran zu finden, ihn zu verspotten.

Zurück beim Wagen gelang es ihm erst nach mehreren Anläufen, das schmale Trittbrett hinaufzusteigen, da er sich nicht festhalten konnte. Ermattet sank er auf den Bock.

»Was gibt es Neues?«, hörte er Krax hinter sich.

Lormak drehte sich herum. »Wie geht es Avi?«

»Sie schläft. Alles gut, keine Sorge.«

»Und dir?«

»Besser«, entgegnete Krax. »Danke, dass du fragst.«

»Du bist ein Freund«, sprach Lormak weiter. Diesem Wort die Stimme zu leihen, war erhebend und gleichzeitig traurig, denn er dachte an die Träume, in denen seine Freunde von einst auftauchten, Freunde, die er – bis auf Xurodas vielleicht – für immer verloren hatte. Wie viele gab es noch, an die er sich nicht einmal erinnerte?

Krax schluckte mehrmals, als stecke ihm ein Kloß in der Kehle, und lächelte ihn aus seinem blassen Gesicht an, so freudvoll, dass Lormak die gleiche Enge im Hals spürte.

»Gerne würde ich dir die Hand im Kriegergruß reichen«, sagte Lormak nach einiger Zeit, »doch auch das ist mir nicht vergönnt.«

»Deine Worte reichen vollauf.«

Lormak spürte eine Hand auf seiner Schulter und plötzlich musste er tief durchatmen. Das erste Mal, das ihn jemand in Freundschaft berührte, weswegen dieser Moment etwas Besonderes darstellte.

»Bist du so weit bei Kräften, dass du reden kannst?«

»Natürlich«, versicherte Krax.

»Zück dein Buch und lies mir daraus vor. Gerne würde ich es selbst lesen, doch zum einen fehlen mir die Finger dazu, zum anderen kann ich kein Zwergisch.«

»Dann muss ich es dir eines Tages beibringen«, meinte Krax mit einem Lachen. »Sollte ich mich verhaspeln, verzeih mir bitte, denn ich muss während des Lesens übersetzen.«

»Lass dir Zeit«, sagte Lormak und entspannte sich. Kartenspielen war unmöglich; warum also nicht eine gute Geschichte, direkt aus der Feder eines vielgereisten und ambitionierten Chronisten?

»Ähm«, machte Krax und lehnte sich noch einmal nach vorne, »was soll es denn sein? Was Spannendes, was Historisches, was Trauriges oder was Lustiges? Oft ist es auch miteinander vermischt. Also, immer eigentlich ...«

»Leg einfach los.«

Krax räusperte sich. Das Knistern und Rascheln von Seiten, unverständliches Gemurmel, ein Ausruf.

»Hast du eine Stelle?«

»Nein, aber Avi ist wach!«

Ruckartig erhob Lormak sich, stieg über die Rückenlehne auf die Ladefläche und ließ sich auf ein Deckenbündel plumpsen, sodass der ganze Wagen wackelte.

Avi sah ihn an, ihre Augen klar und unverschleiert, lediglich ein wenig müde. »Wie lange habe ich geschlafen?«, murmelte sie schwach.

»Die ganze Nacht und den ganzen Morgen.«

Sie gähnte, stützte sich auf die Ellenbogen und blickte in einem Ausdruck zwischen Schlaf, Traum und Wachsein auf. »Ich bin völlig erledigt. Und mir brummt der Schädel« fügte sie hinzu, fasste sich an den Kopf, schüttelte ihn, verzog die Lippen. »Wo sind wir?«

Krax erzählte es ihr.

»Also weiterhin auf Kurs, oder, Steuermann?«, meinte sie mit einem Seitenblick auf Lormak. »Wann reisen wir weiter?«

»Sicher bald«, erwiderte er, »denn allzu entgegenkommend sind unsere, ich nenne sie mal Gastgeber, nicht.«

Avi nickte. »Je schneller, desto besser.« Plötzlich weiteten sich ihre Augen. Im selben Moment kam Boras zum Wagen, einen Hühnerschenkel in der Hand, den er genüsslich abnagte.

»Was ist?«, fragte Lormak.

Avis Kehlkopf hüpfte, und jede ihr noch anhaftende Spur von Müdigkeit verflog im Nu. Eine dunkle Vorahnung beschlich Lormak. Er wusste, was kam, wenn sie so schaute.

»Geht es wieder los?«, fragte er.

Sie nickte schwach.

»Bist du ganz sicher? Kann es nicht sein, dass du lediglich *meine* Aura spürst? Du hast lange geschlafen und bist vielleicht …«

Energisch schüttelte sie den Kopf und wurde weißer und weißer im Gesicht.

»Boras!«

Durch den Ruf aufgerüttelt, verschluckte Boras sich und lief puterrot an, was seine Glatze leuchten ließ wie frisch angestrichen. Er klopfte sich ein paarmal auf die Brust und schaute Lormak verärgert an.

»Die Dämonen! Sie kommen! Sag Halron Bescheid – und Fjendor. Sie sollen Alarm schlagen. Jeder, der eine Waffe führen kann, muss auch eine in der Hand halten!« Er vermied einen Blick auf seine verstümmelten Arme.

»Wir sollten abhauen!«, schrie Krax.

Avi löste sich aus ihrer Starre und kramte nach ihrem Bogen, während Boras losrannte und Krax immer panischer wurde. Lormak spürte, wie auch ihm die Angst in die Glieder kroch. Er sorgte sich weniger um sich, als viel mehr um Avi und seine Gefährten. Gut möglich, dass die Dämonen ihn sogar verschonten, vorausgesetzt natürlich, er griff sie nicht an. Allen anderen blühte ein grausames Schicksal. Ohne eine vorbereitete Verteidigung würde es ein Massaker geben.

»Wir müssen zu Radu und Zuraja. Sie scheinen – trotz ihrer zum Himmel stinkenden Arroganz – bedeutende Leute mit einer nicht minder bedeutsamen Mission zu sein, weswegen ihre Kämpfer, wenn auch gering in ihrer Zahl, bestimmt sorgfältig ausgewählt wurden.« Lormak sprang vom Fuhrwerk und lief ins Innere der winzigen Zeltstadt, hinter ihm die Schritte seiner Gefährten. Kurze Zeit später fand er Halron und Fjendor, die sich in einer hitzigen Debatte mit dem Priester befanden, gleich daneben Boras, der auf Zuraja einbrüllte, was ihre Überheblichkeit zu zersetzen schien. Sie sah bedröppelt und unsicher zu Radu. Die lantrischen Soldaten hatten die Hände an den Schwertern und offensichtlich haderten sie mit sich, ob sie nun ihren Vorgesetzten zur Hilfe eilen sollten oder ob tatsächlich Dämonen im Anmarsch waren.

»Was ist schlimm daran«, schrie Halron, »sich auf freies Feld zu begeben? Sollten keine Dämonen auftauchen, gehen wir halt wieder zurück!«

Radu schöpfte Atem, offenbar gewillt, noch lauter zu brüllen als Halron, da streckte Zuraja beide Hände wie flehend nach oben. »Schweigt still!«, zischte sie. »Ich halte diesen Lärm nicht mehr aus! Hauptmann!« Einer der Soldaten mit einer silbernen Schärpe um die Brust ging in Habacht. »Sammelt die Männer und begebt Euch auf freies Feld. Alle Waffen, die Ihr tragen könnt.«

»Ihr habt es gehört!«, rief dieser und zog seine Klinge, woraufhin ein dutzendfaches Schleifen erklang, als seine Männer dem Beispiel folgten. Zusammen rückten sie aus.

»Lantyria, Krax, Avi«, sagte Lormak, »seht zu, dass sich jeder bewaffnet, irgendwie, ganz egal. Die Frauen, die Kinder, jeder! Hört ihr?«

Ohne zu zögern, eilten sie von dannen.

Die Stille des Lagers explodierte in Aufruhr. Kindergeschrei erscholl und wenig später rannten Soldaten wie Flüchtlinge auf freies Feld, wo bereits Bogenschützen warteten, die die Umgegend im Auge behielten, vor allem das lang gestreckte, gebogene Waldstück. Lormak tat dasselbe, drehte sich im Kreis, suchte Bewegung, huschende Schatten, Avi neben ihm zitterte leicht, hatte einen Pfeil auf dem Bogen, ihr Atem bildete feine Wölkchen.

»Bleib ruhig, Avi«, sagte Lormak, obwohl ihm das Herz bis in den Hals schlug.

»Das kann ich nicht«, presste sie hervor, schluckte trocken und die grünen Augen glühten in ihrem blassen Antlitz. »Es ist schlimmer als sonst. Wenn ich dich spüre wie eine Fackel, Lormak, dann nähert sich uns eine Feuersbrunst.«

Verzweifelt warf er den Blick in den klaren Winterhimmel.

Wenn er sie beschützen sollte, brauchte er seine Hände zurück! Verzweifelt bat er Jaminara, ihm ein Zeichen zu schicken.

Niemals zuvor hatte er einen Gott um Hilfe angefleht, nicht einmal eine Gottheit, nie zuvor in diesem kurzen Leben als halber Mensch und halbe Bestie.

»Ein Zeichen«, flüsterte er, als er ein Vibrieren in den Sohlen spürte; vereiste Schneekörner hüpften auf der weißen Decke. »Ein verdammtes Zeichen …«

Neben sich hörte er schweres, aufgeregtes Schnaufen.

»Fjendor«, sagte Lormak, als er den junge Mann erkannte, unter dessen Helmkrempe schwarze, verschwitzte Haarspitzen hervorlugten. »Wir kennen uns nicht. Kein Wort habe ich je mit dir gewechselt. Nun aber hör mir gut zu: Du musst Avi beschützen! Keinen Schritt weichst du von ihrer Seite, hörst du?«

Der Soldat nickte, schluckte – dann ruckte sein Blick zu jener Kuppe, von wo aus die Gruppe das Lager zum ersten Mal erschaut hatte.

Schwarze Reiter preschten im gestreckten Galopp darüber. Weißpudrige Schneeblumen wuchsen unter den Hufen ihrer dämonischen Rösser, spritzten bis zu den Steigbügeln.

»Speere nach vorne!«, brüllte der Hauptmann, »Bogenschützen, Feuer!«

Die zwei Dutzend Soldaten reagierten diszipliniert und selbst unter den Flüchtlingen besaßen einige Bögen, sodass ein Pfeilhagel die Dämonenreiter begrüßte. Das Krachen von Stahl auf Stahl, einige stürzten aus den Sätteln, die meisten jedoch hielten sich, obwohl ihnen ein oder gar mehrere Pfeile im Körper steckten. Avi erwischte einen am Kopf, der Pfeil durchschlug den Helm. Wie eine schlaffe Puppe kippte er mit schlenkernden Armen nach hinten weg.

»Sind die Pfeile geweiht?«, fragte Lormak Radu, der mit angstgroßen Augen dem Reiterangriff entgegensah.

»Wie?«

»Ob ihr die Pfeile Eurer Männer gesegnet habt?«, schrie Lormak.

Erst jetzt riss Radu den Blick los. »Ein paar, ja.«

»Was heißt das?«

»Geh mir aus den Augen, Krüppel! Es gibt Wichtigeres, siehst du das nicht oder fehlt dir neben deinen Händen auch der Verstand?«

Wieder erlebte Lormak das Gefühl, wie es war, alte Bekannte wiederzutreffen, ganz unvermutet, überfallartig fast …

In diesem Fall war es – wie so oft – der Zorn. Wie Feuerglut schwappte er rot und heiß in seinen Kopf und das Nächste, was Lormak spürte, war etwas Bewegliches, etwas Knorpeliges, das unter dem Stoß seiner Stirn zerbrach.

Aufheulend fiel Radu auf den Hosenboden, sah benommen dem Sturzbach zu, der seiner Nase entsprang und den Schnee mit dicken roten Flecken sprenkelte.

Zuraja gaffte Lormak mit offenem Mund an. Sie überlegte wohl, ob sie einschreiten sollte, doch die Reiter waren zu nah.

Ein weiterer Pfeilhagel, der ihre Reihen nur unmerklich ausdünnte, und sie waren heran.

Die Soldaten rissen ihre Speere in die Höhe. Trotzdem war der Aufprall schrecklich. Männer wurden wie Spielzeug niedergeworfen, zertrampelt oder, wenn sie Glück hatten, lediglich zur Seite in die Ränge ihrer Kameraden geschleudert. Die Flüchtlinge, von denen kaum einer eine Rüstung besaß, traf es am schlimmsten. Dicht neben Lormak ging eine Frau zu Boden, langsam und lautlos, fast wie ein Geist im Getöse ringsum, ihr Kopf bis zur Nasenwurzel von einem Axtblatt gespalten, das sich im Schädelknochen verkeilt hatte. Neben ihr stand ein kleiner Junge, schaute seine Mutter erst verständnislos an, dann mit dem ersten Einsetzen von Entsetzen. Plötzlich verschwand er, hinfortgerissen von einem ausgreifenden Pferdebein, einfach fort, hinein in die wirbelnde, brodelnde Masse aus Leibern.

Schreie gellten, Klinge auf Klinge, Klinge auf Panzerung, Klinge auf ungeschützten Körper, das verstörende Konzert einer Schlacht.

»Avi!«, schrie Lormak, da ein Reiter auf sie zuhielt. Der Dämon holte mit einem Langschwert aus. Avi wirbelte herum. Zu spät.

Da sprang jemand herbei und riss den Reiter aus dem Sattel. Es war Fjendor. Beide erhoben sich flink, droschen aufeinander ein. Hinter dem Reiter ein Schatten.

Halron. Er rammte den Dämon.

Der taumelte mit einem gutturalen Keuchen nach vorne – direkt in Fjendors mörderischen Querschwung. Er schlitzte dem Dämon trotz Lederpanzerung den gesamten Bauch auf. Die Bestie fiel nach hinten auf den Rücken und blieb liegen. Dunkles, dampfendes Blut sprudelte wie ein Springquell aus der Wunde in den Schnee.

Erleichtert atmete Lormak auf. Fjendor war jung, aber er stand seinen Mann – und konnte ordentlich zuhauen.

»Noch mehr!«, schrie der Hauptmann. »Bogenschützen, Ziele kommen aus dem Wald!«

Ein paar Männer lediglich widmeten sich den neuen Angreifern, die meisten kämpften ums nackte Überleben gegen die Reiter, von denen mehr als die Hälfte den Verteidigungsring gesprengt hatten. Zweikampf, Zeh an Zeh, auf Pikenstich, wie man sagte, ein mörderisches Hauen und Stechen. Gierig soff der Schnee das Blut der Getroffenen, egal ob menschlich oder dämonisch.

Neben Lormak ein Schrei.

Er wirbelte herum.

Fjendor. Er lag auf dem Boden, gekrümmt, der Mund offen, die Hände an den Hals geklammert. Röchelnd und blubbernd entwich die Luft. Nicht nur aus dem Mund – sondern auch aus dem Schnitt, den seine Finger vergeblich zu schließen suchten.

»Nein, verdammt!«, brüllte Boras und drosch auf den Dämon ein, der Fjendor erwischt hatte.

Lormak wandte den Blick zum Wald. Für Fjendor gab es keine Hilfe mehr.

Aus den Baumreihen brach ein Dämon nach dem anderen hervor. Genau wie die Reiter waren sie bewaffnet und armiert. Keine Vorhut, sondern eine schlagkräftige Einheit.

Das würde nicht gut gehen.

Etwas Gleißendes rauschte auf die Angreifer zu, eine kleine Sonne, entsprungen aus Zurajas Händen. Ein ohrenbetäubender Knall. Dämonen wurden zerfetzt, Gliedmaßen flogen in alle Richtungen, andere fingen Feuer. Die Bäume wackelten, Tannennadeln rieselten herab.

Ein beeindruckender Kampfzauber. Aber würde das reichen?

Lormak drehte sich zu Avi, die gerade einen Pfeil abfeuerte, dann streifte sein Blick den von Fjendor entleibten Dämon, aus dessen Bauch weiterhin das Blut sprudelte. Der Stahl war nicht geweiht gewesen, der Dämon lebte noch, zuckte, hob den Kopf, knurrte und zischte.

Lormak erinnerte sich der Worte Lantyrias, nachdem Avi nach dem Aufsagen von Jaminaras Weisung zusammengesunken war.

»Bin ich etwa zu hell geworden in den letzten Tagen?«, flüsterte Lormak.

Trotz des Lärms drehte Avi den Kopf zu ihm. »Was?«

»Nichts«, erwiderte er, schüttelte sich aus seinem Umhang und führte den rechten Arm zum Mund.

* * *

Der Ausdruck in Lormaks dunklen Augen veränderte sich, sie begannen zu glühen, das alte Feuer erwachte zu neuem Leben.

»Was tust du?«, fragte Avi, als er den rechten Verband mit den Zähnen herunterriss. Ein Schaudern erfasste sie, als der schwärende Stumpf im Licht der Sonne nass und feucht leuchtete und ein widerlicher Gestank ihre Nase traf.

»Hör auf damit!«

Im Gegenteil, er wiederholte die Prozedur bei der anderen Hand, dann schnellte er herum, kniete sich neben den Dämon, der sie, hätte Fjendor nicht eingegriffen, um ein Haar getötet hätte.

Erschrocken sog sie die Luft ein, als Lormak die Arme hob … und seine Stümpfe in die offene Bauchwunde des Dämons stieß!

Brüllend bäumte sich dieser auf. Das Blut schwappte über Lormaks Unterarme, Dampf stieg auf wie aus einem Geysir. Nun brüllte auch Lormak, brüllte wie ein Tier.

Er wäscht die Nachwirkungen des geweihten Stahls fort, schoss es Avi unvermittelt durch den Kopf. Der Anblick war entsetzlich und sie spürte, wie der Dämon in ihm sich vor Freude in neuer Gewalt aufbäumte.

Egal. Sie durfte sich nicht ablenken lassen. Nach einem neuen Ziel suchend, tastete ihr Blick über das Kampfgeschehen. Die lantrischen Soldaten hielten sich erstaunlich wacker und Zuraja, trotz ihrer überheblichen Klappe, setzte ihre Zauber geschickt ein. Wer gewinnen würde, war nicht abzusehen, es war ein zähes Ringen. Da Avi kein freies Schussfeld mehr hatte, legte sie den Bogen ab und zog ihr Schwert. Die Zeit des

Fernkampfes war vorbei. Boras und Halron kämpften nebeneinander, ein eingespieltes Duo, das keinen Dämon an sich heranließ. Neben ihnen jedoch tat sich eine Lücke auf, da ein lantrischer Soldat schreiend niedersank.

Ein Dämon nutzte die Bresche, setzte mit einem waghalsigen Sprung über den sterbenden Soldaten hinweg und rannte auf Avi zu.

Sie schluckte, machte sich bereit, umfasste ihr Schwert beidhändig. Für einen Lidschlag sah sie, über die Schulter des heranstürmenden Dämons hinweg, wie eine Schwertlänge Stahl in Radus Oberkörper verschwand.

Den ersten Hieb der Bestie parierte sie, dem zweiten wich sie aus. Der dritte wischte haarscharf an ihrem Bauch vorbei, da sie im letzten Moment zurücksprang. Der Dämon trug einen alten Spangenhelm mit Backenklappen, seine überlangen Zähne ragten aus dem missgestalteten Maul, gelber, eiterartiger Speichel spritzte heraus, als er kreischte und erneut angriff.

Avi blockte den Schlag, stieß zu.

Der Dämon wich aus.

»Du wirst nicht entkommen!«, zischte er und lachte keckernd, was klang, als schlügen trockene Totenschädel aneinander. »Wir riechen dich!«

Die Worte trafen sie härter als die bisherigen Schwerthiebe. Sie zögerte. Mit einem Aufschrei schnellte der Dämon nach vorne, sein heranzuckendes Schwert erwischte sie an der Schulter. Zum Glück trug sie ihr Kettenhemd. Die Klinge wurde abgelenkt, doch der Aufprall ließ sie straucheln. Dann stolperte sie über eine Frau mit axtgespaltenem Kopf und stürzte auf den Rücken. Kurzzeitig benommen, blinzelte sie, ihr Blick traf die gebrochenen Augen eines kleinen Jungen wenige Meter neben ihr.

Sie schüttelte den Kopf, erhob sich.

Der Dämon war heran, holte aus.

Schützend riss sie die Klinge vor ihren Körper, im selben Moment, als jemand über sie hinwegsprang, direkt auf den Dämon zu, und mit diesem kollidierte.

Lormak!

Rasch schüttelte sie ihr Erstaunen ab und erhob sich, während Lormak seine Stirn auf den Kopf des Dämons niedergehen ließ, mehrmals, krachend wie ein Rammbock, und ihn letztlich zerschmetterte.

Lormak stand auf, drehte sich zu Avi. Dunkles Dämonenblut lief von seiner Stirn über das Gesicht, zeichnete ein grausiges Muster des Unheils.

Der alte Lormak war zurückgekehrt.

Leider erforderte die momentane Lage genau diesen halb wahnsinnigen, von Rastlosigkeit und unbändiger Wut getriebenen Kämpfer – nicht den nachdenklichen, auf eine unbeholfene Art netten Mann, der die letzten Tage den ersten Eindruck, den sie von ihm gehabt hatte, völlig ins Gegenteil verkehrt hatte.

Trotzdem stellte sie sich vor ihn und sah ihm fest in die Augen. »Ich will, dass der Lormak, den ich die letzten Tage kennengelernt habe, noch existiert, hörst du? Begrabe ihn nicht ganz!«

Lormak legte den Kopf schief, ein Flackern in seinen Augen, das mit jedem Herzschlag intensiver wurde.

»Ich werde dich beschützen«, knurrte er.

Avi warf einen flüchtigen Blick auf seine Hände – und erschrak!

Sie wuchsen, Knochen schoben sich aus den Unterarmen, Muskeln und schwarze Haut legten sich darum. Man konnte dabei zusehen, so rasch ging es vonstatten.

Urplötzlich setzte sich Lormak in Bewegung, nein, es war eher ein Losschnellen, so ungestüm und machtvoll preschte er los. Kopf voran rammte er einen Dämon, der gerade einen lantrischen Soldaten zu Fall gebracht hatte. Der Aufprall ließ beide zu Boden gehen, doch Lormak war schneller auf den Füßen – und benutzte diese sogleich, um seinen Gegner totzutreten.

Einem Impuls nachgebend, schaute Avi über die Kämpfenden hinweg zur Kuppe.

Ein Reiter.

Kjala!

Avi sackte der Magen bis in die Kniekehlen. Sie brachte keinen einzigen Atemzug zustande, war paralysiert vor Entsetzen, vor den Erinnerungen, die bei seinem Anblick in ihr hochquollen.

Er war der Spürhund, er hatte von ihrem Blut gekostet und er würde sie finden, egal wo sie sich versteckte.

Ein Pfeil. Schnell. Er war weit entfernt, mit ein wenig Glück allerdings ...

Mit einem Mal tauchte ein Ungetüm neben Kjala auf, das ihn, obwohl er hoch zu Pferd saß, um sicherlich einen Meter überragte. Ein Scheusal, rotes Fleisch, als hätte man die Haut abgezogen, ein von tumorartigen Wülsten bedeckter Kopf und übermäßig dicke Arme und Beine. Zähne wie Dolche ragten aus seinem Maul, das es in diesem Moment aufriss, um ein markerschütterndes Heulen auszustoßen.

Dieser Anblick, dieses Brüllen lähmte nicht nur Avi, sondern auch den Rest der Menschen.

»Was ist das?«, kreischte Krax, ein blutiges Handbeil in der Hand, mit dem er niedergestreckte Dämonen endgültig erledigte. »Wir werden alle sterben!«

Lantyria packte ihn an der Schulter, riss ihn heran und presste ihm die linke Hand auf den Mund.

Sätze wie diese konnten einer Streitmacht mit einem Schlag die Moral rauben, gerade jetzt, da dieses Ungetüm den Hang hinabwalzte. Die Verteidiger wichen zurück. Ein Soldat prallte gegen Avi. Er erschrak, wirbelte herum. Weit aufgerissene Augen. Panik.

Der Funke sprang auf Avi über, obgleich sie sich dagegenstemmte. Das wäre das Ende. Wie sollte man dieses Monstrum aufhalten?

Angst macht dich wachsam und schnell, aber nur, solange sie nicht überhandnimmt. Dann lähmt sie dich. Lass die Angst in deinen Körper, doch nicht in deinen Kopf ...

Furdas' Ratschlag, den sie sich in Situationen wie diesen ins Gedächtnis rief.

Keine Angst, bleib ruhig ...

Ihr rasendes Herz strafte ihre Gedanken Lügen.

Sie griff nach Köcher und Bogen, legte an und schoss. Der Pfeil versank in der Schulter des Monsters. Es heulte auf, die Haut verfärbte sich schwarz. Mit einem Schrei riss es den Pfeil heraus, dann war es bei den Soldaten. Ein Prankenhieb erwischte zwei Kämpfer, die es von den Beinen hob. Einen Augenblick später rollten ihre zerschmetterten Körper durch den zerwühlten, blutgetränkten Schnee.

Ein Speer versank im Bein. Das Biest spürte die Verwundung gar nicht – sondern packte den Angreifer. Der Mann schrie, dann kreischte er schrill, da ihm das Monster einen Arm abriss. Nun das Bein. Die Schreie verstummten. Der Dämon benutzte den verstümmelten Mann als Schlagwaffe, drosch damit auf die Verteidiger ein. Diese ergriffen die Flucht, weg von dem Monster, hin zu den Reitern und anderen Dämonen, die nur darauf warteten, sie in Stücke zu reißen. Avi wurde mitgezerrt, konnte sich kaum auf den Beinen halten im Wust der schiebenden, drängenden Leiber. Durch Zufall entdeckte sie Lantyria, die eines ihrer tönernen Fläschchen ins Gesicht eines Dämons schleuderte, der nach Krax schlug. Geweihtes Wasser spritzte. Jaulend sank der Dämon auf die Knie, zerkratzte sich das im Auflösen begriffene Gesicht.

»Kommt!«, schrie Avi, und Krax und Lantyria kämpften sich zu ihr durch.

»Versuchen wir es zum Wald!«, rief Lantyria und deutete in Richtung des Tannichts. Einige Flüchtlinge erreichten gerade die Baumgrenze – und wurden von Dämonen niedergemacht, die in den Schatten gelauert hatten.

»Wir sind umzingelt!«, schrillte Krax und warf den Blick hektisch nach allen Seiten. »Es gibt kein Entkommen!«

Avi sah zurück.

Das Monster war nicht aufzuhalten. Den zerrissenen Mann weiterhin in der Pranke, fegte es alles und jeden beiseite, der nicht schnell genug auswich.

Ein Zauber. Nur der konnte jetzt noch helfen. Aber Zuraja lag im rotbraunen Schneematsch, kämpfte sich gerade hoch, hielt sich den Kopf. Blut rann über ihr Gesicht. Ein paar torkelnde Schritte, dann stürzte sie erneut.

Plötzlich war Lormak heran. Furchtlos stellte er sich dem Monster in den Weg. Seine Hände waren zu Klauen nachgewachsen; beide leuchteten sie nun schwarz, dämonisch, verdorben. Sie umfassten Schwerter, die auf den gigantischen Dämon zielten.

Die Bestie sah Lormak, und ohne in ihrem stampfenden Lauf innezuhalten, schlug sie mit dem Leichnam zu, schnell, hart. Keine Zeit, um auszuweichen.

Lormak schaffte es trotzdem. Unfassbar schnell duckte er sich, ließ eine Klinge fallen, führte die verbliebene nun beidhändig.

Blitzender Stahl.

Eine Fontäne dunklen Blutes schoss aus dem Beinstumpf des Dämons. Er stürzte, schlug dicht neben Zuraja hin. Umgehend bäumte er sich auf, wollte aufstehen. Lormak sprang auf seinen Rücken – und rammte das Schwert hinein, mehrmals, er drehte und wendete es, bis es ein schauerliches Krachen gab. Das verbliebene Bein des Ungetüms zuckte, dann erschlaffte es. Lormak sprang herunter und trennte den Kopf mit zwei mächtigen Hieben ab. Zuraja sah ihn an, ihr Mund offen, wischte sich nicht einmal das Blut aus dem Gesicht, so perplex war sie.

Lormak stieß einen triumphalen Schrei aus, las das fallen gelassene Schwert auf und näherte sich jenen Dämonen, die aus dem Wald gekommen waren, um die Flüchtenden niederzumachen, sprengte mitten in sie hinein, hieb um sich. Ein wirbelnder Klingentanz, präzise, tödlich. Kontrolliert. Jeder Hieb genau austariert, jede Drehung gewollt, er stand sicher auf dem zerwühlten Untergrund, rutschte kein einziges Mal aus, blockte Schwerter, sandte Riposten aus, die Kehlen zerfetzen, Handgelenke und ganze Arme durchschnitten, Köpfe abschlugen. Er war ein Strudel der Vernichtung, der alles in seinen Sog zwang. Die wenigen Soldaten, die noch auf den Beinen waren, schöpften neuen Mut und warfen sich auf ihre Feinde. Die Waagschale kippte auf die Seite der Menschen und das Gewicht, das sie in diese Richtung drückte, war Lormak. Avi fasste nach ihrem Bogen, sah zur Kuppe.

Kjala war fort!

»Nein!«

Er durfte nicht entkommen!

So schnell sie konnte, lief sie zu Festos. Er stand neben Halrons Pferd, die Ohren angelegt, die Lippen leicht zurückgezogen.

»Später darfst du mich zweimal beißen, aber nicht jetzt!«, schnaufte sie und sprang in den Sattel. In einem Bogen lenkte sie ihn um die abklingende Schlacht. Zahllose Körper, menschlich wie dämonisch, lagen tot im blutgetränkten Schnee. Ein weiterer Kampf gegen das Dunkle, der seine Opfer gefordert hatte. Sie dachte an den kleinen Jungen mit den leblosen Augen und peitschte Festos voran.

Rasch erreichte sie die Anhöhe.

Und sah *ihn*!

In gestrecktem Galopp ritt er von dannen, flog förmlich über die weiße Decke, die bei jedem Hufschlag aufstäubte.

Avi richtete den Bogen nach oben, atmete durch und ließ den Pfeil von der Sehne schnellen. Die Bündelung ihrer Hoffnung, endlich von Kjala befreit zu sein, beschrieb eine wundervolle Parabel am Himmel. Die Spitze funkelte in der Sonne auf, ein verheißungsvolles Gleißen. Er musste treffen, sie erlösen von dem Schatten, der sie verfolgte!

Knapp zischte der Pfeil vorbei und bohrte sich in die Schneedecke.

Kjala riss sein Pferd herum, blickte sie kurz an. Lächelte er? Dann preschte er weiter.

Avis Blick erfasste das Lager. Lormak, Halron und Boras kämpften zusammen und erledigten die letzten Dämonen. Außer ihnen stand kaum mehr jemand aufrecht. Ein schrecklicher Blutzoll. Doch es würde noch viel mehr Blut fließen, ihretwegen, sollte Kjala entkommen.

»Komm, mein Bester!«, rief sie und trieb Festos voran. Diesmal würde sie ihn erwischen. Er war auf der Flucht, hatte nicht mit einer Niederlage gerechnet und somit auch keinen Hinterhalt vorbereitet. »Dir läuft niemand davon!«

Festos wieherte und gab alles.

»Ja!«, schrie sie, da sie aufholten, langsam, aber beständig. »Diesmal bist du dran, du Bastard!«

Es ging einen steilen Anstieg hinauf. Mit kraftvollen Sätzen überwand Festos ihn, er war ausgeruht und frisch. Avi spürte, auch ihn hatte das Fieber gepackt. Vom schmalen Kamm des Hügels bot sich ihr ein atemberaubender Anblick des Tals darunter, eine schneegefüllte, leuchtende Schüssel unter einem königsblauen Winterhimmel. Und in der Mitte Kjala.

Sie wollte Festos die Sporen geben, da zog etwas anderes ihren Blick. In der Ferne, kaum zu erkennen, nur als schwarze Linie, die nicht ins Bild passte, bewegte sich etwas. Es war wie eine Ameisenstraße.

Kjala ritt direkt darauf zu.

Statt die Fersen hart gegen Festos' Rumpf zu stoßen, um die Verfolgung aufzunehmen, richtete Avi sich in den Steigbügeln auf und versuchte trotz der aufsteigenden Enge in ihrem Hals, die Ruhe zu bewahren.

Jedoch, je länger sie diesen aus unzähligen Punkten zusammengesetzten Wurm betrachte, je weiter sich Kjala entfernte und genau darauf zuhielt, desto heftiger kamen ihre Atemstöße.

Die Armee der Dämonen!

Avi riss Festos herum und hetzte zurück zum Lager.

Dort angekommen, sprang sie aus dem Sattel und packte Lormak an der Schulter, nachdem er einen verwundeten Dämon enthauptet hatte.

»Eine ganze Armee«, keuchte sie atemlos. »Sie wird bald hier sein. Wir müssen weg!«

Lormak entgegnete nichts, starrte sie nur an, ehe er sich entfernte und nach weiteren verwundeten Dämonen suchte.

»Was sagst du?«, fragte Halron und kam näher.

Knapp erzählte sie, was vorgefallen war.

»Eine Armee?«, knurrte Boras. »Verdammte Scheiße! Wir sind am Arsch.«

»Sie ist weit weg«, hielt Avi dagegen. »Wenn wir uns beeilen …«

Halron nahm seinen Helm ab, fuhr sich mit der Hand durch das blonde, schweißnasse Haar, während er seinen Blick über die Toten und Verletzten gleiten ließ. »Was sollen wir nur machen?«

Lantyria kam herbeigehumpelt, sie blutete am Oberschenkel. »Ladet die Verletzten auf Fuhrwerke, dann weg von hier. Ich sehe zu, dass ich mich um die Leute kümmere. Habe mir ein bisschen was von Alys abgeschaut …« Beim Erwähnen des Namens der befreundeten Iandra-Priesterin in Quelon verdüsterte sich ihr Gesicht. »Los, macht schon!«

Avi konnte sie verstehen: Alys war mit hoher Wahrscheinlichkeit längst tot.

Insgesamt lebten noch zwölf Menschen und ein Zwerg. Ohne Blessuren davongekommen waren genau drei: Lormak, Boras und – abgesehen von ihrer geprellten Schulter – Avi. Der Rest war verletzt, mehr oder minder schwer. Eine ältere Frau mit einer grässlichen Brustwunde würde die nächsten Stunden wohl nicht überleben. Trotzdem legten die Männer und Avi sie auf einen der Wagen. Dasselbe geschah mit den anderen Verwundeten, auch Zuraja half man auf die Ladefläche, da sie unter heftigen Schwindelanfällen litt. Aber immerhin lebte sie. Ihren Begleiter Radu hingegen hatte ein Schwertstoß getötet. Wenig später setzten sich drei Wagen in Bewegung, beladen mit Verletzten und jeglicher Art von Proviant, den man auf die Schnelle zusammengerafft hatte. Einen Wagen lenkte Lantyria, die Stoff um ihre Beinwunde gewickelt hatte, den zweiten Krax, dem ein Metallsplitter die Wange aufgeschlitzt hatte, den dritten Halron, den ein Stich in den Unterschenkel am Reiten hinderte. Lormak bildete die Nachhut; Boras und ein lantrischer Soldat, der einen behelfsmäßigen Verband um den Kopf hatte, befanden sich vorne. Er führte die Gruppe auf der unter Schnee verborgenen Hauptstraße in Richtung Süden, orientierte sich – hoffentlich – an markanten Geländepunkten, die er auf der Hinreise passiert hatte. Das Tempo war zügig, auf das Wohlbefinden der Verwundeten konnte keine Rücksicht genommen werden.

Sollte Kjala bei der Armee eintreffen, würde er nicht lange zögern, um sich eine neue Stoßtruppe zusammenzustellen.

Dieser verfluchte Pfeil hätte doch treffen können!

Schneefall setzte ein. Dicke Flocken trudelten vom Himmel, in den sich ein paar tiefgraue Unwetterwolken gestohlen hatten.

Avi seufzte und stäubte Schnee von ihrem Umhang, dann zog sie sich die Kapuze über. Viel hatte sich nicht geändert: Sie war auf der Flucht vor Kjala – und einer riesigen Armee von Dämonen.

Immerhin hatten ihre Gefährten wie durch ein Wunder auch diesen Kampf überlebt, ein paar Kratzer hin oder her.

Sie ließ sich zurückfallen, sodass sie neben Lormak ritt, der finster in die Ferne stierte.

»Wie geht es dir?«

»Ich kann wieder kämpfen«, antwortete er, ohne sie anzusehen.

»Ich habe dich um etwas gebeten.«

Nun wandte er doch den Kopf.

»Wir brauchen den Dämon in dir, aber genauso brauchen wir auch den anderen Lormak. Erinnerst du dich, was ich dir gesagt habe, nachdem du deine Stümpfe in das Blut des Dämons tauchtest?«

Nach einiger Zeit nickte er. Dann, wortlos, als hätte es das Gespräch nie gegeben und sie, Avi, sich in Luft aufgelöst, schaute er wieder nach vorne.

Ihren Ärger unterdrückend, ritt sie zu Lantyria, die auf dem Kutschbock hockte und ein langes Gesicht zog.

»Alles in Ordnung?«

Lantyria gab einen kurzen Laut von sich, den Avi nicht deuten konnte, ehe sie seufzte und leise sagte: »Es gibt so viele Dinge auf dieser Welt, die ich niemals sehen wollte …«

Avi nickte, ging jedoch nicht weiter darauf ein, sondern stellte eine Frage, die ihr seit dem Erwachen im Lager im Kopf herumspukte.

»Was war los mit mir, als wir unter dem Felsüberhang lagerten? Ich weiß noch, dass ich mit Lormak redete, aber sonst ...« Sie hob die Achseln.

»Binde Festos an den Wagen und komm zur mir hoch, ja?«

Kapitel 13

So stark zitterte Avis Hand, dass Lantyria die Tasse nehmen und ihr den Tee einflößen musste.

»Danke«, hauchte sie und die Priesterin verbeugte sich tief, ihr faltendurchzogenes Gesicht im Ausdruck von Ergriffenheit gefangen.

»Ach, hör schon auf damit!«, krächzte Avi. Wesentlich lieber hätte sie ihren Zorn durch einen lauten Schrei kundgetan, dafür jedoch fehlte ihr die Kraft. Gerade erst war sie aus ihrer zweiten Trance erwacht. Seit der ersten – unter dem verschneiten Felskeil – war fast ein Monat vergangen und sie hatte geglaubt, oder zumindest gehofft, das wäre nichts weiter gewesen als ein unerklärlicher Zufall. Unerklärlich war es noch immer, von Zufall konnte man nicht mehr sprechen. Sie wusste nun, wie schlimm es war, sich nicht erinnern zu können. Bei ihr waren es nur zwei winzige Bruchstücke – bei Lormak fast sein gesamtes Leben. Sie verstand ihn nun viel besser. Die anderen wussten, was passiert war, was sie gesagt und getan hatte, und seitdem warfen sie ihr Blicke zu, als lebe sie irgendwo im Graubereich zwischen irrsinnig und übermenschlich. Es war unerträglich.

»Braucht Ihr noch etwas?«, fragte Lantyria, sich abermals verneigend.

Wut schnürte Avi den Hals zusammen: »Nenn mich gefälligst Avi, hörst du!«

»Wie Ihr ... du wünschst.«

»Und wehe«, sie hustete kurz, »du verbeugst dich ein weiteres Mal vor mir! Dieses ganze Getue regt mich auf!«

Ausdruckslos schaute Lantyria sie an. »Wenn alles in Ordnung ist, würde ich mich nun gerne zurückziehen.«

»Geh einfach ...«

Ein Zucken verriet, dass Lantyria nahe dran war, sich erneut zu verbeugen. Stattdessen straffte sie sich und verließ das Zelt. Als sie die Plane beiseitezog, erhaschte Avi einen Blick auf das dichte Schneegestöber draußen und ein Windstoß fuhr ins Innere und knickte die niedrigen Flammen der Feuerschale zur Seite.

Sie fröstelte und raffte die Decke bis ans Kinn. Verflucht! Einen ganzen Tag hatte der Anfall gedauert, ein Tag, der nicht in ihren Erinnerungen existierte. Aus heiterem Himmel, irgendwann nach dem Frühmahl. Sie war aufgestanden, hatte in die Runde geblickt und Passagen aus den Schriften Jaminaras zitiert. Und das bis zum Abend. Fehlerfrei. Aus einem Guss.

Avi atmete tief ein, um ein Schluchzen zu unterdrücken, scheiterte jedoch. Tränen rannen ihr aus Augen und tränkten das Laken.

»Jaminara«, flüsterte sie erstickt, »gerne handle ich in deinem Sinn und bekämpfe das dämonische Chaos auf dieser Welt. Aber bitte, bitte lass mich so sein, wie ich bin, und erlege mir keine Bürde auf, die ich nicht schultern kann! Bitte!«, wiederholte sie, ehe sie in Schweigen versank.

Ihre Gabe, ihr Fluch, wie man es auch nahm. Nun kristallisierte sich heraus, welch Mysterium damit einherging.

Sie dachte an den Traum, der sie diese Nacht nach der Trance wieder einmal ereilt hatte.

Schreie und reißende Geräusche von Fleisch, das jemand von Knochen fetzt und schmatzend zerkaut. Geruch von Blut, metallisch, das linde Patschen, wenn Spritzer davon Boden und Wände treffen und ein Mosaik der Gewalt schaffen.

Sie rennt ins Freie, schreiend, Angst und Entsetzen pulsen durch ihren Körper.

Gras unter ihren Füßen.

Sie stürzt.

Schatten nähern sich, der Gestank der Fäulnis und von frischem Blut umgibt sie wie eine Wolke der Verderbnis.

Sie werden sie holen, jetzt, und sie verstümmeln und auffressen. So, wie sie es mit ihren Eltern getan haben.

Nichts wird sie aufhalten.

Ein Blitz aus Licht.

Die Schatten vergehen darin.

Das Schlagen von Hufen.

Die Gestalt einer Frau, das Gesicht leuchtend und warm, so hell, als würde eine Aureole aus Licht es umgeben.

Lächelnd beugt sie sich zu ihr hinab und …

»Warst du das?«, wisperte sie, die Augen zum Zeltdach gehoben, dessen Stützstreben perspektivisch aufeinander zuliefen und sich in der Spitze trafen. »Hast du mich gerettet? Wenn ja, warum?«

Eine heftige Windfaust traf das Zelt und wellte die Plane.

Avi sah zur Teetasse, die Lantyria auf die Erde gestellt hatte. Ächzend drehte sie sich zur Seite, griff danach und trank. Besser. Es ging bergauf. Ihr Magen knurrte und gluckerte, als fresse er sich selbst auf, aber das musste warten. Zum Aufstehen reichte es noch nicht.

Ihr Kopf sank zurück auf das strohgefüllte Kissen. So schwach ihr Körper war, die Gedanken tollten durch ihren Kopf wie die Schneeflocken draußen. Sie dachte an den Anfang, als alles begonnen hatte, in dem Waldstück: Kjalas Verwandlung. Von da an überschlugen sich die Ereignisse und sie versuchte seitdem, ihr kleines Seelenschiff auf den meterhohen Wellen des Schicksals einigermaßen auf Kurs zu halten. Zum einen waren da die Dämonen, die fortwährend an Macht gewannen, zum anderen die Unwägbarkeiten der beschwerlichen Reise, die bis dato allerdings glücklich und zu ihren Gunsten verlief – vom Wetter einmal abgesehen. Es war tiefster Winter und bis zu den ersten Strahlen des Frühlings würden noch ein, zwei Monate vergehen, Monate voller Kälte, Schnee und Eis. Darüber hinaus war sie sich nicht im Klaren, wie sie mit Halron und Lormak verfahren sollte. Der eine war offensichtlich in sie verliebt, zum anderen fühlte sie sich auf eine schwer zu erklärende Art hingezogen. Als Lormak verstümmelt gewesen war, hatte sie Seiten an ihm kennengelernt, die sie beeindruckten, ja, mehr noch, anzogen. Der Mensch in ihm hatte die Oberhand gehabt. Nun regierte wieder beides, obwohl das Dämonische bisweilen stärker schien als je zuvor. Trotzdem versuchte er, sich zu beherrschen – ein vernichtender Willenskampf, der ihn oft in düstere Launen riss. Auch wenn sie Lormak mit dieser harten Einteilung unrecht tat, war ihr manchmal, als verkörpere er die Dunkelheit – und Halron das Licht. Auf Dauer würde das nicht gut gehen. Mochten er und Boras die kämpferische Wildheit und Schlagkraft Lormaks schätzen, so verachteten sie ihn dennoch. Vielleicht spielten sogar

Hass und Neid eine Rolle. Neid auf seine Kampfkunst, Hass, weil er eine Wirkung auf sie, Avi, hatte. Sich das einzugestehen, hatte lange gedauert. Einerseits schauderte sie bei dem Gedanken, dass seine schwarzen Klauen sie berührten, ihren Körper erkundeten, andererseits brachte das dunkle Licht seiner Aura irgendetwas in ihr zum Klingen. Sie verdrängte den Gedanken. Was, wenn sie eine Liebschaft mit Halron einginge? Auch darüber dachte sie bisweilen nach. Der Gedanke an Wärme – und wäre es nur ein Körper neben ihr – ließ sie seufzen. Wie würde Lormak darauf reagieren? Mit derselben Gleichgültigkeit, die er allen zwischenmenschlichen Fluktuationen beimaß? Oder würde es ihn treffen, weil doch Gefühle in ihm schlummern? War da mehr als die krude Verbindung der Gabe, anhand derer sie sich finden konnten?

Oder bildete sie sich nur ein, dass er mehr in ihr sah als den eigentlich austauschbaren Teil einer Zweckgemeinschaft? Wäre es ihm egal, wäre die Frau, die ihm die Träume brachte, filzmähnig und warzennäsig?

Ein Schatten an der Zeltbahn, der vor dem Eingang verharrte.

»Darf ich hereinkommen?«

»Natürlich.«

Zuraja trat ein, angetan in einen samtblauen, dicken Umhang mit Kapuze, die sie nun zurückstreifte. Das helle Haar trug sie streng zurückgekämmt, an Ort und Stelle gehalten mit mehreren glitzernden Spangen, und die Augen wirkten wie zu Eis erstarrtes Wasser. Dann lächelte sie und dieses Lächeln war es, was Avi für sie einnahm: Das Eis schmolz und die Aura kühler Distanz wich. Zuraja war das beste Beispiel, welchen Unterschied ein einfaches Lächeln machte.

»Wie geht es dir?«

»Besser.«

»Fein. Trotzdem solltest du dich weiter ausruhen.«

»Schon in Ordnung. Wir müssen bald aufbrechen. Dein Auftrag duldet keinen Aufschub. Mein … meine …« Sie stockte, seufzte. »Es hat dich einen Tag gekostet.«

Zuraja nahm Avis Hand und drückte sie sanft. »Tatsächlich brennt mir die Zeit unter den Nägeln. Deswegen schlage ich vor, wir teilen uns auf. Boras, Krax und die Hälfte der Soldaten kommen mit mir, Lormak, Halron und Lantyria bleiben bei dir. Was hältst du davon? Das sind zwanzig kampferprobte Männer nebst zweier außerordentlicher Krieger.«

»Der Vorschlag klingt gut, nicht jedoch die Zusammenstellung der Gruppen.«

Zurajas Mund wurde etwas schmaler. Mit Widerspruch konnte sie nicht sonderlich gut umgehen.

»Lormak und Krax bleiben bei mir«, sagte Avi rasch, »der Rest begleitet dich. Als Priesterin an deiner Seite verleiht dir Lantyria noch mehr Gewicht, wenn du bei König Fjardan vorsprichst.«

»Hm, das klingt einleuchtend«, sagte sie nach kurzem Nachdenken. »Wenn das dein Wunsch ist ...«

»Glaub mir, ist besser so.«

»In Ordnung.« Wieder lächelte Zuraja, diesmal jedoch wirkte es angespannt. Avi verstand sie. Jenseits dieses Grenzlagers lag Jendar. An sich war das nicht weiter schlimm, pflegten Jendar und Lantra gute Beziehungen. Ihre Mission jedoch war alles andere als leicht: Sie musste König Fjardan davon überzeugen, seine gesamte Armee zu entsenden, um die lantrischen Streitkräfte zu unterstützen, die ein seit drei Wochen andauerndes Rückzugsgefecht gegen die dämonischen Horden fochten. Ohne Hilfe stünden die Dämonen bald vor Urgotan, der Hauptstadt Lantras. Falls sie fiele, wäre dies neben Landaskan, Inkarth und Vandur das vierte Königreich, das unter ihr todbringendes Joch geriet.

»Ich wünsche dir alles Glück dieser Welt. Möge Jaminara mit dir sein, Zuraja.«

»Danke. Wir sehen uns in Calsinthar. Kommt zum Königsschloss. Ich werde dafür sorgen, dass man euch erwartet.«

»Bis dann.«

Zuraja nickte und strebte dem Ausgang entgegen. Die Hand an der Plane, drehte sie sich noch einmal um. »Ich weiß nicht, ob dir das schon einmal jemand gesagt hat – wahrscheinlich schon, aber trotzdem ... Ich habe das Gefühl, du bist etwas Besonderes. Und das liegt nicht an dem Vorfall.« Damit trat sie ins Freie. Der Stoff flappte zurück.

Kurz flammte Zorn auf, Zuraja jedoch nahm Avi die Worte weniger übel als Lantyria, denn immerhin schwang in Zurajas Worten freundschaftliche Wärme, nicht die krankhafte Unterwürfigkeit Lantyrias.

Avi seufzte und hoffte, dass der Magierin nichts passierte. Vor drei Tagen hatte eine Meute Dämonen die Gruppe angegriffen – nicht von Norden aus, als Spähtrupp der vorrückenden Armee, sondern aus dem

Süden. Falls sie aus Jendar gekommen waren, hieß das, dass es dort mit den Dämonengeburten auch schon losging. Eile war geboten, wollte man zumindest die Armee aufhalten. Woran es lag, dass die Seuche der verfluchten Geburten sich ausbreitete, wusste niemand, und wie man sie – wenn überhaupt – aufhalten konnte, ebenfalls nicht. Avi vermutete, dass die Geburten mit dem Vorrücken der Dämonenarmee zusammenhingen. Nur eine These. Im Moment jedoch zählte einzig und allein, dass die lantrischen und jendarischen Streitkräfte sich vereinten. Nur dann bestünde ein Silberstreif der Hoffnung. Vielleicht erklärte sich gar Thalsin bereit, das südlichste Königreich, Truppenkontingente loszuschicken. Avi hoffte es. Gut erinnerte sie sich an ihre Gedanken an jenem schicksalhaften Tag, kurz bevor Kjala in Erscheinung trat – und ihr Leben für immer veränderte:

Würden sich wenigstens die Menschen verbünden, wäre das ein Anfang; aber selbst das geschah nicht. Landaskan gab es nicht mehr, Vandur war so gut wie gefallen. Sollte auch noch Lantra untergehen, ehe man etwas unternahm?

Sie war keine Prophetin. Trotzdem war genau das eingetreten. Man hätte nur nachdenken müssen, die Gefahr ernst nehmen und nicht kleinreden. Ganz ohne prophetische Kräfte. Erst jetzt, da die Menschheit unaufhaltsam dem Abgrund entgegentaumelte, schien man zu reagieren.

Hoffentlich war es nicht zu spät.

Avi trank den Tee leer, dann bettete sie die Hände unter Kopf.

Alles in allem aber durfte sie sich nicht beschweren: Sie hatte wunderbare Gefährten – und durch Zuraja einen direkten Zugang zur lantrischen Führung. Sie war eine hochgeschätzte Persönlichkeit am lantrischen Hof, gebildet, respektiert, der Magie fähig, die ideale Botschafterin.

Dadurch, dass Zuraja König Fjardan von Jendar überzeugen wollte, Lantra beizustehen, war Calsinthar – der Herrschersitz Fjardans – nun ganz offiziell das Ziel der Gruppe. Dort würde sich entscheiden, wie es weiterginge.

»Gib dir Mühe, Zuraja«, flüsterte Avi.

Je länger sie dalag, desto rastloser wurde sie. Mit plötzlichem Ungestüm schleuderte sie das Laken zur Seite und richtete sich auf. Den Schwindel ignorierend, erhob sie sich langsam, schlüpfte in ihren dicken

Wintermantel, den sie in Urgotan erstanden hatte, und verließ ihr Zelt. Der Wind hatte nachgelassen, sodass der Schnee lautlos und langsam zu Boden schwebte, eine Ode an die Stille und Beschaulichkeit dieses Ortes. Aus dem Grau des Winters erhob sich der Schatten der Holzpalisade. Sie schritt darauf zu, passierte das offene Tor, nickte den Wachen zu und ging durch die Decke aus reinstem Weiß. Der Schnee stäubte auf und haftete am Saum ihres Mantels. Die frische Luft belebte sie und der Schwindel war zu einer fernen Ahnung verkümmert. Über der Landschaft lag ein Geisterhauch von Nebel, er umspielte die Wipfel der Bäume in einer ätherischen Liebesbekundung und verschleierte den Blick auf weit Entferntes. Sträucher und die hohen Gräser der rollenden, sanfthügeligen Ebene standen umschmeichelt vom Schnee, der den Duft nach Reinheit und Ewigkeit mit sich trug. Avi hielt den Atem an.

Jemand stand hinter ihr!

Es war mehr Gefühl als Gewissheit. Zögerlich wandte sie sich um. Der Schwindel war wieder da. Sie seufzte, ihre Beine knickten ein.

Starke Arme fingen sie auf.

Sie sah nach oben – Halron.

»Ich mag es nicht, wenn man sich an mich heranschleicht«, murmelte sie und streifte seine Arme ab. Zum Glück gelang es ihr, ohne seine Hilfe auf den Füßen zu bleiben.

Mit festem Blick sah er sie an. »Und ich mag es nicht, wenn man mich ohne eine Erklärung wegschickt.«

Avi schluckte. »Du musst Zuraja beschützen. Vom Erfolg ihrer Mission hängt das Schicksal …«

»Wieso?«

Avi schluckte, sah an ihm vorbei und knabberte mit den Zähnen an der Unterlippe.

»Wieso verschmähst du mich?«

Es überlief sie heiß und kalt, und ihr Herz begann zu pochen. Vor einem Gespräch wie diesem hatte sie sich gefürchtet. Sie blickte ihn an, wie er vor ihr stand, unbeugsam, im langen Mantel, ähnlich dem ihren, darunter der Wappenrock im Blau und Gelb Lantras, auf der Brust der Eber, aus den Ärmeln ragte das Geflecht seines Kettenhemdes. Boras und er hatten sich in Urgotan in den Dienst König Bjarns gestellt. Er nahm den Helm ab und ließ ihn achtlos in den Schnee fallen.

»Das …«, begann Avi atemlos, verstummte jedoch und rang verzweifelt nach Worten. »Es ist so, dass«, versuchte sie es erneut, »dass unter diesen Umständen ein Näherkommen unpassend ist. Dafür ist keine Zeit. Wir haben eine Aufgabe.« Sie atmete aus. »Genau, eine Aufgabe. Das steht über allem, verstehst du?«

»Nein«, erwiderte er, beugte sich zu ihr hinab und küsste sie.

Seine Lippen schmeckten wie der Schnee, waren kalt und doch verlockend, und sie war zu überrascht, um zu reagieren. Er löste sich.

Sie verfluchte sich dafür, dass ihr Atem mit einem Mal so schnell ging.

»Das …«, murmelte sie, »das …«

Erneut küsste er sie.

Sie schlang die Arme um seinen Hals und diesmal dauerte der Kuss länger.

Verdammt, was trieb sie da nur? Das machte die Sache nur kompliziert!

Sie nahm die Hände weg, hielt sie einen Moment ratlos in der Luft – dann drückte sie Halron sanft von sich weg.

Auch er atmete schnell und in seinen Augen leuchtete Sehnsucht. »Vom ersten Tag, an dem ich dich sah, träumte ich von diesem Moment. Ich habe mein Herz an dich verloren. Ändern kann ich das nicht.« Ein tiefer Atemzug und ein Seufzen, dann presste er die Lippen zusammen. »Wir sehen uns in Calsinthar.« Er nahm seinen Helm und sein Blick streifte sie ein letztes Mal, bevor er sich abwandte und zum Lager zurückging.

Aufgewühlt schaute sie ihm nach, wollte ihm nachrufen, er solle stehen bleiben. Ihre Lippen blieben verschlossen. Sie konnte einfach nicht. Der Nachhall des Kusses klang durch ihren Körper, wirbelte ihre Gedanken und Gefühle durcheinander. War es wahrhaftige Zuneigung, die der Kuss ausgelöst hatte? Oder hatte er lediglich etwas freigeschaufelt, das zu lange begraben gelegen hatte? Wie lange hatte sie keine Zärtlichkeiten mehr mit jemandem ausgetauscht? So lang, so verdammt lang her, fast als wäre es in einem anderen Leben geschehen, nicht in diesem.

Sie seufzte.

Wenig später ritten Zuraja, Lantyria, Halron, Boras und zwanzig lantrische Soldaten aus dem Tor und verschwanden im Nebeldunst in Richtung Südwesten.

»Viel Glück!« Sie winkte ihnen nach, ehe sie die Hand sinken ließ und gegen die Kälte schloss.

Sie schlang die Arme um den Körper, war unschlüssig. Am liebsten würde sie auf ein Pferd springen und der Gruppe nachreiten.

Das wäre dumm. Noch war sie zu schwach.

Ein letzter Blick über das verschneite Land, ehe sie zurückging. Das kurze Wegstück durch den Schnee brachte sie zum Schnaufen, und als sie ihr Zelt erreichte, zitterten ihre Beine.

Aus dem Zelt daneben tauchte Krax auf und lächelte sie an. »Schon wieder auf den Beinen?«

»Tut mir gut, die frische Luft.«

»Überanstreng dich nicht.«

»Ja, Papa.« Sie zwinkerte; im selben Moment schüttelte es ihren ganzen Körper durch und sie taumelte zur Seite.

Krax eilte zu ihr. »Komm, ich nehme dich mit zum großen Feuer. Es gibt Suppe dort.«

»Ich will nicht zu den Soldaten.«

»Ich beschütze Euch, Hoheit«, grinste Krax, »doch bestehe ich darauf, dass Ihr Euch stärkt.«

»Nun denn …«

Krax nahm ihre Hand.

Als sie das Lagerfeuer erreichte, die Wärme der prasselnden Flammen sich wohltuend auf ihr kaltes Gesicht legte, meinte sie, ganz von fern einen Schrei zu hören.

* * *

Eine Schneeflocke schmiegte sich an den Stahl des Bastardschwertes, dann noch eine, während Lormak die Klinge waagrecht ausgestreckt vor sich hielt. Er stand tief, im Ausfallschritt, das rechte Bein vorne, das linke hinten, in perfekter Balance. Die Finger seiner schwarzen Hand mit den klauenartigen Nägeln umschlossen das Heft fest und die linke Hand, genauso schwarz, hielt das andere Eisen, ein etwas kürzeres Langschwert, zur Abwehr über dem Kopf. Seine Beinmuskeln brannten, desgleichen seine Schultern und Arme. Allmählich begannen sie zu zittern. Dann schnellte er nach vorne. Schnee spritzte hoch. In pfeifenden Schwüngen ließ er die Schwerter durch die Luft sausen, ein Netz aus Stahl, Angriff und Abwehr zugleich, ein Geben und Nehmen der linken und rechten Klinge, zwei Brüder, die sich blind verstanden.

Kaum außer Atem, intensivierte er seine Bewegungen, wurde schneller und bald erreichte er eine Geschwindigkeit, die selbst ihm alles abverlangte. Sirrend fegten die Klingen umher, er wechselte die Griffe, drehte sich um die eigene Achse, sank auf die Knie, rollte im Schnee, kam wieder auf die Beine, sprang, stieß zu.

Er war der Tod.

Schwer atmend beendete er seine Übung. Sein Atem puffte in weißen Wölkchen nach oben, die Anstrengung als Dampf durch den Stoff seines Umhangs in den schneedicken Himmel.

Sein Geist schwebte in der angenehmen Leere nach dem Ende eines fiktiven Kampfes, ohne Gedanken, tröstende Stille und Armut an Eindrücken in dem ansonsten überreichen Strudel der Sinne und Empfindungen.

Er rammte die Schwerter in die Erde, ging in die Hocke. Sein Blick wanderte über die kleine Lichtung: von seinen Stiefeln zerwühlter Schnee, stumme Bäume, die ihn Lormak, wie Wächter vor der Welt ringsum schützten. Hier war es gut.

Eine Zeit lang verharrte er reglos, genoss das Gefühl, einfach zu existieren – egal ob Dämon oder Mensch oder beides zusammen.

Da!

Es war wieder passiert!

Ein Gedanke, der bewertete, abwog, Mutmaßungen anstellte. Unabwendbar würde dieses einzelne Saatkorn zu unerwünschten Früchten in seinem Kopf reifen. Die Wut würde zurückkommen und seinen Kopf mit rotem Tosen ausfüllen.

»Beherrsch dich!«, knurrte er.

Ich will, dass der Lormak, den ich die letzten Tage kennengelernt habe, noch existiert, hörst du? Begrabe ihn nicht ganz.

Avis Worte.

Sie halfen ihm, das Biest in ihm zu bändigen. Er wollte sie nicht enttäuschen. Egal was mit ihr war, ob eine göttliche Essenz in ihr schlummerte oder nicht oder ob sie tatsächlich einfach nur verrückt war, wie Boras einmal geraunt hatte – er würde zu ihr stehen, sie beschützen.

Und nicht nur aus reinem Eigennutz.

Inzwischen war es mehr. Er wollte es nicht benennen, hatte Angst davor. Warum, wusste er nicht. Aber er wusste, dass ihm dieses Gefühl guttat. Das reichte vorerst. Trotzdem war es in Gefahr, in wilder Raserei zerdrückt zu werden wie eine zarte Knospe, auf die eine Eisenplatte fiel. Er wollte und durfte dieses Gefühl nicht verlieren!

Er nahm die Schwerter, rieb sie mit einem Tuch trocken und schob sie zurück in die Scheiden, die aus einer hinter dem Sattel zusammengerollten Decke ragten. Anschließend stieg er auf und lenkte sein Pferd zurück zum Grenzlager. Auf dem Ritt blickte er sich wachsam um. Die jüngste Dämonenattacke hatte gezeigt, dass man nicht nur den Norden im Auge behalten sollte, sondern auch den Süden.

Bald erreichte er das Ende des Baumgürtels, verharrte jedoch im Dunkel der dichten Baumstämme. Vor ihm lag eine ebene Fläche, in der Gräser aus dem Schnee spitzten, Strauchwerk und einige Felsbrocken. Auf einer leichten Anhöhe stand Avi, hinter ihr die halb vom Nebel verhangene Palisade des Grenzlagers.

Verloren und zerbrechlich sah sie aus, allein im Schnee stehend. Obwohl er ihr Gesicht auf diese Distanz nicht erkennen konnte, stellte er es sich in einem Ausdruck unerfüllter Sehnsucht verharrend vor, ein sanftes, stilles Verlangen, das ungerichtet in die Ferne schwebte.

Lormak atmete tief ein, überrascht, dass dieses bloße Fantasiegespinst solch ein Echo in ihm hervorrief und dass er in solchen Bildern dachte, wo sonst nur der Drang nach Vernichtung regierte.

Er beobachtete sie lange aus dem Schutz der Bäume heraus und wieder ereilte ihn diese wunderbare Ausgeglichenheit, die er bei den Schwertübungen genossen hatte. Diese Frau, die ihm anfangs nichts bedeutet hatte, stellte nun ein wichtiges – wenn nicht das wichtigste – Element im Kampf gegen seine innere Dunkelheit dar.

Aus dem Lager kam ein Mann und strebte auf sie zu.

Halron.

Lormak erkannte ihn sofort am aufrechten, stolzen Gang, eine eindrucksvolle Erscheinung im langen Mantel, darunter das Gelb und Blau Lantras. In Urgotan hatten er und Boras Lantra und seinem König die Treue geschworen, kämpften nun für dieses Land. Es war ehrenhaft, ihre Schwerter in den Dienst eines neuen Herrn zu stellen und Lormak

Avi schaute ihnen nach, ehe sie sich herumdrehte und den Blick kurz über das Land schweifen ließ. Lormak wandte den Kopf zur Seite, als sie direkt zu ihm blickte. Natürlich sah sie ihn nicht, doch es war unerträglich, in ihr Gesicht zu schauen.

Sie ging zurück zum Lager, langsam und unter Mühen. Lormak wendete sein Pferd, ritt ziellos umher, begleitet von den unablässig rieselnden Flocken. Wut quoll in ihm hoch. Er sprang aus dem Sattel und trat mit aller Wucht gegen einen Baum. Schnee löste sich aus dem Geäst und stäubte ihn ein. Die Kälte, die ihm in Gesicht in Nacken klebte, vermochte seine Raserei nicht zu kühlen. Ein kurzer, lauter Schrei entwand sich seiner Kehle, dann sank er Knie voran in den Schnee.

Bring diesen Bastard um, wenn du ihn in Calsinthar siehst!

»Ja!«, zischte er. »Ich werde ihn aufschlitzen wie ein Schwein auf der Schlachtbank!«

Und die Frau – nimm sie dir! Wer kann dich aufhalten? Wer ist stärker als du? Hol dir, was du willst!

Lormak versuchte, die Stimme auszublenden, doch war sie zu stark, zu gebietend.

Warum dagegen kämpfen? Lass dich treiben, Lormak, einfach treiben …

Er erhob sich, stieg auf das Pferd und lenkte es zum Lager.

Zartrosa glomm der Horizont im frühen Abend, als er die Fläche erreichte, wo sich Avi und Halron geküsst hatten.

Aus der Satteltasche holte er die beiden großen Handschuhe, die er in Urgotan erstanden hatte: Es handelte sich um Spezialanfertigungen, die bis zu den Unterarmen reichten und jede Spur des Dämonischen verbargen.

Er passierte das Tor, band das Pferd fest und ging auf den Rauch zu, der sich zwischen den Zelten erhob. Ein stattliches Feuer brannte im Rund und die lantrischen Soldaten, die zurückgeblieben waren, um auf Avi aufzupassen, saßen in Grüppchen darum, tranken, spielten Karten oder löffelten Brühe.

Avi hockte auf einem abgesägten Holzstamm, der als Bank diente, und aß ebenfalls, neben ihr Krax, der nachdenklich über die Metallbox an seinem Gürtel strich.

Im letzten Moment schwenkte Lormak ab, da Avi die Augen hob, und schöpfte eine Mahlzeit aus dem großen Suppenkessel, der dampfend auf einem Bett glühender Kohlen stand. Ohne großen Appetit schlang er sein Essen hinunter. Nun spürte er doch, wie hungrig er war, und holte sich eine zweite Portion. Dann eine dritte.

»Wie lange willst du noch hier stehen und dich vollfressen?«, erklang eine tiefe Stimme hinter ihm. »Ich will auch noch was. Geh mal zur Seite.«

Lormak warf die Schüssel beiseite, der Inhalt spritzte in den Schnee, und drehte sich langsam um, ein breites Grinsen im Gesicht.

Zwei Soldaten, der eine breitschultrig und bärtig, der andere mit finsterer Miene und harten, kleinen Augen.

»Was gibt's da zu grinsen?«, fragte der Bärtige.

»Ich freue mich, dass ihr eure frechen Schnauzen spazieren führt. Genau das brauche ich jetzt.«

Die Soldaten blickten sich an, zogen die Brauen hoch und auch die Männer ringsum beobachteten nun das Geschehen.

»Lormak«, ertönte Avis Stimme.

Nun sah er sie doch an, weiterhin grinsend, streckte die rechte Hand aus und packte den Bärtigen am Hals.

Dann drückte er zu.

Ein Röcheln und verzweifelte Versuche, sich aus dem Griff zu befreien. Unverwandt hielt Lormak Avi im Blick. Ihre Augen weiteten sich alarmiert und sie stand auf.

Etwas traf Lormak am Kinn. Sein Griff erschlaffte für einen Moment, der Bärtige befreite sich. Lormak machte einen Schritt zur Seite und schüttelte den Kopf.

Es war Hartauge, der, die Faust erhoben, zum nächsten Hieb ausholte.

Lormak pendelte zur Seite und trat dem Kerl vor die Brust. Es hob ihn von den Beinen. Mit rudernden Armen landete er zwischen einer Gruppe von Kartenspielern.

Der Bärtige hielt sich den Hals, räusperte sich mehrmals, dann richtete er sich auf, ein mordlüsternes Funkeln in den Augen. Er riss einen Dolch aus der Scheide an seinem Nietengürtel.

»Komm nur!« Lormak winkte ihn heran. »Mit deiner eigenen Klinge werde ich dir die Eingeweide herausnehmen.«

»Lormak!«, schrie Avi, »hör auf!«

»Warum? Ist doch unterhaltsam!«

Inzwischen standen die Soldaten in einem Ring um die Kontrahenten.

»Will noch jemand dazu?«, fragte Lormak in die Runde. »So ist die Sache ungerecht, weil ich mich kaum anstrengen muss. Zwei, drei mehr, und ich hätte wirklich meinen Spaß ...«

Der Bärtige kniff die Augen zusammen, die Finger schlossen sich fester um den Griff seiner Waffe. Gleich würde er angreifen. Gleich würde Blut fließen.

Lormak freute sich darauf.

Da sprang Krax zwischen ihn und den Bärtigen und stemmte die Hände in die Hüften. »Das hast du nicht nötig, Lormak!«

»Hau ab!«

Krax schüttelte den Kopf. »Lass es sein. Beherrsch dich. Das bist nicht du!«

»Nein?«

Lormak schnellte nach vorne, packte Krax am Kragen und hob ihn von den Beinen, obwohl der kleine Scheißer schwerer war als erwartet.

»Und jetzt? Tötest du mich?«, fragte Krax mit viel Beherrschung, denn Lormak sah aufquellende Angst in den arglosen Zwergenaugen.

»Vielleicht wäre es gut, alles und jeden zu töten.« Er warf den Zwerg zur Seite. Die Soldaten fingen ihn auf.

Der Bärtige nutzte Lormaks Bewegung und stieß zu.

Lormak wich geschickt aus, packte den vorbeischießenden Arm mit beiden Händen und hebelte den Mann aus. Vom eigenen Momentum nach vorne getragen, überschlug es den Bärtigen. Mit einem dumpfen Laut landete er auf der Erde und blinzelte benommen. Lormak bückte sich nach der Klinge, umfasste sie, wiegte sie in der Hand.

Warum nicht?

Ein Mensch mehr oder weniger auf dieser dem Untergang geweihten Welt – wen kümmerte es?

»Lormak!«

Er drehte sich herum.

Avi zielte mit dem Bogen auf ihn, ohne Zweifel mit einem geweihten Pfeil auf der Sehne. Er ließ die Klinge fallen und zuckte die Schultern.

Die Männer hinter ihm nutzten die Gelegenheit und wollten ihn festnehmen.

Sehr gut. Ein Tumult.

Der erste Soldat bekam einen Ellenbogen ins Gesicht. Ein belohnendes Krachen der Nase, dann eine rasche Drehung mit einem Beinfeger, ein Armhebel, der den nächsten Angreifer auf einen Sturzflug in Richtung eines Zeltes schickte. Eine Rolle am Boden, ein Sprung. Lormak bekam Avis Bogen zu fassen und riss ihn ihr aus der Hand. Mit einem finsteren Lächeln packte er sie am Kinn und zwang sie, ihm in die Augen zu blicken.

»Was ist in dich gefahren?«, keuchte sie. »Du warst so …«

Er drückte fester zu, und ihr Gesicht verzerrte sich vor Schmerz.

Lormak hörte Schritte hinter sich und drehte den Kopf.

Die näher kommenden Männer erstarrten. Sie führten Schwerter in den Händen und doch reichte ein Blick von ihm aus, dass sie unsicher wurden. Der Mann mit der gebrochenen Nase wimmerte, ansonsten war es still im Lager, nur das knackende Prasseln des Feuers.

Diese feigen, jämmerlichen Bastarde! Keiner hatte den Mumm, etwas zu wagen. Jeder kuschte. Erbärmlich. Verachtenswert. Sie sollten alle sterben.

Verzweifelt schrappten Avis Hände über das Leder seines Handschuhs, das Kratzen war ein wunderbares Geräusch und den Schmerz, den hatte sie verdient.

»Lass sie los«, flehte Krax. »Bitte!«

Mit einem Schnappen des Handgelenks warf Lormak sie auf den Rücken, dann packte er sie an der Kapuze und zerrte sie weg vom Feuer zu den Zelten.

»Jeder, der mir folgt, wird sterben«, sagte er laut.

Niemand machte Anstalten, Derartiges zu tun.

Bevor die Zelte die Sicht auf das Feuer versperrten, sah Lormak Krax' entsetztes Gesicht.

Avi keuchte und versuchte, sich zu befreien. Er packte sie und zog sie in die Höhe.

Verachtung und Hass glühten in ihren Augen.

Er leckte ihr über den Mund.

Vor Ekel warf sie den Kopf zurück. »Bist du verrückt?«

»Ich schmecke ihn noch immer, du elende Schlampe!« Er näherte seinen Mund.

Sie wehrte sich.

»Heute Nachmittag hat das anders ausgesehen. Da hat es dir gefallen!«

»Was meinst du?«

»Frag nicht so dumm!«, zischte er und unterdrückte die plötzliche Gier, ihr jeden Knochen im Körper zu brechen, ihr die Haut vom Gesicht zu fetzen. Wie hübsch Halron sie wohl dann fände?

Erkenntnis floss in ihre Augen und sie biss sich auf die Unterlippe – das Eingeständnis für ihre Schuld!

»Es ... es ging zu schnell«, stammelte sie.

»Hier wehrst du dich«, knurrte er, »bei Halron nicht!«

»Er hat mich überrumpelt.«

Eine andere Gier wallte in Lormak hoch. »Überrumpelt?«

Sein Glied wurde hart, presste fordernd gegen den Bund seiner Hose. »Dann werde ich dich jetzt auch überrumpeln.« Hart packte er sie am Arm.

Sie keuchte, wollte sich losreißen. Sein Griff war zu stark.

»Lass das!« Sie schlug gegen seinen Arm.

Er spürte es gar nicht.

»Hör auf!«, zischte sie, als er sie zu einem der Zelte zerrte.

Die Bestie tobte, verlangte nach Genugtuung. Die Schlampe musste leiden, für ihren Fehler büßen! Dazu würde er die einzige Sprache sprechen, die sie verstand.

Er riss den Eingangsbehang beiseite und schleuderte Avi auf den Boden.

Erbost raffte sie sich auf die Beine. Ihre Augen blitzten. »Was entschuldige ich mich überhaupt? Was ich tue, ist allein meine Sache! Wenn es dir nicht passt, dass Halron mich geküsst hat, kann ich auch nichts dran ändern. Und jetzt hau ab! Solange du dich so aufführst, will ich nichts mit dir zu tun haben!«

Diese dreckige Schlampe! Jetzt wurde sie auch noch frech!

»Du brauchst gar nicht so empört dreinschauen! Ich habe keine Angst vor dir.«

Er umfasste ihr Handgelenk und führte die Finger zu seinem Penis. Dann drückte er sie auf den Boden und nestelte an ihrer Hose herum.

»Lormak, nein!«

»Halt dein Maul!«

Sie wand sich, kratzte und prügelte auf ihn ein. Als sie zu schreien anfing, presste er den Handschuh seiner linken Hand über ihren Mund, erstickte ihre Laute.

Mit einem brutalen Ruck riss er ihr Wams auf. Ein weiterer entfernte ihr Brusttuch. Ihre Brüste verrieten den Zustand ihres ganzen Körpers, die Knospen blühten in erwartungsvollem Dunkelrot: Sie wollte es, egal was sie sagte!

Wie von Sinnen drosch sie auf ihn ein, wimmerte.

»Du willst es hart, nicht wahr?«, raunte er und befreite sein Glied. Dann zerrte er ihre Hose nach unten. Er löste die Hand, weil er dazu beide Hände brauchte, und verschloss ihre Lippen mit seinem Mund.

Tränen rannen ihr über die Wangen.

Sie weinte vor Freude! Wie süß!

»Das bist nicht du«, schluchzte sie an seinen Lippen vorbei. »Das bist nicht du ...«

»Oh doch. Und ich werde dir jetzt das Hirn rausvögeln. Das ist es doch, was du willst!«

Endlich war ihre Hose bei den Knöcheln. Mit den Beinen drückte er ihre Oberschenkel auseinander.

»Du bist das nicht, du bist das nicht ...«, murmelte sie, die Augen halb geöffnet, doch in diesem Spalt sah er das feuchte Schmachten in ihren Pupillen, ihre Geilheit.

Er näherte seinen Penis, gleich würde er in sie eindringen. Er röchelte vor Lust, grunzte in Vorfreude, alles in ihm schrie auf, das Heulen von Triumph. Hart knetete er ihre rechte Brust.

Sie reagierte nicht.

Ihre Lider schlossen sich. Dann, mit einem Mal, bäumte sich ihr Körper auf – und das, obwohl er noch gar nicht in ihr drin war. Verdammt, das Miststück sollte ihn dabei anschauen!

Plötzlich begann ihr Körper, heiß zu werden; mehr noch, er begann zu leuchten, gleißend hell brach Licht aus ihr hervor. Lormak stieß sich ab, schloss die Augen. Es wurde heller und heller, der Glast drang durch seine geschlossenen Lider.

Seine Haut warf Blasen, er spürte, wie sie sich abschälte, und das Licht stach wie eine Speerspitze reiner Helligkeit in seinen Geist, sengte hinein.

Er schrie, taumelte aus dem Zelt heraus und sank in die Knie. Kopfschüttelnd richtete er sich auf. Das Zelt war ein strahlender Kokon.

»Bei allen Göttern«, flüsterte Lormak, nun von der Dunkelheit seiner Seele freigegeben, »was habe ich getan?«

Sein Blick flog zwischen dem Zelt und den heranstürmenden Soldaten hin und her, während er mit fliegenden Fingern seine Hose schloss.

Dann wirbelte er herum und rannte davon.

Was hatte er nur getan?

– Fortsetzung folgt –

Danksagung

Mein Dank gilt folgenden Personen:

- Winfried Kienberger, der mich in den Anfangsstadien des Plots mit guten Ideen unterstützt hat
- André Piotrowski, der den Kontakt mit dem Atlantis Verlag hergestellt und das Buch lektoriert hat (wie auch schon *Magier des Dunklen Pfades II*, *Operation Thule* und *Feywind*)
- Guido Latz, Chef des Atlantis Verlags, dass er der Trilogie ein Zuhause zwischen Buchdeckeln gegeben hat
- Last but not least Mark Freier für das gelungene Cover

hatte einen Moment lang überlegt, ihrem Beispiel zu folgen. Am Ende entschied er sich dagegen, wohl wissend, dass seine eigenen Ziele stets im Vordergrund stehen würden. Es wäre schändlich, einen Treueeid zu leisten, von dem man nie vorhatte, ihn zu erfüllen.

Trotzdem wuchs Lormaks Unruhe. Halron stand nun hinter Avi und sie drehte sich zögerlich herum. Er fing sie auf, da sie zu stürzen drohte. Dann sagte er etwas. Avi stand mit dem Rücken zu Lormak. Plötzlich ließ Halron seinen Helm in den Schnee fallen. Diese Geste wühlte Lormak ganz und gar auf, der Dämon regte sich, obwohl im Grunde nichts geschehen war.

Dann jedoch ...

Halron beugte sich vor. Lormak sah es nicht genau. War das ein Kuss?

Schnell war der Moment vorbei, doch Lormaks Herz setzte einen Schlag aus.

Erneut geschah es.

Avi legte die Arme um Halrons Hals.

Kein Zweifel. Sie küssten sich!

Ein schauerlicher Abgrund tat sich in Lormak auf und aus diesem stieg die Schwärze. Seine Klauenhände krampften sich um die Zügel, sein Pferd schnaubte und begann unruhig zu tänzeln.

Reite ihn nieder, zischte eine Stimme. *Nein, reite sie beide nieder! Zieh deine Klingen, lass sie tanzen, zerschneide, was dich quält!*

Lormak erbebte, seine Atemzüge brandeten aus der Nase wie Sturmböen. Sein Herz zersplitterte, die gezackten Scherben lagen kreuz und quer in seiner Brust. Der Schmerz war unerträglich. Sein Kopf sank hinab auf seine Brust. Als er aufsah, entfernte Halron sich. Avi blieb zurück, sah ihm nach.

Stocksteif wartete Lormak im Sattel. Irgendwann löste er die Hände von den Zügeln, hob sie vor die Augen, fixierte die schwarze, glatte Haut, die langen, starken Finger, die in klauenartigen Nägeln endeten.

»Was erwartest du?«, flüsterte er. »Dass sie etwas für dich empfindet? Dich, einen Dämon?«

Zeit verstrich, angereichert mit Hass auf sich selbst, auf die Verdorbenheit seiner Seele.

Eine Gruppe Soldaten verließ das Lager, angeführt von Zuraja, Lantyria, Halron und Boras.